İsim, Şehir, Artist

DOĞAN KİTAP TARAFINDAN YAYIMLANAN DİĞER KİTAPLARI

İsim, Şehir, Hayvan
İsim, Şehir, Bitki
Beraber Yürüdük Biz Bu Yıllarda

İSİM, ŞEHİR, ARTİST

Yazan: Yılmaz Özdil

1. baskı / Mayıs 2014 / ISBN 978-605-09-2049-9
Sertifika no: 11940

Kapak tasarımı: Yavuz Korkut
Kapak fotoğrafı: Mehmet Turgut
Baskı: Mega Basım Yayın San. ve Tic. A.Ş.
Cihangir Mah. Güvercin Cad. No: 3/1
Baha İş Merkezi. A Blok Kat: 2
34310 Haramidere-İstanbul
Tel. (212) 412 17 00
Sertifika no: 12026

Doğan Egmont Yayıncılık ve Yapımcılık Tic. A.Ş.
19 Mayıs Cad. Golden Plaza No. 1 Kat 10, 34360 Şişli - İSTANBUL
Tel. (212) 373 77 00 / Faks (212) 355 83 16
www.dogankitap.com.tr / editor@dogankitap.com.tr / satis@dogankitap.com.tr

İsim, Şehir, Artist

Yılmaz Özdil

DK
DOĞAN
KİTAP

İsim | Şehir | Vatan

Mustafa Kemal'in askerleriyiz.

19 Mayıs

Ali Şamil.
1 metre 10 santimdi.
Bildiğin cüce.
Enver paşaya hediye edilmişti.
Köle gibi.
Zoraki "soytarı" yaptılar onu...
Garip garip kıyafetler giydirdiler.
Kadınları çocukları falan güldürdü.
Birinci dünya savaşında çarşı karışınca, Enver paşa apar topar İstanbul'dan ayrıldı, biraz da onları eğlendirsin diye Vahdettin'in kızı Ulviye Sultan'ın sarayına verdi Ali Şamil'i... Sultan'ın eşi İsmail Hakkı bey mert adamdı, tavla arkadaşı yaptı bu küçük insanı, ezdirmedi, alay ettirmedi, kolladı.

Gel zaman git zaman...
Milli mücadele başladı.
Yurtseverler Anadolu'ya akıyordu.
Padişah'ın damadı İsmail Hakkı bey de, onlardan biriydi. Eşinden bile gizlemek zorunda olduğu niyetini Ali Şamil'e çıtlatmıştı, güya vedalaşmak için... Pişman oldu. Çünkü, kocaman yürekli küçük insan, alenen tehdit etmişti, ya beni de götürürsün, ya da niyetini Sultan'a anlatır, senin gidişini de engellerim!

Kuştüyü yataklarını, bi kuşsütü eksik mutfaklarını geride bırakıp, sahte kimlikler ve köylü kıyafetleriyle maceraya atıldılar, işgal kontrollerini aşıp, Adapazarı üzerinden Ankara'ya ulaştılar. Haberi vardı Mustafa Kemal'in... Çağırdı. Gittiler. Hayatımın en unutulmaz akşamıydı dediği akşamı yaşadı Ali Şamil... Mustafa

Kemal'le kadeh tokuşturdu. Sonra, üç sene, İsmail Hakkı bey nereye, Ali Şamil oraya, kah su taşıma, kah telgraf, kah boyu kadar tüfek, elinden ne geliyorsa ama, hep cephede... Kelle koltukta yaşadı, İzmir'e girenlerin hemen arkasındaydı.

İstiklal Madalyası aldı.

Nedir dersen...
Günümüzün gönüllü soytarıları kavrayamaz.
Bu ruhtur, 19 Mayıs.

Ve, Osmanlı'da "gülünen" Ali Şamil...
Cumhuriyet'te "Güler" soyadını aldı.

9 Eylül'de girdiği İzmir'den ayrılmak istemedi,
Basmane garında memur yaptılar onu.
Neticede vade doldu, rahmetli oldu.
Kokluca'da yatıyor.

Rahat uyu, aslan yürekli cüce.
Görecekler gene...
Boyundan bosundan utanmayanlardan ibaret değildir bu ülke!

23 Nis☺n

29 Ekim, yasak.
Bayrakla yürüyeni polis dövüyor.
19 Mayıs, yasak.
Statta üşürsünüz diyorlar.
9 Eylül, yasak.
Yunan işgali yok diyen bile var.
30 Ağustos, zaten fuzuli.
Hasan Tahsin'i anmak ayıp.
Kubilay'ı hatırlamak günah.
TC kaldırılıyor.

Ya 23 Nisan?

Değerli anne-babalar,
nasıl olsa bi yerde denk gelirsiniz...
"Palyaço" gösterin çocuklarınıza.

Mustafa Kemal'in bu memleket için attığı adımların bu memlekete kaç numara büyük geldiğini... Onun bize miras bıraktığı ayakkabıların içinde, nasıl göründüğümüzü anlasın çocuklar!

9 Eylül

Çiçekler açıyordu, İzmir'in dağlarında.
Boşaldılar aşağıya, dörtnala.

Yüzbaşı Şerafettin, Teğmen Ali Rıza ve Teğmen Hamdi, bismillah ilk iş, Hasan Tahsin'in düştüğü yere, hükümet konağının alnı kabağına diktiler sancağı... Üsteğmen Selahattin Kordon'a dalarken, Teğmen Celil'le Asteğmen Besim, varmıştı bile Kadifekale'ye.

Ya Karşıyaka?
Kara Fatma!

Evet... Karşıyaka'ya giren süvarilerin başında, simsiyah atının üstünde, simsiyah elbiseleri, simsiyah çizmeleri, simsiyah tüfeğiyle, esmer güzeli bi kadın, bi anne, Kara Fatma vardı.

Ona bu sıfatı, Mustafa Kemal vermişti.
Binbaşı eşini Sarıkamış'ta kaybetmiş, Sivas kongresine gitmiş, yolunu gözleyip, sarışın kurt'un önüne dikilmiş, yüzündeki peçeyi açmış, at bindiğini, silah attığını belirtip, bana iş ver demişti. Gazi de, yanık tenli, gözü kara kadına, görev pusulası yazıp, imzalamış, tarihi sıfatını takmıştı: Keşke bütün kadınlar senin gibi olsa Kara Fatma!

(İstisnaları tenzih ederim, kadın düşmanı ülkemin, kadın düşmanı tarihçileri bu mevzuyu sevmez, yazmaz... Aralarında kendi kızının da bulunduğu, neredeyse tamamı kadınlardan oluşan, 300 kişilik çetesi vardı. İnönü'de, Sakarya'da, Dumlupınar'da çarpıştı, yaralandı, bi ara esir bile düştü, kaçtı, Ege dağlarında vuruştu. İzmir'e girdiğinde 34 yaşındaydı.)

(İstiklal madalyası aldı. Onbaşı olarak başladı, üsteğmen olarak emekliye ayrıldı. Maaşını Kızılay'a bağışladı. Dara düştü, kimseye haber vermedi, Galata'daki Rus manastırına sığındı. Tesadüfen fark edildi, madalyam bana yeter demesine rağmen, yeniden, zorla maaş bağlandı, 1955'te, Darülaceze'de vefat etti, Kasımpaşa'daki Kulaksız Mezarlığı'na defnedildi.)

(Biz İzmirliler için yüreğimizde hicrandır, İzmir'de vefat etmediği için kahroluruz... Çünkü, Kara Fatma'nın kabri, hoyrat bi yol inşaatı sırasında darmadağın edildi, kayboldu maalesef.)

(Offf, of... Parantezi kapatalım. Devam edelim.)

En başta Kara Fatma, İzmir'e giren kahramanlarımız çok şaşırmış, gözlerine inanamamışlardı. Bütün şehir ay-yıldızlı bayraklarla donatılmış, adeta "gelincik tarlası"na dönmüştü. Ne var bunda şaşılacak derseniz... İşgal edilir edilmez, evler didik didik aranmış, bütün bayraklara süngü'yle el konulmuş, ibreti alem için sokaklarda yakılmıştı. E şimdi bu kadar bayrak nerden çıkmıştı?

Vaziyet kısa süre sonra anlaşıldı.
Yokluk, sefalet içinde yaşayan İzmirli kadınlar, bütün eşyalarını yok pahasına satmış, kırmızı perdelerini, kırmızı masa örtülerini saklamış, asla satmamış, yarıdan keserek, beyaz perdeler, beyaz masa örtüleriyle değiş tokuş etmiş, sabırla o gece'yi beklemişti.

O gece, 8 Eylül 1922'ydi.
Çıkardılar sandıklardan...
Kırmızı'nın üstüne beyaz ay-yıldız'ı diktiler. Denizi kız, kızı deniz kokan İzmir'in, kadınlarının bayrağıydı onlar.

(Kutsal emanet'tir... Bir tanesi, değerli gazeteci-yazar ağabeyim Yaşar Aksoy'da mesela... Namazgâhlı Sırrıye teyze'nin 8 Eylül gecesi dikip, 9 Eylül sabahı penceresine astığı bayrak.)

Ve, neymiş efendim...
Genelge varmış.
9 Eylül'lerde bayrak töreni yapılmayacakmış falan.

Bak arkadaş...
Genelkurmay başkanı necdet bey'e kilim hediye etmeye, lokum ikram etmeye benzemez bu iş.... Görürsün 9 Eylül'de Kara Fatma'nın İzmir'ini, ak mı kara mı!

29 Ekim

İstediği kadar tazyikli su sıksın...
Korkma sönmez!

10 Kasım

Anıtkabir'de seni en çok etkileyen nedir derseniz...
Tıraş seti.

Biri beyaz saplı, diğerleri siyah, sekiz ustura, seramik tabak, madeni tas, bıyık makası, tarak, sıfır numara makine, fırça ve bileme taşı... Ayrıca, arkasına K.A. harfleri kazınmış, gümüş el aynası, kapağına ay-yıldız işlenmiş, metal esans şişesi, çiçek motifli, cam krem kabı ve tırnak törpüsü.

Hayatı cephelerden cephelere sürüklenerek geçti.
Yatağından çok arazide yattı.
Bakımsız tek kare fotoğrafı yok.

"Dünyanın, gelmiş geçmiş en şık giyinen lideri"dir o... Gideli 76 sene oldu, bizimkileri zaten boşver, bugünkü İngiltere başbakanından, Fransa cumhurbaşkanından, ABD başkanından bile daha şık... En önemli moda markaları İtalyan ama, İtalyan başbakanı giyiyor, çuval gibi duruyor. Çünkü, kumaş, dikiş ve tasarım yetmiyor, fizik istiyor. Sıfır göbek. Hep fit'ti o.

Sağlıklı yaşam için spor'un keşfedilmesi, egzersiz bilincinin yaygınlaşması anca 30-40 sene öncesine dayanıyor. O'nun ise, Anıtkabir'deki özel eşyaları arasında, formda kalmak için tee 1925'ten itibaren kullandığı kürek çekme aleti sergileniyor... Ortalıkta fırıncı küreği gibi dolaşmaya benzemiyor yani bu iş!

Çoğunlukla beyaz, daima açık renk gömlek tercih eder, manşetlerine ya da kalbinin üzerine K.A. veya G.M.K. arması işletirdi. Kol düğmesi sever, yaka iğnesi takardı. Sayfiyede, Savarona'da ise, kısa kollu, keten gömlek giyerdi. Laciverti pek sevmez, kruvaze'den hoşlanmaz, genellikle yelekli, üç parçalı, siyah takım elbiseler diktirirdi. Her daim ütülü olmasına, orasından burasından sarkma yapmamasına büyük özen gösterirdi. Çapraz çizgili, desenli, takımına kontrast renkli kravatlar kullanırdı. En sevdiği kravat iğnesi, gövdesi burgulu, altın, devlet demiryolları amblemli olanıydı. Köstekli saati, ceket cebi mendili, vazgeçilmez aksesuvarlarıydı; ipek mendillerinin kenarları zikzak motifli olurdu. Seyahatlerinde tüvit takım, güderi ceket, riding coat tarzı jokey pantolonları giyerdi. Düz kemerden sıkılır, örgülü, illa ki tokalı yaptırırdı. Baston deyip geçme... Kimisi fildişi, kimisi lületaşı topuzluydu; tek mermi atabilen, tetikli olanı en meşhurudur ama, aslında en çok, sapında tavşan yakalamış aslan figürü bulunan, ucu metal halkalı, ahşap bastonunu severdi. Smokin ve frak'ta beyaz papyon takıyordu. Maharet isteyen pelerin'i değme aktörlere taş çıkartırcasına taşıyor, omuzlarına illa siyah değil, bazen mavi atıyordu. Bağcıklı, siyah rugan ayakkabı seviyor, çizgili siyah çorap kullanıyordu. Yazlık kıyafetlerinin altına beyaz veya lacivert-beyaz ayakkabılar giyiyor, çorap giymiyor, hatta bazen, ten rengi sandalet giyiyordu. Paltodan sıkılır, mümkün olduğunca giymemeye çalışır, mecbur kalırsa, koyu renk yerine, gri veya kahverengi tonları tercih ederdi. Ancak, desenli kaşkolları kış'ın olmazsa olmazıydı. Ve eldiven tabii... İçi ve bileği kürklü severdi. Akşamları pijamasının üzerine, mavi-lacivert çizgili, kirli beyaz, şal yakalı robdöşambr alıyordu. Ceketli pantolonlu; yakası, kolağzı ve cep kapağı mutlaka farklı renk şeritli, püsküllü kuşağı olan ipek pijamalar giyerdi.

Bir insan, hem kalpak'ı, hem silindir şapka'yı, hem panama şapka'yı, hem melon şapka'yı, hem fötr'ü, hem de kasket'i böylesine eşdeğer karizmayla taşıyabilir mi...

Şık, özenli, bakımlı olmayı elitizim, Anadolu çocuğu olmayı hırt'lık zonta'lık zanneden... Ve, "gardırop Atatürkçüsü" lafına pek bi sırıtanlar, o'nun gardırobunda kullanılmış külot torbası bile olabilir mi?

Sevgili anneler...
Kaygı duruşu değildir bu.
Saygı duruşu'dur.
Her 10 Kasım, kılık kıyafet devrimidir.
En bakımlı halinizle... Elbette ister yeni, ister eski ama, mutlaka temiz, ütülü; çocuklarınıza en güzel kıyafetlerini giydirin.

O sizi nasıl bekliyorsa...
Lütfen öyle gidin Anıtkabir'e.

Gençliğe hitabe!

Ey Türk gençliği...
Birinci vazifen, ayakkabı kutusunu, para sayma makinesini, ilelebet, muhafaza ve müdafaa etmektir.
Mevcudiyetinin ve istikbalinin yegâne temeli, ayakkabı kutusudur.
Bu ayakkabı kutusu, senin en kıymetli hazinendir.
İstikbalde dahi, seni bu ayakkabı kutusundan mahrum etmek isteyecek, dahili ve harici bedhahların olacaktır.
Bir gün, ayakkabı kutusunu ve para sayma makinesini müdafaa mecburiyetine düşersen, vazifeye atılmak kutuyu saklamak için, içinde bulunacağın vaziyetin imkân ve şeraitini düşünmeyeceksin.
Bu imkân ve şerait, çok namüsait bir mahiyette tezahür edebilir.

Ayakkabı kutusu ve para sayma makinesine kastedecek düşmanlar, bütün dünyada emsali görülmemiş bir soruşturmanın mümessili olabilirler.
Cebren ve hileyle aziz yatak odasının bütün ayakkabı kutuları zapt edilmiş, bütün dershanelerine girilmiş, bütün bakanları dağıtılmış ve emniyetin her köşesi bilfiil işgal edilmiş olabilir.
Bütün bu şeraitten daha elim ve daha vahim olmak üzere, adliyenin dahilinde, savcılığa sahip olanlar, gözaltına alma gafleti, tutuklama dalaleti ve hatta fezleke hazırlama hıyaneti içinde bulunabilirler.
Hatta, bu adliye sahipleri, şahsi ayakkabı kutularımızın menfaatlerini, müstevlilerin siyasi emelleriyle tevhit edebilirler.
Millet, fakruzaruret içinde harap ve bitap düşmüş olabilir.
Ey Türk istikbalinin evladı!
İşte, bu ahval ve şerait içinde dahi vazifen; ayakkabı kutusunu ve para sayma makinesini kurtarmaktır.
Muhtaç olduğun kudret...
Kutularındaki asil banknotlarda mevcuttur.

Ne Mutlu Kutum Diyene!

Türk'iye

Cibiliyetsiz'sin.
Vampir'sin.
İki cihanda lekeli'sin.
Gâvur'sun. Hasta kafa'sın.
Milletin malının peşkeş çekilmesine karşıysan, sermaye ırkçısı'sın. Vatan haini'sin. Bizzat başbakanımız izah etti, hazımsız tip'sin, şizofren tip'sin. Kudurmuştan beter'sin. 1959'dan beri AB'ye gireceğiz diye kandırıldığımızı hatırlatıyorsan, vizyonsuz'sun, cahil'sin. Bahtsız bedevi'sin. Keriz Feneri rezaletini yazıyorsan, iftiracı'sın, İsrail ajanı'sın. Seçmene avanta kömür, bulgur, buzdolabı dağıtılmasına itirazın varsa, çirkin'sin, antidemokrat'sın, halk düşmanı'sın. Hukuku guguk yaptılar diyorsan, Ergenekoncu'sun, darbeci'sin, beyinsiz'sin,

soytarı'sın, geçmişin lekeli, çete avukatı'sın, mafya'sın, densiz'sin, ahlaksız'sın, müfteri'sin, karanlık komplocu'sun, kirli senarist'sin.

Hükümetimizin referandumlarına hayır diyorsan, ya bakanımızın söylediği gibi, aklından zorun var'dır, ya da liboşun yazdığı gibi, vicdansız'sın, bağnaz'sın. Tayyip Erdoğan'ın canını sıkarsan, ucube'sin. Bülent Arınç'ın asabını bozarsan, yaratık'sın. Devrimciysen, dudakların lekeli, ülkücüysen, contaları yakmış'sın. AKP'ye ak demiyorsan, edepsiz'sin. Seçmensen, kaz güdemeyene, koyun güdemeyene oy vermeyeceksin, güdülecek'sin. Bakanlarımızı gördüğün zaman, takla atacak'sın, göbek atacak'sın.

Anan ağlıyorsa, ananı da alıp gidecek'sin.
İşsizsen nankör'sün. Cebine ilaç parası sokuşturulduğunda, dilenci değilim diyorsan, olsa olsa ruh halin bozuk'tur. Çocuklarımızı hastanelik eden süt, bozuk olamaz, senin çocuğunun psikolojisi bozuk'tur. Madenciysen güzel ölü'sün. Gazeteciysen, tasmalarından kurtardılar seni, bildiğin köpek'sin.

Şehitsen, kelle'sin.
Alt tarafı, bikaç mehmet'sin.
Gaziysen, gaziliğini bileceksin, istismar etmeyecek'sin. PKK'yla masaya oturduklarını iddia ediyorsan, şerefsiz'sin, müfteri'sin, haysiyetsiz'sin.

Türban takmıyorsan, dinsiz'sin. Kızlı-erkekli bahçede oturuyorsan, yoldan çıkar'sın, kızlı-erkekli bankta oturuyorsan, kucakta oturuyor'sun, kızlı-erkekli yurtta kalıyorsan, orası fuhuş yuvasıdır. Tüsiad gibi düşünüyorsan, pornocu'sun. Kürtaj yaptırdıysan, katliamcı'sın, sezaryen yaptırdıysan, katil'sin. Dindar gençlik değilsen, tinerci'sin. İmam hatibe gitmediysen, satanist'sin. Ayyaş'sın. Alkolik'sin. Çapulcu'sun. Vandal'sın. Zavallı kemirgen'sin. Ulan'sın. Be'sin.

Atatürkçüysen, terörist holigan'sın.
Türk bayrağıyla yürüyorsan, marjinal'sin.
Alt kimlik'sin.
Ulusalcıysan, kafatasçı'sın, ırkçı'sın, faşist'sin.
Milliyetçiysen, ayaklar altında'sın.

Tayyip Erdoğan açık açık, her arkadaşımın mesuliyetle hareket edeceğine ve düşman sevindirmeyeceğine inanıyorum dediğine göre... Düşman'sın.

AKP milletvekili söyledi, kanın bozuk.
AKP valisi söyledi, gavat'sın.

En son ne öğrendik?
AKP yöneticisi söyledi.
Türk değil'sin.
Çünkü, Türk filan yokmuş.

Haklı olabilir aslında.

Çünkü bırak Türk'leri... Yabancılar bile Türk milletine bu kadar hakaret edilmesine sessiz kalmazdı herhalde!

Mustafa Kemal'in askerleriyiz

Mustafa Kemal'in askerleriyiz.
Hiç düşündünüz mü...
Nereden çıktı bu slogan?
İlk kim söyledi?

Sene 2006.
Aylardan haziran.
Yer, Danıştay.
Mustafa Kemal'in doğumunun 125'inci yılı dolayısıyla konferans düzenleniyor, ayakta alkışlanan konuşmacı anlatıyor: "Atatürk Türkiyesi'nden rahatsız olanların yapması gereken, Atatürk'ü unutturmaktı. Onu yapıyorlar. Cumhuriyet'in nasıl kurulduğunu, milli mücadeleyi çocuklarımıza iyi anlatmak zorundayız. 1948'den beri Mustafa Kemal'in askeriyim, terhis olmak istemiyorum."

Turgut Özakman'dı o.

Mucidi odur.

Peki, 1948'den beri askeriyim diyen, terhis olmak istemiyorum diyen Turgut Özakman, 1948'de yedek subay filan mıdır? Alakası yoktur.

İçinde "asker" kelimesi geçiyor ya... Dincileri-liboşları boşverdim, bazı CHP yöneticileri bile bu sloganı "militarist" zannediyor. Halbuki, tam tersine, sivil'dir, hukuki'dir.

Turgut Özakman, 1948'de henüz 18 yaşındadır, Ankara Üniversitesi Hukuk Fakültesi öğrencisidir. Milli mücadelenin izini sürebilmek için Ankara'dan Afyon'a kadar yürür. Mecazi anlamda söylemiyorum, otomobil veya trene binmeden, tabana kuvvet, yürür. Güzergah üzerinde yaşayan, Kurtuluş Savaşı'na şahit olmuş ve 1948'de hâlâ hayatta olanları bulur. Hatıraları dinler, defterler dolusu notlar alır, fotoğraflar toplar. Bıyıkları yeni yeni terlemeye başlamış bu delikanlının yaya olarak gerçekleştirdiği tarihi seyahat, 10 gün sürer... Ve, bu attığı adımlar, *Şu Çılgın Türkler* fikrinin çıkış noktasıdır.

1948'den beri askeriyim dediği, işte budur.
Bireysel şuurdur.
Cumhuriyet tarihinin en çarpıcı sloganı Mustafa Kemal'in askerleriyiz... Cumhuriyet tarihinin en çarpıcı kitabı *Şu Çılgın Türkler*'in özetidir. Terhis olmak istemiyorum'dan kastı ise, bıkmadan usanmadan, anlatmaya devam etme azmidir.

"Hakikate ihanet etmeyelim" derdi.
Buna didindi, son nefesine kadar.
Huzur içinde yat hocam...
Vatan sana minnettar.

Andımız

CHP'nin müftü milletvekili İhsan Özkes, Başbakan Tayyip Erdoğan'ın cevaplandırması talebiyle TBMM Başkanlığı'na soru önergesi verdi:

"İstanbul Kartal Ege Sanayi İlköğretim Okulu'nda din kültürü ve ahlak dersinde Cumhurbaşkanı Abdullah Gül'ün duasının okutulduğu doğru mudur?"

Çünkü...
Bir gazeteci arkadaş, Çankaya Köşkü'ne gelen vatandaş mektuplarını Abdullah Gül'le birlikte derleyip, *Cumhurbaşkanım Mektubunuz Var* adıyla kitap haline getirmişti. Bu kitapta, Abdullah Gül'ün her akşam okuduğu duaya da yer verilmişti. Abdullah Gül yatmadan önce, "Allahım beni güvenilir kıl, kalbimi adalet, tevazu, şefkatle doldur, helalinden hizmet etme imkânı ver" diye başlayan uzunca bir dua okuyordu. Hatta duanın bir bölümünde, "beni ve çalışma arkadaşlarımı taşıdığı yükün farkında olan insanlardan eyle" diye siyasi mesaj bile vardı. İstanbul Kartal'daki ilköğretim okulunun din dersi öğretmeni, bu kitaptaki duayı, her gün okusunlar, ezberlesinler diye, öğrencilerinin defterlerine ödev olarak yazdırmıştı. Müftü milletvekili de, velilerin şikâyeti üzerine bu soru önergesini vermişti.

Başbakan adına, milli eğitim bakanı cevapladı.
"Müfredata uygundur" dedi.

Mustafa Kemal'in Andımız'ı...
Kafatasçı, sakıncalı, fuzuli.
Abdullah Gül'ün duası...
Cümleten amin yani!

10'uncu Yıl Marşı

Tayyip Erdoğan bağırarak sordu...
Demir ağlarla örmüş filan, ne ördün?

Sonra da bağırarak izah etti...
Asıl biz ördük dedi.

Demiryolları Almanlarındı.
İngilizler, Fransızlar işletiyordu.
İşletme lisanı, Fransızcaydı.
Meslek, Türklere kapalıydı.
Hatta, imtiyazlar, ödenen paralar kesmemiş, Alman demiryolu mühendisi, ray döşüyoruz ayaklarıyla Zeus sunağını araklamıştı; memleketi söğüşlüyorlar, inek gibi sağıyorlardı.

Mustafa Kemal geldi...
Demiryolları millileştirildi.
Milletin oldu.
Vagon fabrikası kuruldu.
Okul kuruldu.
Demiryolcu yetiştirildi.
Tek kuruş borç almadan...
Bunların yaptığının dört katı demiryolu yapıldı.

Sonra, bunlar geldi.

Ankara-İstanbul hızlı trenini, Çinliler yapıyor.
Lokomotifler İspanya'dan.
Rayları bile İspanya'dan.
Makinistler desen...
Almanya'da eğitildi.

Konya-Ankara?
Raylar, İtalyan.
Vagonlar, İspanyol.

Marmaray, Japon.
Vagonları, Güney Kore.

Ankara metrosu...
Sistemi, Alman, İtalyan.
Vagonları, Çin'den.

İstanbul metrosu...
Sistemi, Fransız, Alman.
Vagonları, Güney Kore'den.

(Metrobüs, Hollanda'dan. Deniz otobüsü, Avustralya'dan. Fatih

Sultan Mehmet Köprüsü'nün asfaltı teee Trinidad Tobago'dan. Neyse, konuyu dağıtmayalım.)

Ankara-Eskişehir
Aliağa-Menderes
Bandırma-Menemen
Bursa tramvayı, İspanyol.

Balıkesir-Eskişehir, Fransız.
Köseköy-Gebze, İtalyan.
Gebze-Halkalı, İspanyol
Ankara-Sivas, çekik gözlü.
Sivas-Erzincan, İtalyan.

Testleri, Çek Cumhuriyeti'nde yapılıyor iyi mi... Çek Cumhuriyeti müsait değilse, haaadi bakalım Almanya'ya Fransa'ya gönderiliyor; lokomotifleri zaten gemiyle Güney Kore'den geliyor.

Edirne'den Ardahan'a hızlı tren için Çinlilerle masaya oturuldu, Çinliler etap etap döşeyelim diyor, hükümetimiz komple boydan boya döşeyin diyor; kondüktör'ün düdüğü Çin'den.

Güzergâhlar üzerindeki koyunlar bile, ithal.
Macaristan'dan.
İnekler Uruguay'dan.
Tek tesellimiz var...
Trene bakan öküzler yerli!

Anıtkabir

Orgeneral Necdet bey'e iletilmesi ricasıyla...
Genelkurmay Başkanlığı, Çankaya, Ankara.

Necdet bey...
Bu sene mesela, kaç subay hapse girdi?

Biliyoruz.
Adalet Bakanlığı gün gün, isim isim açıklıyor.
Ülkeye kaç dolar girdi?
Cent cent...
Merkez Bankası duyuruyor.
Memlekete kaç turist girdi?
Sor Turizm Bakanlığı'na, söylesin.
İstatistiği tutuluyor.
Kaç kişi işe girdi?
Kaç kişi ev taksitine girdi?
Kaç kişi üniversiteye girdi?
Kaç kişi sinemaya girdi?
Kaç kişi maça girdi?
Hepsini biliyoruz.
Kümese kaç tavuk girdi?
Ağıla kaç koyun girdi?
Ahıra kaç eşek girdi?
Tek tek sayılıyor.
Kaç kişi gerdeğe girdi?
Onu bile biliyoruz.
Tüik'in sitesinde yazıyor.

19 Mayıs...
23 Nisan...
Veya, 29 Ekim...
Anıtkabir'e kaç kişi girdi?
Bilmiyoruz!

Niye bilmiyoruz kardeşim?
Genelkurmay Başkanlığı'nın resmi internet sitesindeki "Anıtkabir ziyaretçi sayısı"nı neden kaldırdınız? Anıtkabir'e giren yurttaş sayısı, Türkiye'ye giren angus sayısından önemsiz midir?

Emir mi aldınız?
Sizin emriniz mi?
Bilmek istiyoruz.
(Konuyla ilgili olarak Milli Savunma Bakanı'na soru önergesi verildi. Lütfedilip cevap verilmedi. Gerçeği öğrenebilmek için senelerce Wikileaks belgelerinin açıklanmasını mı bekleyeceğiz?)

En son gittiğinizde, Anıtkabir Özel Defteri'ne "Atatürkçü düşünce sisteminin ışığı altında, bize verilen bütün görevleri yerine getirmeye hazırız" yazmıştınız.

Anıtkabir kanunen size bağlı...
Görevinizi yerine getirin.
Atatürkçülüğü saymak, sizin işiniz.

Sayın Necdet bey...
Say'ın.

Sevgilerimle olmasa da...
Say'gılarımla.
Yılmaz

Çanakkale

18 Mart, Deniz Zaferi.

Deniz kuvvetleri komutanları, oramiraller içerde... Deniz kuvvetleri kurmay başkanlarından birini fuhuşçu-casus diye tutukladılar, birini suikastçı diye tutukladılar. Donanma komutanı istifa etti. Donanma kurmay başkanına 18 sene giydirdiler.

Kuzey deniz saha komutanı...
Hasdal'dan Silivri'ye götürüldü.
Güney deniz saha komutanı...
Şimdilik Hasdal'da.

Muharip gemilerin bağlı olduğu...
Kuzey görev grup komutanı,
Güney görev grup komutanı,
Batı görev grup komutanı,
Harp filo komutanı, hapiste.

Denizaltı filo komutanı?
E tabii.

Bir savaş gemisi üç senede inşa ediliyor; buna kumanda edecek subay 15 sene, komodor 20, amiral 25 senede yetişiyor. Donanmanın gözbebekleri, Oruçreis, Gelibolu, Yıldırım, Gökova, Gemlik, Yavuz, Gediz, Salihreis firkateynlerinin komutanları, benim değerli arkadaşlarım, Maltepe'de yatıyor.

Milli gemi Milgem'i Milgem yapan en seçkin mühendis-subaylar, tersane komutanlarıyla beraber içerde.

Gölcük, Aksaz, Foça, İskenderun deniz üssü komutanları içerde... Boğaz komutanı, içerde... Çıkarma gemileri komutanı da içerde, mayın gemilerinin komutanları da içerde.

Sat'ları nerelerinden tutuklayacaklarını şaşırdılar... Kimisini casusluktan, kimisini suikastçılıktan, kimisini darbecilikten, kimisini fuhuşçuluktan içeri attılar. Kardeşim, kimdir bu başıboş zodyağın sahibi diye seslensen... Ya Hasdal'dadır, ya Hadımköy'de, ya da Buca'da.

Deniz harp okulu komutanı istifa etti.
Deniz lisesi komutanı tutuklu.

Hukuk, karaya oturdu!

Deniz Zaferi diye buna derim.
Cümleten hayırlı zaferler dilerim.

TSK sanık
PKK tanık

İmralı'ya muhabbet Silivri'ye müebbet

Gazeteciliğe gece muhabiri olarak başladım.
İlk imzalı manşetim, hunharca cinayetti.
Bir kadın, annesi ve iki çocuğu öldürülmüştü.
Genç kadını yatak odasında atkıyla boğmuşlar, yaşlı kadının oturma odasında gırtlağını kesmişler, yedi ve dokuz yaşındaki iki kardeşi ise, banyoda, küvette, kafalarına piknik tüpü vurarak katletmişlerdi. Manzara korkunçtu. Büfede duran aile fotoğrafından tek kişi eksikti, baba...

Kulakları çınlasın, emekli oldu, dönemin cinayet masası amirine "o mu?" diye sormuştum. Gayet sakin "hayır" demişti... "Kadının kolu zorlanmış, morluklar var, büyük ihtimalle bileziklerini söktü aldı, biraz sonra tıpış tıpış gelir!"

Saat gece yarısını geçmiş, duyan koşmuş, çoluk çocuk meraklı kalabalık, mahalleli birikmişti. Sivil polisler, adeta randevu bekler gibi sigara tüttürüyor, sokakta, komşularla sohbet ediyordu.

Bi anda...
Ortalık karıştı.
Kaş-göz işaretleriyle herifin birinin üstüne çullandılar.
Apar topar ekip arabasına sokup götürdüler.

Katil'di... Uzaktan akrabaydı. Meğer, Eşrefpaşa'da cinayeti işlemiş, bilezikleri almış, Urla'ya gitmiş, arkadaşının düğününe katılmış, bileziklerden birini geline takmış, çulsuzun bilezik takması dikkat çekmiş, katledilen aile'nin uzak-yakın tüm akrabalarının o gece nerede, ne yaptığını takibe alan polisin haberi olmuş... İlk kez o an duyduğum "bumerang korelasyonu"nun gerçekleşmesi beklenmişti.

Bumerang korelasyonu...
"Katil mutlaka cinayet mahalline geri döner"den ibaretti.

Suçlu psikolojisinin, ruh halinin, temel davranış biçimiydi. Cesedin bulunup bulunmadığına, delil bırakıp bırakmadığına, ne konuşulduğuna... Ama hepsinden önemlisi, eserine bizzat "tanık" olma duygusuydu.

E bakıyoruz Ergenekon davasına...

Binlerce şehit.
Terörist, şahit.

TSK sanık.
PKK tanık.

Parmak izi ekibine filan gerek yok aslında...
Apo'yu hâkim yapın, bitsin bu iş.

Kozmik nikâh

Gazeteyi açtım... Manşet.

Poyrazköy sanıklarından binbaşıyla koramiralin avukatı, duruşma sırasında mahkeme başkanından söz istemiş, "müsaadenizle televizyon muhabirine evlilik teklif ediyorum" demiş. Mahkeme başkanı "talebiniz kabul edilmiştir" deyince, televizyon muhabiri "sertifikalı tektaş alırsa, evet diyorum" demiş. Sanıklar alkışlamış, genç çifti tebrik etmişler filan.

Ben de tebrik ediyorum.

Çünkü...
Damadı internet sitelerindeki ufak tefek haberlerden tanıyorum, müthiş açıklamalar yapıyor, sahte deliller, çakma belgeler, yalancı şahitler, normalde ortalığın ayağa kalkması lazım, o kadar enteresan "söz"ler söylüyor... Bırak manşeti, birinci sayfaya girdiğini bile görmedim.

Bi "söz"lendi...
Ana Haber'de yayınladılar!

E hâlâ, vay efendim sansür varmış da, tutuklu subayların sesini kimse duyurmuyormuş, haber yapılmıyormuş falan deniyor... Siz ne biçim kurmaysınız kardeşim, kafayı çalıştırın biraz.

Ergenekon duruşmasında kına gecesi yapın mesela...
Yaptınız da, duyurmadık mı?

Balyoz'da nişan.
Silivri'de düğün.
Hasdal'da bekarlığa veda partisi.
Maltepe'de takı merasimi.
(Genelkurmay'dan bilezik.
Hükümet'ten kol saati.)
Sincan'da imam nikâhı gari.

Ya da ne bileyim...
Orgeneralin aşk mektupları.
Yazdınız da, yazmadık mı?

Kahraman vatan haini!

Haftalardır tartışılıyor.
İmralı'ya kim gitsin?
Seçenek seçenek sunuluyor.
Şu gazeteci gitsin, şu siyasetçi gitsin...
Hükümetimiz isimlerden isim beğenmiyor.

Yapıcı olayım.
Öneride bulunayım.

Anadolu'nun küçücük kasabasından elinde bavuluyla yola çıktığında kendisi de küçücüktü, henüz 14 yaşındaydı. Askeri liseye yazıldı. Harp okulundayken, boks'a başladı, 1979 senesinde, kilosunda Türkiye şampiyonu oldu, defalarca milli takıma girdi. Özel kuvvetler'e seçildi, bordo bereyi taktı. Paraşütçü, kurbağaadam, kar kayakçısı, sualtı savunma-taarruz uzmanı, yakın dövüş ve atış hocası oldu.

15 Ağustos 1984, bölücü terör, tarihimizde ilk kez vurdu... Bir saat sonra helikopterle Eruh'a indirilen tim'in komutanıydı. Lübnan, Somali, Bosna, Arnavutluk, Kosova, Gürcistan, Irak'ta özel görevlerde; 28 ülkede bulundu. Somali'deyken, bizzat ABD Genelkurmay Başkanı tarafından "best of the best" sıfatıyla onurlandırıldı, delta force'lara örnek gösterildi. Beyrut'ta askeri ataşelik yaptı; oradayken Beyrut Büyükelçiliğimiz roketle vuruldu, odası isabet aldı, kıl payı kurtuldu. Hayatı boyunca bir kere bile olsun, batı'daki şehirlerimizde görev yapmadı. Yüzlerce operasyona, bütün sınır ötesi harekatlara katıldı, Hakurk, Haftanin, Zeli, Metina, Zap, Avaşin... Kampların hepsine girdi, Kuzey Irak'ta aylarca kaldı.

Gazi...
Bir keresinde, çatışma bölgesine, gece karanlığında paraşütle atladı, kayalıklara inerken son anda ters rüzgâr yedi, çakıldı, boynundan ağır şekilde yaralandı, günlerce hastanede yattı, haber vermedi, ailesinin anca iyileştikten sonra haberi oldu.

İngilizce, Yunanca, Kürtçe biliyor.
Zodyak'tan tank'a kadar, operasyonel anlamda kullanabiliyor.
Gazi Üniversitesi'nde, silah ve mühimmat kazaları üzerine yüksek lisans yaptı.

Üstün Cesaret ve Feragat Madalyası var. Sayısız takdir beratı var. İnanılmaz kahramanlıkları ve fedakârlıkları sebebiyle, çok az insana nasip olacak şekilde, Genelkurmay'dan iki defa para ödülüne layık görüldü. Almadı, iyi mi... Kabul etmedi. Devlet zaten bize maaş veriyor, üstüne niye ekstra para alayım ki, dedi.

Nerelerde bulunduğunu, kimbilir hangi dağlarda olduğunu, eşi bile bilmiyordu. Ama hangi şartlarda olduğunu biliyordu. "70 kilo gönderirdim, 60 kilo dönerdi" diyor. En uzun ayrılık... Sekiz ay görüşemedikleri oldu, sadece telefonlaşabildiler. Oğlu mesela, ilkokul birinci sınıf karnesini aldığı gün, velilerin arasında alkışlayan babasını tanımadı. Kızı doğdu, gelemedi, kucağına aldığında dört aylıktı. Babasını kaybetti, gene gelemedi.

Peki ya, onu doğuran ana?

Hakkında "terörist" diye yakalama kararı çıktı. Annesi duydu. "O gece" kalp krizi geçirdi. Vefat etti... Ömrünü terörle mücadeleye adayan oğlunun terörist ilan edilmesine dayanamadı ana yüreği.

Evet...
Terörün başladığı gün, Türkiye Cumhuriyeti'nin terörle mücadele etsin diye "ilk gönderdiği subay" hapiste.

Dolayısıyla...
Hâlâ İmralı'ya kim gitsin diye kafa yormanın alemi yok.
Çıkarın İmralı'dakini kardeşim.
Bunları koyun İmralı'ya.

Profesör Mehmet Haberal

Ergenekon'dan tutuklanan Profesör Haberal hakkında 500 bin civarında haber-yorum yapılmış... Bunca haber-yorum yapılırken, Profesör Haberal'la görüşüp, fikrini soran gazeteci sayısı kaç biliyor musunuz?

Sıfır!

Evet, sıfır, hiç yok...
Dört senedir hapiste bulunan, gıyabında her türlü atılıp-tutulan Profesör'le bi kez olsun yüz yüze konuşup, siz ne düşünüyorsunuz diye soran gazeteci, görülmedi maalesef.

Halbuki zamanında, özellikle Ankara basını için en popüler insanlardan biriydi. Bırak gazeteciliği, eski dostluğa binaen, halini hatırını sormak için bile olsa gidilmeliydi. Gidilmedi.

E, ben gideyim bari dedim.

Avukatı aracılığıyla Adalet Bakanlığı'na başvurdum, açık görüş talep ettim. Hay hay dediler. Şak diye izin verdiler. Peki, açık görüş yapabilmek için birinci derece akraba olmak gerekmiyor mu? Gerekmiyor. Çünkü, Profesör Mehmet Haberal milletvekili... İsteyen her gazeteci görüşür. Yeter ki, iste.

Neyse, gittim Silivri'ye, girdim görüşme salonuna, hiç tanışmamıştık, tanıştık profesörle... Pırıl pırıl tıraşlı, takım elbiseli, kravatlı... İki masa hazırlanmış. Birinin üstü broşür dolu; izah edeceğim dedi. Geçtik öbür masaya, oturduk. Betondan ibaret cezaevinde, görmeyi düşündüğüm en son şey vardı masada... Çiçek sepeti! Rengârenk çiçeklerden zarif bi potpuri hazırlanmış, masaya özenle konulmuş.

En karamsar olunması gereken mekânı, adeta kırmızı karanfil gibi yakasına takmış yani profesör... Güzelleştirmiş.

İzin verirseniz, şuradan başlayayım dedi, antetli bir kâğıt çıkardı, hakikaten gözlerime inanamadım... Harvard Üniversitesi'yle "hapisteyken" protokol imzalamış; Harvard Üniversitesi'yle Başkent Üniversitesi, yanık tedavisinde, ortak programla en üst düzeyde akademik eğitim verecekmiş.

Sonra, yan masadaki broşürleri tek tek anlatmaya başladı. "Hapisteyken" Dünya Tıp Etik Bilimler Akademisi'ni kurmuş iyi mi... Hani, örgüt kurmuş diyorlar ya, al sana örgüt... 27 ülkeden 66 biliminsanı bu örgütün üyesi! Bazılarını ihbar ediyorum: ABD'den Profesör Gamelli, Japonya'dan Profesör Aikawa, Kanada'dan Profesör Keown, Almanya'dan Profesör Land, İngiltere'den Profesör Nadey.

Türkiye'de İlk Karaciğer Naklinin 25'nci Yıldönümü Kongresi'ni organize etmiş...
"Hapishaneden" tek tek yazışarak, teyitlerini almış, içsavaş halindeki Suriye dahil, 17 ülkeden 42 konuşmacı katılacakmış.

Tee 2014'ün Eylül ayında İstanbul'da düzenlenmek üzere, Ortadoğu Organ Nakli Derneği Kongresi'ni ve Transplant Oyunları'nı organize etmiş... Salonu, saati, davetiyeleri bile şimdiden hazır, gösterdi.

İki ayda bir "Experimental and Clinical Transplantation" dergisini çıkarıyor; hapisten...
ABD'den Avustralya'ya Belçika'dan Hollanda'ya İran'dan Pakistan'a dünyaca ünlü otoriteler makalelerini Silivri'ye postalıyor, Profesör Haberal şef editörlüğünü yapıyor, Ankara'da basılıyor, 40 ülkeye gönderiliyormuş.

Bir saat görüştük.
Bir saat bunları anlattı.

Beni aldı, çocukluğuna, odun ateşinin ışığıyla kitap okumaya çalıştığı Rize'deki köyüne götürdü, odun ateşinin ışığından lazer teknolojisine gelmelerini "hayaldi gerçek oldu" diye özetledi, gülümsedi. Fırsat olsa, bir-iki saatliğine çıkabilse, Zonguldak'a gidip yer bakmak istediğini, oraya diyaliz merkezi kurduğunu, bir de hastane kurmak istediğini anlattı. İzmir'e gidersem, kendisinin inşa ettirdiği Zübeyde Hanım Hastanesi'ni görmem gerektiğini, Ankara'ya gidersem, mutlaka Başkent Üniversitesi'nin kampusunda kurduğu Atatürk Müzesi'ni gezmem gerektiğini söyledi; Atatürk'ün İstanbul Akaretler'de oturduğu 76 numaralı evin birebir kopyasıymış. 2015 projelerinden bahsetti, heyecanla, coşkuyla.

Hayatın kıymetini bilecek kadar ölüm, özgürlüğün kıymetini bilecek kadar hapishane gördüm, böyle şey görmedim kardeşim... Profesör Haberal'ın vücudunu oraya hapsetmişler ama, idealleri bir gün bile tutsak olmamış.

Bedeni Silivri'de kilitli...
Vizyonu dünyayı dolaşıyor.

Uğradığı haksızlığın yüzde birine maruz kalan biri, lanet olsun böyle memlekete, verdiğim emekler haram olsun der, yılgınlığa düşer, hiç olmazsa dert yanar. Tam tersine... "Buraya konulacağımı rüyamda görsem inanmazdım ama, buraya konuldum diye memleketime küsecek değilim" diyor. İnsanın, her şartta daha iyi ne yapabilirim diye uğraşması gerektiğini anlatıyor.

Bitti görüşme...
Kalktık, sarıldık.
Ayrılıyoruz.
"Peki ya, dava?" dedim.

Yattığı 4 sene...
Söylediği, sadece 4 kelime.
"Ağrıma gidiyor, yakışmıyor Türkiye'ye."

Gizli tanık

Erkek çocuğuna tecavüz etti.
Sekiz ayrı tecavüz davası var.
Sapık... Tanık.

Helikopter satın alacağını iddia eden, ancak, kontörü bittiği için mesaj atamadığını söyleyen, dolandırıcı... Tanık.

Katil.
Cinayetten hükümlü.
Hırsızlıktan sabıkası var.
Gasptan sabıkası var.
Tanık.

Bana şu şu isimli sanık katliam yapmam için silah verdi diyen, hangisi o göster bakiim denilince, şu şu isimli sanığı salonda teşhis edemeyen, yalancı... Tanık.

191 saldırı ve pusuda 283 kişinin ölümünden sorumlu tutulan; vatan toprağını bölmeye yönelik eylemlerden, ömür boyu hapse mahkûm edilen, tescilli terörist... Tanık.

Genelkurmay Başkanı Işık Koşaner, tanık olamıyor.

Sapık tanık oluyor; hava kuvvetleri komutanı olamıyor.
Katil tanık oluyor; deniz kuvvetleri komutanı olamıyor.
Yalancı tanık oluyor; jandarma genel komutanı olamıyor.

Tarih affetmez filan deniyor ya...
Cümleten, tarihe tanık olunuyor!

Silivri

Lafı eğip bükmeyelim.
O müebbet kararlarını sadece mahkeme heyeti vermedi.
Tarafsızım pozlarına bürünüp, üç kuruşluk şahsi menfaat için adaletsizlikten, zulümden taraf olan iş dünyası verdi.

TOBB başkanı mesela.
O verdi.
Bunca hukuksuzluk, bunca iftira, bunca insafsızlığa göz göre göre tanık'ken, hâlâ muktedirin şakşakçılığını yapıyorsan...
Ortaksın bu karara.

Vay efendim, hükümetin icraatlarını beğeniyorum ama, Mustafa Balbay'ın çocuklarına üzülüyorum filan... Yok öyle! Sevap senin desteğinle oluyorsa, günah da senin.

Sezen Aksu verdi bu kararı... Hepimizin Sezen'iydi, Ak'su olmayı tercih etti. Akil insan Hülya Koçyiğit verdi. Unutursam kalbim kurusun diye haykırıyor Tuncay Özkan'ın kızı... Asla unutturmayacağız Kadir İnanır'ı.

75 yaşındaki rektörü hapse tıktılar.
Kanser hastası rektör, hücrede.
Dut yemiş bülbül gibi koltuğunda oturmaya devam eden öbür rektörler verdi bu kararı... Aman profesörlüğüm engellenmesin, doçentliğim yanmasın diye, insanların diri diri gömülmesini görmezden gelen, suratını başka tarafa çeviren akademisyenler verdi.

Ekranda gerdan kıran gözlüklü şişko verdi bu kararı... Çünkü biliyor ki, Merdan Yanardağ gibi gazetecilerin kalemini kıran zihniyet olmasa, Patagonya'da bile haber sunamaz. Bi tarafta bu sunar, öbür tarafta anca penguen sunar.

Genelkurmay başkanına müebbet verilirken, karargâhta hurma ikram eden, iftar veren Necdet bey verdi bu kararı... Soğansız köfte tarifi veren Hilmi efendi verdi.

Dinle bak ne diyor silah arkadaşının oğlu...
"Amca dediğim için utanıyorum, ömür boyu utanacağım, TSK'ya ve Türkiye'ye ihanet etti, bütün aileler böyle düşünüyor, vicdanıyla baş başa bırakıyoruz."

Hangisi daha ağır dersin?
Hapisten çıkamamak mı?
İnsan içine çıkamamak mı?

Demem o ki...
Kendisine yapışmasın diye "teflon tava" ayaklarına yatan herkes, bu karara ortaktır. Ve aslında, Yargıtay aşaması herkes için bir şanstır. Herkesin vicdanını temyiz edip, kişisel kararını yeniden gözden geçirmesi için fırsattır.

Aksi halde.
Onlar müebbet'e ama...
Sizler ilelebet'e mahkûmsunuz.
İlelebet böyle anılacaksınız.

Harddisk

Elinde krokiyle suikastçı yakaladık dediler.
Adam özel kuvvetlerde albay, üç lisan biliyor, sayısız yurtdışı operasyona katılmış, gel gör ki, Ankara Çukurambar şu şu sokak'ı aklında tutamamış herhalde, elinde krokiyle sora sora adres arıyor!

Suikastçı, polislerden pet şişeyle su istedi, ani bi hareketle krokiyi yuttu dediler. Kalsiyum Sandoz'a çizmiş krokiyi demek ki, kuru kuru gitmemiş boğazından.

Suikastçı subaylar, takip edilmesinler diye gps'siz otomobil kullandı dediler. Malum, bizim subaylar Porsche filan kullanır, astsubaylara genellikle Mercedes tahsis edilir. Uydudan yakayı ele vermemek için reno'ya binmişler anlaşılan.

Pantolon uymadı, gömlek verelim misali, Bülent Arınç'a suikast uymadı, kozmik odayı inceleyen hâkime suikast yapılacak dediler, askeri plakalı otomobili durdurup, bu defa kaçamadılar, suçüstü yakaladık dediler. Aşçı, marangoz, elektrikçi çıktı. Ankara'da elini sallasan beli silahlı adama çarparsın, bunlar yakalaya yakalaya eli kepçeli er yakaladı. Dinleme cihazı diye fotoğrafı basılan ise, mutfak robotuydu.

Aşçı çavuş, Deniz Kuvvetleri Komutanı'nın lojman aşçısıydı, hatta 31 Aralık'ta gözaltına alındığı için, komutana yılbaşı yemeğini pişiremedi. Yarbay Ali Tatar gibi donanmanın seçkin subaylarını, deniz kuvvetleri komutanına suikast yapacak diye tutukluyorlar, aynı komutan'ın aşçısını hâkime suikast yapacak diye yakalıyorlardı. Bu ne şapşal örgüt birader... Bu ne biçim organizasyon... Subaylar hâkimi vursa, aşçılar komutanı zehirlese, daha pratik değil miydi?

Derken... Kazılar başladı. Poyrazköy'den üç lav silahı, ormandan dört el bombası, makilikten mermi, dağlık araziden geline altın bilezik falan, TRT devamlı naklen yayınlıyordu. Diyeceksiniz ki, hepsi tamam da, bilezik nerden çıktı? Üç uyanık, fırsat bu fırsat, Ankara Altındağ'da krokiden cephane arıyoruz ayağıyla şakır şakır kaçak kazı yaptı, o kadar olağan hale gelmişti ki, kimse şüphelenmedi, ihbar edilmedi, üç metre derine indiler, Roma dönemine ait 50 milyon dolarlık sikkeler-bilezikler buldular. Yanlışlıkla polise satmaya çalışırken enselendiler.

Her akşam televizyonun karşısına oturuyor, dizi seyreder gibi, Zir Vadisi'nde yapılan cephanelik kazılarını seyrediyorduk, ki, "Kurtlar Vadisi"nde derin devletin babasını canlandıran tiyatrocu Atilla Olgaç çıktı, Kıbrıs'ta elleri bağlı esir Rum'u alnından vurdum, dokuz askeri daha öldürdüm, öldürdükten sonra karargâhta ağlıyordum, burnuma kanlı et kokusu geliyordu, ertesi gün gene öldürüyordum dedi. Havada helikopterden helikoptere atladım, Makarios'un rahibelerini yatağa attım da diyebilirdi. Bizim milletin askerlik palavralarını bilmeyen dünya, ayağa kalktı. Halbuki, burnuma et kokuyor falan diyen arkadaş, Kıbrıs'ta topu topu 20 gün kalmıştı, torpilliydi, eline tüfek bile almamıştı, kantinde patates soymuştu.

Bilahare, kamyon durdurdular, Türk "silahlı" kuvvetlerine ait "silah" yakaladılar iyi mi... Manşet yaptılar, bu "silah"ların "silahlı" kuvvetlerde ne işi var!

Hiç unutmam, yalaka kanalların kadrolu otoritesi olan bi lavuk gazteci, cnntürk'e çıkıp, madem bu silahların gizlisi saklısı yok, neden o zaman Muğla'daki askeri üsten Ankara'ya trenle taşımadılar da, gizli gizli kamyonla taşıdılar diye sordu. Programa katılan öbür yalakalar da, hakikaten yani dercesine başlarını sallayarak onayladılar. Halbuki, Muğla'da tren yok. Ray bile yok.

Telefonlarını dinlediler, örgüt için helikopter alacağını söyleyen kadını "tanık" yaptılar. Ama... Helikopter alacak kadar zengin olduğunu iddia eden o kadın, aynı telefon konuşmasında, kontörü bittiği için mesaj atamadığını söylüyordu.

2003'te darbe planı yapan generalin küçük bi kusuru vardı, 1998'de ölmüştü.

Casus diye içeri tıkılan kızcağızın babasına tutanak imzalattılar, okudum diye tutanağa imza atan baba, kör.

Bir ev baskınında ele geçirilen 1939 model antika tabancanın, rakamlarını değiştirdiler, 1993 model dediler. Bir başka baskında ele geçirilen ve uzun namlulu suikast silahı denilen tüfeğin rakamlarını değiştirmediler, çünkü, zaten 1873 yapımı Avusturya-Macaristan imparatorluğu döneminden kalmaydı, rakamları değiştirsen 1783 olacak, ki, daha Fransız ihtilali bile ortada yok!

Emekli tümamiral, boşanma davası açtı. Eşi sinirlendi, kocam bir bavul gizli askeri belgeyi sattı diye ifade verdi.

Adamcağızı "işte köstebek" diye manşet yaptılar, fotoğraflarını birinci sayfalara bastılar. Gel gör ki, donanmada aynı ismi-soyadı taşıyan iki amiral vardı, biri tuğamiraldi, biri tümamiraldi. Karıştırdılar... "Boşanan köstebek" diye öbür tuğamirali manşet yaptılar.

2010'da Balıkesir'de grizu patladı, 14 maden işçisi hayatını kaybetti, yandaş televizyonda yorum yapan badem, aynen şunları söyledi: Darbeci subaylar aralık ayında ifadeye çağrıldıklarında Bursa'da grizu patlamıştı, şimdi tutuklandılar, Balıkesir'de grizu patladı, zamanlama çok manidar değil mi?

Ve şimdi, akp'yle cemaat kapışınca, rüzgâr döndü. Bugüne kadar olanlar sanki gerçekmiş gibi, utanmadan deniyor ki... Tübitak inceledi; Balyoz, Poyrazköy, amirallere suikast, askeri casusluk davalarında delil denilen harddisk, meğer sahteymiş sayın seyirciler...

Bu saatten sonra...
Harddisktirin ordan!

Yüksek askeri şura, ramazana denk geldi... İftar çadırına gidenlerin general, teravihe gidenlerin amiral, umreye gidenlerin kuvvet komutanı olması bekleniyor.

TCG Maltepe

10 Kasım'da askeri cezaevindeydim.
Açık görüşte.

İsmet Çınkı, Sami Yüksel, Cüneyt Küsmez, Can Bolat, Bülent Olcay, Ender Kahya, Fahri Yavuz Uras, Gürsel Çaypınar, Derya Günergin, Berker Emre Tok, Ali Yasin Türker, Baybars Küçükatay, Levent Kerim Uça, Cem Okyay, Hasan Özyurt, Önder Çelebi, Erdinç Altıner ve aileleriyle birlikteydim.

Ortak özellikleri...
Hepsi kurmay albay.
Hepsi sınıfının birincisi.
Hepsi generallik bekliyordu.
Hepsi içerde!

Komodor var aralarında, amiral yetkilerine sahip filo komutanı yani... Donanmanın gözbebeği Oruçreis ve Gelibolu firkateynleri nasıl yüzüyor bilmiyorum, çünkü, şu anki komutanları hapiste... Yıldırım, Gökova, Yavuz, Gemlik, Gediz, Salihreis firkateynlerinin eski komutanları da orda... Hepiniz firkateyn mi kullanıyorsunuz birader dedim, biri denizaltı komutanı çıktı. Bordo bereli var. Pilot var.

Pilot albay'ı bir başka albay pilot'la birlikte, İMKB'yi basmakla suçlayıp, içeri tıkmışlar. Bu pilot, burda. Öbürü nerde? THY'de uçuyor iyi mi... Sanırım, Atatürkçüysen buraya konuyorsun, badem'sen pırrr.

Roma ataşesi orda.
Bir diğer "ortak özellik"leri bu... Paris'te, Atina'da, Kabil'de, Yeni Delhi'de, İslamabad'ta "ataşe" olarak görev yapmışlar. ABD, Fransa, Almanya, İspanya, 50'den fazla ülkede Türkiye Cumhuriyeti'ni temsil etmişler.

Girit adasında, NATO merkezinde görevli olanı mesela... Gel demişler, Beşiktaş'taki savcılığa gelmiş, tam geldiği gün, 13 şehit var, akşama kadar beklemiş, işimiz başımızdan aşkın, sen en iyisi Girit'e geri dön, sonra çağırırız demişler, peki demiş, Girit'e geri dönmüş, sonra gene çağırmışlar, gene gelmiş... Bizzat savcılık tarafından yurtdışına gitmesine izin verilen albayı "kaçma şüphesi"yle tutuklamışlar!

Kimisi Aden Körfezi'nden gelmiş tutuklanmak için, kimisi Hint Okyanusu'ndan... Gemisinin kasasında nakit üç milyon dolar varken, Libya'dan gelip, kaçma şüphesiyle tutuklanan var. Tutuklanacağı belli olmasına rağmen, "Birleşmiş Milletler görevini aksatma, tamamla, ondan sonra teslim ol" emri üzerine, kasasında 1.5 trilyon lirayla, 15 yurtdışı liman ziyareti yapan, sonra gelip teslim olan var.

Yunanistan'da görevli bulunan, daha bi enteresan... Hükümeti devirmek kastıyla, şu şu tarihte, Aksaz'da görevli bi tuğgenerali takip etmekle suçlanıyor. Şu şu denilen tarih, Kasım 2002'den önce... Yıkmaya teşebbüs ettiği hükümet henüz kurulmamış! Bu işlerden pek anlamam ama, yıkmak için önce bi hükümetin kurulması gerekmiyor mu? Tuğgenerali şu şu tarihte Aksaz'da takip ettiği iddia ediliyor, halbuki, o tarihten üç ay önce Gölcük'e tayin olmuş, taşınmış, arada hem üç ay, hem 700 kilometre var! Bitmedi... Şu şu denilen tarihlerde, bırak Aksaz'ı Gölcük'ü filan, gemisiyle beraber Yunanistan'ın Suda Limanı'nda! Üstelik, adının geçtiği bilgisayar diski'nin sahte olduğu, çok sonradan oluşturulduğu, üniversite bilirkişisi tarafından resmen tespit ediliyor. Gemi jurnallerini, raporları, şahitleri, fotoğrafları kanıt olarak mahkemeye sunuyor, hâkim inceliyor. "Hımm, peki" diyor. 16 seneyi yapıştırıyor!

Ben hayatımda bu kadar onurlu, bu kadar çelik iradeli adamları bir arada hiç görmedim. Gülümseyerek konuşuyorlar. Yazayım çizeyim, hiçbir beklentileri yok. Sadece eşleri ve çocukları için endişe ediyorlar. Aile fertlerinin telefondaki ses tınıları onlar için her şeyden önemli... Canlarını sıkkın, morallerini bozuk hissederlerse, 16 seneden ağır geliyor. Bazıları sohbet sırasında izin isteyip, yan taraftaki sahada, ziyarete gelen çocuklarıyla basketbol oynadı. Kızlarının, oğullarının bir anlık kahkahası, onlar için dünyaya bedel... Maalesef, bazılarının isimlerini özellikle vermedim. Çünkü, bazılarının 85-90 yaşındaki ana-babalarının haberi bile yok. Eşleriyle konuşma vakitlerinden vazgeçip, telefon haklarını mecburen ana-babalarına ayırıyorlar, yurtdışında görevdeyim diyorlar.

Bir kez daha görüyorum ki...
Sınıflarında birinci, kariyerlerinin zirvesindeki bu pırıl pırıl adamları, nizami rekabetle geçmeleri, komuta kademesindeki ilerleyişlerini durdurmaları "normal şartlar"da asla ve asla mümkün değil... Tek yol var. Önce içeri tıkmak, sonra silahlı kuvvetlerden atmak. Başka yolu yok.

Ve astsubaylar...
Tuncay Küçük, Cafer Uyar, Bülent Akalın, Canatan Turgut, Murat Dülek, Kenan Yüce... Denizci astsubaylar. Onlar da orda yatıyor. Onlarla da görüştüm. "Bize cüzamlı muamelesi yapmayan herkese minnettarız" diyorlar. Hepsi çoluk çocuk sahibi. Kimisinin kızı üniversitede okuyor, kimisinin oğlu otistik... "Aklım hep onda" diyor. "Hayatı öğrenip, anlamaya çalışıyor, gerçi, öğrenip anlasa da, bu hayatın ne işe yarayacağını bilmiyorum ama, yine de çabalıyor işte" diyor!
Bir tanesi ise, ömrümün sonuna kadar unutamayacağım şu benzetmeyi yapıyor: "Son günlerde kimliği merakla aranan bahtsız bedevi var ya... Türk Silahlı Kuvvetleri'ndeki 96 bin astsubayın arasından seçilen bizleriz o bahtsız bedevi!"

10 Kasım sabahı...
Kıdem sırasına göre dizilip, tören yaptılar, Atatürk'ü andılar. Sonra, açık görüşe çıktılar, bi çadırın içinde aileleriyle kucaklaştılar. Tek tek tanıştık. İlk sordukları soru, helikopterdeki 17 şehitti. Kimlerdi, nasıl olmuştu, nereliydiler filan... Gazeteciyim ya, hadiseyi bütün detaylarıyla anlattım. "Bilmiyorum" dedim!

İki saat kadar sohbet ettik.
Belki öyle zannedebilirsiniz ama, mahkeme konuşmadık.

Konuşmuyorlar. Yukarda anlattığım "hukuki vaziyet"i, internetten, yayınlanmış haberlerden derledim.
Çünkü sadece, "ömrümüzü vatana verdik, helali hoş olsun, suç işlemedik, suça karışmadık, bu komplonun neden kurulduğunu da tahmin ediyoruz, gerekçeli kararı bekliyoruz" diyorlar. Hepsi o.

Çocuklarımızdan, büyüdüğümüz şehirlerden, okul maceralarımızdan bahsettik, sağlık durumlarını konuştuk; bir tanesi beyin ameliyatı olmuş, öylesine sakin anlatıyor, sanırsın bademcik ameliyatı oldu. Denizci subayla evlenip, Gölcük'e yerleşen ve eşi hapse atılan Koreli gelin'den söz ettik, ki, yazsam film olur.

Prosedürü bilmediğim için, öküz gibi, eli boş gittim. Çay ikram ettiler. "Boyoz bulamadık, kusura bakma" dediler. Baybars albay'ın beş yaşındaki kızı Beray geldi, piti piti yaklaştı, "Size İzmir'in dağlarında çiçekler açar'ı söyleyeyim mi" dedi, 10 Kasım vesilesiyle babasına sürpriz yapmak için ezberlemiş, baştan sona söyledi, alkışladık. Bu kadar gurur duyarken, bu kadar utandığımı hiç hatırlamıyorum.

Neticede süre doldu.
Uğurlarken, Milgem projesiyle inşa edilen, ilk Türk savaş gemisi "Heybeliada"nın şapkasını hediye ettiler bana, hatıra olarak... Ayrıldık. Tel örgülerin arkasından el salladılar. Hepinize selamları var.

Yılkı atı

Yılbaşı ziyaretine askeri cezaevine gittim...
Kendi ordusu tarafından esir tutulan kurmay albaylara.

Yazmıştım daha önce, ben hiç bu kadar sağlam iradeli adamlar görmedim...
"Yeni yıla nasıl girersen, öyle geçermiş" deyip, gülümsüyorlar iyi mi! Sırıttım tabii ama, yüreğine kıymık batıyor insanın.

Eşleri oradaydı, anaları babaları, çocukları elbette... "Evlat kokusu geldi" dedi bi tanesi... İçine çekiyor, bağrında tutmak için, öbür açık görüşe kadar adeta nefes bile vermiyorlar. Üniversite öğrencileri de var çocuklar arasında, henüz dört-beş yaşında olanlar da... Bebişler, babalarını görevde sanıyor. Eve neden gelemediğini başka türlü nasıl izah edebilirsin ki? Birinin kızı gelememişti maalesef, ameliyat olmuş; arkadaşlarının evladına sarılıyordu kendi evladı niyetine... Bi de öğretmen vardı. Kadın öğretmen. Böyle öğretmenlerle onur duymalı Türkiye... "Oğlun bana emanet, sakın endişelenme, merak etme" demeye gelmiş.

Geçen gidişimde "TCG Heybeliada"nın şapkasını hediye etmişlerdi bana... Bu sefer, havacılar sorti yaptı! Derhal tertipledikleri "plan semineri" kararıyla, donanma şapkasına karşı, pilot şapkası hediye ettiler. Gel gör ki, bu donanmacılarla başa çıkılmaz kardeşim... Şu an içinde bulundukları cezaevinin adıyla "TCG Maltepe" diye tişört yaptırmışlar, onu verdiler. Ayrıca... Muavenet şehitlerini temsilen "TCG Yarbay Kudret Güngör" adına yaptırılan fincan takımıyla, bizzat kendilerinin el emeği göz nuru, Mustafa Kemal portresinden oluşan ebru tablosunu verdiler.

Şapkalar, tişört, tablo, fincan derken... "Tanıtım potansiyeli olan popüler kişi" unvanına rağmen, verile verile anca kilim verilen Necdet bey'den daha fazla hatıra eşyam oldu!

Bi de kitap verdiler.
Hepsi tek tek imzaladı.
Yılkı Atı...

Lise yıllarımda yutar gibi okuduğum, kütüphanemin olmazsa olmazlarından, rahmetli Abbas Sayar'ın 1970'te yayımlanan romanı... Yılkı atı, dorukısrak'ı anlatır.

Maddi-manevi sayısız yararına rağmen, kış bastırıp, hava şartları bozulunca, hesaptan düşülüp, bunun yediği ekmek bile haram, ne hali varsa görsün denilerek, inanılmaz vefasızlıkla kovalanan, doğaya, ölüme terk edilen... Yuva'sından tay'ından ayrı düşürülen, çaresiz, savunmasız bırakılan, çakalların saldırısına uğrayan... Haksızlık silsilesine rağmen, hayatta kalmayı başaran "özgür ruh"lu dorukısrak'ı anlatır... Ki, aslında, sadece kendi çıkarını düşünen iyi gün dostlarının gerçek yüzünü, ilişkilerini menfaat üzerine kuran insanların zavallılığını anlatır.

Ve, hepimizin bir gün aniden "yılkı atı" olabileceğimizi anlatır.

Ne tek kelime yorum yaptılar, ne tek kelime sitem ettiler.
İmzaladılar, verdiler.
Siz nerede ve nasıl geçirdiniz bilmiyorum ama...
"Arkadaşlarım" yılbaşını işte böyle kutladı.

Ve, hepinize selamları var.
Çoluğunuzla çocuğunuzla, sağlıklı, mutlu yıllar diliyorlar.

Ayva yaprağı

Geçen sene, temmuz...
Şike savcısı tarihi itirafta bulunmuştu.
"Ben Balyoz davasında da çalıştım, şike davasını açtığımız zaman bunun da Balyoz davası gibi 3-4 ay konuşulup biteceğini sandık, ama yanıldık" demişti.
Alabildiğine hazin, bir o kadar da gerçekçi tespitti.

Bakın mesela, gene temmuz...
UEFA'daki şike davası manşetlerde.
Yargıtay'daki Balyoz davasından satır yok.

E belki biraz futbol konuşuruz dedim...
Zaten nicedir özlemiştim.
Maltepe'deki arkadaşlarıma gittim.

Ön bahçede, tel örgüyle bina arasındaki dört beş metrekarelik boşlukta dut ağacı var. Altına bi masa, sekiz-on sandalye sığıyor.
Gölgesine oturduk. Çocuklardan konuştuk.
Kimisi ilkokula başlıyor bu yıl, kimisi yaşadığı kâbusa rağmen üniversite sınavında derece yaptı; Denizhan seninle gurur duyuyoruz. Ece oradaydı. Rüya oradaydı. Cansu ve Aysu geldi.

Efe geldi. Beril geldi. Elif geldi. Naz geldi. Ege, Atahan, Cenkay, Omayra geldi. Beray nerede yahu dedim. Meğer, altı yaşındaki bızdığım çarşamba günü uğramış babacığına. Denk gelemedim bu defa sarılmaya.

Gezi Parkı'ndan, oradaki gençlik hatıralarından, ağaçlardan filan laflarken... Bi kitap ayracı getirdiler. Kırk yıl düşünsem aklıma gelmezdi, ayva ağacının yapraklarından hazırlamışlar. Hani, nüfus cüzdanlarını ehliyetleri falan şeffaf plastikle kaplarız ya, öyle... İki yaprak, üstünde Mustafa Kemal'in imzası var, altında bi not, "gölgesinde oturduğumuz ayva ağacının yaprakları, Maltepe, 2013" yazıyor.

İyi de bu ağaç dut değil mi?
Arka bahçeye götürdüler beni.
Ayva ağacı orada.
Ve, o ayva ağacını oraya Ataol Behramoğlu dikmiş iyi mi... Ataol ağabeyi zamanında buraya tıkmışlar, hayata küseceğine hayatı yeşertmiş, ayva fidanı dikmiş. Ve, yazmış.

> Maltepe askeri cezaevinin avlusunda, sisler içindeki Büyükada'nın karşısında, oturmuş yazarım bu şiiri. / Eylül başlarında bir cumartesi sabahı, lodos titretiyor ağaçları, yağmur geceden yıkamış çiçekleri / gökyüzü mavi, bulutlar beyaz, ardından baharın geçti koca bir yaz, hapisteyiz hâlâ ve güzün ilk serinlikleri / avlunun dört yanı dikenli teller, tellerin gerisinde nöbetçiler bekler, kapanır uykusuzluktan gözleri / on gündür çocuk sesi duymadım, özledim "baba" deyişini kızımın, özledim beni görünceki sevincini / hayatım benim, kırk yıllık hayatım, seni başarabildiğimce dürüst yaşadım, içim burada da pırıl pırıl şimdi / geçer, güzelim, bu günler de geçer, sökülüp atılır dikenli teller, koparır halk bir gün zincirlerini...

Büyük ozan'ı iftirayla askeri cezaevine tıkacaksın, kızının baba deyişini özleyecek, fidan dikecek, ağaç olacak, gün gelecek pırıl pırıl kurmay albayları iftirayla aynı askeri cezaevine tıkacaksın, o ağacın gölgesinde oturacaklar, baba deyişini özledikleri evlatlarına, o ağacın yapraklarından kitap ayracı yapacaklar...

Türkiye niye hâlâ film çevirmek için senaryo arar...
İnanın, anlamak mümkün değil.

Ve, o ağacın gölgesinde oturan arkadaşlarımdan biri roman yazdı. İsmi, *Kapı*... Son rötuşları yapıyor, baskıya göndermeden önce göz atmam için bana verdi. İki gecede yuttum. Sürprizi kaçmasın diye detay anlatmıyorum ama... Sanırım o gölgesinde oturdukları ağacın sihri var. Yıllardır bu kadar iyi kalem okumadım.

"Onu, ne zaman sona ereceğini bilmediğim bir özlemle tel örgülerin ardından her gördüğümde, içimdeki ses şunu fısıldadı; ben dünyanın en şanslı insanıyım..."

Böyle başlıyor... Haksız muameleye maruz bırakılan "üvey askerlere" ve onların ailelerine adanıyor.

İki senedir burdalar. İki senedir hapisler. Hiç bu kadar moralli, hiç bu kadar neşeli görmemiştim onları. Çünkü, Yargıtay'daki davayı son olarak değil, başlangıç olarak görüyorlar. "Ankara'da hâkimler var" diyorlar. Hakikatin, topallayarak da olsa hedefine varacağını düşünüyorlar.

Peki, sen ne düşünüyorsun derseniz?

Sarılıp ayrılırken, Yargıtay'a verdiği son savunmayı elime tutuşturdu içlerinden biri... O son savunmanın, bana göre her şeyi özetleyen son satırlarını aktarayım sizlere... "Sayın hâkimler, suçun işlendiği anda başka yerde olduğumu, suç aletinin var olmadığını, suçun benim tarafımdan yapılmış olamayacağını resmi belgeler, bilimsel raporlar, bilirkişi raporları, uluslararası resmi belgeler ve tanıklarla ispat ettim. İki yılda toplam 4 dakika konuştum, bana tek bir soru dahi sorulmadı, hiçbir talebim kabul edilmedi. Sizlere tüm içtenliğimle soruyorum. Suçsuzluğumu ispat etmek için daha ne yapabilirim? Gerçek anlamıyla mesleğinin erdemlerini kalbine, aklına, vicdanına yerleştirmiş, insan sevgisi üzerinden adaleti dağıtan bir hâkime rastlayabilmek için Allah'a dua etmekten başka yapılabilecek bir şey var mı? Cevabınız, benim ve ailem için çok önem taşıyor."

Kucaklaştık tek tek.
Her zamanki gibi...
Tel örgülerin ardından el sallayarak uğurladılar beni.

Her zamanki gibi onları orada bırakmanın hüznüyle... Ama ilk kez, onları orada son kez ziyaret etmiş olmanın ümidiyle ayrıldım oradan. Hepinize selamları var.

Mektubunuz var

Maltepe'ye gittim.
Değerli arkadaşlarıma...

16'şar sene yediler, ne kadar yatacaklarını bilmiyorlar. Suç tarihi denilen 2003'ün infaz kanununa göre hesaplanırsa 6 sene 4 ay yatacaklar, hayır efendim, bugünkü infaz kanununa göre hesaplanırsa, 12 sene yatacaklar. Ne zaman belli olacak bu mesele?
Onu da bilmiyorlar.

TSK'dan atılacaklar.
Kararnameyi Cumhurbaşkanı, Başbakan, Milli Savunma Bakanı imzalayacak. Yani? Atatürkçü subaylar, senelerdir şeriatçı subay-astsubayların atılmasına şerh koyan Abdullah Gül ve Tayyip Erdoğan tarafından atılacaklar. Peki ne zaman olacak bu iş? Onu da bilmiyorlar.

Artık muvazzaf olmadıkları için, askeri cezaevinde kalamayacaklar, nakledilecekler. İyi de hangisine? L tipi mi, F tipi mi, Silivri mi mesela, koğuşlu mu, yoksa hücreli mi? Bilmiyorlar. Ne zaman belli olacak? Bilmiyorlar. Hiç olmazsa, ailelerinin yaşadığı şehirlerde olabilecekler mi? Bilmiyorlar.

Belirsizlik üstüne belirsizlik.
Manevi işkence yapılıyor.

Eşleri, adeta kiralık ev bakar gibi, internetten cezaevi bakıyor. Hangisinin koğuşları kaç kişilik, hangisinin havalandırması nasıl, saz kursu var mı, ahşap boyama filan... Bakıyorlar ama, cezaevini seçme şansları olacak mı? Bilmiyorlar.

İyi günde, kötü günde derler ya, kelimenin tam manasıyla öyle kadınlar onlar... Herkese nasip olmaz. "Siz ne yapacaksınız?" diyorum. "Biz iyiyiz, sorun yok" diyorlar. Halbuki, çıkarılma muamelesine maruz kalmamak için lojmanları boşalttıklarını biliyorum. Çoğunun çalışmadığı için maaş geliri olmadığını biliyorum. Evin direği içerde... Artık hem ana, hem baba onlar... Hâlâ "biz iyiyiz, sorun yok" diyorlar. Sıfır şikâyet... Eşlerinin yanındayken, yüzlerindeki gülümsemeyi eksik etmiyorlar.

Yarın, Ender'in evlilik yıldönümü mesela...
19 senedir evliler, 3'üncü senedir hapiste kutluyorlar.

Başka kutlamalar da var tabii... 16 sene yedikleri gün, tam o gün, Tuzla'da Deniz Harp Okulu'ndaki subay eşleri çay partisi düzenlemiş, görenler anlatıyor, pek neşelilermiş... Ne güzel di mi? Malum, bi silah arkadaşlığı vardır, bi de kurabiye arkadaşlığı!

Şarap soslu mantarlı risotto arkadaşlığı ise, askıya alınmış vaziyette... Benim arkadaşlarımdan birinin eşi, hava kuvvetleri komutanının eşini aramış telefonla, hiç olmazsa biraz manevi destek verin diye... Kuvvet komutanının eşi, "üzüntümüzden dışarıda yemeğe çıkamıyoruz" demiş iyi mi!

Vah vah.
İçim parçalandı hakikaten.

"Yaptığınızı beğendiniz mi" diye çıkıştım arkadaşlarıma... "Siz içerde afiyetle 16 sene yiyorsunuz, kadıncağız sizin yüzünüzden dışarıda yemek yiyemiyor."

Neyse... Yavuz'un oğlu Ege, 4 yaşına girdi.
Günlerdir "yaşgünümde açık görüş var mı anne?" diye soruyordu. El kadar bebeler, cezaevi kavramıyla büyüyorlar.
Belki merak ediyorsunuzdur, açık görüş yoktu maalesef...
Benim canım Egeciğim, yaşgününde en çok istediği hediyeyi, babacığını göremedi.

Sadece çocukların değil, babaların doğum günleri de geçiyor demir parmaklıklar arkasında...İsmet'in doğum günüydü geçenlerde... Kızı Ece, mektup verdi hediye... "Lacivert üniformanla beni okuldan almaya geldiğini görünce nasıl gururlanırdım, bilemezdim o üniformayla verdiğin onurlu mücadelenin bizi bugünlere getireceğini" diye başlıyor... "İyiyim ama, eksiğim baba... Hep büyüsün istediğim yaşımın, küçülmesini istiyorum. Sensiz büyümek istemiyorum."

Derya'nın kızı Rüya ise, şiirler yazıp gönderiyor babasına... Bir tanesinin adı, Karar... O günü anlatıyor.

> Kemirilmiş dudaklarda, belli belirsiz gülümsemeler / karar bekliyor tutulmuş nefesler / ve, volta atıyor titreyen ayaklar / baksana! / sis değil bu baba / umut çökmüş Maltepe'ye / ne şiir yazılır ama bugüne / gülen yüzler doluşur mısralara / kahkaha atar her kıta / özgürce / ve, demir kapının bu tarafından sana salladığım el / ilk defa ellerinle buluşur işte tam bu şiirde / veda ettin mi sen hücrene? / kavuşmanın şiiri çünkü bu / topla eşyalarını hadi / geldi haber duydun mu? / tahliye mi? / bu ambulans niye geldi şimdi? / niye yere düştü şu kadın öyle? / sustursanıza ağlayan çocukları / duyamıyorum / tahliye mi?

Sonra bir şiir daha yazmış Rüya...
Sonra'sını anlatıyor.

> Dedi ki, ilk günü atlattın mı iyidir / değildir / ilk günden sonra yok olur hal hatır sormalar, tavsiyeler, iyi dilekler, dualar / ilk günden sonra unuturlar / sahte kalabalığın sonudur ilk gün / yalnızlığınsa başlangıcı.

Değerli okurlar...
Sahte kalabalık olmayalım.

Adres:
Maltepe Askeri Cezaevi, İstanbul.
Alıcı yerine...
"Balyoz mağduru kurmay albaylar" yazabilirsiniz.

Lütfen, küçücük bir kâğıda adınızı, adresinizi yazın, gönderin. Size mektup yazmak istiyorlar. Sizin oraya gidebilmeniz mümkün değil, onlar size gelecek. İzmir'den Trabzon'a, Antalya'dan Van'a, Edirne'den Gaziantep'e, her neredeyseniz, oraya... Türkiye'nin pırıl pırıl evlatları, hem kendi başlarına geleni, hem de memleketimizin başına geleni anlatmak istiyorlar.

Üniversite öğrencileri, özellikle hukuk fakülteleri öğrencileri, öğretmenler, doktor, eczacı, manav, bakkal, işçi, mühendis, ev kadını, terzi, taksici, yerel gazeteci arkadaşlar, her meslek, her yaş... Gerçekleri öğrenmek istiyorsanız, lütfen adınızı adresinizi gönderin, size tek tek mektup yazacaklar. Anlatacaklar.

Sahte delillerle asrın iftirasına uğradılar.
Sahte kalabalık olmayalım.

Dünyanın en büyük ailesi

Adres yağıyor.
Sağanak.

Tayyip Erdoğan "bu ülkede artık ulusalcı mulusalcı yok" diyor ama... "Kişiye özel mektup" hadisesi daha ilk günden "ulusal" kampanyaya dönüşmüş vaziyette.

81 şehrimizin 81'inden de adres geldi, "ben de varım, bana da gönderin" diye... 100'ün üzerinde ilçeden adres geldi. Köylerden geliyor. Almanya'nın neredeyse her şehrinden adres var. ABD'den var, İngiltere, Fransa, İtalya, Norveç'ten gelen adres var, Avustralya'dan var, Japonya'dan, Rusya'dan var, KKTC'den Azerbaycan'dan Özbekistan'dan var, Avusturya'dan Belçika'dan İskoçya'dan Birleşik Arap Emirlikleri'nden var, Romanya, Ukrayna, İsviçre, Hollanda, Danimarka, Çek Cumhuriyeti, İsveç'ten var.

Dünyanın en büyük ailesi.

"Bu mektubu, asrın iftirasının kanıtı olarak, çocuklarım için saklayacağım" demiş, Antalya'dan Erdoğan... "Hepimizin mektuplaşmaya, içini dökmeye ihtiyacı var, çünkü aslında hepimiz bu baskıcı zihniyet düzeninde, Türkiye Cezaevi'nde hapis değil miyiz?" diye sormuş, Balıkesir'den Orhan... "5 ay 5 gün askerlik yaptım ama, asıl vatan savunması sivil hayattaymış, bunu anladım, buradayız, unutmadık sizleri, yazın bize, anlatın" demiş, Adana'dan Ali... "Gelecek olan mektubu, sosyal medyada paylaşacağım" diyen var, "eczanemin kapısına yapıştıracağım" diyen var, "butiğimin vitrinine yapıştıracağım" diyen var, "Tekel büfesiyim, cama yapıştıracağım" diyen var. "Çevremizi bilgilendirip, üzülmekten fazlasını yapabiliriz" diyen var. "Bize ulaşsınlar ki, herkese ulaştırabilelim" diyen var.

Bu vurgu çok var...
Yurttaşlar, kendilerine gelecek mektubu fotokopiyle çoğaltıp, eşine dostuna komşusuna dağıtmak istiyor.

Profesörler de var, garsonlar da, öğretmenlerin sayısı hakikaten gurur verici, kuaförler var, taksiciler var, üniversite öğrencileri çığ gibi; özellikle hukuk öğrencileri müthiş ilgi göstermiş, daha şimdiden tez konusu oldu, esir subayların ailelerine gönüllü hizmet vermek isteyen hekimlerimiz var, hemşirelerimiz var, Anadolu'nun gerçek basın kahramanları yerel basından arkadaşlar var, mühendisler, bankacılar, arkeologlar var, operacılar, ev kadınları, emekliler, pastaneciler, grafikerler, mimarlar, işçiler var, ben hayatımda böyle bir dayanışma görmedim, aklınıza hangi meslek geliyorsa... Sürprizi kaçmasın diye ismini vermiyorum, mektup'u şarkı yapacak müzisyen var, sinemacı var, noterler var, çiçekçiler var, "kimliğim ve adresim şerefli ordumuzun şerefli komutanlarına iletilmek üzere size emanet" diyen, devlet memurları var.

"Varsın televizyonlarda adınız geçmesin, biz sizi unutmadık" diyor, Samsun'dan Sıla..."Çocuklarınıza abla olalım" diyor, Münih'ten Berna... "Bilin ki, 8 yaşındaki oğlum Alp, her gece size ve çocuklarınıza dua ederek uyuyor" diyor, Mersin'den Lokman... "Biz var olduğumuz sürece, başınızı yere eğdirmeyeceğiz" diyor, Denizli'den Hüseyin... "Sizi kurtaracak gücüm yok ama, sizinle paylaşacak yüreğim var" diyor, Gaziantep'ten Serhan... İstanbul, Ankara, İzmir... Ansiklopedi olacak mesajlar var. "Lütfen birazcık popomuzu kaldırıp çaba harcayalım, yoksa bu duyarsızlıkla cennetine almayacak bizi yaradan" diyor, Bursa'dan Asuman.

Köşeye sığması imkânsız...

Yazın kardeşim, devam, adres gönderin.
Sahte delillerle asrın iftirasına uğradılar...
Sahte kalabalık olmayalım.

Tsunami

30 senedir gazetecilik yapıyorum, böyle bi dayanışmaya şahit olmadım, artarak, hızlanarak adres geliyor.

Dip dalgası... Tsunami oldu.

Listesini yayınladığım ülkelere ilave olarak Çin'den adresler geldi, Yunanistan'dan adresler geldi, Güney Afrika'dan var, Güney Kore'den var, Finlandiya Litvanya Türkmenistan Tacikistan Yeni Zelanda'dan var, Tanzanya var, Polonya var, Bulgaristan Suudi Arabistan Lüksemburg Kanada Brezilya'dan adres geldi, beni de yaz diyor Murat, Sao Paulo'dan... Belize'den geldi, Belize'den, aşçıbaşı Fahri göndermiş adresini... Almanya ve ABD'den yağıyor, toplam ülke sayısı 40'a ulaştı. Türkiye zaten, komple... Dedim ya, dünyanın en büyük ailesi.

"Asrın iftirasında asrın desteğine ben de varım" Şeyma. "Sessiz kalanların safında olmayacağım" Çağdaş... "Cumhuriyet kadınıyım, üç kızımı da Atatürk'ün hayal ettiği Türk kadını gibi yetiştirdim, o mektupları çevremdekilere okumak, benim için kutsal görevdir" Hayriye. "Torunlarımıza miras kalacak bu mektuplar" Emre.

"50 dilde tercüme hizmeti veren şirketiz, mektubu tüm dünya dillerine çevirerek, başta basın yayın kuruluşları, erişebildiğimiz her yerde paylaşacağız" Alper.

"Üniversitemin her yerine yapıştıracağım" Mert. "Okumak ve gaflete, dalalete, hıyanete hizmet edenlere anlatmak umuduyla" Musa. "Bize televizyondan anlatıldığı gibi değil, subaylarımızın anlattığı gibi duymak isterim" Fulya.

"Gün, dayanışma günüdür, zulme ve haksızlığa karşı susan, dilsiz şeytandır, insan olmak adına" Salim. "Öğretmenim, mektupları öğrencilerime okuyacağım" Başak. "Artık üzgün olmak yetmiyor, etrafa anlatmak için çaba harcayalım" Perihan.

"Kalbinde birazcık inanç olan bilir ki, öbür dünyada sorulacak soru var, o insanlar haksızlık diye bağırırken işittin, peki sen ne yaptın? Görmezden gelerek yaşamaya devam mı?" Sedef. "Ses olalım" Atilla. "Unutursak içimiz kurusun" Gamze. "En azından bir defa cesur olmalıyım, kahramanlarımızın hatırına" Ali.

"Komutanlarım arasında kendilerine isnat edilen suçları kaç tanesi gerçekten işlediyse, toplayıp, bana onların cezasını versinler, yatayım. Onlara itimadım bu kadar yüksek. Ama bir şartım var: Gerçek mahkeme isterim" Celal Şengör.

"O subayların aileleri, benim ailem" Aydın. "Onlar için uykuları kaçan insanlar olduğunu bilmelerini istiyorum" Süleyman. "Her kelimesini çevreme öğretmeye kararlıyım" Merve. "Fikren ve ruhen hepimiz mahkûmuz, yanınızdayız" Ekrem.

"Bu bağnaz yapının karşısında Cumhuriyet çocukları olarak ayaktayız" Ali. "Abimiz, kardeşimiz, babamız gibi kucaklıyoruz" Tülay. "Bütün Bartın'a anlatacağım" Nuri. "Sanal vicdan olmak istemiyorum" Dırahşan.

"Onlar içerde, biz dışarda tutsağız" Sami. "Yalnızlığı öğretir insana, insansızlık... Ne kadar güçlüsünüz, inanamazsınız" Tülin. "14 yıldır İskoçya'dayım, bencil yanım iyi ki buraya gelmişim diyor, diğer yanım ne işin var burda, kalk git memleket elden gidiyor diye çığlıklar atıyor, beni de yazın listeye" Yeşim.

"O ailelerin, hem annesi hem babası olan kahraman kadınlara selam olsun, hissettiğim mahcubiyeti anlatmaya kelimeler yetmiyor" Beyhan. "Bu sessiz, tepkisiz yığının bir ferdi olarak hangi yüzle cevap yazabilirim, bilmiyorum" Gül.

“Tayyip Erdoğan el âlemin kızlarının mektubunu okuyup ağlayacağına, Rüya’nın şiirini okusun meclis kürsüsünden” Arda.

“Hem asrın iftirasının belgesi olacak, hem de geleceğim için cesaret kaynağı” Cihan. “Tekrar ayağa kalkabilmek için birbirimize ihtiyacımız var” Mine. “Darbede annemin sürgün edildiği yerde doğmuşum, doğduğumda babam henüz okulunu bitirememişti, asker tu kaka diye büyütüldüm, benim bile bütün kalbimle yanlarında olduğumu, teker teker ellerinden öptüğümü iletir misin?”

“Elime megafon alıp Taksim’de bağıra bağıra okumak istiyorum” Nesli. “Görev bizde” Umut. “Hiç olmazsa iki kişiye anlatabilirsek ne mutlu bize” Kenan. “*Nutuk*’u okur gibi okuyacağım” Alper. “Bütün Sinop’a dağıtacağım” Caner.

“Adresimi en önce gönderin, helallik istiyorum, çünkü bu kötülüğe ortak oldum, inandım, sonradan anladım ama iş işten geçti” Gökmen. “Rüya’nın şiirini dudaklarımı kemirip kanatarak okudum, ikizlerim 15 aylık, büyüdüklerinde asrın iftirasını birinci ağızdan okusunlar istiyorum” Çiğdem.

“Gerçeklerle yüzleşemeyen toplum, mektuplarla yüzleşmeye artık hazır” Çiçek. “Yoldan gelip geçenleri bile kolundan tutup okumak istiyorum” Şeniz. “Türk’üm çalışkanım uzun zamandır üzgünüm, ne gerekiyorsa yapmaya hazırım” Gökhan. “Atatürk babamdan önce gelir, onun davasına baş koyanlar benim ailemdir” Deniz. “Ödemeli göndersinler, faydamız olmadı, bari zararımız dokunmasın” Adil.

“Bu acı veren yılları unutmayacağım, başta çocuklarım, çevremde hiç kimseye unutturmayacağım” Emre. “Yanınızdayım, emrinizdeyim, çocuklarınızı parka götürmemi isterseniz, eşinize sizin adınıza çiçek göndermemi isterseniz, annenizi babanızı ziyaret etmemizi isterseniz, emrinizdeyim” Mine. “Sosyal medyada paylaşalım, fotokopiyle çoğaltıp dağıtalım” Ergin. “Oturduğu yerde deliren gruptayım, en azından bunu yapayım, etrafa yayalım” Gonca.

“Subaylara değil, ulusa pranga vurdular” Bülent. “Gözlerimden dolayı askerlik yapmadım ama onlar benim komutanım" Hakan. "Bunu yapanların yanına kâr kalmadığını görecek kadar yaşamak istiyorum" Şehmuz. "Vapurdayım. Hava güzel. Deniz mavi. Burnumun direği sızlıyor" Nazmi. "Vatandaşlık görevidir bu" Armağan. "Vatani görevdir" Cem. "Asıl kalabalığımız şimdi başlıyor" Sabri.

Devam Türkiye...
Gönderin adresinizi kardeşim.
Alın mektubunuzu. Anlatın etrafa.

O ağacın altı...

Yandaş medyadan inanmayan varsa, telefon açsın, Maltepe Askeri Cezaevi'ne sorsun, kamyonetle mektup yağıyor. Ben kendi payıma, e-posta adresime gelenlerin anca 10'da birini toplayabildim henüz... Peyderpey teslim ediyorum. Görünen o ki, toplam 1 milyonu geçecek.

Günde neredeyse 20 saat mektup okuyup cevap yazmaya gayret ediyorlar. Yetişebilmeleri imkânsız... O nedenle, sizlerden gelen adreslerin bir bölümünü Hasdal ve Hadımköy'e aktaracaklar. Bu şekilde adres yağmaya devam ederse, Mamak'tan Sincan'dan Şirinyer'den yardım isteyecekler.

Arkadaşlarımın size postaladığı zarfların üzerindeki damga dikkatinizi çekmiştir mutlaka... "Er mektubu görülmüştür" yazıyor. Kimisi firkateyn komutanı, kimisi denizaltı komutanı, kimisi F-16 pilotu, Paris'te Roma'da Atina'da Washington'da ataşelik yaptılar, Atlantik'ten Hint Okyanusu'na bayrağımızı dalgalandırmadık deniz bırakmadılar, hepsi kurmay albay... "Er" mektubu yazıyor.

Madalyadır bence o.

40 ülkeden adres geldiğini belirtip "dünyanın en büyük ailesi" demiştim. Tayland eklendi, Surinam eklendi, Kosta

Rika'dan Cibuti'den Eritre'den adres var, "bana da gönderin" diyen ülke sayısı 45'e ulaştı. Sırf ABD'den gelen adres sayısı 1750.

15 yaşındayken malum sebeplerle babasını öldüren, şu anda Sakarya'da cezaevinde yatan 17 yaşındaki bir kız çocuğundan mektup gelmiş... Arkadaşlarıma ve onların çocuklarına hitaben yazılmış... 30 senedir gazeteciyim, hayatımda beni bu kadar silkeleyen satırlar okumadım. Henüz kendisinden izin almadığım için sizlerle paylaşamıyorum... Özetle diyebilirim ki, "insan olmanın erdemi"ni hiç kimse bu talihsiz kızımız kadar "masum" anlatamaz.

Harvard'tan mektup var. Ne yazdığını yazsam... Ve, Hilmi bey'in Necdet bey'in yerinde olsam, yerin dibine girerim.

Beş yayınevi talip.
Mektuplar kitap haline getirilecek.

Eğer arkadaşlarım senaryoyu onaylarsa, tiyatro olacak.

Belgesel film yapmak isteyen var.

Sadece mektup gelmiyor bu arada... Yurttaşlar da geliyor. Rektörler var cezaevine ziyarete gelen, milletvekilleri var, baro başkanları var, tabip odaları, mimar-mühendis odaları başkanları var, börek yapıp getiren anneler var, "dün akşam dünyaya geldi, torunumun adını siz koyun" diye gelen çiçeği burnunda dede var. Arkadaşlarımın ailelerini misafir etmek isteyen beş yıldızlı oteller var, 24 saat emirlerindeyiz diyen özel hastaneler var.

Demem o ki...
Bütün medya tarafından sansürlenmesine rağmen, medya tarihinin en büyük kampanyası haline geldi. Arkadaşlarım adına, siz değerli okurlara teşekkür ederim.

Mahkeme ne derse desin, Balyoz adı verilen davanın "millet vicdanı"nda beraat ettiğinin kanıtıdır bu.

Er Mektubu Görülmüştür

Ve, Maltepe'deki arkadaşlarımın kitabı çıktı...
Er Mektubu Görülmüştür!

Yurtsever okurların, asrın iftirasına uğrayan Balyoz esiri subaylarımıza gönderdiği mektuplardan derlendi. Maltepe aracılığıyla, Silivri, Hasdal, Hadımköy, Mamak, Sincan, Şirinyer'e ulaşan 1 milyon 300 bin mektup arasından seçildi. Dolayısıyla, bu kitabın yazarı, bizzat Türk milletidir. İmecedir. Dünyada ilktir. Tarihte örneği yoktur.

Adı niye böyle derseniz?

Esir subaylarımızın yurttaşlara gönderdiği cevap mektuplarına "er mektubu görülmüştür" damgası vuruldu. Mahkeme sona ermeden, yargısız infaz yapıldı, generaller, amiraller, kurmay albaylar, posta evrakı üzerinde "er" seviyesine indirildi. Akılları sıra, manen yaralayacak, gururlarını inciteceklerdi.

Halbuki, bu damga, aslında, bu dönemin basiretsiz yöneticilerinin alnına vurulmuştu. Çünkü, esir subaylarımız "er mektubu görülmüştür" ibaresini, onur vesikası olarak kabul etti. Şöyle diyorlar mesela, kitabın sunuş bölümünde: "Bu mektuplar karşısında, bütün madalya ve rütbeler kifayetsiz kaldı, kıvanç duyuyoruz, artık hem Mustafa Kemal'in askeri, hem yüce Türk milletinin erleriyiz."

Tüm esirler adına, hava kurmay albay İsmet Çınkı, deniz kurmay albaylar Ender Kahya, Cem Okyay, Yavuz Uras ve Erdinç Altıner tarafından derlenen kitapta... Değerli ağabeyim Uğur Dündar'ın Ataol Behramoğlu'nun Doğu Perinçek'in Tuncay Özkan'ın ve Ümit Zileli'nin de mektuplara dair yazıları var.

Bu kitap... Balyoz adı verilen davanın, millet vicdanında beraat ettiğinin kanıtıdır. New York'tan Ardahan'a, Sydney'den Edirne'ye, Berlin'den Erzurum'a, Moskova'dan İzmir'e, Cape Town'dan Ankara'ya, Rio'dan İstanbul'a... Zihniyet akrabalarının, dünyanın en büyük ailesinin, albümüdür. Şartlar her ne olursa olsun, namuslu, cesur kalmayı başarabilen, boyun eğmeyen, ruhen teslim olmayan insanlarımızın, nüfus cüzdanıdır.

Aynı zamanda, geleceğimize sahip çıkmaktır.

Ayakkabı kutuları yüzsüzlüğünde...
Bu kitabın bütün geliri, fırsat eşitliğinden faydalanamayan çocuklarımızın eğitimine harcanmak üzere, Çağdaş Yaşamı Destekleme Derneği'ne bağışlanmıştır.

Atahan

Değerli ağabeyim Uğur Dündar, Halk TV'de tarihi bir yayına daha imza attı; başta Maltepe'deki arkadaşlarım, asrın iftirasına uğrayan Balyoz esirlerinin ailelerini ekrana çıkardı. Kadınlar eşlerini evlatlarını; evlatlar babalarını anlattı.

Pilot tuğgeneral Mustafa İlhan'ın oğlu Batuhan, 18'ine yeni girdi, "bizden aldıkları sadece vakit değil, hayatımızı aldılar" dedi. Deniz kurmay albay Baybars Küçükatay, 21 senelik hizmetinin 17 senesini denizde geçirdi, Türkiye'nin en genç firkateyn komutanıydı, kızı Beray henüz altı yaşında... Beraycığım, iki buçuk senedir annesiyle yaşadığını, babasının eve gelemediğini, yüzünü bile göremediğini, sanki tutuklu gibi olduğunu, babasıyla balık tutmak istediğini, babasıyla resim yapmak istediğini, babasıyla okula gitmek istediğini söyledi. Deniz kurmay albay Derya Günergin'in kızı Rüya, müthiş şiirler yazar, şiir gibi tarif etti, "kin duyarak büyümemizi istemediği için, annem beni ve kardeşimi mahkemeye götürmüyordu, asla kin duymuyorum ama, kızgınım, hani birileri evinize girip eşyalarınızı çalsa ne hissedersiniz, onun gibi, birileri hayatımıza girdi, babalarımızı çaldı."

Pilot kurmay albay İsmet Çınkı'nın kızı Ece, kahraman babasına olan inancını hiç yitirmediğini, babasından güç aldığını anlattı, babasından şarkı dinlemeyi çok özlediğini söyledi. Emekli tümamiral Semih Çetin'in kızı Simay, "ailece birlikte olmanın ne demek olduğunu unuttum, mesela ailece yemeğe çıkmanın neye benzediğini unutmuş durumdayım, arkadaşlarım bana tatilde nereye gidiyorsun diye soruyor, nereye gideceğim, tatilde açık görüşe gidiyorum, eve geldiğimde babamı göremiyorum, babamı telefonla bile ne zaman arayacağımı başkaları belirliyor, buna dayanamıyorum" dedi. Pilot tümgeneral Ayhan Gümüş'ün kızı Selin ise, annesi o dönem rahatsız olduğu için, babasının aileyi kendisine emanet ettiğini anlattı ve gencecik yaşta üstlenmek zorunda kaldığı sorumluluğu, şöyle özetledi: "Evin prensesiyken, evin babası rolüne geçmek, kolay değil."

Ve, geceye damgasını vuran...
Atahan. Küçük dev adam.

Sınıfının birincisi, iki defa erken terfi alan, yaşıtlarından beş sene ilerde giden, firkateyn komutanı, Maltepe'den arkadaşım deniz kurmay albay Erdinç Altıner'in oğlu... Anlattı.

"Benim babam, ne olursa olsun olumlu bakar, bana her zaman umut verir, geçecek bu dönemler diyor, şimdi bir tecrüben var artık diyor, hayatta nasıl davranacağını daha çok biliyorsun diyor, kendimi büyümüş gibi hissediyorum, birçok insanın daha büyük yaşlarda yaşayabileceği kötü bir tecrübeyi, ben bu yaşta yaşayıp akıllanıyorum."

"Derslerime daha çok asılmış durumdayım. Notlarımı iyice yükseltip, hemen sınavın açıklandığı gün babama söylemeye çalışıyorum. Babamın daha çok gururlandığını telefondan bile hissedebiliyorum."

"Babam açık görüşlerde annem ve babaannemle de konuşmak istiyor, onları yalnız bırakıyorum, oradaki diğer arkadaşlarla oynamaya çalışıyorum, yaş açısından ben birazcık büyüğüm, onlara da moral vermeye çalışıyorum."

"Babamla en çok, oyuncak mağazasına bakmayı severdim. Ne zaman şunu beğendim desem, bana öğüt verirdi, önce onunla ne yapacağını düşün, sonra al derdi."

"Babamı özledim. Ne olursa olsun, bir gün boyunca vakit geçirmek isterim. Maç seyretmek isterim, gezmek isterim, sonra yine oyuncak mağazasına bakmak isterim."

"Babamın tutuklandığını öğrendiğimde, tutuklanırsa tutuklansın, şeref duyarım dedim. Şeref duyarım. Çünkü, benim babam burada şerefiyle tutuklanıyor, vatan haini olmadığını herkes biliyor."

"Ben de babam gibi subay olmak istiyorum ama... Ben de babam gibi başarılı olursam, bana da bu darbeyi yaparlar diye biraz korkuyorum."

Henüz 9 yaşında.

Anlattıkça büyüdü...
O anlattıkça, Türkiye utancından küçüldü, küçüldü, küçüldü.

Çünkü...
Hırsız baba-oğullar memleketi soyuyor, baştacı ediliyor. Babaları çalınan oğullara-kızlara ise, bunlar reva görülüyor.

Darbenin ana'fikri

Hava Kuvvetleri Komutanı, Deniz Kuvvetleri Komutanı, 1'inci Ordu Komutanı, MGK Genel Sekreteri, Harp Akademileri Komutanı, Kuzey Deniz Saha Komutanı, Güney Deniz Saha Komutanı... Bi de Güllü.

Balyoz'un "ana"fikri!

İki çocuk annesi.
Dünya tarihinin, ilk kadın sivil darbecisi.

Oğlu bu sene İTÜ'den mezun oldu, kızı İTÜ'de okuyor, eşi, işçi emeklisi... Aslında, kendisinin de günü doldu, 1985'ten beri

Hava Harp Okulu'nun öğrenci işlerinde memur olarak çalışıyor, emekli olabilirdi ama, kızı okulu bitirene kadar gayret ediyordu. O sabah erkenden kalktı, kahvaltı hazırladı, kızını oğlunu öpüp uğurladı, sonra eşinin koluna girerek, Silivri'ye gitti, tribünlere, sanık yakınlarının arasına oturdu.

Karar okundu...
"Ege Denizi'nde hır çıkarıp, Yunanistan vurmuş ayaklarıyla kendi F-16'ımızı düşürüp, bilahare, camilerimizi bombalamak suretiyle darbe yapmak" suçundan 16 sene verdiler Güllü'ye!

Halbuki, sanık sandalyesinde bile değildi.
Çünkü, daha önce söz konusu darbe planını yazdığı iddiasıyla gözaltına alınmış, kadın daktilo memurunun uçakla-tankla ne alakası var kardeşim denilerek, derhal serbest bırakılmış, hatta, duruşmalardan vareste tutulmuştu.

Gel gör ki... Adaletimizin terazisinde, orgenerallerle, kuvvet komutanlarıyla aynı kefeye konuldu. Korgenerallerden, tuğamirallerden daha fazla hapis yedi.

16 sene kesmedi...
Anne'likten men edildi.
Kanun böyle denildi...
Anne'lik hakları elinden alındı.

Böylece...
Demokrasimiz, Güllü'k gülistanlık olmuş oldu.

Maaş'allah

Genç bir anne, doktor.
Eşi subay, içerde.
Telefonla haftada bir gün, üç dakika konuşabiliyorlar.
Peki ya yüz yüze?
Ayda bir gün, bir saat görüşebiliyorlar.

Dedim ya, doktor...
Her ay ortalama sekiz defa, 24 saatlik nöbeti var.
Ankara'da çalışıyor.
Eşi, İstanbul'da yatıyor.
Çocuklar öğrenci.
Bırakıp gidemiyor.
Ne yapsın?
İzmir'de yaşayan anne-babasını yanına çağırıyor, tası tarağı toplayıp, Ankara'ya geliyorlar, çocukların başında kalıyorlar, bu sayede kızları İstanbul'a, damatlarıyla görüşmeye gidebiliyor.

Bi akşam, gene nöbetçi...
Telefon geliyor, genelkurmay'dan.
Hayırdır...
İyi haberdir inşallah.

– Hanımefendi.
– Buyrun.
– Eşiniz ayın 15'inde maaşını almış.
– Evet.
– Ayın 24'ünde cezaevine alınmış.
– Evet.
– Aradaki farkı geri ödemeniz gerekiyor!

Malum, içeri atılanlar maaşlarının 3'te 2'sini alabiliyor... Apar topar ödemeye giderken annesi sesleniyor, yanına biraz fazla para al diyor. Genç kadın o ruh haliyle, annesinin niye böyle bir tavsiyede bulunduğunu kavrayamıyor, ancak, öyle yapıyor, yanına biraz fazla para alıyor. Yaşlı anne, tecrübeli vatandaş tabii... Haklı çıkıyor. Sadece küsuratlı bölümü değil, faizini de istiyorlar. Faizi de ödüyor.

Kendi payıma, tebrik ederim genelkurmay'ı.
Maalesef kilim'im plaket'im yok.
Aybaşı gelsin, maaşı alayım, karargâha sucuk göndereyim bari.

Bill Gates tutuklanabilir

Bavul getirdiler.
İşte plan dediler.
Mahkeme inceledi, bu ne biçim plan dedi.
Tutukluların hepsini serbest bıraktı.
Şak, mahkemeyi değiştirdiler.
Öbür mahkeme inceledi.
Öbür mahkeme de bu ne biçim plan dedi.
Şak, öbürünü de değiştirdiler.
Dava başladı.
Tutuklu sanık yok.
E bu ne biçim dava denildi?
Şak, emeklileri tutukladılar.
İyi de bu ne biçim cunta...
Hepsi yaşlı başlı, pijamalı adamlar denildi.
Şak, muvazzafları tutukladılar.
Tamam da...
Bu muvazzafların isimleri o planda geçmiyor ki denildi.
Şak, donanma basıldı.
Siidiler bulundu.
Aha işte, yok denilen bütün muvazzaflar ordaydı.
Güzel ama, o siidilerde, o dönemde kurulmamış şirketlerin, inşa edilmemiş gemilerin isimleri niye var denildi.
Şak, internetten mektup geldi.
Şu şu adrese gidin, siidilerin son hali orda denildi.
Bi gidildi bakıldı, a-aaa, eliyle konulmuş gibi bulundu.
Hepsini anladık da, bu cuntanın silahları nerede birader demeye kalmadı, ki, zaten TRT kameraları eşliğinde kazılar yapılmış, bulunacak silahlar henüz topraktan çıkarılmadan önce liste halinde son dakka'lanmıştı.
Bu sefer avukatlar kıllık yaptı.
Siidilerdeki 2003 tarihli belgeler, henüz icat edilmemiş 2007 Microsoft fontlarıyla nasıl yazılmış denildi.
Şak diye cevap verilemedi...
Soru önergesi verildi.
Savunma Bakanı itiraf etti.
Hakikaten yahu, 2003 tarihli belge 2007 fontlarıyla nasıl yazılabilir, benim de kafam basmadı dedi.

Görünen o ki...
Şimdi sıra geldi, Bill Gates'in evini basmaya.

Silah arkadaşı

beni gördüğünde...
bakışları ürkek ve tedirgindi
kaçamak tebessüm yüzünde belirdi
ne yapacağını kestiremedi
selam vermek zorunda hissetti
ama, önce etrafı inceledi
kimsenin fark etmemesini diledi
kararsızca birkaç adım ilerledi
usulca "merhaba" dedi
sanırım hayatından bir on yıl yedi!
elimi uzattım
otuz yıllık silah arkadaşım, çekindi
sonra, mecburen kabul etti
gizlemeye çalıştığı titreyen elleriydi
hâl hatır sordum
cevap vermekte zorlandı, gergindi
uğradığım haksızlığı ve tertibi...
dinlemek bile istemedi
konuyu hemen değiştirdi
işlerinin yoğunluğundan bahsetti
artık gideyim der gibiydi
"meşgul etmeyeyim" dedim...
sevindi
alnında biriken damlacıkları sildi
ter damlacıklarını...
bir geçmiş olsun bile diyemedi
hızlı adımlarla orayı terk etti
arkasından uzuuun uzun baktım
hayal kırıklığım...
arkadaşımın yitirdiği kişiliğiydi
dostluğumuz, korkusuna yenilmişti

ve bu, hasdal'dan hastaneye son sevkimdi
ertesi gün durak, silivri'ydi
İnanın, ne hasdal, ne silivri...
beni bu kadar üzemedi

Bir amiral, yazıp göndermiş bunu.
Başlığı, "Karşılaşma..."

Hani, PKK'lılar sınırötesine nasıl çekilecek, askerle "karşılaşırlarsa" ne olacak filan deniyor ya... Sıkmayın canınızı, işin en kolay tarafı o... Arkadaşına bunları yapan, PKK'lıya haydi haydi yüzünü çevirir, olur biter.

Milli gemi

Milgem... Milli gemi yani.

Fikri, ilk kez 1996'da ortaya atıldı.
O günün genelkurmay başkanı, bugün sanık.

2004'te tasarımına başlandı.
2005'te ilk kaynağı yapıldı.
O günün deniz kuvvetleri komutanı, bugün hapiste.

2008'de, ilk milli gemimiz Heybeliada, isim annesi Sevil Başbuğ tarafından denize indirildi.
İlker Başbuğ terörist ilan edilerek, müebbete mahkûm edildi.

2011'de ilk milli gemimizin testleri tamamlandı, hizmete girdi, ilk kez basına tanıtıldı.
Basın mensuplarına brifing veren plan-dizayn müdürü mühendis albay, yargılanıyor.

Milli geminin sinyal güvenliğini sağlayan Tübitak uzmanı, tutuklandı. Milli geminin kriptoloji programlarını yazan Tübitak uzmanı, içeri atıldı. Milli geminin sonar sistemi sorumlusu mühendis albay, hapse tıkıldı. Milli geminin elektronik sistemlerini kuran Havelsan'ın genel müdürü, 16 sene yedi. Milli savaş yönetim sistemi Genesis projesinde görev yapan, milli torpido sisteminde görev yapan, tamamı yüksek lisanslı mühendis kurmay albaylar, hatta tersanenin komutanı, tutsak.

Kimine casus diyorlar.
Kimine fuhuşçu.
Kimine suikastçı.
Kimine darbeci.

Sivil tersanede inşa edilecek milli gemiler için ihale açıldı.
İki firma katıldı.
Biri, Aziz Yıldırım'ındı.
Şike mike, bir sene yatırdılar.

İhaleyi Koç kazandı.
Gezi mezi ayağıyla 200 müfettiş gönderdiler.
İhaleyi iptal edip, elinden aldılar.

Bana sorarsanız...
Bu milli gemi ısrarından vazgeçmekte fayda var.
Binmişiz AKP'nin kayığına...
Daha ne gemi istiyoruz birader!

İsim	Şehir	Casus

Üç bin casus subay yakalandı.
Küçük bi pürüz var...
Aralarında bilgi-belge satan yok.

Casuslarımızı ziyaret ettim

İzmir'e geldim, casuslarımıza gittim!
Diyeceksiniz ki... Kimdir bu casuslar?

Bilmemeniz çok normal.
Gözden ırak oldukları için, gönülden de ırak onlar.

Her şey, e-posta'yla polise gönderilen, ne idüğü belirsiz, isimsiz, imzasız ihbar mektubuyla başladı. Tuzağa düşürülen genç kızlara fuhuş yaptırıldığı, kameraya alındığı, sonra da bu görüntülerle kameraya alınan kişilere şantaj yapıldığı iddia ediliyordu.

Şak... İhbar mektubunda elebaşı görünen adamın evi basıldı. Siidi bulundu. Tıpkı Ergenekon'da Balyoz'da olduğu gibi, bu siidi'de de subayların isim listesi vardı! Siidi'deki şemaya göre, fuhuş yoluyla şantaj yapılan subaylar, devletin gizli bilgilerini veriyordu.

Şak... Genç subaylarla aşna fişne yapan 22 yaşındaki bi kızın evi basıldı. Kızın bilgisayarında "bycasus" isimli belge bulundu iyi mi! Casus filmlerinde zaten olmaz ama, böylesi komedi filmlerinde bile olmaz. Casusluk şebekesi, casusları, casus isimli belgeye yazmıştı... Ki, maazallah "yazmazsak, unuturuz casus isimlerini" diye herhalde!

Ele geçirilen "dijital" materyallere göre... Casus subaylar sadece fuhuş yapmakla kalmıyor, hükümet, TSK, MİT aleyhine faaliyette bulunuyor, PKK'ya yardım ediyor, devletin gizli askeri bilgilerini para karşılığında satıyor, kuryeler aracılığıyla yurtdışına gönderiyordu.

Şakır şakır tutuklama başladı.
Teğmen, yüzbaşı, albay, amiral'e kadar.

Küçücük bi pürüz vardı...
Tutuklanan subayların o kızla veya bir başka kadınla çekilmiş görüntüsü, fotoğrafı var mı? Yok. Telefonla görüşmüşlükleri var mı? Yok. Cepten mesaj? Yok. İnternetten yazışmışlıkları var mı? Yok. Kız veya bi başka kadın, ben bunlarla yattım diyor mu? Demiyor. Tanıyorum diyor mu? Demiyor. Subaylarda ele geçirilmiş devlete ait belge var mı? Yok. Para trafiği tespit edilmiş mi? Edilmemiş. Kurye yakalanmış mı? Yakalanmamış. Tanık var mı? Yok. Gizli tanık? Yok. Hangi devlete bilgi verilmiş? O da yok.

E, ne var?
Elebaşı denilen adamın evindeki siidi'de isimleri var.

Elebaşı siidi için ne diyor?
Benim değil diyor.
Subayları tanıyor mu?
Tanımıyor.
Telefon, internet, yüz yüze, herhangi bi yolla irtibat tespit edilmiş mi? Edilmemiş.

Ayrıca...
Elebaşı Marmaris'te, kız İzmir'de ama, subayların yüzde 95'i alakasız şehirlerden tutuklanıyor. Mersin, Kocaeli, Çanakkale, Ankara, Anadolu'nun dört bi tarafından toplanıp toplanıp İzmir'e getiriliyor.

Hatta bir tanesi, benim burda ne işim var diye soruyor. Savcı, valla bence de burda olmaman lazım, polis isimlerinizi verdi diyor. Vaziyet bu.

8 aydır yatıyorlar.
Kimsenin ruhu duymuyor.

İstanbul'da tıpatıp aynı fuhuş-şantaj iddiasıyla askeri casusluk davası açılmış, İstanbul medyası habere vakıf olabilmiş, İstanbullu avukatlar medyayı bilgilendirebilmiş, neticede, iftiradan ibaret olduğu kısa sürede ortaya çıkmıştı.

Bu dava ise, sanırım bu nedenle İzmir'de açıldı... Subayların aileleri Anadolu'nun dört bir tarafında yaşıyor, dayanışma için organize olamıyorlar, İzmirli avukatlar İstanbul'a seslerini duyuramıyor, İstanbul medyası habere vakıf olamıyor. İddianame anca dün açıklandı, 8 aydır yatıyorlar, daha duruşmaya bile çıkamadılar.

Bir albayın kızı ve bir albayın arkadaşının isteğiyle, askeri savcının izni ve askeri cezaevi komutanlarının iyi niyeti sayesinde onlarla görüşebildim. Maltepe'deki arkadaşlarım gibi, pırıl pırıl, madalyalı, masterli, şerefli, kahraman subaylar... "Askeri casusluk ve fuhuş davası" denilmesi onurlarına dokunuyor, "lütfen yazın, bu dava, öbür davalar gibi Atatürkçü subayları tasfiye davasıdır" diyorlar.

Casuslarımızı tanıyalım

Profesör Albay...
Tübitak Tıp Kurulu, Sağlık Bakanlığı Bilim Komisyonu, Eczacılık Akademisi Bilim Kurulu üyesi... Roche Araştırma Ödülü, Eczacılık Akademisi Ödülü, Popüler Bilim Ödülü sahibi... 7 kitabı var. Teksas Üniversitesi'nde, Cagliari Üniversitesi'nde öğretim üyeliği yaptı. Şizofreni tedavisinde çığır açtı, geliştirdiği ilaca patent aldı, milyar dolarla ölçülen formülü "milli" kalsın diye, yabancı şirketlerin astronomik tekliflerini reddetti, parayı Türkiye kazansın diye Tübitak'la sözleşme imzaladı. GATA Farmakoloji Anabilim Dalı Başkanı'ydı, general olmasına kesin gözüyle bakılıyordu, casus oluverdi!

"Milli ilacı" bulduğundan beri başı dertten kurtulmuyor, Ergenekon'a, Balyoz'a sokuşturmaya çalıştılar, kısmet casusluğaymış... İstese, zaten patent kendisinin, istifa eder,

ABD'ye yerleşir, dolar mültimilyoneri olurdu, hangi bilgiyi sızdıracak da, kaç para alacak?

İçeri tıkıldı, Tübitak'ın "milli ilaç projesi" durduruldu. O olmazsa, neyi, nasıl geliştireceksin? Amerikalılar gel demiş, gitmemiş. Her ay uluslararası konferansa gitmiş, laboratuvarına dönmüş, bu neyin kaçma şüphesi? En önce onunla, sonra diğer subaylarla görüştüm, arkada, ayakta bekledi. Meğer, en kıdemlileri olarak uğurlama görevini üstlenmiş. Kelimeler benim işim, her şeyi anlatabilirim ama...
O an, bu ülkenin yurttaşı olarak ne kadar utandığımı tarif edemem.

F-16 filo komutanı.
Kurmay albay.
Devrelerinden 5 sene önde gidiyor, yaşıtları henüz binbaşı, o ise, kurmay albay... Boğaziçi Üniversitesi elektrik-elektronik mezunu, Georgetown Üniversitesi'nden mastırlı... ABD'deki topgun kursunu Amerikalı pilotların önünde birinci bitirdi. NATO'nun Kosova harekâtına katıldı, Balkan harbinden bu yana o topraklara ilk bombayı atan Türk subayı oldu. Terörle mücadelede sınır ötesinde vurdu. Uçuş süresi, rekor seviyede... Gecesini gündüzüne kattı, kızı 10 yaşında, toplasan 2 sene bile görmedi. NATO ülkeleri arasında birinci seçilen birlik komutanı oldu. Amerikalılar istifa et gel dedi, bu devlet beni okuttu, aynaya bakamam dedi. Özel havayolu şirketleri 25 bin Euro maaş teklif etti, kabul etmedi. Batı'dan yaklaşacak tehlikeye karşı ilk havalanacak filonun komutanıydı. Göğsü takdir şeridi dolu. Hava kuvvetleri komutanlığına yürüdüğü açıktı... "Şehit olmak her zaman aklımızdaydı ama, bu casusluk işi nerden çıktı" diyor!

Hakem albay var.
Mesleğe astsubay olarak başlamış, zirve rütbeye çıkmış, subay olmuş, gene zirve rütbeye çıkmış, albay olmuş... Tırnaklarıyla kazıya kazıya, kariyerin böylesini, dünyanın hangi ordusunda kaç asker başarabilir? Bu arada, bir değil, iki üniversite bitirmiş iyi mi... Üstüne, Süperlig'de hakemlik yapıyordu. Şike davasında ıskaladılar herhalde!

Milgem, milli gemi projesinin komuta kademesi orada, Milgem tersane komutanı orada, burda olmayanlar Hasdal'da... Maaşının

5 katıyla özel tersaneye transfer teklifini kabul etmeyen subay orada.

İskenderun, Aksaz, Foça...
Akdeniz'i, Ege'yi savunan deniz üssü komutanlarımız orada.

Savarona'da fuhuş yapanları basan komutan, orada... Atatürk'ün yatını kerhaneye çevirenlere beyefendi, yakalayana casus diyorlar!

Maltepe'deki arkadaşlarım gibi, askeri ataşe olanlar var. İrticaya bulaşmış personeli yargılayıp ordudan uzaklaştıran hâkim subay var.

8 Mayıs'ta tutuklanan var.
Belge, 18 Mayıs tarihli.
Kanıttan önce suç işlemiş yani.

1995 tarihli olayla suçlanan var.
O tarihte henüz öğrenci.

Hemen hepsi, subay-astsubay çocuğu... Babaları bile bu devletin peygamber ocağına hizmet etmiş...
Kılı kırk yaran ordu istihbarat var, milli istihbarat var, şecerelerinde yamuk olsa, elli defa ortaya çıkmaz mıydı?

Çürük elma yok mudur?
Elbette vardır.
Ancak...
2010 senesinde söz konusu siidi bulunana kadar, cumhuriyet tarihi boyunca, sadece 1 rütbeli subay casusluktan hüküm giymişken... Nasıl olur da, 2010'da aniden 3 bin subay casus olabilir?

Diyeceksiniz ki, 3 bin subayı nerden çıkardın, yargılanan subay sayısı 300 küsur... Size öyle geliyor! Savcının bizzat tutuklu subaylara söylediğine göre, söz konusu siidi'de 3 bin subayın ismi var!

Aileleri perişan... Eşi yabancı uyruklu olanlar var, iki kere perişan... Çünkü, yandaş medyada, Rus eşleri aracılığıyla

Rusya'ya bilgi verdikleri iddia ediliyor. İngiliz vatandaşı Maliye Bakanı olmasında sakınca yok, Amerikan vatandaşı milletvekili olmasında sakınca yok, Belçika vatandaşı, Amerikan vatandaşı gazeteci olmasında sakınca yok, Genelkurmay'ın izniyle Rus'la evlenmek sakıncalı, öyle mi?

Casuslarımızdan kriptolu not

Velev ki, isminiz Recep Gül.
Veya, Abdullah Erdoğan.
Siidi bulunuyor ve deniyor ki...
Siidi'de isminiz var, casusmuşsunuz.

Rütbe belirtilmemiş.
Görev yeri belirtilmemiş.
Havacı mı, denizci mi?
Sınıf belirtilmemiş.
Fotoğraf yok.
Sadece isim var.

İnsan herhalde en önce şunu sorar...
Ne malum o Recep Gül'ün ben olduğum?
Memlekette, TSK'da benden başka Recep Gül yok mu?

Var ama, sensin.
Niye?
Siidi'de TC kimlik numaran yazıyor!

Siz hiç adaşlarıyla karıştırılmasın diye, casuslarını TC kimlik numarasıyla kaydeden casusluk şebekesi duydunuz mu? Duyun.

Tutuklu subay anlattı...
Subayı alıyorlar, subay diyor ki, benimle aynı ismi taşıyan yüzbaşı da var, başçavuş da var, ne malum benim olduğum? Şırrak diye siidi'deki TC kimlik numarasını burnuna dayıyorlar... Yani bi tek muhtardan ikametgâh belgesi alıp, siidi'ye koymadıkları kalmış.

Şimdi sıkı durun... Şebekenin "dijital" ortamda hazırlanmış "kara kutu"su var. Arşiv niteliğinde... Bütün bilgiler, belgeler onun içinde dosyalanmış. Üstelik, gizliliğe kozmik derecede önem verilmiş, son teknolojiyle, profesyonelce, şifresi kırılamayacak şekilde oluşturulmuş.

Küçücük bi pürüzü var.
Henüz ele geçirilmemiş!

Ben söylemiyorum,
iddianamede böyle yazıyor. "Ele geçirilemeyen kara kutu, şifreleri kırılamayacak şekilde dosyalandı" diyor.

Cahilliğime verin ama...
"Ele geçirilemeyen delil" olur mu birader?

Peki, tutuklu subaylar ne diyor?
"İddialar tel tel dökülüyor, somut hatalar var, ilk duruşmada üzerimize atılı suçları tek tek çürüteceğiz, tahminimiz o ki, bizim savunmamızdan sonra kara kutu'yu bulduk diyecekler, savunmamıza göre yeni iddialar türetip, kara kutu denilen siidi'den çıktığını öne sürecekler, davayı uzatacaklar" diyor.

Tutuklu subaylarla konuştum, benden başka hiçbir gazeteci henüz konuşmadı. Savcı da henüz basına konuşmadı. O halde, iddianame yayınlanmadan önce, yandaş medyada çıkan haberlerin kaynağı kim?

Kaynak belirtmek zorunda değiliz elbette ama... Casuslarımızın T37 tipi uçağın hangi yollarla düşürülebileceği bilgisini sızdırdığını, böylece uçağımızın Suriye tarafından düşürüldüğünü yazıyorlar.

Birincisi... T37 dediğin, tırışkadan teyyare, eğitim uçağı, Fantom'la alakası yok, radara-füzeye filan gerek kalmadan, tüfekle bile indirebilirsin, hangi yollarla düşürülebileceğinin neresi gizli bilgi?

İkincisi... Fantom'un nasıl düşürüldüğünü daha Genelkurmay bile bulamamışken, nasıl düşürülebileceğini nerden bulup sızdırdılar?

Fotokopi gibi aynı cümlelerle, Foça'daki patlamayı komutana yıkmaya çalışıyorlar. Halbuki, Foça komutanı patlamadan bir ay önce içeri tıkıldı. Hapisteyken mi casusluk yaptı? Hadi yaptı diyelim, kendi birliğini mi patlatırsın? O askeri aracın her gün o yoldan, yazlıkların arasından geçtiğini kediler bile biliyor, neresi devlet sırrı? Kaldı ki, orayı patlatan pkk'lı Urfa'da yakalanmadı mı, itiraf etmedi mi? Ayıbı geçtim, günah değil mi?

Neticede...
Kapalı görüş bitti.
Vedalaştık.
Ayrılmadan önce, Maltepe'deki arkadaşlarım gibi, hatıra olarak kitap hediye ettiler bana... Subayların kötü bi alışkanlığı var, kitap okuyorlar. Ve, sizin de okumanızı istiyorlar.

"Casus"lukla yaftalanan subayların, mutlaka okumanızı istediği kitabın ismi, *İnsanın Anlam Arayışı*... Yazarı, Viktor Frankl.

Kapağın içine şu notu düşmüşler:

> Bu kitap, Nazi toplama kamplarının en acımasızı Auschwitz'ten hayatta kalmayı başararak kurtulan ve daha sonra yaşadığı tutukluluk sürecini bilimsel yaklaşımlarla ve herkesin anlayacağı dille kaleme alan, Avusturyalı Profesör Viktor Frankl'ın eseridir. Yaşadığı haksız zulme, insani direniş sergilemekle kalmamış, kaleme aldığı bilimsel makale ve kitaplarla Nazilerin toplum vicdanında insanlık suçlusu olarak yargılanmalarına katkı sağlamıştır. Tarih, bu tür suçları işleyenlerin, er geç adalete muhtaç olduklarının sayısız örnekleriyle doludur. Ülkesine, milletine, devletine sadakatle hizmet etmiş olan bizlerin, alnı ak, vicdanı rahattır. Viktor Frankl'ın tanımladığı hayatın anlamı, bizler için vatan, millet, bayrak ve insan sevgisiyle ülkemize sadakatle hizmettir. Sizden ricamız... Bu kitabı, dikkatle okumanız ve yaşanan sürece bir de Profesör Frankl'ın penceresinden bakmanızdır. Saygılarımızla, 22.01.2013, İzmir.

İsim	Şehir	Hukuk

Garfield ve Buggs Bunny şüpheli şahıs olarak gözaltına alındı,
Tom ve Jerry aranıyor...

Baro'metre

Basın'ın bu dönemde iyi bir sınav verdiği söylenemez. Meslektaşları hapisteyken, Dolmabahçe Sarayı'nda basın özgürlüğü gecesi tertipleyip, fonda ince müzik eşliğinde, avanta viski yudumlayarak, limon sosunda hıyar yemeleriyle hatırlanacaklar. İstisnaları tenzih ederim... Sansür'e gerek bırakmayıp, otosansür'ün feriştahını uygulayan, bildiğini yazarak değil, bildiğini yazmayarak para kazanan, halkın gerçekleri öğrenme hakkı'na hizmet etmek yerine, ninni söyleyen, tirajlar çakılırken, manşetlerde havai fişekler patlatan, ekranlarda pembe tablo çizen'ler topluluğu olarak anılacaklar.

Sermaye'nin bu dönemde iyi bir sınav verdiği söylenemez. Çocuklarının geleceğini, parayı balyaladıkları memleketimizde değil, el âlemin memleketlerinde gören, yurttaşların özgürlüğü her alanda kısıtlanırken, beşer metrelik duvarlar arkasındaki villalarında huzurla yaşayabileceklerini zanneden... Yarın öbür gün, bu dönem'in hesabı kitabı yapıldığında, susma sustukça sıra sana gelecek'i sıra kendisine gelene kadar kavrayamayan'lar olarak anılacaklar.

Sendikalar, ha keza...
Sarı basın'dan bile daha cart sarı olarak hatırlanacaklar.

Sanat camiası'nın da, bir elin parmakları kadar'ı hariç, bu dönemde iyi bir sınav verdiği söylenemez. Sanat dediğin, ister transatlantik ol, ister filika, iskeleden halatları koparıp attığın an başlar. Çünkü, özüne, ruhuna, mantığına aykırıdır, bağımlı olmak... Duba olarak anılacaklar.

Akademik çevreler'in bu dönemde iyi bir sınav verdiği söylenemez. Lifli gıdalar, pilatesin faydaları, buzulları eriyen kutup ayıları gibi, kokmaz bulaşmaz mevzularda adeta papağan misali şakıyan, susmak bilmeyen profesörlerimiz... ÖSYM rezaletleri, çağdışı eğitim, Mehmet Haberal, Fatih Hilmioğlu, dövülen, tutuklanan üniversite öğrencileri'nde dut yemiş bülbül olarak hatırlanacaklar.

Ve, aynı dönemde...
Aynı basınç uygulandı.
Baro'metre ölçtü.

İstanbul ve Ankara barosu'nun avukatları, evrensel ilkelere ve onurlarına sahip çıkan, susmayan, direnen... Birey'i kul olmaktan kurtaran hukuk devleti, yargı bağımsızlığı ve demokrasi mücadelesinde tırsmayıp, toplu halde, açıkça tavır koyan... Alnı açık, başı dik kalmayı başaran "tek meslek grubu" olarak hatırlanacak.

Yazın bi kenara...
Korku bulaşıcıdır.
Cesaret de öyle.
Baro seçimleri milattır.

Özel yetkili

İnsanlar beş senedir içerde, milletvekilleri tutuklu... Ahalimiz yeni yeni merak etmeye başladı, nedir bu "özel yetkili" filan?

Turşu'dur biraz.

Turşu tarifinin delil olmasıdır. Dondurma tarifinin de... Bi sanığa şu soruldu mesela, taze fasulye sever misiniz? Zeus'un deyus, Temel Reis, Garfield ve Buggs Bunny'nin şüpheli şahıs, Hitit kralı Şuppiluliuma'nın telekulağa yakalanmasıdır. Külot var belgeler arasında... Mozart albümü var. Zeki Müren kasetlerinin gözaltına alınması, *Nutuk*'a el konulmasıdır.

Henüz kimseyi yaraladıkları bile görülmemişken, kimisinin kahırdan kanser olarak, kimisinin kalpten vefat etmesidir. Şeref madalyalıların kendi kafasına sıkmasıdır. Delirenler var. Elini ahize gibi tutarak, hücresinde saatlerce hayali telefon görüşmeleri yapanlar var.

El bombası olduğu ilan edilen süs eşyasının, el bombası değil, süs eşyası olduğunun anca iki senede kanıtlanmasıdır. Sanıklar tehlikeli, delilleri yok etmesinler diye serbest bırakmıyoruz denirken, en önemli delil olan el bombalarının, büyük tehlike arzediyor diye imha edilmesidir.

1873 yapımı... Teee Avusturya-Macaristan İmparatorluğu dönemine ait, ahı gitmiş vahı kalmış tüfeğin, uzun namlulu suikast silahı diye tanıtılmasıdır. 1939 model, 73 senelik antika tabancanın, rakamların yeri değiştirilerek, 1993 model oluvermesidir.

El konulan dividi'lerin, daha el konulmadan, taaa bir hafta önce kopyalanmış olması; tarih rezaletinin tutanakta kabak gibi ortaya çıkmasıdır. Generalin evinden 28 siidi alınması, emniyette aniden 40 siidi'ye çıkması, e haliyle siidi'lerin doğurmasıdır. İçinde muhteşem deliller olduğu söylenen bazı sidii'lerin de ölmesi, emanette kırılıvermesidir. Tapesi olup, kendisi olmayan dividi var... Ki, terörist fihristinin, teğmenin telefonuna yüklenmesi ve sehven denmesidir.

Kamu Güvenliği Müsteşarlığı icat edip, yabancı uzman çalıştırma izni verilmesi ve Amerikalı bi kadın arkadaşın, bizim arkadaşlara "siber" semineri vermesi meselesine, hiç girmeyeyim.

Bi albay'ın Rus ajanı kadınla telefon konuşmalarının dökümü var denilmesi, sonradan pardon, yokmuş denilmesidir. İnternette nasıl kadın araklanır? Giriver ek klasöre, detayları var.

Profesör Haberal'ın süt ve yoğurt broşürünün delil kabul edilmesidir. Tutukluluğa itiraz eden hâkimlerin, şak diye görevden alınıp, alakasız yerlere gönderilmesidir. Tahliye talep eden hâkimlerin "villa aldı" gibi palavralarla, manşetlerden infaz edilmesidir.

Genelkurmay Başkanı'nın kankası olduğunu iddia eden, helikopter alacağını öne süren, gel gör ki, kontörü bittiği için mesaj atamadığını söyleyen kadının, tanık olmasıdır.

Namuslu gazeteciler iftira endişesiyle üç buçuk atarken, ne idüğü belirsiz tiplere, telsizli arkadaşlar tarafından servis yapılmasıdır. Başka başka gazetelerin haberlerine bak, fotokopi gibi olmasıdır. Evi basılacak kişiler, basılmadan iki saat önce, evinin basıldığını TRT'den son dakka'yla öğrenirken... İddianamenin TRT spikerleri tarafından okunmasıdır. Gazeteciler hapisteyken, o hapishanenin ne kadar şahane hapishane olduğunun ballandıra ballandıra anlatılmasıdır.

Alman teknik direktör Christoph Daum'un Ergenekoncu olduğunun, kanıt olarak da, Atatürk rozeti takmasının gösterilmesidir. Hasan Tahsin diye birinin var olmadığının... Menemen'de Kubilay'ın kafasını kesenlerin de, aslında Ergenekoncu olduğunun yazılmasıdır.

Denize indirilmemiş, adı konulmamış gemilerin, darbe planında yer alması... Firkateynle yurtdışında seyir halinde bulunan subay için, o sırada İstanbul'da toplantıya katıldı denmesidir. Derhal kapatılması istenen derneğin, o tarihte henüz açılmamış bile olması... 1998 senesinde vefat eden generalin, en geç 2003 senesinde darbe yapacağının anlaşılmasıdır!

2005'te değişen kanun'un, 2002 tarihli belgede çoktan değişmiş halde bulunması... Kurulmamış televizyon kanalıyla propaganda yapılmasıdır. Biz tetikçiyiz diyenlerin, serbest bırakılması... Yeni Zelanda'dan uçarak, Afganistan'tan koşarak gelenlerin "kaçacak" diye tutuklanmasıdır.

Hotantu kabilesinde değil, Türkiye Cumhuriyeti'nin başkentinde... Son imza günüme gelen tutuklu subay eşinin, "Oğlunun mezuniyet törenini göremedi, temize çıkacağından adımız gibi eminiz ama, kaybolan günlerimizi bize kim geri verecek?" diye sormasıdır.

Teletokat

– Aloo...
– Buyrun?
– Biz polisiz, savcı da burda.
– Hayırdır inşallah?
– Bakın fonda telsiz seslerini duyuyorsunuz.
– Evet.
– Terör örgütü sizin adınızı kullanıyor, şahıslara operasyon yapmamız için şu şu hesaba para yatırmanız lazım.
– Peki.

Komedi filmi bile olsa, abartılmış denir, inandırıcı olmaz ama, Türkiye'de oluyor.

İTÜ'den doçenti aradılar, sizin adınızla örgüte lojistik malzeme alınmış, kariyeriniz lekelenmesin, paranın nereye gittiğini öğrenmemiz gerekiyor dediler, 120 bin lira gönderdi doçent... Bolu'da muhtarı aradılar, terör örgütü sim kartınızı kopyalamış dediler, yengenin altınlarını bozdurup, 2 bin lira ödedi muhtar... Bandırma Sosyal Güvenlik Müdürü'nü aradılar, ben savcıyım, terör örgütü kimlik bilgilerinizi ele geçirmiş, suçüstü yaptıracağım dediler, 45 bin lira havale etti sosyal güvenlik müdürü... Konya Emirgazi Ziraat Odası Başkanı'nı aradılar, terör örgütü kimlik numaranızla dolandırıcılık yapıyor, para trafiğini takip edeceğiz dediler, ziraat odasının 49 bin lirasını verdi ziraat odası başkanı.

CHP Zonguldak İl Başkanı'nı aradılar, Profesör Haberal'la görüşüp görüşmediğini sordular, bizim neler bildiğimizi Cumhurbaşkanı bile bilmez dediler, Ergenekon kapsamında bazı kişilerin takip edilmesi için şu şu hesaba para havale edin dediler, 6 bin lira havale etti il başkanı... Bankadan çıkarken, trafik polislerini gördü, otomobilini park edilmemesi gereken yere park etmişti, telefon hâlâ açıktı, telefonun ucundaki kişi, boşver ceza yazarsa yazsın, savcılık tarafından geri ödenecek dedi iyi mi!

Adana'da diş hekimini aradılar, banka hesabınızdan örgüte para aktarılıyor, mevduatınızı geçici olarak devletin şu hesabına aktarın dediler, 243 bin lirasını aktardı diş hekimi... Samsun'da doktoru aradılar, banka hesaplarınızın dökümünü hücre evinde ele geçirdik, paranızı şu şu hesaba yatırın, kimin çekmeye çalışacağını bulalım dediler, 55 bin lira yatırdı doktor... Eczacı var, öğretmen var, mimar var, mühendis var, imam var.

Ordu'da devlet dairesinde çalışan bir memurun, polis ayağıyla dolandırılacağı ihbarını alan harbi polis, uyarmak için derhal memuru aradı, ancak, dolandırıcılar telefonu sakın kapatma dedikleri için, telefon sürekli meşguldü, bari arkadaşları uyarsın diye devlet dairesini aradılar, memur mesaide değildi, son çare belediye hoparlöründen adıyla sanıyla bangır bangır anons ettiler, hemen kapat telefonu dolandırılıyorsun dediler, bütün Ordu duydu kardeşim, memur duymadı, 8 bin lirayı kaptırdı.

Ben savcıyım diye, Hatay Reyhanlı Mal Müdürü'nü aradılar, sizin adınıza örgüte para yatırıyorlar, şüphelilerin izini süreceğiz dediler, iz sürülmesi için 49 bin lira gönderdi mal müdürü... Tunceli Ovacık Özel İdare Müdürü'nü aradılar, sizin kimlik bilgilerinizle örgüte para aktarılıyor, toplantı halindeyiz, şahıslar takip ediliyor, şu şu hesaba para yatırın dediler, 100 bin lira yatırdı özel idare müdürü... Amasya'da Ballıdere Belediye Başkanı'nı aradılar, örgüte gizli gizli para aktarmış görünüyorsunuz, teröre yataklıktan içeri girmeniz an meselesi, para gönderin enseleyelim dediler, 20 bin lira gönderdi belediye başkanı.

Sıkı durun...
İzmir'de "emniyet müdürü" statüsündeki polis şefini aradılar, hesabınızdan örgüte para aktarılmış görünüyor, takip etmemiz için şu şu hesaba para havale edin dediler, 1.250 lira havale etti emniyet müdürü!

Hepsini yazmaya kalksak, ansiklopedi olur. Sinema sanatçısı'ndan örgüt bağlantısı diye 500 bin lira tokatlamışlardı. En son şarkıcı'dan örgüt takibi diye 30 bin lira kaptılar.

Çünkü...
"Enayi" meselesi değildir bu.
"Herhalde bi açıkları var ki, hemen para gönderiyorlar, yarası olan gocunur" meselesi de değildir.

Herkes telefonunun dinlendiğini düşünüyor, herkes evinde-ofisinde kamera-böcek arıyor, herkes kimlik bilgilerinin araklandığından emin, herkes banka hesaplarının kurcalandığından, bilgisayarına sızıldığından şüpheleniyor. İlla bi yamuğunun olması gerekmiyor, sıradan insanlar bile, acaba iftiraya uğrar mıyım, adımı alengirli bi mevzuya bulaştırırlar mı, sabaha karşı kapımın zili çalınır mı endişesiyle yaşıyor.

30 senedir bu memlekette gazetecilik yapıyorum, böylesi "korku atmosferi"ne hiç şahit olmadım. Halkın tek güvencesi olan savcı-polis, halkın en büyük kâbusu haline geldi. Maalesef mesele budur.

Musa

15 yaşında...
Çok başarılı öğrenciydi Musa.
Öğretmen olmak istiyordu.
Sabahtan okuluna gidiyor...
Öğleden sonra çobanlık yapıyordu.

Gene öyle bir sabah, çıktı ağıldan bozma, tek göz oda evinden kör karanlıkta, yürüye yürüye, 2 kilometre, sırtında çantası, şehirlerarası asfalta geldi. İzmir Aliağa'ya bağlı Kapıkaya köyünde yaşıyordu. Köyde okul yok. Okul Yenişakran'da... Türkiye'nin en batı ucunda, bütün yatırımlar oraya yapılıyor denilen coğrafyada, Türkiye'nin en doğusundaki yaşıtlarıyla aynı kaderi paylaşıyordu; taşımalı eğitim... Servis bekliyordu. Yakaladı yakaladı... Kaçırırsa okuluna gitmesi imkânsızdı. O nedenle, gün doğmadan kalkıyor, en az 2 saat yolu hesap ederek, saat 6 gibi asfaltta oluyordu.
Aha göründü servis minibüsü...
Manisa'nın Karaahmetli köyünden başlıyor, çocukları toplaya toplaya, en son Musa'yı alıyor, Yenişakran'a varıyordu. İçeride, biri şoför, biri engelli çocuğuna refakat eden anne, toplam 27 çocuk. Musa 30'uncu... Durdu önünde her sabahki gibi, bindi Musa, hareket ettiler. Ama bir acayiplik vardı. Şoför döndü

Musa'ya öfkeyle "bak seni almak için durduk, fren patladı, niye rampada duruyorsun, 100 metre yürüyüp düzlükte dursana!" diye bağırdı. Yer kalmadığı için ayakta dikilen Musa, büktü boynunu. Ne desin. Zaten bütün çocuklar ona suçlu gibi bakarken ne diyebilirdi ki? Bir ara göz göze geldi en sevdiği sınıf arkadaşı Hidayet'le... Gülümsedi Hidayet, şöyle bir salladı elini havada "boşver" manasında, "boşver, üzülme..."
Dandik asfaltta haldır haldır gitmeye başladılar. 1 kilometre, 2 kilometre, 3 kilometre... Yenişakran'a 4 kilometre kala, olanlar oldu. Trafolar bölgesinde dik yokuşun sonundaki sert viraja daldı minibüs..."Fren boşaldı" diye bağırdı şoför, savruldular, korkuluk morkuluk yok tabii, uçtular Tütünlü Deresi'ne... Önce çığlıklar, 3 takla, 5 takla, darmadağın oldu, zaten darmadağın haldeki minibüs...
Sonra trajik sessizlik.
İsmail oracıkta öldü. 9 yaşındaydı. Recep öldü, Murat öldü. 15'indeydiler. Ve, gülümseyerek kan kardeşine moral vermeye gayret eden Hidayet... Ambulanslar geldiğinde hâlâ nefes alıp veriyordu. Hastane, ameliyat, olmadı... Hidayet de gitti.
Ya Musa?
Kafası yarılmıştı, sağ el bileği ezik... Hatta, o feci kazanın haberini yapan gazeteler, Musa'nın bandajlı fotoğrafını koymuşlardı, "açılan kapıdan fırladı, kurtuldu" diye.
Kurtulmuştu Musa. Sağ çıkmıştı o tabut minibüsten. Ama kâbuslardan kurtulamadı. Hidayet her gece rüyasına giriyor, gene gülümseyerek "boşver, üzülme" diyordu ama, şoförün "bak seni almak için durduk!" diye bağırması kulaklarından gitmiyordu, çın çın... Bıraktı okulu. Gitmedi bi daha.
Bir sene sonra... Bilirkişi, en fazla 12 yaşında olması gereken servis minibüsünün, daha eski, 15 yaşında olduğunu, frenlerin kazadan çok önce patlak olduğunu tespit etti. Balatalar erimişti. Aslında servis minibüsü bile değildi, öyle olsaydı, "S" plaka taşımalıydı, taşımıyordu. Buna rağmen, hiç kimse şikâyetçi olmadı. Savcı hariç... Kamu adına dava açtı, bilirkişi raporunu koydu hâkimin önüne, hâkim de, hiç tereddüt etmeden 10 sene hapis verdi şoföre... Giden gitmişti ama, hiç olmazsa suç cezasız kalmamıştı.

Ve, önceki gün yıldönümüydü. Kapıkaya köyünün kabristanında anma töreni yapıldı. İsmail, Recep, Murat ve Hidayet'in ardından dualar edildi. Musa da oradaydı. Gene kenarda, gene boynu bükük. Ve gene, bir senedir her gördüğüne söylediği gibi, "benim yüzümden, keşke düzlükte dursaydım, benim yüzümden" diye ağlıyordu. Ne büyükleri teselli edebiliyordu onu, ne mahkemenin verdiği adil karar rahatlatabilmişti vicdanını, ne de rüyasında "boşver" diye gülümseyen Hidayet.

Bitti tören, gitti evine.
Astı kendini Musa.
Bir sene dayanabilmişti buna.

4 sene evvel, 2009'da yazmıştım bu yazıyı...
Sorumlusu oldukları felaketlerin suçunu başkalarına yükleyen sorumsuz siyasetçiler için yazmıştım. Harakiri yapmanızı beklemiyoruz ama, Musa'nın yüreğinden utanın, sorumlusu olduğunuz felaketler nedeniyle bari bi özür dileyin demiştim.

4 sene sonra, dün... Bi mektup geldi.

"Sayın Yılmaz Özdil, bu yazıyı yazmak benim için çok zor ama size bilgi vermem gerektiğini düşündüm. Musa'nın davasına bakan Karşıyaka 1. Ağır Ceza Mahkemesi'nin heyetinde hâkim olarak bulunmuştum.
Yargılama boyunca titiz çalışma yürüttük. Suçu ve suçluyu ortaya çıkardık. Sanığın, kullandığı servis aracının bakımlarını yaptırmadığını, fren sistemlerinin tamamen bitmiş olmasına ve bu durumu bilmesine rağmen, aracı kullanmaya devam ettiğini ortaya koyduk. Aracın sürücüsüne 'bilinçli taksirle ölüme neden olmak' suçundan emsal davalarda çok rastlanmayan miktarda (10 yıl) hapis cezası verdik. Verilen ceza Yargıtay incelemesinden de geçerek onaylandı ve kesinleşti.
Gayet iyi iş çıkardığımızı düşünmüştüm. Ancak, Musa'yı fark edemedik. Onun, bu suçtan duyduğu pişmanlığı, acıyı göremedik ve onun için yapılması gerekenleri yapmadık. Sonunda Musa, kendi mesajını ve kendisi gibi suç mağduru olanların görülmesi gerektiği mesajını canını önümüze atarak verdi.
2005 yılından beri çocuk adalet sistemine ilişkin çalışıyorum. Bir dönem Adana Çocuk Mahkemesi hâkimliği yaptım. Yargı sisteminin, suç işleyen veya suçun mağduru olan çocuklar bakımından iyileştirilmesi için pek çok çaba gösterdim. Bunları şunun için söylüyorum: Benim gibi, adalet sistemi içindeki çocuklara duyarlılığı yüksek olan, onları fark ettiğini düşünen, çocukların korunması için çaba sarf eden bir hâkim bile Musa'yı

göremedi. Korunması gerektiğini, psikolojik yardım için önlem alınmasını akıl edemedi.
Meslek hayatımın en acı deneyimini hiçbir zaman unutmayacağım. Musa'nın sorumluluğunu sırtımda hep taşıyacağım.
Size bildirmek istediğim şeye gelince; Musa'yı geri getirmeyecek ama, onun gibi başka çocukların da olmaması, fark edilmesi için, çocuk adalet sisteminin iyileştirilmesine ilişkin çalışmalara katılmaya devam ediyorum.
Bu kapsamda; Adalet Bakanlığı, Aile ve Sosyal Politikalar Bakanlığı, Hâkimler ve Savcılar Yüksek Kurulu, Adalet Akademisi ve UNICEF tarafından bir eğitim çalışması yapılıyor. Çocuk adalet sisteminde çalışan 850 hâkim, cumhuriyet savcısı ve sosyal çalışmacı eğitime tabi tutulacak. Bu eğitim, 70 hâkim, cumhuriyet savcısı ve sosyal çalışmacı tarafından verilecek. Bu 70 kişinin yetiştirilmesine ilişkin eğitim çalışmalarını içlerinde bulunmaktan gurur duyduğum bir ekip yürütüyor. Yetiştirilen eğiticiler tüm Türkiye'de eğitimler verecek ve yargı sistemine giren çocukların ihtiyaçlarının fark edilmesi için duyarlılık yaratacaklar.
Eğitimcilerin eğitimi için yapılan çalışmanın birinci aşaması 26 Haziran-4 Temmuz arasında Eskişehir'de yapıldı. Eğitimin bir oturumunu Musa'ya ayırdık. Bu oturumda 'Musa' başlıklı yazınızı okuyup, çocukların korunmasında çocuğun fark edilmesinin temel ihtiyaç olduğunu ortaya koyuyoruz.
Görevimizi gereği gibi yapmadığımız takdirde ortaya çıkan acı sonucu görüp, her defasında tekrar sarsılıyoruz.
Böylesi bir okuma ve tartışma benim için çok ağır olsa da, adalet sistemine giren çocukların fark edilmesini sağlamak bakımından son derece öğretici bir örnek olduğu için çalışmanın içinde tutmaya devam ediyoruz.
Vicdani sorumluluğumu kaldırmaya yetmeyecek ama, Musa için hiç olmazsa bunu yapabildiğim için bir parça rahatlıyorum.
Sizinle paylaşmak istedim.
Murat Aydın
Hâkim, İzmir, Karşıyaka Adliyesi"

Canınızı sıkmak istemezdim ama...
Çocuklarımızın, Ethem'lerin Abdullah'ların Ali İsmail'lerin, canlarını önümüze atarak mesajlarını verdikleri şu günlerde...
Vicdan sahibi hukukçuların var olduğunu bilmenizi istedim.

İsim	Şehir	Kadın

Hiç unutmam, gene bi gün üniversitenin bahçesinde kızlı erkekli sevişiyoruz, hava mis, şööyle vapura binip kızlı erkekli sevişe sevişe dolaşsak mı acaba dedik, değişiklik olur püfür püfür sevişiriz...

Kadınlar adam değildir!

Hiç düşündünüz mü...
Neden "imdaaat adam öldürüyorlar" diye çığlık atılır?
Veya neden "yetişiiin adam öldürüyorlar" diye bağırılır?

Çünkü...
Kadın'sa kimseyi ırgalamaz.
Adam'sa yardıma koşulur!

O nedenle, filmlerimizde asla "imdaaat kadın öldürüyorlar" diye bi replik duyamazsınız.

Bakın, Gülşah öğretmen mesela... Peşine takılan manyaktan kurtulmak için çırpınmış, savcı'ya gitmiş, polis'e gitmiş, son çare valilik'ten medet ummuş, takma kafana en fazla ölürsün demişler. E öldü tabii.

Halbuki, önlem almazsanız, ben bu "adam"ı öldüreceğim deseydi, seferberlik ilan ederler, manyağa yakın koruma verirler, Gülşah da o manyağa verilen yakın koruma sayesinde şu anda yaşıyor olurdu.

Uydurmuyorum, örneği var.
Baltayla tehdit edilen, yalvar yakar koruma isteyen, verilmeyen, neticede delik deşik edilerek öldürülen kadıncağızın, göğsünden girip sırtından çıkan 26 santimlik bıçağa "sapı uzun gösteriyor, yoksa öldürücü değil" diye rapor verilirken... Kırk yılda bir "adam"ın biri, eşim beni ısırıyor diye 155'i aradı, kadını gözaltına alana kadar, başına bi şey gelmesin diye "adam"ı karakolda tuttular.

Son 10 yılda İstanbul'da şiddetten kurtarılan sadece bi kadın var. Teyit etmek istiyorsanız, girin internete okuyun... Geçen haziran ayında, çelik yelekli özel harekat polislerinin düzenlediği operasyonla Mecidiyeköy'de bi kadını kurtardılar. Cama çıkıp "imdaaat adam öldürüyorlar" diye bağırmıştı!

Kuru kuruya "imdaaat" deseydi, zabıta bile dönüp bakmazdı.

Bu memlekette...
Kadın'lar adam değildir.

Binlerce defa, kadın'ı doğradılar, kadın'ı yaktılar, kadın'ın gırtlağını kestiler şeklindeki nafile manşetleri yazmış biri olarak, iddia ediyorum ki... "Kadın"a şiddet kampanyalarının öznesi yanlıştır. Dövülmüş, ağzı burnu dağılmış kadın fotoğraflarıyla bir yere varılamaz, toplumun ilgisi çekilemez.

Eğer gerçekten hassasiyet yaratılmak isteniyorsa... "Koç gibi yiğit"in karısını öldürdüler, "aslan gibi delikanlı"nın annesini kestiler, "adam gibi adam"ın kızını katlettiler sloganlarını kullanmak lazımdır!

Vurun kahpeye

Amerikalı kadın İstanbul'da öldürüldü.
Deniyor ki...
Tek başına ne geziyordu?

Kadın dediğin...
Tek başına sokağa çıkmaz çünkü!

Hatırlayın...
Rus kızı, ahtapot gibi uzanan ellerden kurtulmak için Taksim'de otobüs durağının üstüne tırmanmıştı, ayakkabısı çıkmıştı, çorabını çekiştiriyorlardı aşağıdan, külotunu cep telefonuna kaydediyorlardı. Alman kız taksicilere, Litvanyalı kız eczaneye,

Hırvat kız televizyon kameramanına sığınmıştı, kazağı duruyordu ama, sutyeni yırtılmıştı, sutyeni... Bacaklarını açıp göstermek istedi, rtük var dedik, kollarını sıyırıp gösterdi, mosmordu. Salyalarını akıta akıta sırıtanlar, 50'şer lira filan ödeyip, çıktılar.

Aramıza döndüler.
Otobüse, vapura, tenhaya.

Tecavüz ederken suçüstü yakalanan adam, henüz tecavüz gerçekleşmediği için "yarım kaldı" indirimi aldı bu memlekette... Tecavüzünü kameraya kaydeden sapık "eski sevgilisiymiş" indirimi aldı. "Tecavüzde bağırmıyorsa, rıza göstermiş sayılır" indiriminden faydalanan var. Üvey kızına tecavüz edip, "kızın ruh sağlığı bozulmadı raporu"yla indirim alan var. Ormanda saldıran, döve döve çırılçıplak soyan, ancak, astım krizi geçirerek bayılıp yakalanınca, "orası ıssız bi yer, isteseydim yapabilirdim" indirimi alan var. Tecavüz edip, hamile bırakan, sonra da "zaten bakire değildi" indirimi alan var. Tanımadığı birine saati soran eşini delik deşik ederek öldürüp "cilve yaptı" indirimi alan var. Eşini katledip, "kot giyiyordu, piercing takıyordu, çantasında doğum kontrol hapı buldum" indirimi alan var. Kadın programında, "babam bana tecavüz etti" diyen kızını öldürüp, "babasını kamuoyunda mahçup etti" indirimi alan var. Mahkemeye takım elbiseyle geldi diye "iyi hâl" indirimi alan seri tecavüzcü var.

Denetimli serbestlik yasası çıkarıp, ilk kimleri bıraktılar?
Kadın dövenleri.

Hırt cumhuriyetidir.

Amerikalı kadının öldürülmesinden daha vahimi...
Kadının öldürülmesine hiç kimsenin şaşmamasıdır!

Sezaryen cinayetmiş...

Zeynep Kamil'e düzenlenen polis baskınında, kürtaj yaptırmaya hazırlanan sekiz kadın, suç aleti kocalarıyla beraber suçüstü yakalandı sayın seyirciler...

"Ultrason" kod adlı gizli tanığın ifadesiyle harekete geçen savcılık, sezaryen'le dünyaya getirilen bebişlere el koydu, kuvözler mühürlendi; suni sancı veren hemşirelere işkenceden dava açıldı.

Doğumevi kapısında dokuz doğururken, şüpheli hareketleri üzerine tutuklanan baba adayının cebinden prezervatif paketi çıktı; Uludere bombalarıyla prezervatiflerin seri numaraları aynı.

"Prematüre bir dost" imzalı ihbar mektubunda gönderilen krokiyle, Bebek semtindeki bi eczanenin bahçesinde kazı yapıldı; toprağa gömülü halde spiral ve doğum kontrol hapları ele geçirildi.

Flaş flaş flaş...
Patlamaya hazır tüp bebek bulundu!

Wikileaks'e sızan belgelere göre, dış gebelikte görülen artışın, dış mihrakların işi olduğu ortaya çıktı sayın seyirciler...

Ünlü jinekoloğun evinde yapılan aramada Dünya Sağlık "Örgütü"nün broşürleri, muayenehanesinde yapılan aramada ise, Nüfus Planlama "Teşkilatı"nın şemaları ele geçirildi. Hem örgütçü, hem teşkilatçı olan jinekoloğun, Profesör Haberal'ın talimatlarıyla hareket ettiği anlaşıldı.

Epidural filan gibi "belden aşağı" ayıp kelimelerle konuşurken telekulağa yakalanan ebeler, meslekten atıldı.

"Anne sütü, psikolojik süt'ten faydalıdır" pankartıyla yürüyüş yapan kadınlar "yalancı gebelik"ten mahkemeye sevk edildi.

Neslimizi kurutmaya çalışanların liselerdeki uzantıları,

mastürbasyon yaptıkları iddiasıyla gözaltına alındı.

9 ay 10 gün'den önce doğanların bedelli'den yararlanamayacağını açıklayan genelkurmay başkanlığı, suda doğum yapanların bahriyeli olacağı iddiasını ise külliyen yalanladı.

Sağlık reformu genelgesi yayınlandı.
Hamilelerin sigaraya ve içkiye aşermesi yasaklandı.

Arka camına "baby on board" yapıştıran araçların trafikten men edileceği, "en az üç" yapıştırmasının zorunlu olacağı açıklandı sayın seyirciler...

Saç

Türkiye Cumhuriyeti'nin başbakanı, türban hakkında konuştu, "başörtüsü dinimizin gereklerinden biridir, dinimizin böyle bir emri olduğunu bilmeyecek kadar cahiller" dedi.

Bangladeş Başbakanı, kadın, Şeyh Vecid, saçı açık.
Fas Kralı'nın eşi Selma, başı açık, kızıl saçları var.
Malezya Başbakanı'nın eşi Rosmah'ın başı açık.
Pakistan Başbakanı'nın eşi Begüm'ün saçı açık.
Ürdün Kralı'nın eşi Rania, ki Filistin asıllıdır, başı açık.
Rahmetli Yaser Arafat'ın eşi Süha'nın başı açık.
Mısır'da Mübarek'in eşi Suzan'ın başı açıktı.
Libya'da Kaddafi'nin eşi ve kızının başı açıktı.
Tunus'tan kaçan first leydi Leyla'nın başı açıktı; şimdiki Cumhurbaşkanı Marzouki'nin ilk eşinden olan kızlarının başı açık, ikinci eşini hesaba katmıyorum, çünkü şimdiki eşi Fransız, zaten başı açık.
Irak'ta Saddam'ın eşinin başı açıktı, şimdiki Irak cumhurbaşkanı Talabani'nin eşi Hero'nun başı açık.
Suriye Devlet Başkanı'nın eşi Esma'nın başı açık.
Bizim başbakanın kankası Katar Emiri'nin eşi Mozah'ın saçı

açık, Sophia Loren gibi kadın.
Dubai Emiri'nin eşi Haya, kızı Mehra, başları açık.
Cezayir Devlet Başkanı'nın eşi Amal'ın saçı açık.
Lübnan Başbakanı'nın eşi May'ın başı açık.
Afganistan Cumhurbaşkanı'nın eşi Ziynet'in saçı görünmeyen tek kare fotoğrafı yok.
Suudi Arabistan Prensi El Velid Bin Tallal Abdülaiz El Suud, Bodrum'a geldi, eşi Amira'nın başı açık, kızı Cevahir'in başı açık.
Azerbaycan, Mihriban Aliyev, dünya hayran, başı açık.
KKTC'de rahmetli Denktaş'ın eşinin başı açıktı, AKP'nin Kıbrıs bayisi Mehmet Ali Talat'ın eşinin başı açıktı, şimdiki Cumhurbaşkanı Derviş Eroğlu'nun eşinin başı açık.

Hepsi cahil demek ki.

İmam hatip lisesi'ne gitmedikleri için...
Nasıl giyineceklerini bilmiyorlar herhalde!

Bağyanlara havuz

Olimpiyata talip olan Türkiye'nin başbakanı "bayanlara ayrı erkeklere ayrı olimpik havuz yapacağız" dedi.

İyi fikir aslında.
Çünkü, ben kadın olsam...
Tayyip Erdoğan'la aynı havuza girmek istemem.

"Kusura bakma, kadın-erkek eşit değildir" diyen, "banklarda kızlı-erkekli oturmayı saygıyla karşılamam" diyen...
Evrensel "olimpik" kavramına "mahalle hamamı" muamelesi yapan biriyle, hangi kadın aynı havuza girmek ister ki?

"Bahçesindeki çimlerde kızlı-erkekli oturuyorlardı, yoldan çıkmayayım diye o üniversiteye gitmedim" diyen zihniyetle, aynı havuza girilir mi kardeşim?
Voleybolcu kızı "şort giyiyor" diye yumruklayan maganda,

yüzücü kıza "mayo giyiyor" diye ne yapmaz?
Sokakta gördüğü hamilelere terbiyesizler diyen
tarikat "düşünür"ü, maazallah, havuzda gördüğü hamileler için
ne düşünmez?

Düşünsenize mesela, havuzdan çıkmışsınız, erkek arkadaşınız havlu uzatıyor, "merdivenlerden kızlı-erkekli çıkıyorlar, diken üstündeyim" diyen milli eğitim müdürü, şezlongdan sizi kesiyor! Ya da ne bileyim, bikiniyle kulaç atıyorsunuz... "Dekolte giyen kadınlar tecavüzü göze almalı" diyen kafa, yan kulvarda yüzüyor.

Timsahla yüz.
Daha güvenli.

Demem o ki...
Ayrı ayrı havuzu destekliyorum.
Ne şeytanı gör.
Ne salavat getir.
Bunlarla aynı denize bile girilmez.

Anne

– Başım ağrıyo yav...
– Saçın ıslak ıslak çıktın ondan.
– Başım dönüyo...
– E bi şey yemiyorsun, açlıktan.

Anam ilkokul mezunuydu.
Ama, doktordu.

Popoma fitil sokan tek kadın.

Eczacıydı aynı zamanda...
– Gözüm morardı.
– Gel, patates basayım.
– Kepeklerim çoğaldı.

– Otur, zeytinyağı süreyim.
– Arpacık çıktı galiba.
– Yum, sarımsak değdireyim.

Hemşireydi...
– Öfff, terledim be.
– Dur, sırtına havlu sokayım.

Röntgen mütehassısıydı...
– Öhh-hööööaa!
– İçme şu zıkkımı.

Bebekken, anestezi uzmanıydı...
– Dandini dandini dastaaana.

Bi ara sünnetçiydi...
– Çıkar, pansuman yapıcam.

Ürologdu...
– Çişin niye sarı bakiiim?

Fizyoterapistti...
– Dizim ağrıyor.
– Benim de belim ağrıyor, geçer.

Diyetisyendi...
– Mis gibi türlü yaptım, sakın sokakta burger filan yiyip gelme, kola da içme!

Cildiyeciydi...
– Sırtımda sivilce çıktı.
– Çikolata yeme.

Laboranttı...
– Burnum akıyor.
– Ben şimdi sana bi ada çayı kaynatayım, rezene, bal, limon, tarçınla zencefili de ılık ılık iç, sırtına rakıyla aspirini karıştırıp sürelim, uyu, uyan, sabaha bi şeyin kalmaz.

Psikiyatrdı...
– Nen var oğlum?

– Bi şeyim yok.
– Var var, canın sıkkın.
– Yav bırak, iyiyim.
– Yok yok, bilirim ben.
– Anne delirtme insanı!
– Bak gördün mü?
– Neyi gördüm mü?
– Sinirlerin bozuk senin.

Genetikçiydi...
– Babana çektin sen, o da sinirli, bütün kötü huylarını ondan almışın zaten.

Veterinerdi...
– Anne, bu sene Anneler Günü'nde babama Viagra hediye etmeyi düşünüyorum, bu iyiliğimi unutma.
– Defol, terbiyesiz hayvan!

Hastasıydım...
Hastaydım ona.
İyi bakın onlara.

Annelersiz günü

Annemi aradım dün.
Telefonla.
Vefatından sonra kapatmadık, sesini son kez oradan duyduğum hattını... Koparmıyorum bağlantıyı.
Arıyorum aklıma düştüğünde.
Uzuuun uzun çaldırıyorum.
Açmıyorsa, komşudadır mutlaka.
Veya markete filan gitmiştir.
Alışamadı çünkü şu cep telefonu denilen alete, sabit telefonun yanına koyuyor, dışarı çıkarken çantasına almıyor iyi mi... Hadi bi ara gene ararım diyorum, kapatıyorum.
Bir senedir böyleyiz.

Arıyorum.
Komşudadır.

Seninki komşuda değilse...
Uğra bugün kardeşim.
Yoksa inan, sonra çok arıyorsun.

Terbiyesiz hamileler

TRT'de iftar programına katılan tasavvuf düşünürü arkadaş, hamilelerin sokağa çıkmasının terbiyesizlik olduğunu söyledi.

Bu güya "düşünür" olanı.
"Düşünmeyen"leri varın siz düşünün gari.

Kravatlı talibanların "ulema" diye devlet televizyonuna çıkarıldığı ülkede... "Dekolte giyen kadınlar tecavüzü göze almalı, erkekleri tahrik ettikten sonra şikâyet edilmesi makul değil" diyen profesör varsa... "Tecavüze uğrayanlar dert etmesin doğursun, devlet bakar" diyen sağlık bakanı varsa... Düğünlerde eşinin dans etmesine izin veren erkeklerin "pezevenk" olduğunu söyleyen müftü varsa... 75 yaşında kene'den rahmetli olan kadıncağızın cenaze namazını kıldırırken "fuhuş arttığı için bu tür belaların musallat olduğunu" anlatan imam varsa... Başörtülü bacımıza trende saldırıldı palavrası papağan gibi tekrar tekrar manşet yapılırken, şort giyiyor diye belediye otobüsünde yumruklanan voleybolcu kızımız, tek sütun haber bile yapılmıyorsa... AKP'li belediyelere evlilik semineri verip, "kadın itaat etmeli, imam nikâhlı çokeşlilik kadınlar için kurtuluştur, yasal olsun" diyen... Hatta "kocama bekar arkadaşımı tavsiye ettim, beğeniyorsan üstüme imam nikâhıyla alabilirsin dedim" bile diyen mütedeyyin(!) aile danışmanı varsa... Terörü halletmek için Kürt kızlarını "kuma" almamızı öneren belediye başkanı varsa... Kadın gazetecilere "bacak aranızın fotoğrafını çekip gazeteye bastırsam" diyen milletvekili varsa... Bahçesinde kızlı-erkekli oturulan Boğaziçi üniversitesine "yoldan çıkmamak için" gitmediğini izah eden bakan varsa... Tüsiad'ın kadın başkanına hitaben "onun gibi düşünenler iktidara gelirse porno sitelerini serbest bırakabilirler" diyen başbakan yardımcısı varsa... "Kadın erkek eşit değildir, yaradılışa ters, kürtaj katliam, sezaryen cinayet, banklarda kızlı-erkekli oturmayı saygıyla karşılamam" diyen başbakan varsa...

Aman diim, sokağa aşermeyin kardeşim!

Kızlı erkekli

Hiç unutmam, gene bi gün üniversitenin bahçesinde kızlı erkekli sevişiyoruz, kimimiz bankta sevişiyor, kimimiz merdivenlerde, hava mis, şööyle vapura binip kızlı erkekli sevişe sevişe dolaşsak mı acaba dedik, değişiklik olur püfür püfür sevişiriz, kimimiz faytona binelim sevişelim diyor, kimimiz boşverin gezmeyi, kızlar kahvesine gidip king oynayarak sevişelim diyor, neticede derse girmeye karar verdik, hoca geldi amfiye, saç baş dağınık, belli ki öğle tatilinde sevişmiş, çıkarın sutyenleri kızlı erkekli sınav yapıcam demez mi, buyrun burdan yakın, başladık ağlamaya, etme eyleme hocam dün akşam elektrikler kesikti sevişemedik filan, nafile, fırçaladı hepimizi hoca, biz sizin yaşınızda öğrenciyken yokluk içindeydik, gaz lambasının ışığında sevişirdik, ayakkabımız bile yoktu, yırtık terliklerle sevişirdik, şimdi her türlü imkân var hâlâ sevişmeye üşeniyorsunuz ayıptır dedi, şımarıklığımızdan utandık haliyle, boynumuzu büktük, ufak ufak aklımızda kaldığı kadarıyla seviştik gari... E olacağı buydu, maalesef anca 30 alıp bütünlemeye kaldım, rahmetli babam çok sinirlendi, zaten top peşinde koşmaktan sevişmeye vakit ayıramayan abime öfkeli, bana patladı, biz dişimizden tırnağımızdan artırıp seni okutmaya çalışıyoruz, senin aklın havada, sevişmeye niyetin yoksa bırak okulu, defol askere git diye bağırdı, rahmetli anam, ana yüreği tabii, bu kadar gitme çocuğun üstüne, sen onun yaşındayken daha mı iyi sevişiyordun sanki dedi, n'apsak falan derken, elektrik-elektronikte bizden üç sınıf büyük bi abla vardı, öğrenci seçme sevişme sınavında Türkiye beşincisiydi, kulakları çınlasın, hakkını ödeyemem, bütün yaz ondan ek sevişme dersleri aldım ve zor kurtardım paçayı finallerde.

Gençliğini yaşayamayanlar...
Gençliği böyle zannediyor herhalde.

İddia ediyorum, Haydar Dümen bile bizim başbakan kadar kafa yormuyordur bu işlere.

Kızlı herifli

Türkiye'de...
1 milyon çocuk gelin var.

Gaziantep'te özel hastanede 18 yaşında birinin kimliğini kullanarak doğum yapan kız çocuğunun, aslında 12 yaşında olduğu ortaya çıktı. Bolu'da imam nikâhıyla yaşayan 11 yaşındaki kız çocuğunun sekiz aylık hamile olduğu anlaşıldı. Adana'da 13 yaşındaki kız çocuğuna düğün yapıldı. Sakarya'da kuzeniyle evlendirilen 15 yaşındaki kız çocuğu, evden kaçıp polise sığındı. Tekirdağ'da bir noterin, 14 yaşındaki kızlarını evlendirmek isteyen anne-babaya muvafakatname verdiği ortaya çıktı. Tokat'ta evlendirilen 12 yaşındaki kız çocuğunun dört aylık hamile olduğu anlaşıldı. Ağrı'da 16 yaşında evlendirilen kız çocuğu, tuvalette eli-kolu bağlanmış halde bulundu. İzmir'de 12 yaşında evlendirilen kız çocuğu sezaryenle doğum yaptı. Adana'da imam nikâhıyla evlendirilen 16 yaşındaki kız çocuğu, trenin önüne atlayarak canına kıydı. Bursa'da 14 yaşında... Şanlıurfa'da 13 yaşında...Erzurum'da 11 yaşında... İstanbul'da 13 yaşında... Samsun'da otomobil çarptı diye koma halinde hastaneye getirilen 14 yaşındaki kız çocuğunun, imam nikâhlı eşi tarafından dövüldüğü, sonra da kaza süsü vermek için motosikletle üzerinden geçildiği ortaya çıktı. Ordu'da 13 yaşında başlık parasıyla evlendirilen, 16 yaşında anne olan kız çocuğu, imam nikâhlı kocasının evi terk etmesi nedeniyle ortada kaldı.

Antalya'da düzenlenen Korunması Gereken Çocuklar Sempozyumu'nda konuşan yardımcı doçent Ahmet Burhan Çakıcı, yaşadığı hadiseyi şöyle anlattı: "Gümüşhane'de yolda bir kız çocuğunu kucağında bebeğiyle ağlarken gördüm. 16 yaşında evlendirilmiş, anne olmuş. Bebeğinin eli yanmış, ne yapacağını bilmiyor, çocuğuyla birlikte ağlıyor. Aslında orada bir anne ağlamıyor. İki çocuk ağlıyor."

Türkiye'de her üç evlilikten biri, çocuk gelin.

Türkiye bu utançta Avrupa şampiyonu... Kongo, Afganistan, Uganda ve Nijer'in arkasından dünya beşincisi.

Her 10 çocuk gelinden dördü ikinci eş.

Reşit olmuş; kendisi hakkındaki kararları kendisi verebilen pırıl pırıl gençlerimizin yakasından düş...
Çocukları koynuna alan sapıklara ve o sapıklara utanmadan nikâh kıyan imamlara kafa yor biraz!

Kader'in kaderi değildir bu...

Bu toz duman arasında...
Kader gitti.

12 yaşında evlendirildi.
13 yaşında anne oldu.
14 yaşında ölü bulundu.

Bırakalım dünya bizsiz dönsün bugün.
Önemli mevzuları(!) başkaları yazsın, bırakalım memleketi başkaları kurtarsın... Biz, Kader'i konuşalım.
Soruşturma açılmış hemen.

Kader'in babasına soracaklar.
Çocuk yaşta gelin verilir mi diye.
Damadın babasına soracaklar.
Çocuk yaşta gelin alınır mı diye.
Muhtara soracaklar.
Bostan korkuluğu musun?
Düğünden haberin yok muydu diye.
Doktora soracaklar.
Çocuk yaşta doğum yapmış...
İhbar etmen gerekmiyor muydu diye.

İmama sormayacaklar.

Halbuki...
Bu işin baş sorumlusu imam değil mi?
İmam olmadan bu suç işlenebilir mi?

30 senedir bu topraklarda gazetecilik yapıyorum, binlerce defa Kader haberi yazdık. İş işten geçtikten sonra... Hep ailelere hesap soruldu, katil kocalar, manyak kaynanalar, sapık dünürler cezalandırıldı, doktorlar kınandı, muhtarlar ayıplandı, alakası olan herkese bi şekilde dokunuldu. Nikâhı kıyanların kılına bile dokunulmadı.

İmamlar onaylamasa...
İş işten geçebilir mi?

Hazır, hukukta çarşı karışmışken...
Hükümet imamları üç buçuk atarken...
Tarihe geçecek bi savcı aranıyor.

Sadece bir savcı kapıyı aralasın...
Arkası çorap söküğü gibi gelir.

İddia ediyorum...
Göz göre göre çocuklara nikâh kıyan imamların yakasına yapışılsın, çocuk gelin dramı yüzde 90 biter Türkiye'de.

Memlekette her şey kötü gidebilir, tarihin en karanlık, en umutsuz günleri yaşanıyor olabilir. Acı çekeriz, mücadele ederiz, direniriz, gün gelir illa ki düzelir. Ama seni seven o kızı kaybedersen... Senin için hayatın boyunca hiçbir şey asla düzelmez. Git, tut elinden.

İyi günde, kötü günde

Dedesi, Bağdat kadısı, babası desen, padişah tarafından atanan Heyet-i Ayan azası'ydı.

Çamlıca'da, uşaklı bahçıvanlı, muhteşem bi köşkte yaşayan, oturmasını kalkmasını, ecnebi lisanları bilen, yakışıklı bi delikanlıydı. Yüksek tahsil için İskoçya'ya gönderildi. Ve, Londra'da bi partide gördü onu... Güzeller güzeli İngiliz genç kadın, şahane gülümsüyor, etrafına ışık saçıyordu. Vuruldu, âşık oldu. Gözler her şeyi anlatır derler ya, belli ki, hisleri karşılıksız değildi. Zaten, zarif bikaç kısa cümleden oluşan sohbet sırasında işareti almış, genç kadının her gün Hyde Park'ta at gezintisi yaptığını öğrenmişti. Sabahın köründe, soluğu Hyde Park'ta aldı.

Aaa ne tesadüf filan... Birlikte at bindiler, yemek yediler, muhabbeti ilerlettiler. Rüya gibiydi. Rüya gibiydi ama, uyanması da vardı... Tahsilini tamamlamıştı, yurda dönmesi gerekiyordu. Kalsa, olmaz, bıraksa, hiç olmaz. Pat diye, benimle evlenip Türkiye'ye gelir misin dedi. Genç kadın sevinç çığlığı attı, coşkuyla boynuna atlayıverdi. Sonra... Az geri çekildi, oturdu, boynu büküldü, hayatta en çok istediğim şey bu ama, maalesef imkânsız, Jack var dedi.

Jack de kim yahu?

Genç kadının ailesi tiyatrocuydu, ordan oraya turneyle dolaşan kumpanyaları vardı. Babası ölünce, annesi bi adamla Avustralya'ya kaçmış, kızını anneannesine bırakmıştı. Anneanne, n'aapsın, torununu acilen başgöz etmiş, talihsizlik işte, savaşa giden damat, kimbilir nerde mıhlanmış, geri dönmemiş, ardında, henüz 16 yaşında hamile bi dul bırakmıştı. Jack, oğluydu.

Delikanlı dinledi, dinledi, önce sıkı sıkı sarıldı, sonra, hiç sorun değil, oğlumuzla gideriz dedi.

Orient Express...
Ver elini İstanbul.
Delikanlı hiç sorun değil demişti ama, sorun büyüktü. Esir şehrin insanlarıydı İstanbul... Mustafa Kemal Bandırma'ya binerken, İngiliz gelinin, İngiliz işgalindeki kâbusu başlıyordu.

Dedim ya, işgal yıllarıydı, herkes herkese şüpheyle bakıp, memleketi satanları mimlerken... Faytona binip, köşke geldiler. Aman da efendim hoş gelmişiniz sefalar getirmişiniz diye kucaklaşma beklenirken, bismillah, nerden bulup getirdin bu gâvuru dedi, delikanlının ailesi! Memleket İngiliz süngüsü altında inim inim inlerken, İngiliz gelin olacak iş değildi yani.

Aşklarına sığınıp, göğüs gerdiler. Sevdiği adam uğruna, kara çarşafa bile girdi İngiliz gelin, Müslüman oldu, Nadide adını aldı. Kaderin cilvesi mi desek, ne desek... Mustafa Kemal Bandırma'ya binerken İstanbul'a inen bu genç kadının nüfus kâğıdına, doğum yeri olarak Bandırma yazıldı... Çünkü, nüfus memuru doğum yerinin Londra olduğunu gördü, Londra Mondra olmaz, olsa olsa Bandırma'dır diye kaydetti!

Memleket kurtuldu, cumhuriyet kuruldu. Hariciye'ye giren delikanlı, Lozan'da İsmet İnönü'nün özel kalem müdürü oldu. Şak, kanun çıktı, hariciyecilerin eşi ecnebi olamaz... İnönü, pek beğendiği delikanlıya kıyamadı, boşan, birlikte yaşa, mesleğine devam et dedi. Delikanlı, bu teklifi hakaret olarak kabul etti. Benim için ailesini, memleketini, dinini terk eden eşime bunu yapamam, mesleğimden vazgeçerim, aşkımdan asla dedi.

Bastı istifayı, ıvır zıvır işler yaparak, evini geçindirmeye çalıştı. O zamanlar memur değilsen, ayvayı yiyordun. Ayvayı yedi. Hayatları kaydı. Önce eldeki avuçtaki bitti, sonra gümüşler satıldı, ardından köşk gitti... Dımdızlak kaldılar. Kiraya çıktılar. Tükene tükene, gecekonduya kadar düştüler. Çocukları olmuştu. Saracak bez yoktu. Çarşafları yırttılar. Bi eli yağda bi eli balda doğup büyüyen delikanlı, eşinin hiç sızlanmadan dimdik duruşunu gördükçe, yeniden yeniden âşık oluyordu ama, kahrından alkole dadanmıştı. Çalışamaz hale geliyor, daha çok sefalete sürükleniyorlardı. Hayatlarında eksilmeyen tek kavram, mutluluktu. Mutluydular.

İngiliz anne, adı gibi, hakikaten nadide'ydi... O kör kuruşa muhtaç hallerinde bile, hastaneden atılmış iki çocuklu bi kadına evini açtı, sokakta dilenen bi nineye kendi yatağını verdi, aylarca baktı, yıkadı, pakladı, komşuların fısır fısır dedikodusuna aldırmadan, kaçak olarak yaşayan, dara düşmüş bi Fransız'ı sofrasına oturttu, çocuklarına kuru ekmeği paylaşmayı öğretti.

Bi gün... İngiltere Elçiliği'nden görevliler geldi, nasıl duydularsa duymuşlar, çocuklarını al, İngiltere'ye dön, eğitimlerini üstlenelim, sosyal güvencen olsun dediler Nadide'ye... Kapıdan kovdu! Eşim Türk, çocuklarım Türk, burada babalarının yanında yaşayacaklar, ben de onların yanında öleceğim, benim için hayatını feda eden eşimi, paraya değişmem dedi.

İki millet, iki devlet, iki din arasında perişan olmuşlardı ama, aşkları sapasağlamdı.

Üstelik... Cumhuriyet de sapasağlamdı. O dönemin Cumhuriyet'i, şimdiki gibi sadece parası olanlara değil, gariban ailelerin çocuklarına da fırsat eşitliği sağlıyor, okumaya niyetleri varsa, okutuyor, üniversiteyse üniversite, konservatuvarsa konservatuvar, yeteneğin önünü açıyordu.

Delikanlı, delikanlı gibi yaşadı, öldü. Nadide zatürreeden vefat etti, hayatının en çetin günlerini yaşadığı İstanbul'da, kızının evinde... En çok kızına güvenir, en çok küçük oğlunu severdi.

Bu koca yürekli kadının küllerinden doğan kızı, Yıldız...
Oğlu ise, dün rahmetli olan Müşfik Kenter'di.

Boşuna dememişler, işini yapacaksan aşk'la yap diye.

Ve, merak ederim, tiyatroda sahneye koymak için abuk sabuk senaryolar aranır hep niye?

Ey aşk... Sen nelere kadirsin

110 sene evvel...
Edirne'de dünyaya gelmiş, İstanbul'da, önce Alman mektebini, sonra Fransız mürebbiye mektebini bitirmiş, henüz 13 yaşındayken, lise için Almanya'ya gönderilmiş, Münih Üniversitesi'nde edebiyat ve felsefe diploması almış, şarkiyat doktorası yapmıştı, Safiye.

Çok güzeldi. Dönemin Türk kızlarına kıyasla, saçı başı, giyimi, davranış biçimleri açısından özgür ruha sahipti, cesurdu. Gönlü tutuştu... Âşık oldu.

Hintliydi delikanlı, okuldan arkadaşıydı. Evlenmeye karar verdiler. Gel gör ki, ikisi de yurtseverdi, hangi ülkede yaşayacaklar? Daha işin başında anlaşamadılar maalesef... Vatanını, yüreğine tercih etti Safiye... Son bir öpücük, vedalaştı, topladı bavulunu, memlekete döndü. 1926'ydı.

Yazmaya başladı. Duygularını romanlarına döktü. "Aşkı hiç tatmamak mı, yoksa, tattıktan sonra yalan olduğunu anlamak ve kaybetmek mi?" diye sordu mesela... "Âşık olan zaten alacağını almıştır, artık bir şey isteyemez, bundan geri o verecektir, hep o verecektir" dedi.

"Sen yalnız sevdiğini kaybettin, ben ise, sevdiğimi de, sevginin kutsiyetini de... En büyük acı sevmek ve günden güne ayaklar altında çiğnenip, paçavra edildiğini görmektir" dedi... Ki, Türk edebiyatında aşk'ı en derin o tarif etmiştir bana göre.

Kadınlardı hep roman kahramanları... Kırılgan, düş kırıklığına uğramış kadınlar.
Ve, kaleminin gücünün yanı sıra, çok çok önemli bi özelliği daha vardı.

"Doğu"yla "Batı"yı harmanlarken, "muasır medeniyet"le sosyal hayata hâkim "geleneksel" arasında sıkışan, bocalayan insanlarımızın, kuşak farklarını deşti, kültür çatışmalarını irdeledi.

Bi gün oturdu, sene 1938...
Ülker Fırtınası'nı yazdı.
Batı'da müzik eğitimi almış, ayıp mayıp dinlemeyen, ailesinden ayrı evde, tek başına yaşamak isteyen Nuran'la, evli ve çocuklu Sermet'in umutsuz aşkıydı. Müsveddelerini çantasına koydu, Yunus Nadi'nin kapısını çaldı, henüz kitap olarak piyasaya çıkması beklenmeden, *Cumhuriyet* gazetesinde tefrika edildi.

Çift manalıydı Ülker... Boğa takımyıldızının adıydı. Aynı zamanda, denizcilik literatüründe bi fırtınanın adı... Zaten, hem fırtınalı bir aşkı anlatıyordu, hem de sosyal yaşamdaki fırtınaları.

Dönemin edebiyat aleminde patlama yapan, adeta fırtına gibi esen romanı okuyanlar arasında, genç bir adam vardı... Eminönü Nohutçu Han'daki küçücük atölyesinde, bi yandan bisküvi üretiyor, bi yandan harıl harıl *Ülker Fırtınası*'nı okuyordu. Doğu'yla Batı'yı harmanlarken, muasır medeniyet'le geleneksel'i "çok iyi okumayı başaran" bi adamdı.

Şirketinin adı, Üç Yıldız'dı.
Popüler bi marka adı arıyordu.
Safiye, esin kaynağı oldu...
Sözlük anlamı da gayet uygundu...
Ha üç yıldız, ha yedi yıldızdan oluşan Ülker.

İşini aşkla yap diye boşuna dememişler.
Aşk romanından yola çıktı.

Kazandı... Bisküvilerinin adı, Ülker olur olmaz, fırtına gibi esmeye başladı. Dedim ya, geleneksel'ciydi ama, muasır medeniyet'i iyi harmanlıyordu, reklam denilen kavramı bu memlekette ilk keşfedenlerden oldu. Önce güneş, hava su, sonra bol gıda gelir, akşama babacığım, unutma Ülker getir... Sözleri Nuri Gamsız, bestesi Süheyl Denizci tarafından yazılan bu reklam sloganı, 7'den 77'ye herkesin ağzındaydı, ezberlendi, marş gibi oldu.

Safiye'nin Ülker'i öyle hale geldi ki, Safiye'den ilham alan o genç adam, Berksan olan soyadını Ülker olarak değiştirdi, "Sabri Ülker" adını aldı.

Ve, bana sorarsanız, vizyoner ticari zekâsının en önemli özelliği... Kuruşların değerini kavrayamayan, küçümseyen Doğu kültüründe, Batı yaklaşımıyla "kuruş kuruş" imparatorluk kurmasıydı.

Senelerce ve bugün bile hâlâ, para üstü olarak kullanılır, kuruş etiketli Ülker ürünleri... O nedenle, biz 25 kuruşun kıymetini bilmiyoruz ama, o, aynı 25 kuruşlarla 25 bin kişi çalıştırıyordu.

"Gazozdan işlerle uğraşmayı bırak" diye nasihat eden bi toplumdan...
Gazozdan işlerle uğraşa uğraşa, dünya devi Coca-Cola'nın siyo'su olmayı başaran Muhtar Kent'in çıkması gibi.

Safiye'ye dönersek...

Sadece denizlerde değil, duygusal dünyamızda da derin dalgalanmalar yaratan Ülker Doğumu Fırtınası, her sene 10 Haziran'da esmeye başlar, üç gün sürer, 12 Haziran'da diner. Sabri Ülker'in tam da 12 Haziran'da vefat etmesi ise, sanırım, kaderin cilveleri üzerine eşsiz eserler bırakan Safiye'nin bile hayal edemeyeceği bir romanın öyküsüdür.

80'inde aşk...

80'inde aşk olur mu?
Oluyormuş.

Babam gitti.
99 gün sonra...
Annem peşinden.

Götürüp yanına koyduk.
Koynuna.

Yağmurda sırılsıklam ıslanmış... Gecenin ayazında sokak

lambasının ışığında titreyen sahipsiz köpek yavrusu gibi hissediyorum kendimi.

Biraz kuruyayım...
Öyle geleyim.

Sevgili

Zımba gibi delikanlı.
Sofya'da o sırada.
Görev icabı.
Henüz yeni taşınmış, pek arkadaşı yok, Bulgaria pastanesine tek başına oturuyor, etrafı tanımaya çalışıyor, akşamları operaya filan gidiyordu. Gene böyle bir şubat günü... Şehir Kulübü'ne davet edildi. İşte orada tanıştılar. Adı, Dimitrina'ydı. Kısaca, Miti diyorlardı. Çok güzeldi. İsviçre'de müzik eğitimi görmüştü, üç lisan biliyordu. Sosyetenin en gözde bekârıydı. E fonda da Mavi Tuna valsi çalıyordu. Bizimki hiç tereddüt etmedi, salonu ortadan kılıçla ikiye böler gibi yürüdü, yanına gitti, bu dansı bana lütfeder misiniz dedi. Şimşekler çakan kıskanç bakışlar eşliğinde, piste çıktılar. Herkes mırıl mırıl onlar hakkında konuşuyor, onlar ise hiç konuşmuyor, birbirlerine gülümseyen gözlerle bakarak, dans ediyorlardı. İlk görüşte aşk derler ya, öyle olmuştu. Ertesi gün... Bizzat Miti'nin annesi tarafından, evlerine, çaya davet edildi bizimki... Bu davet, gençlerin görüşmesine resmi izin manasına geliyordu. Buluşmaya başladılar. Borisova parkında dolaşıyorlar, buz pateni yapıyorlar, tiyatroya gidiyorlardı. Önce dedikodular başladı, sonra tatsızlıklar... Çünkü, Miti'nin babası Bulgar Çarı'nın has adamlarındandı, savaş kahramanı generaldi, savunma bakanlığı da yapmıştı. Böyle bir adamın kızıyla, bir Türk, olacak iş değildi. Bizimkinin ise, umurunda bile değildi. Askeri Kulüp'te tertiplenen baloda denk getirdi, inadına, Çar'ın önünde dans etti Miti'yle... Ele güne meydan okudu. Hemen ardından da, evlenelim dedi. Miti düşünmedi bile, evet dedi. Gel gör ki, iki gönül bir olmuştu ama, general seyran olmamıştı. Mahalle

baskısı, dayanılacak gibi değildi. Aldı bizimkini karşısına, bu evlilik mümkün değil, bundan sonra kızımla görüşmezseniz iyi olur dedi. Dünya, bizimkinin başına yıkıldı. Haftası geçmeden, Miti'yi apar topar bir başkasıyla, bir mühendisle nişanladılar. Bizimki nişanı duydu, daha fena yıkıldı. Zaten görev süresi de bitmişti, o öfkeyle topladı bavulları, İstanbul'a döndü. Halbuki, nişan mişan yoktu. Miti bir başkasıyla evlenmeyi reddetmiş, parmağına zorla takılan yüzüğü fırlatıp atmıştı.

Maalesef, bizimkinin bundan haberi yoktu.

Ömrü boyunca yaptığı, tek hataydı.

Kızı alıp, gitmeliydi.
Yapamadı.

Miti'den sonra, hayatına 19 kadın daha girdi. Nafile.
Asla mutlu olamadı. Asla.
Unutamadı.
Hatta, seneler sonra, Ankara'da Bulgar Kooperatif Tiyatrosu'nun oyuncularıyla sohbet ederken, "gençliğimi bıraktım Sofya'da" dedi... "Bir kız sevdim ama, bana vermediler."

Kırık bir kalple yaşadı.
Yalnız bir kalple rahmetli oldu.

Miti desen... 18 yaşındaydı, 30 yaşına kadar bekledi. Ha bugün bir mektup gelir, ha yarın kendisi çıkagelir, bekledi, evlenmedi. Maalesef gelmedi. Ailesinin artık yeter baskısıyla, bir avukatla evlenmeyi kabul etti. Saygılı ama, sevgisiz bir evlilikti. İki kızı oldu. Kalbindeki boşluğu evlatlarıyla doldurmaya gayret etti. Taa ki, 1966'nın 7 Ağustos gecesine kadar... Ağır hastaydı, zor konuşuyordu, başında bekleyen kız kardeşi Olga'ya mırıldandı. "Biliyor musun" dedi, "rüyamda onu gördüm, galiba nihayet Mustafa Kemal'e kavuşuyorum..."

Kapattı gözlerini.
Nihayet kavuşmuşlardı.

Ve, gene öyle bir Şubat...
Bugün Sevgililer Günü.

Memlekette her şey kötü gidebilir, tarihin en karanlık, en umutsuz günleri yaşanıyor olabilir. Acı çekeriz, mücadele ederiz, direniriz, gün gelir illa ki düzelir. Ama o kızı kaybedersen... Senin için hayatın boyunca hiçbir şey asla düzelmez. Git, tut elinden.

İsim	Şehir	Eğitim

Türkçe sınav sorusu:
Ben böyle memleketin taa ......
Cümlesindeki noktalı yerleri doldurunuz.

Öğretmen

Çıkarın kâğıt kalemi.
Sınav yapıcam.

Coğrafya: Öğretmenlerin sürüle sürüle Hanya'yı Konya'yı gördüğü ülke hangisidir?

Edebiyat: Failatün failatün failatün failün şeklinde... Yani, üç vurup bir sayılarak, aruz vezninde dövülen öğretmenlerin fail'i kimdir?

Din kültürü: Allah yarattı demeden, Yaradan'a sığınıp sopalandıklarına göre, öğretmenlerin dini nedir?

Tarih: Öğretmenlerin resmen haşat edildiği meydan savaşıyla, Mercidabık arasındaki benzerlikleri sıralayın.

Matematik: Havuz problemi... Çembere alınıp, etrafları sarılarak, Güven Park'taki havuza atıla atıla kaç öğretmen sığar?

Geometri: Kafasına tekme atılan öğretmen yamulup, sekiz olduysa... Neresine tekme atarsan kare olur?

Türkçe: Ben böyle memleketin taa......
Cümlesindeki noktalı yerleri doldurunuz.

Yabancı dil: Sayın Başbakanımız "bundan böyle hangi dilden anlıyorsanız, o dilden" dediğine göre... Laftan anlamadıkları için ağzı burnu kırılan öğretmenlerimiz, hangi dilden anlar?

Kimya: Gözüne biber gazı sıkılan öğretmen, gözüne ne sıkarak acısını hafifletir? (Maaşıyla geçinemediği için pazarda limon satmak zorunda kalan öğretmenler kopya vermesin lütfen.)

Biyoloji: Öğretmenin vurduğu yerde gül biterse, polisin vurduğu yerde ne biter?

Fizik: Eşşek sudan gelinceye kadar dövülen öğretmen, 100 metreyi yerlerde 10 saniyede sürükleniyorsa... Tazyikli suyla yerlerde sürüklenen öğretmen, aynı mesafeyi kaç saniyede kateder?

Beden eğitimi: Panzer mi hızlıdır, Toma mı?

Resim: Dayak yiye yiye suratının "şakülü kayan" öğretmen, Pablo Picasso'nun hangi tablosunu andırır?

Müzik: Karakolda ayna var, ayna var, hicaz makamında... Öğretmenim canım benim, canım benim, ne makamındadır?

Mantık: Hükümetimizin milli eğitim sloganı "oku, düşün, uygula, neticelendir"ken... Yani, başharfleri "odun"ken... Öğretmenlerimiz niye odun'la değil de, lastik cop'la dövülür?

Yurttaşlık bilgisi: Evlatlarımızın geleceği için çırpınan öğretmenlerimizi öldüresiye döverlerken gıkınız çıkmıyorsa... Siz hangi yurdun yurttaşısınız?

Erhan

4 sene önce, değerli ağabeyim Uğur Dündar'la birlikte Star Haber'deyken, baskın üstüne baskın yiyen, sıfır noktasındaki karakolun hemen eteğinde bulmuştuk onu.... Aktütün Köyü'nde.

Çiçek.

Gözünü budaktan sakınmayan sevgili arkadaşlarım Turgut Erat ve Mustafa Şap, anında uçmuş, 17 şehit verdiğimiz günün gecesinde varmıştı Aktütün'e... Duvarlardaki mermi deliklerini, yaşanan dehşeti gösteriyor, tanıklarla, köyün sakinleriyle konuşuyorlardı; canlı yayında.

Bi kız çocuğu geldi Turgut'un yanına.
Pıtı pıtı boy, iri iri gözler, henüz 9 yaşında.
Avucunda sokaktan topladığı mermi kovanlarıyla.
Ve, şırak diye uzatıverdi kameraya.
"Kurşun değil, kalem tutmak istiyoruz...
Okumak istiyoruz" diye haykırdı.

En başta biz...
Türkiye ekran başında dondu kaldı.
"Çocuk olmak bizim de hakkımız" diye devam etti, televizyonlardan öğrendiği pırıl pırıl Türkçesi'yle... "Biz de mutlu olmak istiyoruz, biz de başarılı olmak istiyoruz, Atatürk yaşasaydı, okulumuz kapanmazdı" dedi. Hıçkırmaya başladı.

O ağladı.
Biz ağladık.

O kaderine.
Biz utancımıza.

Başımıza gelmeyen kalmadı sonra... Bırakın köyü, Şemdinli'den yayın yapmamız engellendi. Gözaltına almaya kalktılar. Hatta, mahkemeye bile verildik. Ama değmişti... Yürekli Çiçek'in sözleri, en taş kalplerde bile tomurcuklandı.
Kapısına kilit vurulan okul, açıldı.

Hatırlarsınız mutlaka... Çiçek'in elinden tuttuk, İstanbul'a getirdik, çok merak ediyordu, hayatında ilk kez deniz gördü, atlıkarıncaya, vapura bindi. Yardım yağdı. Ev alındı Çiçek'e.

İşte tam o günlerde...
Oraya atandı Erhan.

Kolları sıvadı, bismillah, işe Aktütün Köyü'nden başladı.
Valiyle beraber, devletin gönderdiği parayı, 2'şer bin liralık

çekler halinde, ev ev, kapı kapı dolaşarak, en başta Çiçek'in ailesi, Aktütün sakinlerine dağıttı. Sadece Aktütün değil, bütün Şemdinli onun sorumluluk alanıydı.

Mesaisinin önemli bölümünü esnaf ziyaretlerine ayırdı, sorunlarını dinledi, höt zöt yapmadı, arkadaş oldu, kepenk kapatma eylemlerini en aza indirdi. Sınır ticaretinin gelişmesinde büyük pay sahibiydi, kaymakam ve emniyet müdürüyle birlikte, Esendere Hudut Kapısı'ndan İran'a geçiyor, dostluk temasları kuruyor, İranlı mevkidaşlarını bizim tarafta ağırlıyordu.

Kan davalarına son verdi. Aralarında senelerdir husumet bulunan Öveç ve İnan sülalelerini, müftü ve kaymakamla birlikte camide bir araya getirdi, barıştırdı.

Devlet Hastanesi'ne hemodiyaliz ünitesi açılırken, sadece basına poz verenlerden değildi, çevre köy ve mezralardan sayısız böbrek hastasının taşınmasına bizzat yardımcı oldu.

Yöre halkını akrabaları gibi tanıyor, kendi ailesi gibi yakından ilgileniyordu. Mesela, kalbinde 3 delikle dünyaya gelen, 3 defa ameliyat olmasına rağmen kurtarılamayan 10 yaşındaki talihsiz Amed'in taziye evinde, adeta öz amcaydı.

Her 19 Mayıs, 23 Nisan...
Her 29 Ekim, 10 Kasım...
18 Mart Çanakkale Zaferi'ni memleketin teee öbür ucunda düzenlediği törenlerle yaşattı, Atatürk'ü anma yürüyüşleri yaptırdı.

Nevruz'da halay çekti.
Halk Eğitim Merkezi'ndeki gençlik konserlerinde, Kürtçe şarkılara eşlik etti.
Tiyatro oynansın diye ilk salonun kurdelesi kesilirken, en ön sıradaydı.

İki kız çocuğu babasıydı.
Çiçek'ler okusun diye çırpındı.

Kerpiç evlerden oluşan Cevizpınar mezrasında, 6'sı kız, sadece

8 öğrencisi bulunan tek derslikli okulun yapımına nezaret etti, açılışını yaptı. Elini taşın altına koyanlardandı. Onlarca köy okulunun inşaatında amele gibi çalıştı, kum taşıdı, çivi çaktı. Öğretmenevi'ne gözbebeği gibi bakıyordu, öğretmenlerin rahat etmeleri, kendilerini güvende hissetmeleri için 24 saat emirlerindeydi.

Defalarca çarpıştı.
Vuruştu, vuruldu, gaziydi.
Binbaşı'ydı.

İskenderun'a atandı.
Ve, pusu... Şehit oldu.

"Ya Çiçek?" derseniz...
Okuyor. Çok başarılı. SBS'ye hazırlanıyor.

Doktor olmak istiyor.

Çiçek'ler açsın.
Erhan'ların çabasına değsin...
Utanmadan hâlâ lay lay lom yaşayan Türkiye'nin, hissetmediği yaralarını iyileştirsin diye.

kapesese

İki sene önceki kapesese'de dümen yapıldığı, dini-imanı dilinden düşürmeyen arkadaşların soruları araklayarak, kul hakkı yemeye utanmadıkları ortaya çıkmışsa...

Öğretmenlik sınavında cevapların sızdırıldığı, iki kere ikiyi denk getiremeyen lavukların, imkânsız skora ulaşıp, 120'de 120 doğru yaptığı tespit edilmişse... Üniversite sınavının şıklarına kabak gibi şifre konulmuşsa... Ve, o şifre, büyüsünler de "badem" olsunlar diye "çağla badem"lere ezberletilmişse... Her üniversite sınavından sonra, şöyle şampiyonuz böyle birinciyiz filan diye, çarşaf çarşaf ilan veren takunyalı dershaneler, şifreli sınavdan sonra, gene çok başarılı olmalarına rağmen, her nedense, tek sütun bile ilan vermediyse... Polis Akademisi'ne giriş sınavında, soruların zimmete geçirildiği, hırsızların polis olmaya çalıştığı anlaşılmışsa... Daha bu ay, aynı Polis Akademisi'nde, bütünlemeye kalıp, çakmalarına rağmen, yönerge değişikliği katakullisiyle, 100 üzerinden 18 alanlar bile sınıfı geçtiyse... Polis Akademisi'nde öğretim üyesi olan ve sınıfta bıraktıkları tiplerin sınıfı geçtiğini öğrenen hukuk profesörleri "insaf, ayıptır, utançtır, böyle rezalet görmedik" dediyse... Kamu bankasına müfettişlik sınavı açıp, en az 80 puan gerektiği halde, 70'likler doldurulduysa... Güya sahtekârları yakalayacak olan müfettişlerin sınavında sahtekârlık yapıldığı anlaşılınca, ay çok pardon, bilgisayar hata yapmış deniyorsa... Soruları özel üniversite tarafından hazırlanan, bi başka kamu bankasının sınavı, daha önce, aynı özel üniversite tarafından, bi başka kamu sınavında, tıpatıp sorulmuşsa... Sağlık Bakanlığı'nın unvan sınavında, 20 sorunun iptal edilmesine, 17 sorunun cevap şıklarının değiştirilmesine, zaten alt tarafı 50 soru sorulmasına rağmen, unvanı yükseltilmek istenen süper zekâ'ların gene de beceremediği görülüyorsa... Bir üniversitenin yetenek sınavında, kazananlar açıklanıyor, sonra o liste indiriliyor, başka liste asılıyor, kazananlara siz kazanamadınız deniyor, namuslu bi savcı çıkıp, oha artık birader diyor ve sınavı iptal ettiriyorsa... Eğitim Kurumu Müdürlüğü sınavındaki soruların, yandaş sendikanın çalıştayında belirlenen sorular olduğu ve tesadüfe bak, o sendikadan olanların kazandığı belirleniyorsa... Diyanet İşleri'nde olmayacak duaya amin deniyor, müezzinlik-vaizlik sınavında başarılı olan adayların, sanırım uygun tarikattan olmadıkları için, başarısız ilan edildikleri ortaya çıkıyorsa... Üniversite, hatta iki üniversite mezunu gençler, devlette odacı olmak için bile 150 tane sınava girerken, ataması yapılmayan öğretmenler pazarda limon satarken, Türkçe okuryazar oldukları şüpheli molla'lar, sözlüsüz-yazılısız, devlette kadrolu oluyorsa... TRT'de sınav açıp, sonuçları internetten yayınlıyor, ancak, torpil taleplerini silmeyi unutuyorlar ve böylece, kazanan isimlerin yanında, şu müdür tanıyor, bu müdür kefil gibi notların düşüldüğü enseleniyorsa... İtfaiyeye alınacak üç personel için sınav yapılıyor, yüzlerce aday, belgen eksik diye sınava sokulmuyor, sonuçlar açıklanınca, belediye başkanının oğlu ve kayınbiraderiyle, zabıta müdürünün oğlunun kazandığı ortaya çıkıyorsa... 4 artı 4 artı 4 ayağıyla, bu seneki üniversite sınavına son dakka kala, yerleştirme hesabı değiştiriliyor, okulların başarısı dikkate alınmıyor, okumak için maça isteyen Anadolu ve Fen liseleri cezalandırılıp, bol keseden not dağıtan dandik okullar ödüllendiriliyorsa...

Özetle...
"Namuslu yurttaş ol, kurallara uy" diye büyüttüğümüz çocuklarımızın geleceğiyle alakalı her sınav "düzgün"se... Sorularının çalındığı iddia edilen son kapesese "yamuk" mudur?

a, haşa
b, külliyen iftira
c, fitnecilerin yalanı
d, dedikodudan ibaret
e, yetmez ama evet

Dershane

"Yüzde 84 oranında oy kullanıldı, bunun yüzde 47'sini biz aldık, eğer yüzde 100 üzerinden bu hesabı yapacak olursanız, aldığımız oy yüzde 55.4'tür, kusura bakmasınlar, bu hesapları iyi biliyoruz" diyerek... Yüzde 100 üzerinden hesap yapıp, yüzde 115'i buldu. (Matematik)

Ha memlekete nükleer santral kurmuşsun, ha evine Aygaz tüpü bağlatmışsın, riski aynı. (Fizik)

Malazgirt zaferini anlatırken, "Romen Diyojen batarya batarya, gülle gülle saldırırken, Sultan Alparslan ve askerleri Allah Allah diye saldırıyordu" dedi, 1071'de gülle-top filan yoktu, çünkü barut teee 250 sene sonra toplarda kullanılmaya başlandı. (Kimya)

Ulemaya soralım. (Biyoloji)

"Akdeniz, beyaz deniz, White Sea olarak adlandırılır" dedi. White Sea, Rusya'nın kuzeyinde. (Coğrafya)

Marmaray'ı Abdülmecid dedemiz çizdi. (Resim)

Miting esnasında hıçkırık tuttu, "biliyorsunuz, bizim Karadeniz'de bunun türküsü var, hıçkırık tuttu beni, tuttu da bırakmadı" dedi, halbuki o türkü Ege türküsü, hıkkıdık duttu beni, duttu da guruttu beni. (Müzik)

Milli eğitimin sloganını açıkladı, oku, düşün, uygula, neticelendir... Baş harflerini yan yana diziyorsun, ODUN çıkıyor. (Türkçe)

"Türkçemizin abideleşmiş şairi Fazıl Hüsnü Dağlarca'nın Sanat isimli şiirini okumak istiyorum" dedi, okudu ama, o şiir Fazıl Hüsnü Dağlarca'nın değil, Faruk Nafiz Çamlıbel'in. (Edebiyat)

Van münüts. (Yabancı dil)

"Bunlar İstanbul'un tarihçesini bilmiyorlar, öyle elinde mercekle Romen Diyojen gibi dolaşılmaz" dedi. Mercekle dolaşan, hayali roman kahramanı Sherlock Holmes, mercek yerine fenerle dolaşan Diyojen'in İstanbul'la alakası yok, Sinoplu filozof, Romen Diyojen desen, Malazgirt'te Alparslan'a esir düşen Bizans imparatoru, sadece isimler değil, toplamda 1500 sene hata var. (Tarih)

Papaz kıyafeti giyerim, cami yıkarım, ulan, be, ananı da al git, bahtsız bedevi. (Din Kültürü ve Ahlak.)

"Zonguldak'ta üniversite var mıydı?" diye sordu, "Yoktu" diye cevapladı, "Zonguldak Karaelmas Üniversitesi'ni kim kurdu?" diye sordu, "2007'de biz kurduk" diye cevapladı, logosunda 1992 yazıyor. (Sosyal bilgiler)

İçki içen alkoliktir, içki içen AKP'ye oy veriyorsa, alkolik değildir. (Mantık)

Güya İspanya'yla Medeniyetler İttifakı kurdu, "Almanların Goethe'si, İspanyolların Sokrates'i var" dedi, Yunan'ı İspanyol yaptı, Cervantes yazar, Sokrates filozof. (Felsefe)

Değerli çocuklar...
Dershaneye gitmezseniz, anca böyle olursunuz.

Devlet okulu

80'li yıllar...
Gazeteciliğe yeni başlamışım. O zamanlar şimdiki gibi dandik dundik tipleri gazeteci-yazar diye kakalamıyorlar, oturaklı muhabirler gazeteci... En baba haberlere onlar gidiyor. Benim gibi çömezlerin manşet olabilmesi için ağzıyla kuş tutması lazım... Haber müdürleri de şimdiki gibi değil, "bende bugün haber yok" demeye kalk, iyi gününe denk geldiysen suratına tükürür, ters gününe denk geldiysen, tükürüğe şükür... Öyle bağırırlardı ki, sanırsın Tarzan'dır. Huzurlu bi çalışma ortamı yani!

Neyse, gene öyle bi gün... Haber icat etmezsem, oyacaklar. Açtım gazeteleri, ki, belki fikir uçuşur..."Şampiyon İzmir'den" yazıyor. Anadolu liseleri sınav şampiyonu. İzmir'den çıkmış.

Can havliyle hafızamı yokladım, hatırlıyorum bu başlığı... Gittim arşive, geçen yıla baktım, işte orada, şampiyon İzmir'den... Bir önceki yıla baktım, bu sefer iki şampiyon var, biri İzmir'den, biri Aydın'dan... Bir önceki yıl? Denizli'den, ikinci Muğla'dan... ÖSS'leri kurcaladım, hep tanıdık, hep Ege'den.

E merak ettim, niye?
Diğer bölgelerimizde yaşayan akranlarımızdan daha aptal veya daha zeki olamayacağımıza göre, nedir Ege'yi öne çıkaran? Okullaşma oranı desen... İstanbul'da Ankara'da daha az mı okul var?

O öğretmenle konuş, bu öğretmene danış, karşıma hep aynı öyküler çıktı. Cevabı bulmuştum. Manşeti de...

Yıllarca çeşitli şehirlerde görev yapan öğretmenlerimiz, hiç olmazsa emeklilik'te biraz rahat yüzü görebilmek için, ömürleri boyunca biriktirdikleri üç-beş kuruşla, geçinmesi makul, iklimi güzel olan İzmir'den Aydın'dan Denizli'den ev alıyor, meslek hayatlarının son dönemine yaklaşınca bir yolunu bulup, tayinlerini bu şehirlere çıkartıyorlardı. Yani... Çıraklık-kalfalık dönemlerini Anadolu'da geçirip, pişip, usta'lık dönemlerini Ege'de taçlandırıyorlardı. Dolayısıyla, Ege çocukları, o zorluçileli yıllar içinde sinirlerini aldırmış, tecrübeli, babacan-anaç, sabırlı, şefkatli, "bir-iki yıl sonra mesleği bırakacağım, köşeme çekilince çocukları özleyeceğim, bırakmadan önce yapabileceğimin en iyisini yapayım" diye düşünen öğretmenler kadrosu tarafından yetiştiriliyordu.

Netice? Şampiyon.

Ve, hepsi devlet okullarının öğretmenleriydi tabii... Özel ders filan aramazdık. Servis mervis yoktu, yürüye yürüye mahallendeki okula git, öğretmenin kralı orda... Zaten "özel okul" diye bir kavram yoktu, hatta alay konusuydu. Özel okul denilen, Hababam Sınıfı'nda olduğu gibi, baba parasıyla diploma alınan, haytaların gittiği okulumsu yerlerdi. Bende acayip para var, bastırıyorum, özel okula gidiyorum diye gurur duymazlar, aksine, söylemeye utanırlardı.

Peki ya şimdi?
Özel okul'lular şampiyon.
Hepsi dershane'den.

Devlet olmuş Hababam Sınıfı!

Çünkü...
Artık emeklilik'te yerleşmek için şehir aramaya gerek yok. Özel okula transfer ol, dershaneye transfer ol, daha iyi maaş al, daha iyi fiziki şartlarda çalış, daha mutlu ol, haliyle, çok daha iyi öğrenci yetiştir.

Bir tarafta, enerjisini-tecrübesini öğrenciye aktarmak için, nispeten çok daha iyi maddi imkânlara sahip özel okul öğretmenleri... Öbür tarafta, geçinebilmek için gazete bile satın alamayacak hale gelen, pazarda limon satmak zorunda kalan, adeta hayata küsen devlet okulu öğretmenleri.

Bir tarafta, dişinden tırnağından artırıp, boğazından kesip, evladını mecburen özel okula, dershaneye göndermeye gayret eden ana-babalar... Öbür tarafta, boğazından kesse bile yetmediği için, özel okula, dershaneye gönderemediği evladının yüzüne bakmaya utanan ana-babalar.

Fakir fukara edebiyatıyla oy toplayan... Mitinglerde "kapıcının çocuğu okumasın mı, evlere temizliğe giden teyzemin çocuğu okumasın mı?" diye bağıran Tayyip Erdoğan hükümetinin, memleketi getirdiği nokta budur. Devlet öğretmenlerini, AKP kadar mağdur eden, yoksullaştıran, hatta sokaklarda coplatan, tekmeleten bir başka hükümet görülmemiştir. Özel okul, dershane patlaması, bunun sonucudur.

Çocuklarımızın "insan gibi yetişmesi"ni istiyorsak, öğretmenlerimizin "insan gibi yaşaması"nı sağlamak zorundayız. Meseleyi, sadece cemaat meselesi olarak görüp, dershaneler kapanırsa kapansın diyen, yanılır. Devlet okullarındaki eğitimin imha edilmesi, Köy Enstitüleri'nin imha edilmesinin devamıdır.

Fevzi

Fevzi Budak.
Erzurum milli eğitim müdürü.

AKP iktidar oldu.
Görevden alındı.
Mahkemeye başvurdu, haklı bulundu.
Erzurum'daki görevine iade edildi.
Şırnak'a gönderildi.
Mahkeme kararıyla geri döndü.
Ankara'ya gönderildi.
Mahkeme kararıyla geri döndü.
Muş'a gönderildi.
Mahkeme kararıyla geri döndü.
Ankara'ya gönderildi.
Mahkeme kararıyla geri döndü.
Kütahya'ya gönderildi.
Mahkeme kararıyla geri döndü.
Çanakkale'ye gönderildi.
Mahkeme kararıyla geri döndü.
İstanbul'a gönderildi.

Mahkeme kararıyla geri döndü.
Ankara'ya gönderildi.
Mahkeme kararıyla geri döndü.
Gene İstanbul'a gönderildi.
Mahkeme kararıyla geri döndü.
Gene Ankara'ya gönderildi.
Mahkeme kararıyla geri döndü.

Hapse gönderildi!
Tutukladılar Fevzi'yi.

(Tayyip Erdoğan'ın askerlik arkadaşı olan AKP milletvekili adayı, üç defa, Fevzi'nin yerine Erzurum milli eğitim müdürü yapıldı, Fevzi üç defa mahkemeye başvurdu, Tayyip Erdoğan'ın askerlik arkadaşını üç defa görevden aldırdı. Fevzi, milli eğitim bakanlığı müsteşarını şikâyet etti, müsteşar efendi görevini kötüye kullanmaktan hapis cezasına çarptırıldı, para cezasına çevrildi, müsteşar efendi AKP'den milletvekili yapıldı. Fevzi, eski milli eğitim bakanı Hüseyin Çelik'i altı defa manevi tazminata mahkûm ettirdi. Fevzi'yi meslekten atmak istediler, ancak, sicil raporunun altı ay birlikte çalıştığı amiri tarafından hazırlanması gerekiyor, Fevzi herhangi bi yerde altı ay çalışamadığı için, rapor hazırlanamadı, meslekten atılamadı! 66 defa soruşturma açtılar, 82 defa müfettiş gönderdiler, rakamları abartmıyorum, gerçekten 66 defa soruşturma geçirdi, 82 defa müfettiş tarafından incelendi, en ufak bi yamuğunu bulamadılar. Tek çare kalmıştı... Erzincan Başsavcısı İlhan Cihaner'i hapse tıkan Erzurum'daki özel yetkili savcı, AKP'nin hayalini gerçekleştirdi, yolsuzluk yaptığı iddiasıyla Fevzi'yi tutukladı. O sırada yetmez ama evet referandumu vardı, Tayyip Erdoğan referandum mitinginde kürsüye çıktı, bizim görevden alamadığımız milli eğitim müdürü şu anda yolsuzluktan içerde dedi, alkışladılar. Fevzi hapisteydi, koğuştaki televizyon açıktı, Tayyip Erdoğan'ın sözlerini duydu, alkışladıklarını gördü. Hayatında ilk defa ağladı Fevzi... 56 gün yatırdılar. Ders almıştır herhalde... Bıraktılar.)

Fevzi'yi hiç tanımamışlardı.
Mahkemeye başvurdu, haklı bulundu.
Erzurum'daki görevine geri döndü.
Kars'a gönderdiler.

11 senelik AKP iktidarında 13'üncü defa sürdüler.

Ve, dün telefon etti Fevzi.
Hapse atılmasına sebep olan, dört senedir yargılandığı yolsuzluk davası nihayet sona ermişti. Fevzi tertemizdi. Herhangi bi suçu-kusuru yoktu, iftira atılmıştı, mahkeme resmen tespit etti, delil diye ortaya konulan belgedeki imza, Fevzi'ye ait değildi, haberi bile yoktu, Fevzi'yi yakmak için sahte imza kullanılmıştı. İşin ekstra hazin tarafı... Fevzi'nin eşinin, altın günlerinde biriktirdiği beş adet çeyrek altın vardı, bu beş adet çeyrek altına el konulmuş, dava devam ediyor diye, dört senedir iade edilmemişti. Ebru Gündeş'in kocasına ait malvarlığına bile tedbir koymayan devletimiz, Fevzi'nin eşine ait beş adet çeyrek altına tedbir koymuştu!

Sordum Fevzi'ye...
Nerdesin şimdi?
Ankara'dayım dedi.
Ankara'ya göndermişler Fevzi'yi.

11 senelik AKP iktidarında 14'üncü defa yani.

Morali bozulmasın diye Fevzi'ye söylemedim ama, ben Fevzi'nin yerinde olsam, Fetoculara katılıp Uganda'daki okula giderim, hiç olmazsa, adresim belli olur gari!

İsim	Şehir	Din

Alkolsüz helal mojito çıktı şekerim...
Bu seneki sahurda içerek kop kop'lar, eller havaya yaparız hayırlısıyla.

Hutbe

Diyanet işleri başkanımız, akp'yle cemaat'ın kapışmasına pek üzülüyor.
"Dindarların kavgası dinimize zarar veriyor, gençleri dinden soğutuyor" demişti... Şimdi de, çaktırmadan cuma hutbesine monte etmiş, "birbirinize sırt çevirmeyin, dargın durmayın, ayrılık gayrılık olmasın, siz kardeşsiniz" falan demiş.

İyi ama...

İslam tarihi boyunca, herhangi bi dindarın yatak odasında yedi adet para kasası bulundu mu? Din-iman deyip, dolarları ayakkabı kutularına doldurmak, karaparayla umreye uçmak, kutsal toprakları adeta ihale dağıtım merkezine çevirmek, gençlerimizi dinden soğutmuyor mu? Niye bu mevzularda gıkını bile çıkarmıyorsun hoca? Hutbede iki kelime de olsa bunlardan bahsetmen gerekmiyor mu?

Okuyoruz her gün manşetlerde... Bakan çocukları var, vakıfçı oğlan var, villacı kız var, tokatçı enişte var, komisyoncu kayınpeder var, çantacı bacanak var, çiftlikçi dünür var, emekli maaşıyla 44 daire sahibi olan kaynana var. Kardeş hutbesi vermeyi biliyorsun... Sülale hutbesini niye vermiyorsun?

"Peygamber ocağı"na kumpas kurdular. Cami bombalayacaklardı dediler. "Vicdansızlara sesleniyorum, Allah Allah diye taarruz eden bir ordu, nasıl olur da Allah'ın evini bombalar" diye isyan eden genelkurmay başkanını terörist diye hapse tıktılar. Nerdeydin o sırada sen hoca? Reiki'den yoga'ya kadar her konuda fikir fışkırtan Diyanet'in, peygamber ocağı'na dair sözü yok muydu?

Mübarek ramazan ayında, Somali'ye Myanmar'a yardım için fitre topluyorsun... Keriz Feneri'nin foyasını ortaya çıkaran Cumhuriyet Savcısı, açık açık, bu ülkede "zekât hırsızları"nı koruyan bir güç var, ben bu güce hırsızların imparatoru diyorum, demedi mi? Fitre, diyanetin ilgi alanı olduğuna göre... Zekât hangi kurumun ilgi alanına giriyor hoca? Atom Enerjisi Kurumu'nun mu?

"Allahu tealanın bütün vasıflarını üzerinde toplayan lider" deniyor. Siyasi partilerden, terziler odasına, kahveciler derneğinden, yumurtacılar kooperatifine kadar, herkes kınadı. Diyanet'in tepkisini biz mi duymadık? Yoksa, bu şirk'i, putlaştırmayı Diyanet mi duymadı hoca?

Kardeş kardeşin gırtlağına sarılmış, yangına körükle gidiyoruz, silah yüklü kamyonlar gönderiyoruz. Niye çıkıp "silah göndermeyelim, onlar kardeş" demiyorsun hoca? Bize sığınan Suriyeliler insan da, öbür Suriyeliler maymun mu?

Camide içki içildi deniyor, susuyorsun. Camide fuhuş yapıldı deniyor, susuyorsun. Mustafa Kemal olmasaydı, bu topraklarda ezan bile okunamazdı, buna rağmen, Atatürk döneminde camiler ahır yapıldı deniyor, gene susuyorsun. İftira atmak, iftiraya sessiz kalmak, sevap mıdır hoca? Atatürk camileri ahır yaptıysa... Makamında oturduğun Diyanet İşleri Başkanlığı'nı toki mi kurdu acaba?

Pırıl pırıl gençlerimizin suratına ateş ettiler, öldürdüler, gözlerini çıkardılar, döve döve katlettiler. Bak, dün Ali İsmail'in duruşması vardı. Yüreği yanan anneciği, 19 yaşındaki Ali'nin fotoğrafını gösterdi, "gözlerimin içine bakarak söyleyin, nasıl bakıyorsunuz kendi çocuklarınızın yüzüne?" diye sordu. Bu cuma olur, öbür cuma olur, herhangi bir hutbede, bu soruyu sormayı düşünüyor musun hoca?

Nickname caiz midir?

Diyanet'ten sorumlu devlet bakanı'nın adı Bekir...
Samsun Müftüsü diyor ki, Bekir deve yavrusu'dur!

Başka ne diyor?

Çocuğunuza Sanem adı koymayın, put demektir. Aleyna koymayın, bela demektir. Kezban, yalancı demektir. Melis, şişman demektir. Jülide, perişan'dır. Gülsüm, zavallı'dır. Mikail-İsrafil, mekruhtur. Samet, sakıncalı. Rumeysa, gözü çapaklı kadın. Alara-İlayda gayrimüslim. İrem desen, sahte cennet'tir.

Sanırsın, Türk dil kurumu başkanı'dır mübarek.

Halbuki...
Geçenlerde "Ben Veysel Karani'yim" diyen uyanığın biri, aralarında hâkimlerin, avukatların, öğretmenlerin de bulunduğu kerizlere, cennet'ten tapu satarak, altı milyon lira tokatladı.

Eyüp Sultan'ım deseydi...
Rahat 16 milyon götürürdü.

Deniz Feneri'nin başrolünde üç kişi var.
İkisi Mehmet.
Öbürü Firdevsi.
"Cennete ait" demek!

Jet unvanıyla tanınan bi arkadaş var.
Defalarca içeri girdi çıktı.
Adının anlamı "faziletli, ahlaklı..."

Partinin trilyonunu cebine attığı için siyaset hayatı son bulan siyasetçimizin adı, "dinin yıldızı"ydı mesela.

Camilerde tezgâh açarak, şöyle fabrika kuracağız, böyle sanayi tesisi kuracağız diye atıp tutup, sonra da paraları buhar eden dolandırıcılardan birinin adı "nurlu"ydu, diğerinin "din uğruna savaşan..."

Cami yaptıran uyuşturucu baronunun adı "güvenilir, dost" manasına gelirken...
En ünlü batık bankerimizin adı "ibadet eden"di.

Dolayısıyla...
Adının anlamı "dinin hayırlısı" olan müftümüz, çocuklarımızın adlarını helal-haram filan diye tasnif edeceğine, isterseniz Budist adı koyun ama, memlekete hayırlı evlat yetiştirin dese, dinimize gerçekten hayrı dokunur sanırım.

Otistik çocuklarımız dindar olmasınlar da tinerci mi olsunlar?

Astsubay, tarikat şeyhi.
Üsteğmen, müridi.
Subay, astsubaydan emir alıyor.
Kim anlatıyor bunu?
Genelkurmay Başkanı!

Namaz saatine denk geliyor diye nöbete çıkmayı reddeden subay bile var.

"Noel Baba evlere bacadan giriyor, dürüst biri olsaydı kapıdan girerdi, Kuran-ı Kerim evlere kapıdan girmemizi buyuruyor, Noel Baba neden bacadan giriyor ki" diyor, müftü.

"Dekolte kıyafet giyen kadınların tecavüzü göze alması gerektiğini" belirterek "erkekleri tahrik ettikten sonra sonuçlarından şikâyet edilmesi makul değil" diyor, profesör.

"Önceki hayatımda Veysel Karani hazretleriydim" diyen uyanık, "doktor, öğretmen ve avukat"lara toplam 5 trilyon liraya "cennetten tapu" sattı. Cennetten arsa alanlar arasında "hâkim"ler var.

"75 yaşındaki" kadıncağızı kene ısırdı, vefat etti. Cenaze

namazını kıldıran imam "fuhuşlar arttıkça bu tür belalar musallat olur" dedi.

Böylece, seks kölesi'ni biliyorduk...
Seks kenesi'ni de öğrenmiş olduk.

"Hangi cins olursa olsun, evde köpek beslenmemeli, köpek beslenen eve melekler girmez, köpekli eve şeytanlar dolar, evde biri ölürse Azrail bile o eve girmez, eve girmeden dışardan canı alır gider" diyor, profesör.

"Otistik çocuklar ateist... Beyinlerinde inanç alanı gelişmemiş olduğu için ibadet etmeyi, Allah'a inanmayı bilmiyorlar, ücretsiz terapiyle otistikleri inançlı çocuklar haline getireceğiz" diyor, sosyolog.

Takdiri ilahi herhalde...
Bu tuhaf lafları "Farkındalık Haftası" vesilesiyle söylüyor.

Başımıza gelenin...
Farkında mısınız?

Helal mojito

AKP'nin en hayırlı tarafı...
Liboşlar mümin oldu.

Kocaları ihale kovalayan sosyetik hanımların, paparazzi kameraları eşliğinde poz vere vere umre'ye gitmesiyle başlamıştı her şey... Gerçi dönüşte free shop'tan viski alırken yakalandılar ama, olsun.

Gazetelerin ekonomi müdürleriyle birlikte kutsal topraklara gidip, fotoğraf çektire çektire, baştan aşağı zemzem'le yıkanan işadamlarımız oldu. Hayırlara vesile haberi okurken benim bile maneviyatım artmıştı.

Maneviyat deyince aklıma geldi...
Sosyete hidayete erince, sosyetik diyetçiler de hidayete erdi.
AKP öncesinde detoks tarifleri, ayurveda salatası,
zayıflama tozu filan tavsiye eden bi arkadaş mesela...
Aniden "maneviyatı artıran yemekler"i açıklamıştı. Bedenen ve ruhen "fit" kalabilmek için "daha edepli" ve "dua dolu" beslenmemiz gerektiğini söylemişti.

Kesip sakladım; bir moda dergisi şu ramazan mönüsünü vermişti... İftarda, önce hurma, sonra fesleğen yağıyla tatlandırılmış minestrone çorba, roka yaprakları ve kurutulmuş domates püresinin yanında balsamik sirke ve limon soslu sızma zeytinyağı gezdirilmiş dana carpaccio, taze rozmarinle sarılmış ve karemelize edilmiş tavuk göğsü fırın, üstüne, nane ile dinlendirilmiş franbuaz soslu panna cotta... Sahurda, brokoli çorbası, zeytinyağlı brüksellahanası, sote mantar ve graten soslu küp patatesler yanında, marine edilmiş jülyen dana bonfile veya tercihan, iceberg yapraklı ızgara levrek fileto, bir çay bardağı light yoğurt, üstüne ananas kompostosu.

Peki ya pide?
Kepekli.
Kroton şeklinde.

Sanırsın, Buckingham din değiştirdi.
Kraliçe oruç tutacak.

Dikkat ederseniz, ilahiyatçılara yöneltilen "kan versem orucum bozulur mu, niyetliyken diyalize girebilir miyim?" falan gibi klasik sorular kalmadı... Şimdi artık "bikini orucu sakatlar mı, güneş kremi sürebilir miyim, niyetliyken jetski caiz mi, teravihten önce sevişebilir miyim?" diye soruluyor.

Hocalar da n'aapsın... "Hurma yerine viagra mı yedin a mübarek" diyemiyor, usturuplu şekilde cevaplamaya çalışıyor. Bi tanesini hiç unutmam; "helal cinsel ilişki" için, cinsel ilişkiye girmeden önce besmele çekmemiz gerektiğini, cinsel ilişkinin sonunda hamdolsun dememiz gerektiğini izah etmişti.

En son ne çıkmış şimdi şekerim?
Alkolsüz mojito.

E Allah kabul etsin...
Bu seneki sahurda içerek kop koplar, eller havaya yaparız gari.

Rabia

1964...
Amerikan donanmasına ait USS Maddox ve USS Turner Joy isimli destroyerler, Tonkin Körfezi'nde devriye geziyordu. 4 Ağustos akşamı saat tam 20.40'ta Kuzey Vietnam hücumbotlarının saldırısına uğradılar. Torpiller kıl payı sıyırıp geçiyordu. Maddox'un komutanı bir yandan toplarını ateşleme emri veriyor, bir yandan da bölgedeki uçak gemisi USS Ticonderoga'ya yardım çağrısı yapıyordu. 16 jet derhal yetişti ama, Vietnamlılar kaçmıştı.

Yok öyle vurup kaçmak!
ABD Başkanı Johnson, kararname hazırlattı, ABD'ye yönelik saldırganca hareketleri püskürtmek ve "dünya barışı" için yetki istedi. Temsilciler Meclisi ve Senato ayakta alkışladı. Misilleme yetkisi verildi. Teşekkür konuşması yaptı, sonra gitti, Vietnam'ın havadan bombalanmasını emretti.

1.5 milyon Vietnamlı öldü.
2 milyon Vietnamlı yaralandı.
58 bin Amerikalı öldü.
300 bin Amerikalı yaralandı.

40 sene sonra, 2005'te...
ABD Ulusal Güvenlik Ajansı, devlet sırrı niteliğindeki belgelerin gizliliğini kaldırdı. "Tonkin Körfezi mazereti"nin baştan sona "istihbarat yalanı" olduğu ortaya çıktı. Destroyerlere saldırı maldırı olmamıştı. Hepsi hayal ürünüydü.

Çünkü... Vietnam'daki "kardeş kavgası" o güne kadar "örtülü" şekilde fıştıklanıyordu. Amerikan karşıtı Vietnam'da suikastlar, sabotajlar tertipleniyor, isyanlar çıkarılıyor, buna rağmen Amerikan yandaşı Vietnam vaziyete hâkim olamıyordu. Yandaşlara silah, teçhizat, para veriliyor, becerilemiyor, sonuç alınamıyordu. Öbürlerinin topraklarını savunma ruhu, yandaşlarda yoktu.

Üstelik, ABD'de üç ay sonra seçim vardı... Şırrak, Tonkin yalanı icat edildi. Yalaka basın yangına körükle gitti. Nasıl "kalleşçe" saldırıya uğradıklarını "ballandıra ballandıra" yazdılar, milliyetçi duyguları kışkırttılar. Başkan Johnson televizyona çıktı, "ağlamaklı" ses tonuyla ulusa sesleniş konuşması yaptı. Kahraman oldu. Kamuoyu desteği ikiye katlandı. "Cesur lider" ayaklarıyla, rekor oyla kazandı.

Bilahare, aynı filmi Irak'ta seyrettik.
Saddam'ın kitle imha silahları var, biyolojikleri var filan.

Hatta, ne demişti Tayyip Erdoğan?
"Irak'ta savaşan Amerikalı kahraman bay ve bayan askerlere, en az zayiatla ülkelerine dönmeleri arzusuyla dua ediyoruz."

Dolayısıyla...
Cami avlusunda Rabia işareti yaparak, Esad kuklası tekmeleyen arkadaşların... Gıyabi cenaze namazı zannederken, aslında kimler adına "şükür namazı" kıldıklarını fark etmeleri arzusuyla... Amin!

Tayyipse koy sepete!

Denizli'de cami avlularında ücretsiz olarak dağıtılan dini kitapta, "Tayyibim" başlıklı ilahi vardı. O ilahide "Tayyip'i üzmek, Allah'ı üzmektir" deniyordu.

AKP Aydın İl Başkanı "liderimiz Tayyip Erdoğan bizim için ikinci peygamber gibidir" dedi.

Hazreti Muhammed'e AKP amblemiyle nüfus cüzdanı çıkardılar,

peygamberimizin çocuklarının arasına "Tayyip" ismini sokuşturdular.

Tayyip Erdoğan'ın cuma namazlarını kıldığı Aksa Camisi'nin ismini Tayyip Erdoğan Camisi olarak değiştirmeye kalktılar.

"Tayyip Erdoğan hurması" var.

AKP Bursa milletvekili, Tayyip Erdoğan'a dokunmanın bile ibadet olduğunu söyledi.

AKP'nin bakanı, Tayyip Erdoğan'ın doğmasına-büyümesine vesile olan Rize, İstanbul ve Siirt'i "mübarek şehirler" ilan etti.

E hadi müjdemi isterim...
"Helal Tayyip" Konferansı düzenleniyor!

İstanbul'da toplanacak olan "Helal ve Tayyib Ürünler Konferansı"nda, helal gıdanın önemi ve Tayyip ürünlerin ne kadar helal olduğu filan anlatılacak.

Vaziyetimiz budur ahali.
Seçerken dikkatli olun yani.

Öbürleri haram, çöpe...
Tayyipse koy sepete!

Satan'izm

Satar mısın?
Satarım.
Telefonu?
Satarım.
Bankaları?
Satarım.
Limanları?

Satarım.
Fabrikaları?
Satarım.
Madenleri?
Satarım.
Santralları?
Satarım.
Sosyal tesisleri?
Satarım.
Ormanları?
Satarım.
Dereleri?
Satarım.
Toprak?
Satarım.

El âleme?
Satarım.
İhalesiz?
Satarım.
Eşe-dosta?
Satarım.

Siz ne düşünüyorsunuz Bülent Arınç bey?
İmam hatipten satan'ist çıkmaz!

Hazreti

Hariciye nazırımız açıkladı.
Mısır'da dört aydır tutuklu bulunan ve "bana bir şey olursa, beni Gafir mezarlığında Mustafa Sabri Hazretleri'nin kabrine defnedin" diyen TRT muhabiri, nihayet serbest bırakıldı.

Tutukluyken sustuk.
Artık yazabiliriz.

Bu arkadaşın yanına defnedilmek istediği Mustafa Sabri hazretleri... Vahdettin'in şeyhülislamıydı. İngiliz Muhipleri Cemiyeti'nin kurucularındandı. İslam Teali Cemiyeti'nin kurucularındandı. Kuvayi Milliye'ye "kudurmuş haydutlar" diyordu. "Yunan ordusu halifenin ordusudur, asıl kafası koparılacak mahlukat, Ankara'dadır" şeklinde bildiri yayınladı. Mustafa Kemal hakkındaki ölüm fermanını, bizzat kaleme aldı, "öldürülmesi caizdir, hatta dini vazifedir" dedi. İşgalcilere karşı Anadolu'nun yanında saf tutan Denizli, Isparta, Uşak, Antalya, Sinop müftülerini görevden azletti; Ankara müftüsü için idam fermanı çıkardı. Anadolu Cemiyeti adıyla örgüt kurdu, İzmir'deki Yunan Yüksek Komiserliği'ne teklifte bulundu, "Mustafa Kemal'in pençesinden kurtarmak için Batı Anadolu'da özerk hükümet kuralım, yönetimin başında Hıristiyan vali bulunsun, ordusundan Yunan başkomutanı sorumlu olsun" dedi, Atina'ya iletildi, Yunan Başbakanı Gunaris teklifi inceledi, "kendi milletini satan hainlere ihtiyacımız yok" cevabını verdi. Ama, Mustafa Sabri'nin Yunanistan'a ihtiyacı vardı. Milli mücadele kazanılınca, İngiliz gemisiyle kaçtı, Yunanistan'a sığındı, basın patronu oldu, *Yarın* adıyla gazete çıkardı. O gazeteye 1927 senesinde, "Allah'ın huzurunda Türklükten istifa ediyorum, tövbe yarabbi tövbe Türklüğüme, beni Türk milletinden addetme" diye yazdı. "Elimden gelse bütün Türkleri Arap yaparım, bunların vaktiyle Araplaşmadığına eseflenirim" diye yazdı. Hilafetin yeniden kurulması için, dönemin Papa'sı XI. Pius'a mektup gönderdi, Vatikan'dan yardım istedi. Yunanistan'dan Suudi Arabistan'a geçti, en son Mısır'a yerleşti, El Ezher Üniversitesi'nde ders verdi, Kahire'de öldü, Gafir mezarlığına gömüldü.

E haklıymış yani o gazeteci arkadaş...
Bu kadar hayırlı bi basın duayenimiz varken, Ramses'in yanına gömülecek değildi herhalde!

İsim	Şehir	Tarih

Ahhh benim milletim ahh, şu Alaeddin Keykubat yok mu, Alaeddin Keykubat, neler çektirdi benim milletime, gençler siz yetişmediniz o günlere, Gıyasettin Keyhüsrev döneminde ekmeği karneyle alıyorduk, Harzemşahların iktidarında tüp yoktu, tüp...

Cumhuriyet, Osmanlı, Selçuklu

40 sene geriye giderek başladı.

"Aahh benim milletim ahh, bu milletin 70'li 80'li yıllarını heba etmiş Demirel denilen o zat, gelmiş kaç yaşına, ayakta duramıyor, hâlâ çete kardeşliği yapıyor, çetelere kefil oluyor, gençler siz yetişmediniz o günlere, aahh ahh, ne dolaplar dönüyor, ne kirli tezgâhlar var."

Sonra bi 50 sene geriye gitti.

"Aahh benim milletim ahh, bunların genel başkanları Führer'e özenip, Hitlervari bıyıklarıyla kendisine milli şef dedirtmişti, bunların valileri il başkanı gibiydi, biz bunların cemaziyülevvellerini biliriz, gençler siz yetişmediniz o günlere, ekmeği karneyle alıyorduk ekmeği, tüp yoktu, şimdi ne oldu da bunların hepsi bir araya geldi, edep yahu, karanlık ittifaklar var, kirli tezgâhlar var, aahhh ahh, benim milletimden neler gizleniyor."

Sonra bi 100 sene geriye gitti.

"Bunların zihniyeti boğaz köprüsüne karşıyken, merhum Abdülmecid dedemiz proje çiziyordu, Marmaray'ın mimari çizgilerini dedemiz Abdülmecid çizdi."

Sonra bi 300 sene geriye gitti.

"Kanuni 30 sene ata bindi, ecdadımızın at sırtında gittiği her yere biz de gideriz, bunlar ecdadımızı televizyon ekranındaki

Muhteşem Yüzyıl belgeselindeki gibi tanıyor, bizim öyle bir ecdadımız yok, biz öyle Sultan Süleyman tanımadık, kusura bakmasınlar, bu milletin değerleriyle oynamaya kimsenin hakkı yok."

Sonra bi 50 sene geriye gitti.

"Bizanslı hanımlar Fatih Sultan Mehmet'i karşılarken, başımızda kardinal külahı görmektense, Osmanlı sarığı görmeyi tercih ederiz demişlerdir, biz buyuz, hayaldi gerçek oldu, kalkınma budur, Allah yar ve yardımcımız olsun."

Sonra bi 400 sene geriye gitti.

"Büyük Selçuklu Devleti'nde Haşhaşiler denilen gözü dönmüş gizli örgütün, devlet bünyesini nasıl esir almaya çalıştığını, düşmanlarla nasıl işbirliğine gittiğini, asırlar önce millet olarak yaşadık, gördük."

Cumhuriyet bitti.
Osmanlı bitti.
Selçuklu'dayız.

Hedef 2023 filan deniyordu.
Cilalı taş devrine doğru gidiyoruz.

Yakında duyarsanız, şaşmayın...
"Aahh benim milletim ahh, dinozorlarla üstümüze geldiler, mamutlarla karanlık komplolar kurdular, gençler siz yetişmediniz o günlere, bunların zihniyeti ateşin icadına bile karşı çıkmıştı, aahh ahh, bildiğiniz gibi değil, çok mağdurum."

Haçlı seferi

ABD, İngiltere, Fransa ve İtalya'dan oluşan NATO koalisyonu, Libya'yı vurmuştu.

Demokrasi için müdahale ediyoruz ayaklarına yatılırken... Fransız hükümeti açık açık itiraf etmişti, "bu bir haçlı seferidir" demişti.

AKP derhal tezkere çıkarmış, altı savaş gemisi göndererek, NATO operasyonuna katılmıştı. Denizden ablukanın komutası, İtalya'daydı. Emri altına girdiğimiz komuta gemisinin adı, Andrea Doria'ydı.

Yani... Papa'nın çağrısıyla Osmanlı'ya savaş açıp, Preveze'de Barbaros'a yenilen Haçlı donanmasının komutanı Andrea Doria'nın adını taşıyordu.

Dini bütün hükümetimiz, bütün sembolik değerleriyle haçlı seferi olduğu ilan edilen operasyonda, Andrea Doria'nın safındaydı.

Ya şimdi?
Aynı koalisyon, Suriye'yi vuracak.
Denizden saldırı için bölgede konuşlanan ilk savaş gemisi hangisi biliyor musunuz? Hani, İngiltere Kraliçesi gelmişti de, işgal kuvvetleri gibi İstanbul Boğazı'na demirleyen zırhlının güvertesinde davet vermişti de, Türk sularında olmasına rağmen nezaketen bile olsa Türk bayrağı çektirmemişti de, Kraliçe tarafından şövalye ilan edilen bizim cumhurbaşkanı da yakasına şövalye madalyasını takıp koşmuştu ya... İşte o gemi. HMS Illustrious.

Dindar cumhurbaşkanı ve dindar hükümet tarafından yönetilmek ne güzel di mi... Hadi hep beraber rabia işareti yapıp, tekbirrrr diye bağıralım.

Hezarfen

17 Ağustos 1999.
Sabahın 7'si...

Çoluğu çocuğu evde bırakmış, yazıişlerindeki haber manyağı arkadaşlarımla birlikte gazeteye koşmuştuk. Sabit telefonlar kesik. Cepler kaput. Yollar kilit. Viyadükler enkaz. Adapazarı'na gidilemiyordu.

Ve, hep birlikte bakıyorduk ışıklı masadaki fotoğraf karelerine... İnanılması güç bi manzaraydı.

Taş üstünde taş kalmamış, apartmanlar, okullar, hastaneler, donanma, hepsi çökmüştü, Tüpraş yanıyordu. Başbakan Ecevit'in, televizyonda, olağanüstü hal'e gerek yok, bana uydu telefon bulun, Hüsamettin'i bulun dediği zavallı dakikalarda... Bütün çıplaklığıyla gözümüzün önündeydi facia.

Çünkü, saat 5'te, yani depremden sadece 2 saat sonra havalanmış, Gölcük üzerinden dalmış, takır takır basmıştı deklanşöre... Uçağı yan yatırır, lövyeyi dizleriyle tutar, pencereyi açar, öyle çekerdi. Vakitten kazanmak için, yere inmeden, Olimpiyat Stadı'nın yanındaki tarlaya naylon torba içinde paraşüt gibi bırakmıştı filmleri... Kapıp yıkatmıştık. Tripodla çeksen, bu kadar net olamazdı. Bir gazetecinin haber fotoğrafı, dünyada ilk kez, iki tam sayfa, 18 sütun yayınlandı.

Murat Öztürk'tü o.
Günümüzün Hezarfen'i.

Sadece Türkiye'nin değil...
Avrupa'nın tek pilot gazetecisi.

Devletten önce gitmişti bölgeye... Durumun vahametini kavrayamayan yetkililerin, harekete geçmesini sağlamıştı, hızlandırmıştı.

O depremde fazladan kaç "can" kurtulduysa...
Bunu en çok Murat ağabeye borçlu Türkiye.

(Babası milletvekiliydi, 1976'da THY'nin Isparta'da çakılan uçağında hayatını kaybetmişti. Bu hazin olay nedeniyle uçmaktan korkmak yerine, tam tersine, pilot olmuştu. Sivil havacılığa eşsiz katkılar yaptı, Hezarfen Havaalanı'nı kurdu, sayısız pilot yetiştirdi, gençlere sevdirdi. Elbette her ölüm erkendir ama... Bu beyaz saçlı çılgın adamın yatağında ölmeyeceğini hepimiz biliyorduk.)

Ve, maalesef anca "vefat"ıyla haber olunca tanıdınız onu. Aslında haberle "en çok hayat kurtaran" gazeteciydi.

Şehzade Mustafa

"Muhteşem Yüzyıl" dizisinde Halit Ergenç, Mehmet Günsür'ü boğdurdu, sayın ahalimizde 461 sene sonra jeton düştü! Şehzade Mustafa'nın türbesine koşup dua ediyorlar.

E madem öyle... Hayır duayla anılması için, ecdadımızın bir başka hayırlı evladını yazayım bari.

Rüstem Paşa.
Hani, evladını boğduran padişahımız efendimiz Kanuni Sultan Süleyman'ın damadı var ya, işte o.

Şerefsizin önde gideniydi.
Rüşvet mikrobunu bu topraklara bulaştıran ilk devlet(!) adamıydı. Damat ve Sadrazam unvanlarından başka bir sıfatı daha vardı: Ebvab-ı Rüşvet Fatihi... Yani, rüşvet kapısını fetheden kişi!

Para karşılığında beylik-komutanlık satardı, mangırı bastırana makam-mevki dağıtırdı, kendi kesesini doldurana devlet kesesine ait arazileri peşkeş çekerdi, barış anlaşmaları imzalanırken bile yabancı devletlerden avanta alırdı, işi düşen herkesi yolardı. Fuzuli'nin "selam verdim, rüşvet değil diye almadılar" dediği dönem, bu arkadaşın dönemiydi.

Koltuğunu korumak için evladını katleden padişahımız efendimize yakışır bi damattı... Koltuğunu korumak için yapmayacağı ahlaksızlık yoktu. Fitnenin, entrikanın, yalanın, iftiranın "ecdadı"ydı.

Güya o kadar dindar'dı ki...
Şahsına ait 8 bin adet Kuran-ı Kerim vardı!

Kefenin cebi yok tabii...
Dört kolluya binip giderken, hırsızlıklarıyla biriktirdiği şu serveti bıraktı: 1 milyon 200 bin altın, 11 milyon akçe, 33 iri mücevher, 815 çiftlik, 476 değirmen, 1700 köle, 12 bin 900 at, 500 altın eyer, bin gümüş eyer, 130 altın üzengi, 1100 deve, 1200 sığır, 2 bin zırh, 1500 gümüş tolga, 5 bin kaftan, 860 altın kabzalı-mücevher süslü kılıç, bin gümüş mızrak... Kendisinin çalıp çırpıp, mücevher tutkusuyla ünlü olan eşi Mihrimah'a devrettikleri ise, bilinmiyor.

Ve, bakıyoruz 461 sene sonra...

Şehzade Mustafa'nın akranları, evlatlarımız, Ethemler, Ali İsmailler, Abdullahlar hâlâ katlediliyor.
Rüstem Paşalar hâlâ baş tacı.
Yakışır sayın ahalimize.

Tarihçe

18 Mart...
Sadece Çanakkale Zaferi değildir.
Ali İsmail'in doğum günüdür.

Aynı zamanda, İlker Başbuğ'un resmen terörist ilan edildiği... Doğu Perinçek'e, Tuncay Özkan'a, Mustafa Balbay'a, Profesör Haberal'a, Profesör Hilmioğlu'na müebbet istendiği gündür, 18 Mart.

17 Aralık...
Sadece Şeb-i Arus değildir artık.
Ayakkabı kutusu'dur.
Bilal paraları sıfırla'dır.

29 Ekim...

Sadece Cumhuriyet Bayramı değildir.
Abdullah Gül'ün ve Profesör Mehmet Haberal'ın doğum günüdür. Dindar maskesi altında Cumhuriyet'e neler yapılabileceğinin, Atatürkçülerin başına neler gelebileceğinin, yıldönümüdür artık.

23 Nisan...
Sadece Çocuk Bayramı değildir.
Milleti din üzerinden birbirine düşürmek için... Ramazanı, dini bayramları, üç ayları, kandilleri, haccı, hicri takvime göre 10 gün kaydırırken, Kutlu Doğum Haftası'nı miladi takvime göre sabitlemektir.

19 Mayıs...
Sadece 19 Mayıs değildir artık.
Mübarek kadın...
Profesör Türkan Saylan'ın toprağa verildiği gündür.

30 Ağustos...
Sadece Zafer Bayramı değildir.
Türk silahlı kuvvetleri balyoz kumpasıyla hapse tıkılmışken...
AKP valisinin, resepsiyonda 10'uncu Yıl Marşı yerine, aynı sazın teliyiz biz'i söyleyerek pasta kesmesidir.

10 Kasım...
Sadece 10 Kasım değildir artık.
AKP valisinin, Atatürk'ü anma töreninde, yurttaşlara gavat dediği... Atatürk'e çelenk bırakmanın kabahat sayıldığı, para cezası kesildiği gündür.

21 Mart...
Sadece Nevruz değildir.
Sayın Apo'nun AKP sayesinde Kürdistan'ı ilan ettiği, ulusa sesleniş konuşması yaptığı gündür artık.

12 Eylül...
Sadece askeri darbe değildir.
Yetmez ama evet'tir.

Ve, Babalar Günü...
Berkin'in vurulduğu gündür.

Tarih yazıyoruz diyorlardı.
Yazdılar hakikaten tarihi.

Adnan Menderes

Tayyip Erdoğan her gittiği şehirde, her çıktığı mitingde "Adnan Menderes" diyor.
Şu işi netleştirelim artık.

"Ben Erbakan'ı Erdoğan'a tercih ederim. Erbakan, Erdoğan'a göre çok daha ulusçudur, Türkiye'nin bağımsızlığından yanadır. Tayyip Erdoğan tam bir kapalı kutu, kendisini hangi kişilerin, hangi fikirlerin yönettiğini bilmiyoruz. Tayyip Erdoğan'ı şahsen tanımam, uzaktan izlediğim kadarıyla, etrafında devamlı negatif elektrik var. Üslubunda hep tehdit var. Girdiği her yerde kavga çıkarabilir. Benim Türkiye adına endişelerim var. Şoför acaba bir terslik yapar mı diye, herkesin yüreği ağzında... Erdoğan başbakan olduğunda, Erbakan katıla katıla gülerek, bana inat, başlarına getirdiklerine bakın demiştir herhalde."

Kime ait bu sözler?
Adnan Menderes'in oğlu Aydın Menderes'e ait...
Rahmetli olmadan önce, 2003 senesinde, AKP iktidara geldikten hemen sonra, *Hürriyet*'e vermişti bu röportajı.

Başka ne demişti?
"Avrupa Birliği, açık ve aleni şekilde Türk Silahlı Kuvvetleri'ni kendine hedef seçti, umarım AKP bu oyuna gelmez, bir Cumhuriyet hükümeti için, yabancının lafıyla kendi askerine yönelik düzenleme yapmaya kalkışmak, Türkiye Cumhuriyeti adına çok büyük bir hata olur" demişti.

Taa 2003'te..
Öngörüye bak.

Fatin Rüştü Zorlu.

Adnan Menderes'le birlikte sehpaya gönderilen dışişleri bakanı... Büyük metanetle yürüdü ölüme, önce masaya, sonra masanın üstündeki sandalyeye çıktı, Allah memleketi korusun, haydi Allahaısmarladık dedi, ittirdi ayağının altındaki sandalyeyi... Torunu var, kendisiyle aynı adı taşıyor, Fatin Rüştü... Gaz maskesini taktı, Gezi direnişine en ön saflarda katıldı. Niye katıldın diye sordular? "Allah memleketi korusun, dedemin son sözleriydi, annemin bana bıraktığı en büyük miras da buydu" dedi.

Başka ne dedi torun Fatin Rüştü?
"İnsanların yaşamlarına müdahale edilmeyen bir ülkede yaşamak istiyorum. Annem Mülkiye'de okurken, bir hocayı görevden aldıkları için eyleme katılmış. Anneannem, Emel ne yapıyorsun böyle demiş. Annem, yürüyüşe katılıyorum diye cevaplamış. Dedem ise, kızım bir bireydir, karışamam demiş. Yani, annem, kendi babasına karşı yürümüş... Bu tür farklılıkların bu ülkede olması gerekiyor."

Adnan Menderes'e dönersek...
Onun da torunu var.
Onun da adı soyadı, Adnan Menderes.
Tıp profesörü. İzmir'de yaşıyor.

Başbakan Adnan Menderes'in üç oğlu vardı, büyük oğlu Yüksel intihar etti, ortanca oğlu Mutlu trafik kazasında vefat etti, en küçük Aydın ise, 2011'de rahmetli oldu. Mutlu'nun oğlu, torun Adnan... Menderes soyadını taşıyan tek kişi.

Siyasetten uzak, huzurlu hayatını rahatsız etmek istemezdim ama, mecburuz, kusura bakmasın. İzmir'deki fısıltılara göre, AKP'nin milletvekili yapmak için Adnan Menderes'e yalvardığını biliyoruz. Adnan Menderes'in kesinlikle kabul etmediğini de biliyoruz. Zaten bana sorarsanız, böyle bir birliktelik, asla mümkün değil... Annesi, Profesör Münevver Menderes'in, zamanında ANAP'a karşı açıkça SHP'yi desteklediğini, sosyal demokrat görüşe sahip olduğunu biliyoruz.

Peki, anneyle oğul illa aynı görüşü mü destekler? Elbette böyle bir şart olamaz. Ancak, amcası Aydın Menderes'in eşi Ümran hanım, yani yengesi şöyle diyor: "Torun Adnan Menderes, siyasi olarak dedesiyle aynı yerde durmuyor."

Rahmetli başbakan Adnan Menderes'in doğduğu köye gelirsek... Aydın, Çakırbeyli... AKP, darbelerle hesaplaşıyoruz ayağıyla 12 Eylül'de yetmez ama evet referandumu yaptı. Adnan Menderes'in köyü Çakırbeyli'den "Hayır" çıktı!

Öyle kıl payı filan değil.
Yüzde 70 hayır çıktı.

Ve, Aydın...
Adnan Menderes'in şehri.
Bugün gidin, sokakta rastladığınız herhangi birine Adnan Menderes deyin, gözleri buğulanır. Rahmetlinin matemi, hâlâ devam eder Aydınlılarda.

CHP'nin kalesi şu anda.
CHP büyük ihtimalle Türkiye'deki rekor oyunu alacak Aydın'da... Sadece şehir merkezi değil, bütün ilçelerinde, Söke, Nazilli, Kuşadası açık farkla, ya CHP'nin ya MHP'nin... Adnan Menderes'in şehrinde AKP anca üçüncü durumda... Bazı ilçelerde DSP'nin bile arkasında.

Tayyip Erdoğan...
Aydın'da yok hükmündedir.

Hâl böyleyken... Merhum Adnan Menderes'in AKP'ye alet edilmeye çalışılması, Adnan Menderes'in ruhuna işkencedir.

İsim	Şehir	Ekonomi

Dev tesis açılışlarına bir başka dev tesis açılışı ekleyen başbakanımız, taksi durağı açılışı yaptı.

Saman

İthal inek, ithal koyun gelmişti.
İthal saman da geldi.

Kendi kendine yeten yedi ülkeden biriydik.
Kendi hayvanlarımızı bile doyuramıyoruz artık.
Tarihimizde ilk kez ve dünyada sadece biz...
Yurtdışından saman ithal ediyoruz.

Hem de nerelerden biliyor musunuz?
Tarım Bakanlığımızın listesine göre, Angola, Vanuatu ve Bhutan'dan mesela... Brunei'den, Belize'den, El Salvador'dan, Eritre'den, Kongo'dan getiriyoruz.

Namibya, Zimbabwe, Mozambik, Libya ve Uganda da var listede... Gelişmiş ülkelerden yani!

Çünkü, sakla samanı gelir zamanı denilen kavram, sakla samanı gelir "zam anı"na dönüşmüştü... Muhteşem tarım politikamız gereği, buğday'ın kilosu 60 kuruşken, saman'ın kilosu 70 kuruşa çıkmıştı.

Ekmek yapıyorsun...
60 kuruş.
İneğe yediriyorsun...
70 kuruş.

Ha, diyebilirsiniz ki, ekmek başka inek başka, mevzuları çarpıtma, sapla samanı karıştırma.

O da eskidendi şekerim...
Gönül rahatlığıyla karıştırabiliriz.

Saman'la beraber...
Sap da ithal ediyoruz!

Dolayısıyla, habire "bunlar iki koyun güdemez, bırak davar'ı kaz bile güdemez" dediklerine göre... Şimdi sıra geldi, çoban ithal etmeye.

Ekmek bulamayan lahmacun yesin...

Bodrum'da bi lahmacun 50 lira.
Kerizlikte nirvana.

Aslında...
Lahmacun 38 lira.
12 lirası ayran'a.

Ne o öyle ayran mayran, biz köylü müyüz şekerim dersen, limonata iç... 27 lira.

Antalya'ya da, ayakları yakmayan, yapışmayan plaj kumu getirmişler. İthal. İpek gibi. Bizim yerli kum kaba sabaymış, rahatsızlık yaratıyormuş... Parmak aralarını uf ediyormuş.

E canım sıkıldı tabii.
Çeşme'nin başı kel mi?

Aradım arkadaşlarımı...
Kardeşim, yok mu şöyle Alaçatı'da 75 liraya kumru, Ilıca'da 20 liraya midye filan?

O-hoo, onlar da bi şey mi dediler.

– Burda odun satılıyor.

– Nası yani odun?
– Bildiğin odun, yontulmamış.
– Yeniyor mu?
– Yok, dekoratif.
– Kaç para?
– 380 lira.
– Tonu mu?
– Saçmalama, tanesi...

İndirimli fiyatıymış bu.
Sezon öncesi 475 liraymış.
Yarım metre boyunda, testereyle kesilmiş, üstü düz, sehpa görevi görüyor, alıp, villanın salonuna koyuyorsun... Böylece evinde, bi kereste sen, bi de odun'un olmuş oluyor.

Şeffaf jelatin ambalajlı taş da satılıyor, pek moda bu aralar, tanesi 120 ila 250 lira, Afrika'dan ithal, kırmızısı var, pembesi var, bahçendeki yerli taşları söküp, yerine bunları takıyorsun.

Amerikan gazeteleri yazıyordu, iki üç sene evvel... Hampadan para kazanan arkadaşlar, Wall Street restoranlarında, kedi bokuyla filtre edilmiş kahvenin fincanına 100 dolar, bir burger'e 175 dolar ödüyorlardı. Köftesi kobe bifteğinden, trüf mantarı ve kaz ciğeri sosuyla, tepesinde altın yaprağıyla servis ediliyordu. Kısa süre sonra, gördüler ebelerinin burgerini... Kriz patladı, bankaları battı, işsizlik tavana vurdu, emlak fiyatları çöktü, tarihlerinde ilk kez kredi notları düştü, dünyayı sarstı, bizi teğet geçti dendi ama, sırf Avrupa'da beş hükümet gitti.

Milyoner'le zilyoner arasındaki uçurumun iyice derinleştiği... Buzdağına çarpan Titanic'in güvertesinde keman çalmaya devam eden ülkelerde oluyor böyle.

Alamettir yani.
İşaret fişeğidir.

Ahali toki bodrum'larında selden boğulurken, Bodrum'da lahmacuna 50 lira ödeniyorsa... "Kâhin" lakaplı ekonomi profesörü Roubini olmana gerek yok. Hazır deniz kenarındayken, filikaları hazırlayın demektir.

Şangay beşlisi

Sayın hükümetimiz AB'ye ilk defa 2004'te girmişti. Brüksel'de müzakere tarihi alan başbakanımız, Ankara'da kilometrelerce uzunluğunda konvoyla karşılanmış, "Avrupa Fatihi" pankartları açılmış, AB bayrağını simgeleyen mavi balonlar gökyüzüne bırakılmış, güpegündüz havai fişekler fırlatılmıştı.

Kamyonun üstüne çıkarak şehir turu atan başbakanımız, ahalimizi selamlamış, "bayramımız kutlu olsun, hamdolsun başardık, bunlar ilerde romanlarda yazılacak" demişti. Kehanet gibiydi... Böylesi anca bilimkurgu romanlarda yazılabilirdi.

Sayın gazetelerimiz "dünya bize hayran" manşetleri atarken... Siyenentürk'te AB'ye girişimiz şerefine AB belgeseli yayınlanmış, sayın başbakanımızın 10 sene evvel "onlar bizi AB'ye almamayı düşünüyor, biz de girmemeyi düşünüyoruz, bunların asıl adı Katolik Hıristiyan Devletler Birliği'dir" dediği ortaya çıkmıştı. Ama, olsundu. AB'ye girmiştik ve hep bir ağızdan "memleketim" şarkısını söylemiştik.

Seneye...
AB'ye bi daha girmiştik.
Ekim 2005'te Viyana'da müzakerelere başladığımızda... Sayın gazetelerimiz havai fişekler fırlatmış, en büyük puntolarla "merhaba Avrupa" manşetleri atmıştı. "3'üncü Viyana Kuşatması" diyen de vardı, "Cumhuriyet'in ilanından sonra en büyük adım" diyen de... Bazıları Türkiye'yi boş vermiş, "her şey ona kısmet oldu, dimdik durdu" diyerek, başbakanımızın hakkını teslim etmişti. İşsizliğin biteceği, soluduğumuz havanın, içtiğimiz suyun bile daha temiz olacağı yazılmıştı. Köşe yazılarına pek güldüğüm bi duayenimiz "kompleksli ahmakların kafası ermiyor, tarihi zaferdir bu" demişti.

Aynı Ekim'de...
Baktık ki şahane giriyoruz, o hızla AB'ye bi daha girmiştik. Tam da Cumhuriyet Bayramı'nda, 29 Ekim günü, başbakanımızla dışişleri bakanımız, Roma'da, Papa heykelinin önünde, AB Anayasası'na imza atmıştı.

Sayın gazetelerimiz, AB'ye giriş üstüne giriş yapmamızın heyecanıyla olsa gerek, 5'inci Sixtus'un önünde imza atıldığını yazmıştı. Ertesi gün, ne kadar da "araştırmacı gazeteci" oldukları ortaya çıktı. Papa, harbiden Papa'ydı ama, 5'inci Sixtus değil, 10'uncu Innocentus'tu. Ortak özellikleri, Türk düşmanı olmalarıydı. Gerçi hiç fark etmezdi, neticede AB'ye girmiştik ya, sen ona bak'tı.

Avrupa'nın AB'sine "en az üç" defa girince... Gir gir, sıkıldık haliyle... Direksiyonu başka tarafa kırdık, başka bi AB'ye girerek, kendimizi bir anda Arap Birliği'nde bulduk.

– AB mi bu?
– AB.
– AB olsun, isterse çamurdan olsun be.

Bilahare...
Yeryüzündeki son AB olan Afrika Birliği'ne de girdik, girilmemiş AB bırakmadık. Sayın gazetelerimiz gene "dünya bize hayran" yazmıştı. Ayıptır söylemesi, ağzı açık "hayran" budalasıydık.

E üç defa Avrupa AB'si.
Bir defa Arap AB'si.
Bir defa Afrika AB'si.
Üç, bir, bir daha, ne etti birader?
Şanghay "beşli"si!

Girdik girdik, giremedik, sıkmayın canınızı, destede bi de "sinek ikili"miz var... Hatırlarsınız, sayın başbakanımız, ABD Başkanı'na "AB olmazsa bizi Nafta'ya alın" demişti, ABD Başkanı da "yes" demişti.

İdare edersiniz gari...
Yetmez ama yes yani.

Sen Türkiye'sin büyük düşün

Ne demişlerdi?
Sen İstanbul'sun büyük düşün!
Sen Ankara'sın büyük düşün!
Sen İzmir'sin büyük düşün!
Sen Adana'sın büyük düşün!
Sen Bursa'sın büyük düşün!
Sen Antalya'sın büyük düşün!
Sen Patnos'sun...
Sen Borçka'sın...
Sen Şuhut'sun...
Sen Kızılcahamam'sın...
Sen Keçiborlu'sun...
Sen Lapseki'sin büyük düşün!
Sen Balıkesir'sin...
Sen Çorum'sun...
Sen Konya'sın...
Sen Artvin'sin...
Sen Denizli'sin...
Sen Erzurum'sun...
Sen Tekirdağ'sın...
Sen Türkiye'sin büyük düşün!

Sonra ne dedi Çalışma Bakanı?

Asgari ücretle geçinilmez diye bi şey yok, tabii geçinirsiniz, niye geçinemeyeceksiniz? Netice itibariyle, peynirin fiyatı belli, ekmeğin fiyatı belli, zeytinin fiyatı belli... 800 lira "büyük" paradır, dedi.

E sana söylemişlerdi...
Düşünürken, küçümseme yani.

1 Mayıs

İşçiyi dövüyorlar.
İşçi sendikası başkanı, akil adam.

Az bile dövüyorlar bu işçiyi.

KESK Başkanı akil mi? Akil.
Hak-İş Başkanı akil mi? Akil.
Türk-İş Başkanı? O da akil.

Bu akil arkadaşlar... Şehir şehir dolaşıp, hükümetimizin ne kadar "barışsever" olduğunu, memlekete "huzur" gelmesi için nasıl da çırpındığını anlatıyorlar mı? Anlatıyorlar. Aynı hükümetimiz, işçilerin kafasına cop vurup, gözüne biber gazı sıkıp, tazyikli suyla yerlerde sürüklüyor mu? Sürüklüyor.

Bu akil arkadaşların gönüllü avukatlığını yaptığı hükümetimiz "Kandil'e Kalaşnikof'la çıkış" yapılmasını sağlıyor mu? Sağlıyor. Aynı hükümetimiz, senin "Taksim'e çiçekle giriş" yapmanı engelliyor mu? Engelliyor.

Bu akil arkadaşların kuryeliğini yaptığı hükümetimiz, teröristlerin burnu bile kanamasın diye, valilere emir verdirip askerleri geri çekiyor mu? Çekiyor. Aynı hükümetimiz, valiye emir verdirip, ağzını burnunu kırsınlar diye, senin üstüne polis ordusu sürüyor mu? Sürüyor.

İşçi Partisi'nin genel başkanı, beşinci senedir İşçi Bayramı'nda hapisteyken... İşçi Partisi'nin gençleri, akil adam toplantılarının önünde protesto gösterisi yaparken... Sendikacı akil arkadaşlar, hükümetimiz tarafından adeta pamuklara sarılıyor, VIP salonlarında ağırlanıyor mu? Ağırlanıyor.

Bu akil arkadaşlar, hükümetimiz sayesinde olağanüstü hal'in sona erdiğini, bahar bayramının geldiğini müjdelerken... Hükümetimiz sayesinde işçi bayramında İstanbul'a sıkıyönetim geldi mi? Geldi.

Peki, kim seçti kardeşim bu akil'leri sendika başkanı olarak? İşçi seçti.

E müstahak sendikası'dır... Helikopterden kafana kafana gaz bombası atmazlarsa hatırım kalır.

Dolar

"ABD Merkez Bankası'nın gevşek para politikasına devam edeceğini açıklaması, piyasada olumlu karşılandı, dolar sert düştü, 1.45 liraya geriledi."

"Avrupa Merkez Bankası'nın faiz artırımını ertelemesi, piyasada olumlu karşılandı, dolar sert düştü, 1.50 liraya geriledi."

"Brezilya'nın sürpriz faiz indirimi, piyasada olumlu karşılandı, dolar sert düştü, 1.60 liraya geriledi."

"Merkez Bankası Başkanı Erdem Başçı'nın dövizdeki yükselişe izin vermeyeceğini açıklaması, piyasada olumlu karşılandı, dolar sert düştü, 1.65 liraya geriledi."

"Dokuz günlük Ramazan Bayramı tatili Türk Lirası'na yaradı, piyasaların kapalı olmasına rağmen, dolar sert düştü, 1.70 liraya geriledi."

"Barack Obama'nın yeniden ABD Başkanı seçilmesi, piyasada olumlu karşılandı, dolar sert düştü, 1.75 liraya geriledi."

"ABD'nin bile notunu düşüren Standart&Poors'un Türkiye'nin notunu yükseltmesi, piyasada olumlu karşılandı, dolar sert düştü, 1.80 liraya geriledi."

"Moody's'in notumuzu yükseltmesi ve IMF'ye borcumuzun bitmesi, piyasada olumlu karşılandı, 1.85'e dayanan dolar sert düştü, 1.84 liraya geriledi."

Siz bakmayın bugün doların bu kadar gerilemesine, yarın öbür gün olumlu bi gelişme olur, sert düşer, daha da geriler... E siz de olumlu karşılarsınız artık.

Şerefsiz FED

Dev tesis açılışlarına bir başka dev tesis açılışı ekleyen başbakanımız, taksi durağı açılışı yaptı.

Başbakanımız, içişleri bakanımız ve tarım bakanımızla birlikte, pastane açılışı yaptı, kurdeleyi kestikten sonra pastaneyi gezen başbakanımıza, pastanenin maskotu olan papağan'ın selamünaleyküm dediğini söylediler, başbakanımız papağana selamünaleyküm dedirtmeye çalıştı, papağan konuşmadı.

Sağlık bakanımız, market açılışı yaptı.

Kalkınma bakanımız, halı saha açılışı yaptı, tesisi görünce halkımız adına iftihar ettim, bu biraz da Türkiye'nin geldiği noktayı gösteriyor dedi.

İskenderun'da peş peşe dev tesislerin açılışını yapan adalet bakanımız, ilk olarak kermes açılışı yaptı. İskenderun müftüsünün okuduğu duanın ardından, üç katlı döner salonunun açılışını yapan adalet bakanımız, protokolle birlikte döner yiyip, erkek giyim mağazasının açılışını yaptı, tesis maratonunun son durağı, ya Allah bismillah diyerek kurdelesini kestiği, lokumcu dükkânının açılış töreniydi. Adalet bakanımız, ertesi gün de, unlu mamuller dükkânı açılışı yaptı.

Çalışma bakanımızla tarım bakanımız, kebapçı-kaburgacı açılışı yaptı, kurdeleyi keserken günün mana ve önemine binaen konuşma yapan tarım bakanımız, lezzet coğrafyasında yaşıyoruz dedi. Tesadüf aynı gün... Aile ve sosyal politikalar bakanımız, Halil usta kebap salonunun açılışını yaptı.

Spor bakanımız, halı mağazası açılışı yaptı, görkemli törene, Antalya valisi, Antalya emniyet müdürü, Kemer kaymakamı, Kemer ilçe emniyet müdürü, Kemer ilçe jandarma komutanı da katıldı.

AKP Gümüşhane milletvekili fırın açılışı yaptı, kurdele kesme törenine garnizon komutanı katıldı. AKP Çorum milletvekili, Kuran kursu açılışı yaptı. AKP Mersin milletvekili, market açılışı yaptı. AKP İstanbul milletvekili, lokanta açılışı yaptı. AKP Aydın milletvekili, güzellik merkezi açılışı yaptı. AKP Trabzon milletvekili, outlet mağazası açılışı yaptı.

Isparta valisi, özel uçakta Kayseri'ye gitti, Kayseri valisiyle birlikte kuaför açılışı yaptılar. Çorum valisi, Afyon valisi, Çankırı valisi, market açılışı yaptılar, kurdeleyi üçü birden kesti. Osmaniye valisi, pastane açılışı yaparken, Manisa valisi, şalgam suyu dükkânı açılışı yaptı. Nevşehir valisi, umumi tuvalet açılışı yaptı; tuvaletin kurdelesini kesen vali, tuvaletleri gezdi, lavaboları inceledi.

Afyon Valisi kurdeleli kokteylli tören düzenledi, 6'ncı icra dairesinin açılışını yaptı. Yani bi havai fişek fırlatmadığı kaldı. AKP iktidara geldiği zaman, Afyon'da sadece iki icra dairesi vardı.

Orman ve su işleri bakanımız, cami açılışı yaptı.

Çevre ve şehircilik bakanımız, Ali usta köfte-et-tavuk-balık lokanta tesisinin açılışını yaptı. Lokantadan sonra dinlenme tesisi açılışı yapan bakanımıza, Kâbe maketi hediye edildi.

Başbakan yardımcımız Bülent Arınç, pastane açılışı yaptı, pastane açılış törenine çok sayıda milletvekilinin yanı sıra, Bursa valisi de katıldı.

Ekonomi bakanımız, beyaz eşya mağazası açılışı yaptı.

İçişleri bakanımız kafe açılışı yaptı, Türk kahvesiyle birlikte neskafenin 80 yıl hatırı olacağını söyledi, kimse gülmedi, açılış törenini takip eden gazetecilere, sayın bakanımızın espri yaptığı ifade edildi.

Gümrük ve ticaret bakanımız, içişleri bakanımızla birlikte türbe açılışı yaptı, ahaliye aşure dağıtıldı.

Başbakanımız otopark açılışı yaptı.

E bu kadar dev tesisler açılıyorken, nasıl oluyor da paramız değer kaybediyor, dolar yükseliyor, hakikaten anlaşılır gibi değil yani... Hep bu şerefsiz FED yüzünden... Komplo kuruyorlar asrın başbakanımıza!

İsim	Şehir	Bilim

Embriyoloji profesörü, trenlere mescit açılmasını talep ediyor ve virajlarda kıble denk getirilemeyeceği için reddediliyorsa... Milli hap icat etmeye gerek yoktur. Hapı zaten çoktan yutmuştur o millet.

Uydu

Ya Allah bismillah...
Göktürk 2'yi gönderdik.

Kıllık yapmak istemem ama...
Göktürk 1 nerede birader?

İnsan daha 1'inciyi göndermeden 2'nciyi gönderir mi?

Ahaliye "2011'de uzaya göndericez" diye müjdelenen Göktürk 1'i... İtalyan-Fransız firmasına sipariş etmemiz, o İtalyan-Fransız firmasının en kritik parçayı, uydu kamerasını mecburen İsrail'den alacak olması, ancak, İsrail'in bu kamerayla dünyanın her yerini görürsün, İsrail topraklarını göremezsin şartı koyması... Ve, bu hazin öykü neticesinde Göktürk 1'in daha fırlatılmadan suya düşmesi nedeniyle olabilir mi acaba?

Fransa ve İsrail'le kapalı kapılar ardında sözleşme imzalayıp... Miting meydanlarında esip gürleme rolleri kestiğimiz için olabilir mi mesela?

Askeri açıdan çok daha kabiliyetli model olan Göktürk 1'in akıbetinden hiç bahsetmeden... "Yüzde yüz yerli" diye kakalanan Göktürk 2'nin kamerası Güney Kore'den mi satın alındı yoksa? Denge ve konum belirleme modülü İngiltere'den, tepki tekerleri ABD'den, manyetik tork çubukları Almanya'dan, itki sistemi İsrail'den getirilmiş... Titreşim testleri Fransa'da yaptırılmış olabilir mi?

Fırlatan zaten Çin.

Hadi diyelim, Göktürkler'i tarihten Çinlilerin sildiğini unuttuk... Yerli malı, alt tarafı burundan pervaneli pırpır uçağı bile henüz uçuramayan Türkiye, yüzde yüz yerli uydu'yu nasıl uçurduğunu hiç merak etmez mi?

Metrobüs, uçak, uydu fark etmez diyen arkadaşlar... Göktürk 2'den önce, Rusya'dan fırlattıkları uyduyu, uzay boşluğunda kaybetmiş ve bunu sizden gizlemiş olabilirler mi? Güneş panelleri yanlış monte edildiği için, pili bitmiş, 15 senelik ömrü 3 senede tükenmiş, sözleşmeyi yanlış imzaladıkları için üretici firmadan zırnık alamamış, meselenin üstünü örtüp, hiç seslerini çıkarmamış olabilirler mi?

Aynı badem arkadaşlar... Gözlem uydusunu kaybettikleri sene, bi tane de haberleşme uydusu kaybetmiş, yörünge hakkımızı başkalarına kaptırmamak için güya kimseye çaktırmamış, hadise ayyuka çıktıktan sonra, iftira atılıyor, uydu muydu kaybetmedik, ömrü vefa etmedi, hepsi bu demiş olabilirler mi?

Ve...

İş bulamadığı için mecburen polis olan "astronomi ve uzay bilimleri" mezunu polisimizin, şehit düştüğü hafta, uydu fırlatma töreni yapılırken... O uyduları bir gün gerçekten "yüzde yüz yerli" yapacak olan ODTÜ'lü gençleri, o şehidin meslektaşlarına coplatmaktan, gazlatmaktan utanmaz mı bu ülke?

Tanrı parçacığı Allah'ın kulu...

İsviçre Cern'de, sekiz bin fizikçi ve mühendisin ortak çalışmasıyla, 10 milyar dolara mal olan hadron çarpıştırıcısında Tanrı Parçacığı'nı bulmak için deneye başlandığı gün... Din eğitimi almadığı halde din adamı olan mollaların devletimize kadrolu imam yapılacağı açıklanmıştı.

İsviçre Cern'de, Tanrı Parçacığı'nın bulunduğu hafta... İsviçre Bern'e, AKP milletvekili adayının, yabancı dil bilmediği halde, büyükelçilik basın ataşesi olarak atandığı, e yabancı dil lazım olduğu için tercüman tutulduğu, eşinin de aynı büyükelçiliğe hafize olarak atandığı ortaya çıktı.

İsviçre Cern'deki küresel çalışmaya, Türk bilimi adına katkı koyan Profesör Engin Arık, teee 2007'de Isparta'da düşen uçakta hayatını kaybetti. Pisi pisine can veren 57 yurttaşımız arasında, Engin Arık'la birlikte beş değerli bilim insanımız daha vardı; Profesör Fatma Boydağ, Doçent İskender Hikmet, öğretim üyeleri Özgen Berkol Doğan, Engin Abat, Mustafa Fidan... Ulusal Türk Hızlandırıcı Merkezi'nin çalıştayına katılmak üzere Isparta'ya gidiyorlardı.

Hızlandırıcı öyle mi?

5 sene geçti kardeşim...
6'ncı seneye girdik.
Mahkeme devam ediyor.
Hâlâ bilirkişi raporu bekleniyor.

El âlem...
Tanrı Parçacığı'nı buldu.
Biz henüz, sorumluyu...
Allah'ın kulunu bulamadık!

Vaziyet

Samsunlu mermer ustası, reklamını yapmak için tabela asmak yerine, işyerine komşu olan, inşaat halindeki üç katlı binanın çatısına mermer mezar yerleştirdi...
Yatır'a döndü. Gelen geçen dua ediyor. Türbe olmadığını

anlatıyoruz ama, başka şehirlerden ziyarete gelenler oluyor, inşaatın altında yatır olduğunu, bu nedenle çatıya kabir yapıldığını düşünüyorlar, açıkçası çok faydasını gördüm, işlerim açıldı diyor.

İstanbul Kasımpaşa'da bir vatandaş, babasından miras kalan evini satılığa çıkardı, telefon edene adresi veriyor, gidin gezin, evde kiracı var diyordu. Ancak, görmeye gidenlerden ne ses çıkıyordu, ne seda... Meğer, kirada oturan arkadaş, banyodaki küvete tabut yerleştirip, üstünü yeşil çuhayla örtmüş, her gelene, burası türbe diyordu. Üstelik, tescillenmesi için belediyeye başvurmuştu iyi mi... Kültür varlıkları kurulu inceledi ki, banyonun altı bodrum, türbe zaten yoktu da, toprakla teması bile yoktu. Kimseye anlatamadılar tabii... Piyasa değeri 200 bin lira civarında olan ev, ittir kaktır 40 bin liraya satılabildi.

İstanbul Kartal'da, bahçe duvarına işeyenlerden bıkan vatandaş, bahçedeki ağacın dibine sağdan soldan topladığı taşlarla mezar yaptı, başına küp koyup, ağacın dallarına bez bağladı. İşeyenler bıçak gibi kesildi. Bi gece tıkırtıyla uyandılar ki, üç kişi bahçeyi kazıyor, define arıyor!

Ispartalı çoban Muhittin Karakoyun, yol kenarında bi çuvalın içinde gelinlik, elbise, etek filan buldu. Muziplik olsun diye, götürüp Boğaz mevkiindeki ağaçların dallarına astı, sonra da her gördüğüne anlatmaya başladı: Zengin bir adam kızını evlendirmek için adakta bulunmuş, kızı evlenince, getirip bu gelinliği, eteği ağaçlara giydirmiş'ti... Boğaz mevkiine akın başladı! Hem getirip ağaçlara elbise asıyorlar, hem de elbise astıkları ağaçlara dua ediyorlardı. Baktılar ki, iş kötüye gidiyor, her gelene biz uydurduk demeye başladılar. Ancak, baktılar ki, uydurduklarına kimse inanmıyor, e gelen ciplerin, lüks otomobillerin de haddi hesabı yok, bari turizm'den kazanalım dediler. Şimdi her gelene, sakın gelinliklere dokunmayın, biri almaya kalktı, aniden kayboldu, bi daha da gören olmadı diyorlar.

Fethiye Kayaköy'de, gerilim filmi, *Küçük Kıyamet* çekildi. Dekor olsun diye, mezarlık yapıldı. Çekimler bitti, vizyona girdi, Ankara Film Festivali'nde ödül bile aldı. Mezarlık, altı senedir orda duruyor... Türbe haline geldi. Eski Rum köyü olduğu için kilisesi var. Ziyarete gelen yerli-yabancı turistler, hem kiliseyi geziyor, hem çömlek alıyor, hem de gelmişken Osmanlı kabirlerindeki(!) rahmetlilere dua okuyor.

Milli hap

Hacettepe Üniversitesi Embriyoloji Profesörü, trenlere mescit açılmasını istedi, virajlarda kıble denk gelmiyor diye kabul edilmedi.

İstanbul Teknik Üniversitesi Zemin Mekaniği Profesörü, rüyasında tarikat şeyhi gördü, şeyh YÖK'ün yanlış yaptığını söyleyince, şeyhin bu uyarısını dilekçeyle başbakanlığa gönderdi, başbakanlık dilekçeyi inceledi, gereğinin yapılması için milli eğitim bakanlığına havale etti, bakanlık dilekçeyi inceledi, gereğinin yapılması için YÖK'e gönderdi.

Dumlupınar Üniversitesi Biyoloji doçenti'nin, evini dergaha çevirdiği, eşinin kendisini peygamber ilan ettiği, kafasına taç takıp, müritlerine ayaklarını öptürdüğü, ayaklarını güzel öpenle seviştiği ortaya çıktı.

Selçuk Üniversitesi Profesörü, dekolte giyinen kadınların tecavüzü göze alması gerektiğini söyledi, tahrik edilince sürpriz olmadığını izah etti.

Açık öğretimi bile bitirmeyen adamın Kastamonu Üniversitesi'nde bölüm başkanı olduğu, mis gibi dekan olmak varken, Mustafa Kemal Üniversitesi'nde profesör olmaya niyetlenince enselendiği anlaşıldı.

Profesör Yusuf Ziya Özcan, ki, YÖK başkanımızdı, domatesin içine öyle bi mekanizma yerleştirirler, milletimiz yok olabilir dedi.

Selçuk Üniversitesi Meram Tıp Fakültesi Profesörü, kalçaya takılan platinleri sanayi sitesinde tornacıya yaptırdı; çok şükür

Konya'da yedek parça sanayimiz gelişmiş, yoksa, marangoza da yaptırabilirdi.

Sakarya Üniversitesi'nde rektör adayı olan elektrik-elektronik profesörü, kendisine oy veren akademisyenlere toki'den ev vaat etti.

Yıldız Teknik Üniversitesi Profesörü, Allah rızasını gözeterek İslami bisiklet üretilmesinin insanlara faydalı olacağını anlattı.

Profesör Recep Akdağ, pantolon paçalarını çoraba sokmayı önerdi. Profesör Burhan Kuzu, bana ne ulan, git savcıya söyle atsın içeri dedi.

Profesör Mehmet Haberal, Profesör Fatih Hilmioğlu, Profesör Kemal Gürüz, vatana-millete zararlı bulundukları için hapse atıldı. Profesör Türkan Saylan, Profesör Uçkun Geray, şüpheli şahıs olarak öldüler. Profesör Erol Manisalı, Profesör Kemal Alemdaroğlu, Profesör Mustafa Yurtkuran, Profesör Ferit Bernay, Profesör Osman Metin Öztürk, sanık... Şizofreni tedavisinde çığır açan, geliştirdiği ilaç formülüne patent alan, milyar dolarla ölçülen formülü "milli" kalsın diye yabancı şirketlerin astronomik tekliflerini reddeden, Tübitak'la sözleşme imzalayan, GATA Profesörü Eczacı Albay, casus diye içeri tıkıldı.

Ve, başbakanımızın talimatıyla "milli hap" üreteceğimiz açıklandı... Ki, bana sorarsanız, o hapı zaten çoktan yuttu Türkiye.

Nükleer

Daha önce "ha evine tüp bağlatmışsın, ha memlekete nükleer santral kurmuşsun, aynı" demeye getiren Başbakanımız... Bu sefer "düşebilir diye uçağa binmeyecek miyiz?" diye sordu.

Mesaj yağıyor haliyle...
Ha nükleer, ha uçak mı?

Adamın biri uçağa binmiş, koltuğuna oturmuş, havalanmasını bekliyorlar, bekle bekle sıkılmış, pencere kenarındaki yolcuya dönmüş, biliyor musunuz demiş, bilimsel araştırmalara göre seyahat esnasında yanınızda oturanla sohbet ederseniz, vaktin nasıl geçtiği anlaşılmıyormuş, seyahat süresi sanki daha kısaymış gibi geliyormuş... O sırada kitap okuyan pencere kenarındaki yolcu, kitabı kapatmış, kucağına koymuş, hangi mevzuda sohbet etmek istersiniz diye sormuş... Hangisi desem bilmem ki demiş bizimki, mesela nükleer enerji üzerine konuşmak ister misiniz? Olabilir manasında başını öne sallamış pencere kenarındaki, ancak, nükleer enerjiye girmeden önce aklıma takılan bir başka mevzuyu sormak isterim size demiş; at, inek, keçi, üçü de aynı otu yiyerek besleniyor ama, biri kurutulmuş ot şeklinde, biri sıvı şeklinde, biri misket şeklinde dışkılıyor, sizce neden? Sohbet etmek isteyen bizimki bu soruya hakikaten şaşırıp, kırk yıl düşünsem aklıma gelmezdi, inanın bilmiyorum cevabını verince... İyi de birader demiş pencere kenarındaki, daha bi boktan anlamıyorsun, ne demeye nükleer üzerine konuşmak istiyorsun?

Dolayısıyla...
Ben bu mevzudan hiç anlamam.
Başbakanımız diyorsa, öyledir.

İnternet

Değerli gençler...

Develer tellal, pireler berber iken, Samsun cigarasının içinden odun çıktığı günlerde... İstanbul'la Ankara arasında alo diyebilmek için santrala yazdırıp altı saat beklediğimiz, cep telefonunun sadece Kaptan Körk tarafından kullanıldığı, sokaklarda ayı oynatıldığı, kalantorların anca 124'e bindiği, Anadol'un inekler tarafından yenildiğine inanılan, salça sürülmüş ekmek dilimi dönemlerinde... Mutfak zeminlerinin muşamba kaplandığı, tencere kalaylattığımız, arapsabunu kokulu zamanlarda...

Avaramu'yu ezberleyen kızlar Raj Kapoor'a hastayken, Ömer henüz turist bile değilken, Vahi Öz'e güldüğümüz, zavallı Ayşecik'in zengin babasından habersiz, kötü kalpli üvey anne yanında çileler çektiği, n'ayır n'olamazlı yıllarda... Mesut Bahtiyar'dan şarkılar dinlediğimiz, Cem Karaca'nın İzmir fuarını zangır zangır salladığı, Özay Gönlüm'ün yaren'ini tıngırdattığı, yerli Elvis Erol Büyükburç'la kalipso kralı Metin Ersoy'un gazinoları inim inim inlettiği, Cemal Kamacı'nın kroşe patlattığı, Metin Oktay'ın ağları deldiği, Neil Armstrong ay'a falan ayak basmadı, hepsi Hollywood tezgâhı diye iddiaya girilen, kasetleri acayip kapışılan Arif Susam'ın oo-ooo Recep bey de burdaymış diyerek sintizayzır çaldığı günlerde, Ümit Besen'in masasının ayağı kırık, pantolonların paçası bol, Kastelli bankerken...

Muavinli dolmuşçuların Orhancı-Ferdici diye birbirini solladığı arabesk sabahların, Barış Manço'nun lambaya püf dediği elektrik kesintili akşamlarında, mum ışığının gölgesinde parmaklarımızı eğip bükerek duvarda tavşan yaptığımız, yün fanilaları soba askısında kuruttuğumuz, Killing okuduğumuz, başka eğlencemiz olmadığı için radyoda arkası yarın'lara kulak kesildiğimiz, ki, uyarlayan Çetin Köroğlu, efekt Ertuğrul İmer'dir, ayıptır söylemesi Arzu Okay'ın rüyalarımıza girdiği, tak fişi bitir işi gecelerinde... Martin Luther King yaşarken, Sadun Boro'nun kısmet'iyle dünya turuna çıkmasına heyecanlanıp, Avanak Avni'yle tanıştığımız, Zübük'ün kaleme alındığı, sutyen'in bile nerdeyse porno kabul edildiği, Altan Erbulak'ın muhteşem sarışın yavrular, esmer bombalar çizdiği, Halikarnas Balıkçısı'nın Bodrumlu süngerci zannedildiği, otomobillerin arkasına bugün bile hâlâ ne manaya geldiğini bilmediğim STP'lerin yapıştırıldığı, şehirlerarası otobüslerde sigara içildiği, damalı taksiler çağında...

Keban bile yokken, İbrahim Tatlıses demirciyken, nüfus 40 milyon, Hababam öğrencileri ilkokuldayken, tırışkadan teyyare MTA Sismik-1 Hora'nın uzay mekiği muamelesi gördüğü teknoloji fukaralığında... Turnike atmayı Beyaz Gölge'den öğrendiğimiz, Doktor Richard Kimble babamızın oğluymuş gibi, şerefsiz Falconetti'ye küfür ettiğimiz, polisimizi Komiser Colombo, hukukumuzu Avukat Petroçelli'den ibaret sandığımız, kapı gibi adam McMillan'ın aids'ten ölene kadar eşcinsel olduğunu bilmediğimiz hayal kırıklıklarında... Kunta Kinte gibi zenci olmadığı halde, Isaura'nın neden köle olduğunu anlayamadığımız, yamuğunu gördüğümüz arkadaşlarımıza n'aber lan Ceyar diye seslendiğimiz, saat kurup, sabahın kör karanlığında kalkarak, uykulu gözlerle Muhammed Ali'nin maçını seyrettiğimiz, onunla birlikte kelebek gibi uçup arı gibi soktuğumuz masum tiryakiliklerde...

İstanbul'da basılan gazetelerin, bırak tee Diyarbakır'ı, şuracıktaki Bursa'ya bile anca ertesi gün ulaşabildiği, sadece TRT'nin var olduğu, dansözün yılbaşında bile çıkamadığı, haberleri Jülide Gülizar'ın Zafer Cilasun'un okuduğu, bizim ahali akıl edemez diye düşündüklerinden olsa gerek, televizyonunuzu kapatmayı unutmayın diye uyarı yazısı koydukları, necefli maşrapa zavallılığında...

Çamaşır makineleri merdaneli, Haile Selasiye Habeşistan imparatoruyken... Gerçeklerin üstünü örtmek, duyulmasını engellemek, belki mümkündü. Bugün, imkânsızdır. Dünyanın algılanamadığının, kavranamadığının kanıtıdır. İnternetin yasayla engellenebileceğini düşünmek... Komiktir.

Bakın mesela, Abdullah Gül internet yasağını onayladığını bile internetten duyurdu! Olsa olsa fıkra olur.

Ve, dönüp bakıyoruz geriye...
Wi-fi'larımız, iPad'lerimiz, akıllı telefonlarımız, çanak antenlerimiz yoktu ama, daha mutluyduk galiba.

Çünkü, iktidar yalakası gazteciler her zaman vardı ama, hiç olmazsa birazcık yontulmamışlara köşe verilmiyordu. Halkın bilgilenme ihtiyacı'nın yasaklanabileceğini zanneden odun'lar sadece cigaradan çıkıyordu.

Twitter

Aslında...
Twitch koyacaklardı adını.

Hani göz seğirmesi vardır ya...
O manada.

Twitter'ı icat etmişlerdi, sıra adını koymaya gelmişti. Nasıl bir şey olsun filan derken, Twitter'ın kurucusu Jack Dorsey'nin cep telefonuna kısa mesaj geldi. Masada duran telefon, tıpkı göz seğirmesi gibi titreşti. İngilizce karşılığı twitch'ti. Acaba adını twitch mi koysak diye kafa yorarlarken... Kurucu ortaklardan Noah Glass, kalktı masadan, gitti yan odaya, sözlük getirdi, t harfini açtı, twitch'in başka anlamları var mı diye kurcalarken, birkaç satır aşağıdaki, Twitter'ı gördü. Kuş cıvıltısı... Yahu, icat ettiğimiz kavramı tam olarak ifade eden kelime bu değil mi diye sordu. Buydu. Twitter cuk oturmuştu.

E hadise cıvıltı olduğuna göre, logoda kuş olmalıydı. Bir mavi kuş çizdirdiler. Telif sorunu çıkmasın diye kamuoyuna resmen açıklamadılar ama... O kuşun adını, Larry koydular. Niye derseniz? Twitter'ın bir diğer kurucu ortağı Biz Stone'du, Massachusetts Boston doğumluydu. Boston Celtics'in fanatik taraftarıydı, efsane basketbolcu Larry Bird'ün hayranıydı. Ve bird, kuş demekti.

Peki, bu kuş niye mavi?

2009 senesinde, yani kurulduktan üç sene sonra, çağırdılar Doug Bowman'ı, bize logo çiz dediler. Doug Bowman, yeni nesil grafik tasarımı konusunda dehaydı. O güne kadar logo olarak, sadece Twitter kelimesi kullanılıyordu. Kelimenin yanına mavi bir kuş kondurdu. İki sene sonra, kuşu rötuşladı ve Twitter kelimesini sildi. Böylece logo olarak, sadece bir minik mavi kuş kaldı. Mavi Dağkuşu.

Nasıl bir kuştu, bu kuş?
Kuzey Amerika'ya özgü bir türdü. Erkekleri mavi, dişileri griydi. En güzel kızları, mavisi en parlak delikanlılar tavlıyordu. Tekeşliydi. Aşk'ı, aile'yi önemsiyordu. Küçücüktü. Alt tarafı 15 santim boyunda, 30 gramdı. Sadece sevimli değil, çok da akıllıydı. Keskin zekâsı sayesinde, Alaska gibi sert iklimler coğrafyasında bile hayatta kalmayı, neslini sürdürmeyi başarmıştı.

Tasarımcı Doug Bowman'ı en çok etkileyen tarafı da, buydu. Cüssesi güçlü olanlar hayatta kalabilseydi, dinozorlar yaşardı. Vahşi doğada, kasları, pazuları olanlar değil, kafasını kullananlar güçlüydü. Ve, alt tarafı birkaç kelimeyle koskoca dünyayı yerinden zıplatabilen Twitter'ı, Mavi Dağkuşu'ndan daha iyi hiçbir kavram sembolize edemezdi.

Demem o ki...
İstediğin kadar kanun icat et.

Cüssesi güçlü olanlar...
Gün gelir, yok olur.
Kafasını kullananlar...
İlelebet, payidar olur.
Doğanın değişmez kanunu budur.

İhbar ediyorum, Pamuk Prenses denilen kaltak, yedi tane herifle aynı evde kalıyor, Rapunzel kuleye erkek alıyor, Tarzan namahrem...

Tablo

1993...
Kenan Evren'in yağlıboya tablosu açık artırmayla satışa sunuldu, işadamları kıyasıya yarıştı, 5 bin lirayla başladı, 50 milyon liraya yükselince, Kenan Evren "yeter artık" dedi, Sakıp Sabancı'nın oldu.

1993...
Kenan Evren'in yağlıboya tablosu, Kenan Evren Lisesi Vakfı'nın gecesinde açık artırmayla satıldı, 10 bin lirayla başladı, artıran artırana, rekor kırıldı... 110 milyon liraya Koç Grubu'nda kaldı.

1993...
Kenan Evren, Marmaris'te sergi açtı, bi tablosu 500 milyon liraya Nuh Çimento tarafından satın alındı. Ancak, Nuh Çimento hangi tabloyu satın aldığını bilmiyordu, hatta, sergiyi bile gezmediler, tabloları görmediler! Kenan Evren'in röportajda anlattığına göre "hangisini isterseniz, onu verin" dediler. Kenan Evren de "anne sevgisi" isimli tablosunu verdi. Kenan Evren "o kadar para etmediğini ben de biliyordum ama, ne yapayım, sanatsever, hayırsever insanlar işte" dedi.

1997...
Kenan Evren, Ankara'da sergi açtı, "hamamda kızlar" isimli tablosu, kimliği açıklanmayan bi müteahhit tarafından 600 milyon liraya satın alındı. Kenan Evren'in "hamamda kızlar"ı *Hürriyet*'in tatil ekinde yayınlanan "bayram hamamları" fotoğrafından arakladığı iddia edildi. Kenan Evren "ne yapsaydım yani, kızları hamama götürüp, öyle mi resim yapsaydım" dedi.

1998...
Kenan Evren'in "Denizli horozu" isimli tablosu, Denizli'de açık artırmayla satıldı, Denizlili tekstilciler, sanayiciler, ihracatçılar kıyasıya yarıştı, 100 milyon lirayla başladı, 10 milyar liraya turizmci'de kaldı.

1998...
Kenan Evren'in "Atatürk" isimli yağlıboya tablosu, İstanbul Ceylan Intercontinental Oteli'ndeki Cumhuriyet Balosu'nda açık artırmayla satıldı. Cumhurbaşkanı Süleyman Demirel'in de katıldığı görkemli gecede, seçkin davetliler kıran kırana kapıştı, Kenan Evren'in tablosu 250 milyon liradan başladı, 105 milyar liraya Ali Balkaner'de kaldı. Ali Balkaner, Kenan Evren'in tablosunu Cumhurbaşkanı Süleyman Demirel'e hediye etti!

1998...
105 milyar liralık fiyat, Kenan Evren'i "yaşayan en pahalı Türk ressamı" yapmıştı... Kenan Evren ise, "en yüksek ikinci fiyata satılan tablom oldu" dedi. Demek ki, 105 milyardan fazlaya satılan tablosu vardı. Ama, o tablonun kim tarafından satın alındığını açıklamadı.

1998...
Bilahare, en yüksek fiyata satılan tablonun hangisi olduğu ortaya çıktı. Kültür Bakanlığı Resim Heykel Müzesi, Kenan Evren'in "begonvilli duvar" tablosunu 300 milyar liraya satın almıştı iyi mi! Seneler önce yaşanan bu rezaleti, bugünün Kültür Bakanı Ertuğrul Günay ortaya çıkardı, soruşturma açtı, sonra n'ooldu bilmiyorum.

1999...
Kenan Evren, *Playboy*'a çıplak poz veren, dünya ve olimpiyat şampiyonu Alman buz patenci Katarina Witt'in tablosunu yaptı. "Şelale altında bir güzel" isimli tablosu için "belki sürpriz yapıp, bi sergimde gösteririm ama, kaç milyar verirlerse versinler, satmam" dedi.

2001...
Kenan Evren, İzmir'deki sergisini iptal etti. "Ekonomik kriz var, benim tablolarım en aşağı 20 milyar lira, bu ortamda kimse gelip de tablo almaz" dedi.

2001...
Kenan Evren haklıydı netekim. Fiyatlar fena gevşemişti. Kenan Evren, Ankara'da sergi açtı, "sigara içen ihtiyar" isimli tablosu, anca, 1 milyar 300 milyon liraya Halis Toprak tarafından satın alındı. Gel gör ki... Kenan Evren'in "sigara içen ihtiyar"ı Fikret Otyam'ın çektiği "sigara içen ihtiyar" fotoğrafından arakladığı iddia edildi. Fikret Otyam, bir liralık sembolik tazminat davası açtı. Kazandı. Mahkûm etti. Kenan Evren "o fotoğrafı bana Mehmet Ali Birand gönderdi. Bu Mehmet Ali Birand, 32'nci Gün programını yapan Mehmet Ali Birand değil. Ankara'da yaşayan Mehmet Ali Birand isimli bi vatandaş. Slaytı da var. Söyledik mahkemeye, böyle böyle dedik, dinletemedik. Yatak odamda eskiden kalma gümüş bir lira var, tazminat olarak onu vereceğim. Sanatsal faaliyeti mahkemeye verenleri, millete havale ediyorum" dedi.

2002...
Kenan Evren, İstanbul'da sergi açtı, "asla satmam, belki gösteririm" dediği, Katarina Witt tablosunu satışa çıkardı. 10 milyar lira etiket koydu. Alıcı çıkmadı. Elinde kaldı.

2003...
Kenan Evren, İstanbul'da sergi açtı, 2 ila 4 milyar lira arasında etiket koyduğu yağlıboya tabloları, anca, 1 milyar liraya alıcı bulabildi. Suluboyaların yüzüne bile bakan olmadı. Getirdiği gibi geri götürdü.

2005...
TMSF, batık bankacı Ali Balkaner'in haczedilen mallarını sattı. Aralarında, Kenan Evren'in "portre" isimli tablosu da vardı. Verile verile, 600 lira verildi.

2006...
Malum, Türk Lirası'ndan sıfırlar atılmıştı. Kenan Evren'in sıfırları ise, daha hızlı erimişti. İzmir'de sergi açtı, bin lira etiket koyduğu tabloları, 500 liraya zorla gitti.

2007...
Kenan Evren'in yakın dostu Mustafa Deliveli'ye hediye ettiği ve Lidya Oteli'nin borçlarından ötürü el konulan "orman", "ağaç" ve "sazlıklı göl" isimli tabloları, icra yoluyla satışa sunuldu. 3'üne

birden istene istene toplam 5 bin lira istendi. Alıcı çıkmadı. Fiyat indirildi. Gene alıcı çıkmadı.

2009...
Cumhurbaşkanlığı, Çankaya Köşkü'nde sergilemek üzere, portresi bulunmayan eski cumhurbaşkanlarının yağlıboya tablosunu yaptırmak istedi, Mimar Sinan Güzel Sanatlar Üniversitesi'ne başvurdu. "Yaşayan en pahalı ressam" Kenan Evren'in tablosunu yapacak ressam bulunamadı! Üniversite Senatosu'nun kararını nazik bi dille açıklayan rektör, "bizden mezun hiçbir ressam, Kenan Evren'in tablosunu yapmaz" dedi.

2010...
Kenan Evren'in Akbank Kültür Sanat Eğitim Merkezi tarafından 1993'te kuşe kâğıda bastırılan Kenan Evren Resim Sergisi Kataloğu, internette sadece 14 liraya satışa sunuldu. Kimse almadı.

2011...
Kenan Evren'in İş Bankası tarafından 1994'te kuşe kâğıda bastırılan Kenan Evren Resim Sergisi Kataloğu, internette 5 liraya satışa sunuldu, 5 lira! Kimse almadı.

Güç ondayken...
50 milyon, 500 milyon, 600 milyon...
Yok mu artıran?
10 milyar, 105 milyar, 300 milyar.
Devran dönünce?
600 lira, 500 lira, 14 lira, 5 lira, sıfır.

2012...
Evren yargılanıyor.
Değmesin yağlıboya!

Tiyatro

Ayhan bey, fabrikatördür.
Benzetmek gibi olmasın ama, tüsiad üyeleri gibi kalantordur yani... Namazla niyazla alakası yoktur. Camiye anca bayramdaaaan bayrama gider. Oğlunu, ecnebi tahsili alsın diye avrupa'ya gönderir. Etrafındakiler uyarır, etme eyleme derler, gâvurlara verme çocuğu, kalsın burda, dinini öğrensin... Ayhan bey güler, geçer, inanç'tan değil, bilim'den yanadır. Gel zaman git zaman, oğlu avrupa'dan döner, ki, dinsiz olmuştur! Söylemişlerdi işte sana, bilim ha, al sana bilim... Ayhan bey perişan olur, pişmandır, ancak, henüz ebesinin örekesini tam olarak görmemiştir. Şak... Fabrikası işgal edilir. Ekmek verdiği işçiler, sosyal adalet vaadiyle kandırılmış, yakıp yıkmış, malını mülkünü gasp etmiş, ibadeti bile yasaklamıştır. İyi de, kimin başının altından çıkmıştır? Kimdir milletin zihnini bulandıran iblis? Maalesef, vicdan sahibi Ayhan bey'in salya sümük yalvarmasına acıyarak işe aldığı, farkında olmadan koynunda beslediği yılan'dır o... Namuslu insanları fıştıklayan ve Müslüman Türk olarak bildikleri işçi, meğer yahudi'dir. Kimliğini değiştirmiş, aralarına sızmış, kanlarına girmiştir. Öylesine soysuzdur, ahaliyi mukaddesattan öylesine saptırır, ki, Ayhan bey'i linç ederek öldürürler.

Tiyatro bu.
Adı, Mas Kom Yah.

Mason'un Mas'ı.
Komünist'in Kom'u.
Yahudi'nin Yah'ı.

Yöneten...
Recep Tayyip Erdoğan.

Birlikte sahneledikleri arkadaşlarının anlattığına göre... Milli Selamet Partisi gençlik kollarındayken, sahaflardan *Kızıl Pençe* diye bi kitap bulmuşlar, adını Mas Kom Yah'a çevirmişler, Başbakanımız hem başrolü, Ayhan bey'in oğlu'nu oynamış, hem de yönetmen'liğini üstlenmiş... Hatta, Mustafa Kemal'in

"Cumhuriyet baloları" düzenlediği Ankara Palas'ta Erbakan'ın önünde oynamışlar, hoca bayılmış, alkışlamış.

Alkışlanmayacak gibi değil tabii.
Senaryo dediğin böyle olur.
Şekspir halt etmiş yani.

Sosyal içerikli.
Milli-manevi.
E hiç kadın da yok.
Daha ne?

Bana sorarsanız, Muhteşem Yüzyıl'ı derhal yayından kaldırıp, Mas Kom Yah'ı dizi olarak çeksinler... Siyenbisiye'yle lig tivi dahil, bütün kanallar her akşam onu versin, gündüzleri ha bire tekrar edilsin.

Fazıl Say say bitmez

Heykel, ucube...
Sinema'yı yık, alışveriş merkezi yap.

Tiyatro desen...
Hem maaşını alacaksın.
Hem yönetime verip veriştireceksin.
Yok öyle!

Bale, belden aşağı.
Dizi zaten, ecdadımıza uymuyor.

Yunus Emre sansürleniyor.
Fareler ve İnsanlar sakıncalı.
Şeker Portakalı erotik bulunuyor.
Garfield şüpheli şahıs.
Cinderella gözaltına alınıyor.

Gençler konsere giderken metalci selamı verdi...
Ülkücü zannedip içeri tıktılar.
Solcu müzik grubunun bağlama'sına el koydular.
Bağlama'da parmak izi aradılar.

Suna Kan'ın konser bileti delil oldu.
İdil Biret'in konseri tekbirle basıldı.
Hürrem türban taktı.
Spiderman namaza başladı.

Müjdat Gezen habire yargılanıyor.
Levent Kırca savcılığa veriliyor.
"The Simpsons"taki komedi çizgi karakterler dini değerleri aşağıladı diye, rtük tarafından ceza kesildi abi.

"Çevirmen" mahkemeye verildi.
Bu kitabı niye "yazdın" diye hesap soruldu!
Paul Auster "cahil adam..."

Başbakanımız, Türk Dil Kurultayı'nın manasına uygun olarak, Türkçemizin abideleşmiş şairi Fazıl Hüsnü Dağlarca'nın "Sanat" isimli şiirini okumak istiyorum diyor, okuyor, salon ayakta alkışlıyor... Gel gör ki, o şiir Faruk Nafiz Çamlıbel'in.

İlkokul öğrencilerine tavsiye edilen 100 temel eseri değiştirdiler... Heidi dua ezberleyerek huzur buluyor, Pollyanna Allah'ın bahşettiklerinin kıymetini biliyor, Pinokyo teşekkür yerine "Allah razı olsun" diyor, *Üç Silahşörler*'deki Aramis hidayete eriyor. La Fontaine'in tilkisi bile "Allah yolunu açık etsin" diyor.

Fazıl Say hapse mahkûm ediliyor.

İhbar ediyorum...
Hamlet itikadımıza ters.
Othello'da töre cinayeti işleniyor.
Pamuk Prenses, bildiğin kaltak...
Yedi tane herifle aynı evde yaşıyor.
Rapunzel kuleye erkek alıyor.
Tarzan cıscıbıl dolaşıyor, namahrem.

İsim	Şehir	Artist

Gözünüzün önünde olan biteni seyrediyorsunuz, seyrediyorsunuz, seyrediyorsunuz, hiç mi rol üstlenmeyeceksiniz, ömrünüzün sonuna kadar hep böyle "figüran" olarak mı yaşayacaksınız?

Jön Türk

Ayhan Işık, Sadri Alışık
Yılmaz Güney, Orhan Günşiray
Kemal Sunal, Muzaffer Tema
Şimdi de...
Ekrem Bora gitti.

"Jön" Türk'tü onlar.

Allah başımızdan eksik etmesin; Ediz Hun, İzzet Günay, Cüneyt Arkın, Kartal Tibet, Göksel Arsoy, Fikret Hakan, Eşref Kolçak, Tarık Akan gibi... "Jön" Türk.

Aynı zamanda, Hulusi Kentmen, Erol Taş, Nubar Terziyan, Kadir Savun, Cevat Kurtuluş, Vahi Öz, Feridun Karakaya, Hayati Hamzaoğlu, Hüseyin Peyda, Necdet Tosun, Sami Hazinses, Hüseyin Baradan, Kenan Pars, Bilal İnci gibi... Etnik kökenleri, mezhepleri ve rolleri her ne olursa olsun, "jön" Türk'tüler.

Hayatımızda hep başroldeydiler.

Siyah-beyaz ama, rengârenktiler.
Aşklarımızla, dramlarımızla, komedilerimizle "insan" olduğumuzu hissettirdiler. Hiçbiri Kraliyet Akademisi'nden yetişmedi, hepsi Anadolu çocuğuydu, devrimciydiler, gericilere inat, rol model oldular, bu ülkede kadınla erkeğin bir arada, özgürce yaşadığını gösterdiler. Her "son"da yüreklendirdiler, kötüler kaybeder, iyiler kazanır, sen yeter ki cesur ol dediler.

Ve, çoook eskiden de vardı.
Jön Türkler...
Namık Kemal gibi.
Tevfik Fikret gibi.

Yurtseverdiler.
İlericiydiler, laiktiler.
Özgürlükçüydüler.
Demokrasiyi savundular.
Eşitlik istediler...
Kadın-erkek eşitliğini.

Çünkü...
Arapçılık filizlenmişti, yabancılar at koşturuyor, devleti yönetenler sadece koltuğunu ve cebini düşünüyordu, ulema sınıfı nüfuz kazanmıştı, gazeteler padişah yalakasıydı, vergiler biniyor, baskı artıyor, tırsak ahali susuyordu. Bunlara isyan ettiler ve "jön" karakterini üstlendiler.

Rol model oldular.
Senaryoyu değiştirip...
Kul'luktan birey'liğe geçmemiz için yol açtılar.

E bakıyoruz bugün...
Film şeridi, başa sarmış!

Arapçılık kökleşiyor, yabancılar cirit atıyor, koltuğa zamkla yapışmak, cebi doldurmak fazilet kabul ediliyor, ulema baş tacı, gazeteler yalaka, vergiler peş peşe, baskı alabildiğine artıyor.

İnsan merak ediyor.
Gözünüzün önünde olan biteni seyrediyorsunuz, seyrediyorsunuz, hiç mi ders almıyorsunuz kardeşim...
Ömrünüzün sonuna kadar hep böyle "figüran" olarak mı yaşayacaksınız?

Metin Serezli

Yıldız kaydı...
Dilek tut hemen.
Aman kimseye söyleme ha!
Dileğin olmaz sonra.

Yanılsamadır oysa.
Alt tarafı göktaşıdır.
Atmosfere girerken yanar, yalandan iz bırakır ardında.

Niye'sini düşünmezsin ama...
O yüzden tutmaz dileklerin.

Çünkü, yıldız dediğin, yeryüzünde kayar aslında.
Sahici izler bırakarak, yüreğimizde, hafızamızda.

Bak, Metin Serezli mesela.
Şahane bir adam.
Şahane bir yaşam.
Göz açıp kapayana kadar gitti.

Sen tırışkadan televizyon soytarılıklarını seyredip, parlamasıyla sönmesi bir göktaşlarına yıldız muamelesi yaparken... Farkında bile değilsin, uzay kadar devasa boşluklar oluşuyor hayatımızda.

Ve, farkında bile değilsin...
Bankaların satılır, limanların satılır, yarın öbür gün, geri alırsın. Fabrikaların, telefonların, madenlerin elden çıkar, devran döner, yerine koyarsın. Toprak bile kaybedebilirsin, gün gelir, geri kazanırsın. Ancak... Giden sanatçının yeri dolmuyorsa, o millet, ilelebet kazanacağı ne varsa, kaybetmiş demektir.

Başımıza gelen maalesef budur.
Bir dönem kapanıyor.
"Sanatçı"larımız gidiyor.
"Ünlü"ler kalıyor geriye!

Tuncel Kurtiz

Tuncel Kurtiz bi röportajında anlatmıştı; hayatını yazmış, kitap yapmış, teee 2004 senesinde piyasaya çıkarmış, adı *Bölük Pörçük*, sadece iki bin adet basılmış, 2013 senesinde hâlâ bitmemiş o iki bin kitap iyi mi... Üstelik "çoğunu ben sattım" diye gülüyordu.

Röportajı yapan gazeteci "Ezel dizisinden sonra da satılmadı mı?" diye sorunca, şu acı cevabı veriyordu: "Ramiz Dayı diye kitap çıkarmıyorum ki!"

Gir mesela Google'a...
"Tuncel Kurtiz Bölük Pörçük" yazıp ara, 5 bin sonuç çıkıyor.
"Ramiz Dayı'nın sözleri" diye ara, 50 bin sonuç çıkıyor.

Malum, Yılmaz Güney'in hem dostu, hem de filmlerinin vazgeçilmez karakteriydi Tuncel Kurtiz... İşte o Yılmaz Güney'e soruyorlar bir gün "nerelisin?" diye... "Babam Siverekli" diyor. "Nerededir bu Siverek?" diye soruyorlar. "Napoli'nin kazasıdır" diyor. Şaşıyorlar, "yanlışınız olmasın, Napoli'nin böyle bir kazası olduğunu duymadık" diyorlar. Yılmaz Güney de, oturuyor, bu diyaloğu Siverek dergisine yazıyor: "Bizim memleketin insanları iyidir, akılları çoktur, İtalya'yı bilirler, Fransa'yı bilirler, Falanistan'ı bilirler, lakin, kendi yurtlarını bilmezler."

Bir zamanlar çalıştığım yüksek tirajlı gazete için anket yapılmıştı. Okurlara "gazetenin en çok hangi bölümünü beğeniyorsunuz?" diye sorulmuştu. Okurların yüzde 12'si "kültür-sanat" sayfalarımızı beğendiğini söylemişti. Çok mutlu olmuştuk ama... Kültür-sanat sayfamız yoktu!

Devlet Resim Heykel Müzesi'ndeki tabloların araklandığı, yerlerine sahtelerinin konulduğu ortaya çıktı. Böylece... O tabloların karşısına geçip, sağ elini çenesine, işaretparmağını yanağına koyarak, "hımmm sürrealist" filan diye ahkâm kesen avangard arkadaşların, senelerdir salladığı ortaya çıktı.

Van Müzesi'nde 3 bin 200 senelik Urartu eseri diye sergilenen heykelin, aslında 3 sene önce yapıldığı anlaşıldı. Emin olabilmek için karbon testi yapmaya kalktılar. Halbuki, heykelin altında heykeltıraşın adı ve yapıldığı sene zaten yazıyordu.

Kanal D'de "Aşk-ı Memnu" dizisinin finali yayınlanacaktı. Değerli ağabeyim Uğur Dündar'la birlikte Star Haber'deydim. Biraz eğlenelim dedik. "Aşk-ı Memnu"nun taaa 1975'te TRT'de siyah-beyaz ekrana gelen Müjde Ar'lı versiyonunun finalini özet halinde yayınladık. Kanal D'deki arkadaşlar bize sitem etti, "finalin sürprizini kaçırdınız" dediler. "Kardeşim" dedik, "Halid Ziya Uşaklıgil'in 110 senelik klasiği, başka nasıl bitebilir ki? Biz vermesek, final başka türlü mü bitecekti? *Titanic*'i yayınlasanız, filmin sonunda gemi batmıyor mu diyeceğiz?"

Neyse... Muhteşem Yüzyıl dizisindeki "Şeyhülislam Ebussuud" mertebesinden önce "Hacı" dizisinde oynamıştı Tuncel Kurtiz... Hatırasını şöyle anlatmıştı: "Hacı'yı oynarken, Kayseri'de bir belediye reisi, hacca gittiniz mi diye sordu, hayır gitmedim dedim, gitseniz daha iyi oynardınız dedi. Ben de dedim ki, sizin belediye reisliğinizi yazsalar, siz mi daha iyi oynarsınız, ben mi daha iyi oynarım?"

Hülasa...

Tuncel Kurtiz'i kaybetmekten daha hazin ne var biliyor musunuz? Sayın basınımızın, sanki yaşarken çok kıymet veriyormuş gibi yapması... Sayın ahalimizin de, 77 yaşındaki ustayı sanki Ramiz Dayı'dan önce tanıyormuş gibi yapması.

Sanatseverleri elbette tenzih ederim ama... Bu rol kabiliyetiyle Tuncel Kurtiz bile yarışamazdı!

Müjdat Gezen

Seneler evvel...
İstanbul Üniversitesi'nde ders verirken, koridorda başı öne eğik, sıkıntılı halde dolaşan bi öğrencisini gördü.

Hayrola?
Galiba ayrılıyoruz hocam...
Niye?
Harç yatıramadım, sınava giremiyorum.
Kaç para lazım ki?
Şu kadar lira...
Çıkardı, verdi. O an, bi de karar verdi.
İleride yeterli param olursa, bedava okul açacağım.

İleride... Çalıştı, didindi, yeterli parası oldu. Eşinin bilezikleri dahil, malı mülkü sattı, açtı o bedava okulu... Vakıf kurdu. Sonra? Topladı öğrencilerini, kura çekti, kazanan on öğrenci okulun sahibi oldu! Resmen tasdikli, tapuları mapuları verdi.

Para biriktirmez çünkü o.
İnsan biriktirir.

Ben de onun ömür kumbarasındaki kuruşlardan biriyim. Ve şimdi, gıdım gıdım biriktirdiği hayatının kâr payını dağıtıyor. Yazdı, yönetti, sahneliyor: *1881*...

Gala, 10 Kasım'da.
Müjdat Gezen Tiyatrosu'nda.

44 sanatçı rol alıyor.
Müzikler Zülfü Livaneli'nin.
Afişlerini Bedri Baykam hazırladı.
Fondaki seslendirme Rutkay Aziz'e ait.
Onlarca gönüllü danışman emek verdi.
Biri, Turgut Özakman.

Dekor, şaşırtıcı, lapa lapa kar yağıyor mesela, kâğıt kırpıntısı değil, alenen tutuyor. Dolmabahçe Sarayı'nın görkemli avizesinden, Mustafa Kemal'in gençliğinde oturduğu

Harbiye'deki tahta meyhane sandalyesine kadar... Bandırma vapuru yüzdürülüyor. Zübeyde Hanım'ın doğum anı'nda kucağına verilen bebek, canlıdan farksız, İngiltere'de hazırlatıldı. Saat dokuzu beş geçe'nin birebir balmumu heykelini ise, Profesör Yılmaz Büyükerşen yaptı.

(E bunları görünce, dayanamadım önerdim.
Müjdat ağabey pek beğendi...
Salona her gelene biber gazı sıkacaklar!)

İşgalden devrimlere, efelerden türkülere, hiç duyulmamış, yaşanmış anekdotlardan oluşuyor. Sadece dün'ü değil, bugün'ü de anlatıyor. Duymadığımız ne olabilir ki derseniz, birini aktarayım isterseniz...

Bakırköy Belediyesi'nin yaptırdığı aile araştırmasında ortaya çıkıyor... Öğretmen, otistik çocuklara Atatürk'ü anlatıyor. Çocuklar dinliyor, evlerine gidiyor. Yedi yaşında bi öğrenci, o akşam, ertesi sabah asla su içmiyor, ağzına sürmüyor, ısrar ediyorlar, Atatürk diyor, gerisini izah edemiyor. Anne, çocuğunu okula götürüyor, vaziyeti anlatıyor. Anlaşılıyor ki, öbürleri de böyle... Meğer, öğretmen, Atatürk ölmedi, içimizde yaşıyor diyor, çocuklarımız da, Atatürk boğulmasın diye su içmiyor iyi mi... İnanın, yazarken bile nefesim kesiliyor. Öğretmen, çocukları tekrar topluyor, ağlaya ağlaya, Atatürk'ün çok iyi yüzme bildiğini, korkmalarına hiç gerek olmadığını anlatıyor, çocuklarımız ikna oluyor, tekrar su içmeye başlıyor.

Ya sponsor?

Yok.

İstenmediğinden değil, aksine, ihtiyaç olmasına rağmen, bulunamadığından... Atatürk'e hakaret yağdıran belgeseller için kuyruğa girenler, araziye uyuyor. Bunun üzerine Müjdat Gezen, Mustafa Kemal'in kurduğu İş Bankası'na gidiyor, *1881*'i sahnelemek için kredi alıyor. Böylece, taksit taksit geri ödenecek ama, *1881*'in sponsoru, bizzat Mustafa Kemal oluyor!

Nejat Uygur

İncecik iplikle bileğinize bağlanmış kırmızı balonu, sanki bütün dünya avucunuzdan kayıp gidiyormuş gibi ürpererek elinizden kaçırdığınız yeri hatırlıyor musunuz?

İzmirliler hatırlar.
Fuar'dır.

Gene öyle bir fuar akşamı, imbat tatlı tatlı okşuyor. Galiba, ilkokul iki veya üçteydim. Babam, *Yeni Asır*'da şoför olarak çalışıyordu, bi tomar biletle gelmişti eve, yazıişlerinden vermişlerdi, basına dağıtılan hediye biletlerden... İster lunaparkta çarpışan otomobile bin, ister gazinoya gir, gazetecilik forsun var ya, hepsi bedava... Seçtik arasından, Nejat Uygur Tiyatrosu'na gidelim dedik. E malum, okuma hastalığımız var, giriş kuyruğundayken bileti okudum. Oyunun adı, koltuk numarası, başlama saati filanın altında, büyük harflerle, "AVANTAFORLAR İÇİNDİR" yazıyordu.

Yani?
Büyük usta yapmıştı yapacağını...
Çalışmanın-didinmenin, emeğin bedava olmadığını anlatan o tokat gibi kelimeleri koymuştu bilete.

Bir yandan, bunlara avanta vermezsek oyunla alakalı tek satır yazmazlar, hatta kasten kötü yazarlar diye hediye bilet dağıtıyor, bir yandan da, adeta suratlara tükürüyor, "avantafor" ibaresine darılmayacak kadar yüzsüz olduğunuzu biliyorum demeye getiriyordu.

İlkti.
Son oldu.

Otorite kılıklı lavukların dışladığı, küçümsediği o komik adam sizin için ne ifade ediyordu bilmiyorum ama, benim için anlamı bu denli ciddiydi. Gazetecilik okullarında öğretilmeyen dersi, henüz kısa pantolonluyken, ondan aldım. Bir daha asla bedava bilet kullanmadım. Kullanandan utandım. Sarı basın kartı kullanmayışımın sebebi bile o.

Hafızama mıh gibi çakıldı.
En büyük puntolarla...
Meslek hayatımı şekillendiren manşetlerden oldu.

Ve, hep hayıflandım.
Keşke, bütün basının çocukluk günlerine denk gelip, tek tek o bileti verseydi rahmetli... Kimbilir, üç kuruşluk menfaat için kalem oynatanların sayısı azalırdı belki.

Peter O'Toole

Dünya medya imparatoru Rupert Murdoch, geçen sene Ankara'ya gelmiş, Tayyip Erdoğan'la baş başa görüşmüş, hatıra olarak da John Philby'nin kitabını hediye etmişti.

Rupert Murdoch... 1915'te Avustralya başbakanına Çanakkale'den gizlice mektup yazan, cephedeki İngiliz komutanlarının Londra'ya yalan raporlar gönderdiğini belirten, Çanakkale geçilmez diyerek İngiliz hükümetinin uyanmasına ve geri çekilmesine vesile olan Avustralyalı gazetecinin oğlu.

Murdoch'ın Tayyip Erdoğan'a hediye ettiği *The Empty Quarter* isimli kitabın yazarı John Philby ise, İngiliz casusuydu. Anadili gibi Arapça biliyordu. Müslüman oldu. Şeyh Abdullah ismini aldı! Biz Çanakkale'de İngilizlerle boğuşurken, Osmanlı'ya isyan bayrağı açan Mekke Şerifi Hüseyin'e yardımcı olması için Arabistan'a gönderildi. Bi yandan bizi sırtımızdan hançerleyen Arapları organize etti, bi yandan petrol şirketlerine imtiyaz topladı, bi yandan da, araklayıp İngiliz müzelerine sattığı tarihi eserlerle servet yaptı. İngiltere'ye döndü, siyasete atıldı, seçilemedi, küstü, ikinci dünya savaşında saf değiştirdi, kendi ülkesini satmaya, çaktırmadan Hitler'e çalışmaya başladı, tutuklandı, ev hapsine alındı, savaş bitince Lübnan'a taşındı, kalpten öldü, Beyrut'ta Müslüman mezarlığına gömüldü.

Bu casus arkadaşın bi oğlu vardı, Kim Philby... O da babası gibi

Cambridge'den mezundu, o da sular seller gibi Arapça biliyordu, o da casustu. 1947'de Türkiye'ye, konsolosluk sekreteri ayaklarıyla İstanbul'a gönderildi. Sonra, CIA ile MI6'in irtibat görevi için Washington'a tayin edildi. Soğuk Savaş tarihine "asrın casusu" olarak geçti. Çünkü, çift taraflı çalışıyordu, köstebekti. Sovyet gizli servisi tarafından devşirilmişti, Moskova'ya bilgi satıyordu. Şüphelenildi, takip edildi, bir türlü suçüstü yapılamadı ama, kovuldu. O da gitti, babası gibi Beyrut'a yerleşti. Güya gazeteciydi. Gel zaman git zaman, 1961'de, Anatoliy Golitsy isimli KGB subayı ABD'ye iltica etti, bülbül gibi öttü. Kim Philby'nin ipliğini pazara çıkardı. Aranan kanıt bulunmuştu. İngiliz siciminin boynuna dolanmak üzere olduğunu anlayan Kim Philby, Suriye üzerinden Ermenistan'a, oradan Rusya'ya kaçtı. Daha önce bi İngiliz, bi Amerikalı eşinden boşanmıştı, bu sefer Polonya kökenli Rus yazar Rufina Pukhova'yla evlendi. Hayatı roman oldu, Hollywood'da film oldu. Alkolik oldu. İki defa intihara kalkıştı, beceremedi. 1988'de babası gibi kalpten gitti. Rusya, onun hatırasına posta pulu bastırdı.

Hatta, ölümünden sonra ortaya çıktı ki... İstanbul'da çalıştığı sırada, SSCB'nin İstanbul Başkonsolosluğu'nda görevli olan ve İngiltere'ye iltica etmek isteyen Konstantin Volkov isimli KGB subayını, usta manevralarla, bizzat kendi elleriyle KGB'ye teslim etmişti. Çünkü, Volkov'un elinde köstebek'lerin listesi vardı ve listenin en başında Kim Philby ismi yazıyordu!

Bu casus arkadaşın, kendisi gibi casus olan babasına dönersek... Suudileri örgütleyen John Philby, Irak'ın örgütlenmesi işini Gertrude Bell isimli bi kadınla yürütüyordu.

Oxford mezunu Gertrude, casustu. Türkçe, Arapça, Farsça, Kürtçe dahil, şakır şakır yedi lisan biliyordu. Çok güzeldi. Kızıl saçlı, yeşil gözlü, narin yapılıydı. Gören, çarpılıyordu. Etrafına ışık saçıyordu. Arkeolog ayaklarıyla Mezopotamya'yı karış karış gezdi, aşiretleri örgütledi. 1919'da Paris Konferansı'na delege olarak katıldı, haritaladı, Kürt, Arap, Türkmen bölgelerine ayırdı, bugünkü Irak'ın sınırlarını elleriyle çizdi. 1924'te Türkiye'yle İngiltere arasında imzalanan Irak sınırı, onun eseriydi. Bi de kral buldu... John Philby'nin kankası Şerif Hüseyin'in oğlu Faysal'ı, kukla olarak Irak tahtına oturttu.

Araplar ona "Çöl Kraliçesi" diyordu. Hiç evlenmedi. Âşıktı aslında... Binbaşı Dick Doghty-Willie'ye... Talihsizliğe bakın ki, binbaşı evliydi. Gizli gizli mektuplaşıyorlar, buluşuyorlar ama, binbaşı eşinden boşanmıyor, Gertrude bunalıma giriyordu. Meseleyi biz çözdük... Binbaşıyı Çanakkale'de vurduk, herif öldü, böylece, aile faciası yaşanmasına gerek kalmadı!

Kimbilir, belki de Gertrude'un Türk nefreti böyle başlamıştı. Sevgilisi ölünce, kendini Kahire'ye attı, İngiliz gizli servisinin Arap bürosuna katıldı, yukarda özetlediğim işleri halletmek için Irak'a geçti. Önce bizim kuyumuzu kazdı, sonra kendi başını yedi. 1926'da, 58 yaşındayken aşırı dozda uyku hapı alarak, intihar etti. Bağdat'a gömüldü.

Kendini öldürmeden önce, gene arkeolog ayaklarıyla defalarca Anadolu'ya geldi. Kadın konusundaki zafiyetimizi biliyordu, gayet iyi kullandı, kapıları ardına kadar açtırdı, yetmedi, yanına rehber bile verdik... Ki, istediği gibi kurcalasın, memlekette cirit atsın! Hakkını verdi, dört döndü... Ne Diyarbakır bıraktı, ne Adana, ne Konya, ne Kapadokya... Kürt köylerinin, Hıristiyan köylerinin listesini çıkardı, hangi aşiret devletten yanadır, hangi aşiret ihanete müsaittir, şeceresini çıkardı. Nereler kuytudur, nerelerden nerelere geçilir, haritaladı. Mesela, bir mektubunda aynen şöyle anlatıyordu: "Zaho kampında konakladım..." Bilmiyorum, bir yerlerden hatırlıyor musunuz, bu Zaho kampını!

Cudi'ye bile çıktı. Antakya'ya da gitti. Bugün ne hale geldiğini gördüğümüz Suriye sınırında, kiliseleri geziyorum dümeniyle, ahalinin etnik kökenini, mezheplerini raporladı. Öldüğünde, kendisinden geriye, el yazısıyla 16 günlük, iki bine yakın mektup, yedi bin fotoğraf kaldı.

Dedim ya, hiç evlenmemişti ama, anne sayılırdı. Çünkü "manevi oğlum" dediği biri vardı. Yarbay Thomas Edward Lawrence... Namı diğer, Arabistanlı Lawrence! Evlat yetiştirir gibi yetiştirmişti onu, yol gösterdi, akıl hocalığını yaptı, nüfuzlu kişilerle tanıştırdı. Arabistanlı Lawrence, kendisinden 20 yaş büyük olan bu kadın için "annemden farksız, bildiğim her şeyi ondan öğrendim" diyordu.

Mekke'deki Osmanlı kalesi Ecyad'ı yıkıp, otel yapan... Bizim cumhurbaşkanıyla başbakanı, kendi kaldığı otele, ayağına getirtip madalya takan Suudi Kralı... Bu Arabistanlı Lawrence'ın Cidde'de yaşadığı evi restore etti, kapısına da kocaman harflerle "bu ev, Türklere karşı savaş vermemize yardımcı olan Lawrence'ın karargâhıdır" plaketi astı!

Neyse... 1935'te, henüz 46 yaşındayken İngiltere'de motosiklet kazasında ölen Arabistanlı Lawrence'ın hayatı film oldu. 1962'de vizyona giren film, en iyi yönetmen dahil, yedi dalda Oscar kazandı. ABD Kongre Kütüphanesi tarafından, tarihi değeri nedeniyle, Ulusal Film Arşivi'nde koruma altına alındı.

Ve, okumuşsunuzdur mutlaka... Arabistanlı Lawrence'ı canlandıran Peter O'Toole, önceki gün vefat etti.

Ancak, The End olmadı.
Aksine, yeni başlıyor.

Çünkü... Şimdi de, Gertrude Bell'in hayatı film oluyor. *Çöl Kraliçesi* isimli filmin yönetmeni, Werner Herzog... Çekimlerine bu ay başlandı. Gertrude Bell'i, Oscar ödüllü Nicole Kidman canlandırıyor.

Aslına bakarsanız, Gertrude'un hayatını film yapmak için, İngiliz yönetmen Ridley Scott çalışıyordu. Hatta, Gertrude rolü için Angelina Jolie'yle anlaşmıştı. Geç kaldı. Werner Herzog, elini daha çabuk tuttu.

Peki, Gertrude Bell'in hayatı film olur da, o filmde Arabistanlı Lawrence olmaz mı... Elbette olur. Kambersiz düğün olmaz. Peki, kim canlandırıyor Lawrence'ı? Robert Pattinson... Hani şu, *Twilight-Alacakaranlık* serisinde, başroldeki vampir çocuk var ya, işte o.

Popcornları hazırlayın gari.

Bizim kuşağın Arabistanlı Lawrence'ı ölüyor.
Y kuşağı'nın Arabistanlı Lawrence'ı doğuyor.

Aktörler değişiyor ama, senaryo hep aynı kalıyor...
Bu topraklarda çevrilen film hiç bitmiyor!

Emmanuelle

Emmanuelle öldü.
Entel'lerimiz yasta.
Dokunaklı satırlar döşeniyorlar...
Erotizm ikonasıydı, kuşağımızın âşık olduğu kadın, cinsel keşiflerimizin heyecanını içselleştirmişti filan.

Bu, koskoca bir yalandır.

Dünyada 350 milyondan fazla insanın seyrettiği Emmanuelle'i, Türkiye'de seyredenlerin sayısı parmakla gösterilecek kadar azdır. Türkiye'nin erotizm ikonaları, Arzu Okay'dır, Zerrin Egeliler'dir, Figen Han'dır, Seher Şeniz'dir, Gülgün Erdem'dir, Zerrin Doğan'dır, Mine Mutlu'dur, Necla Fide'dir... İnanmayan genç varsa, babasıyla anket yapsın, hepsi Emmanuelle'e beş basar.

Emmanuelle'in vizyona girmesi için özgürlük mücadelesi verdik, falan... Palavradır. Evet, yasakçı dangoz zihniyet, açık saçık diye Emmanuelle'e karşı çıkıyordu ama, bizim Emmanuelle'lerin filmleri aynı tarihlerde çatır çatır sinemalardaydı. Üstelik, 18 yaş sınırı da yoktu. Bildiğin okul'du.

Belki şaşacaksınız ama, bırak ecnebi Emmanuelle'i, *Kasımpaşalı Emmanuel* bile vizyondaydı! Feri Cansel... Erkeksi tavırları, sinkaflı konuşmasıyla, bu lakapla tanınırdı, 1979'da aynı adla film çevirmişti.

Hatta, *Horoz gibi Maşallah* filmiyle patlama yapan Emel Aydan vardı, ki, asıl adı Erdoğan'dı, İtalya'da ameliyatla kadın olmuştu. Filmlerinde onun için yanıp tutuşanlar, bu gerçeği bilmiyordu. Askere çağrılmış, askerlik şubesine gidip, buyrun beni çağırmışınız deyince, vaziyet anlaşılmıştı.

Ha diyebilirsiniz ki, *Horoz Gibi Maşallah*, *Parçala Behçet*, *Ah Deme Oh De*, *Civciv Çıkacak Kuş Çıkacak*, *Azgın Bakireler*, *Sevişerek Ölenler* gibi filmleri, nasıl olur da *Emmanuelle*'le kıyaslarsın?

Güzel soru ama, o filmin afişlerdeki adı *Emmanuelle* değildi ki... *Hisli Duygular*'dı! Çünkü, güya Türkçeleştirirken, dilimizi katletme merakı, sadece bugün değil, o günlerde de vardı.

Tıpkı...
Entellerimizin, ecnebi'yi kaliteli kabul edip, aynı içerikteki yerli'yi ikinci sınıf kabul etme merakı gibi.

Tıpkı, Emmanuelle'in ikona ilan edilip... Kuşağımızın aşık olduğu, Arzu'ların, Zerrin'lerin, adeta yok sayılması, haklarının teslim edilmemesi, hem ezbere bilinip, hem karalanması gibi.

Bakın, aynen şöyle yazmıştı intihar mektubunda Seher Şeniz... "Nihayet gidiyorum. Daha 15 yaşındayken anlamıştım bu dünyadaki insanların ne mal olduğunu... Öldüğümü kimse bilmesin. Peruklarımı yakın, küllerini savurun. Beni beyaz bir bornoza sarıp her yerimi kapatın, o kadar."

Bilmiyorum, Seher'leri küçümseyip, Emmanuelle'in ardından ağıt yakan entel tayfası, çıplaklığın masumiyetine dair, böylesine bir cümle kurmayı başarabilir mi...

Özetle.
Çoğu rahmetli oldu, kalanlar da sessiz sakin köşelerde, mütevazı şekilde yaşıyor. Bana sorarsanız, Altın Portakal'ın Altın Koza'nın bu ikiyüzlülüğe son verip, hakkı teslim etme zamanı geldi de geçiyor.

And the Oscar goes to...

Artistlik yapma lan.
Ananı da al git.
Bahtsız bedevi.

Cibilliyetsiz.
Fırıldak.

Kıvırmadan konuş.
Şerefsiz.
Ben sana sen demiyorum...
Sen de bana sen diyemezsin.

Milliyet gazetesinde yayınlanan "Kasımpaşalı" yazı dizisinden: "Recep Tayyip'in ağzının bozuk olduğunu bilen kapı komşuları Müşerref abla, bir gün ona yine küfür ettirmiş, katıla katıla gülmüş, sonra da poposuna vurarak cezalandırmıştı. Bunu duyan babası reis kaptan, beş-altı yaşındaki oğlunu ayağından tavana astı, küfretmesini yasakladı. 15-20 dakika sonra dayısı küçük Tayyip'i indirdi."

Sap gibi durmanın manası yok.
Kelle.

İster asar, ister kesersin.
Dak edene duk edilir.
Afra tafra atma.
El-kol hareketi yapma.
Dur dinle be, 9 ay 10 gün be!
Sanki hepsi imam hatip anasını satayım. Bunları tasmalarından biz kurtardık. Kafası basmaz yav. Senden cacık olmaz. Gaza getiremezsin. Yemezler. Avrupa'dan delikanlılık bekliyoruz. Bekâra karı boşamak kolay. İcabında, alışmış kudurmuş. İddiasını ispatlamayan, oraya işte ben üç nokta koyuyorum...

Hâl böyleyken...
Bazı sahneleri Türkiye'de çekilen *Argo*'ya Oscar verdiler.

Tamamı Türkiye'de çekilen bizim argo'ya bi altın portakal bile vermediler, ayıptır, şerefsizliktir!

İsim	Şehir	Müzik

"Kendim ettim kendim buldum, gül gibi sarardım soldum, eyvahh" diye haykırdı senelerce, Neşet Ertaş... İktidar tercihlerimizin nakaratını, bundan daha güzel özetleyen var mıydı?

Firuze

"Fethullah Gülen henüz İstanbul'daki büyük servet sahiplerini harekete geçirebilecek durumda değildi, ama, İzmir'de verdiği vaazları hiç kaçırmayan hatırı sayılır bir esnaf grubu vardı. Gülen, Ege Bölgesi'nin bu insanlarını, sonraki yıllarda kolejlere dönüşecek olan öğrenci yurtları açmaya teşvik etti. İlk öğrenci yurdunun temeli 1972'de İzmir'de atıldı. 1976 yılında faaliyete geçen 200 öğrenci kapasiteli bu yurt, 1982 yılında Yamanlar Koleji'ne dönüşecekti. Ve, okulun ilk müdürü, sanatçı Sezen Aksu'nun babası Sami Yıldırım olacaktı."

Kim diyor bunu? Faruk Mercan diyor. O kim? Cemaatin yayın organı kabul edilen Kanaltürk'ün Ankara temsilcisi... Nerede diyor bunu? 2009'da Doğan Kitap'tan yayımlanan, Hocaefendi'nin hayatını anlatan, *Fethullah Gülen* isimli kitapta diyor.

Kaldı ki, gazeteciliğe İzmir'de başlamış biri olarak, şahidim. Bozyaka'da kurulan ve şu anda Karşıyaka Örnekköy'de bulunan Yamanlar Koleji'nin kurucu müdürü, Sezen Aksu'nun babası Sami Yıldırım'dır. Yaman Dede lakabıyla tanınır.

Hâl böyleyken...
Fethullah Gülen cemaati, Tayyip Erdoğan açısından "muhterem hocaefendi"yken, ne diyordu Sezen Aksu?
Yetmez ama evet diyordu.

Başka ne diyordu?
Tayyip Erdoğan'a bizzat telefon edip, AKP gibi düşünmeyen insanlara "iki cihanda lekeli" diyordu.

Aslında, tam olarak şöyle diyordu: "Annemle babamla konuştum, hep birlikte, canı gönülden destekliyoruz, elimden geleni yapmaya hazırım. Annem ve babam, bu sürecin karşısında duranları iki cihanda lekeli kabul ediyorlar, ben de öyle görüyorum."

Yani...
İki cihanda lekeli diyen, babasıydı.
Kızı, babasını tasdikliyordu.

Gel zaman git zaman...
Cemaatle AKP'nin arası bozuldu.
Tayyip Erdoğan çıktı, haşhaşiler, teröristler, yasadışı örgüt, inlerine gireceğiz filan dedi.

O sırada Berkin öldü.
Sezen Aksu, kişisel internet sitesine mektup yazdı, "muhakeme yetisini kaybetmiş bir kibir, iktidar ve güç zehirlenmesinden doğan vicdan tutulması Berkin'i de aldı; namuslu insanlar var bu dünyada, illa ki kazanacaklar" dedi.

Demem o ki...
Cemaatle AKP cankuşken, yetmez ama evet'ti, AKP'nin karşısında olanlar iki cihanda lekeliydi.
Cemaatle AKP düşmanken, Tayyip Erdoğan güç zehirlenmesi ve vicdan tutulması yaşayan, muhakeme yeteneğini kaybetmiş biriydi; Tayyip Erdoğan'ın karşısında olanlar namuslu insanlardı.

E hadi bakalım, cümleten...
Ağla, ağla Firuze, ağlaaaa, anlaat bir zaman neee dayanılmaz güzellikte olduğunuuu...

Para'mparça

Müslüm Gürses de gitti.
Mekânı cennet olsun.

Güzel adamdı.

600 bin liralık hastane masrafının başbakan tarafından sildirildiği açıklandı. Bilahare, başbakana gerek kalmadığı, sanatçıya vefa kapsamında, hastane yönetiminin zaten sildiği ifade edildi.

105 gece, 600 bin lira.
Geceliği 5 bin küsur lira.

E iyi ki silinmiş yani...
Çünkü, geceliği bu kadar paraya hastane odasında kalacağına, Çırağan Sarayı'nın boğaz'a sıfır kral dairesinde kalsaydı, çok daha az öderdi.

Boğaz manzarasını boşvereyim, son günlerimi Kâbe manzarasına karşı geçireyim deseydi... Mekke'de Kâbe'ye sıfır Swissotel'de Hilton'da, Zemzem'de, 10'da 1'ine kalması mümkündü.

Ha diyebilirsiniz ki... Hastaneyle oteli nasıl kıyaslarsın, doktorlara ayıp etmiş olmuyor musun?

Hastane odasının geceliği 5 bin lira.
Devlette çalışan doktorun aylık maaşı 5 bin lira.
Sen o doktoru, bir gecelik oda parasına 30 gün çalıştırınca ayıp olmuyor da, ben yazınca mı ayıp oluyor?

Bakın, geçenlerde elektrik-su borçları yüzünden böbreğini satan vatandaş, rayiç bedeli anlatıyordu... 20 bin liradan açmış kapıyı, alıcılarla kıran kırana pazarlık etmişler, neticede 15 bin liraya bırakmış.

Böbreğini bile satsan...
O hastane odasında anca üç gece kalabiliyorsun.
Karaciğeri de ver, belki bir hafta.

Bizim gazete iki gündür yazıyor. Et yerine tavuk ibiği konulan üç liralık sucuklar gibi, ucuza, dandik görüntü veren emar'cılar türemiş... Vesikalık fotoğraftan teşhis koy, daha sağlam.

Uzun lafın kısası... "İstediğim doktora muayene oluyorum, istediğim hastanede ameliyat oluyorum, istediğim eczaneden ilacımı alıyorum, üstelik hepsi bedava, vesile olanlara Allah razı olsun" denilen sağlık reformu, budur.

By-pass'tan filan vazgeçtik... Git tırnağını kestir bakayım da, gör vesile olanların reformunu!

Samanyolu

"Bir şarkısın sen, ömür boyu sürecek, dudaklarımdan yıllarca düşmeyecek" filan ama... Hiç merak ettiniz mi, şehirde değil, kerpiçhaneli köyde dünyaya gelen Berkant, ortaokuldayken, piyano çalmayı nerden biliyordu?

74 yaşında rahmetli oldu... Teee 65 sene evvel, ilkokuldayken, memleketin yüzde 90'ında radyo bile yokken, mızıka ve akordeon çalmayı kimden öğrenmişti? Henüz 14 yaşındayken, Frank Sinatra, Dean Martin, Nat King Cole şarkılarından oluşan repertuvara nasıl sahip olabilmişti? Dedim ya, 1938'de köyde dünyaya gelen çocuk... 18 yaşındayken orkestra kurmayı, hangi vizyonla akıl etmişti? Saksofon çalmayı?

Çünkü...

Babası Hasan Akgürgen'in Köy Enstitüleri'ndeki görevi nedeniyle Ankara'nın Hasanoğlan Köyü'nde dünyaya gelmiş, ilkokula Hasanoğlan Köy Enstitüsü'nde başlamış, babasının tayini gereği, Bilecik'e Denizli'ye gitmiş ama, ailesi tarafından hep "köy enstitüsü ruhu"yla büyütülmüştü.

Berkant'ın temel eğitimini aldığı Hasanoğlan Köy Enstitüsü'nde... Tarih derslerini Ordinaryüs Profesör Enver Ziya Karal, zooteknik derslerini Profesör Selahattin Batu, ekonomi derslerini Profesör Muhlis Ete, kültür-edebiyat derslerini Sabahattin Eyüboğlu, ziraat derslerini Profesör Kazım Köylü, coğrafya derslerini Profesör Ferruh Sanır veriyordu. Peki ya müzik derslerini? Âşık Veysel ve Ruhi Su!

Ankara Konservatuvarı'nın saygın ustaları, klasik müzik öğretiyordu. 1945 senesinde, Hasanoğlan Köy Enstitüsü'nün enstrüman demirbaşı şöyleydi: 259 mandolin, 55 keman, 37 bağlama, 8 akordeon, 3 piyano, 3 davul, 1 metronom, 1 pikap...

"Harika çocuk"lar Suna Kan ve İdil Biret, enstitüye misafir getiriliyor, köy çocuklarını teşvik için yaşıtlarından keman ve piyano dinletiliyordu. Âşık Veysel ve Ruhi Su ise, saz çalmasını öğretiyordu. Benim canım Veyselim, enstitü bahçesine kiraz fidanı dikmiş, seneler sonra ziyaret edip kollarını açarak kiraz ağacına sarılmış, nasıl boy verdiğini hissetmişti.

Resim yapıyorlar, voleybol oynuyorlardı.
Sinema salonu vardı. Tiyatro salonu vardı.

Bedri Rahmi Eyüboğlu bir hatırasını şöyle anlatmıştı: "Hasanoğlan Köy Enstitüsü'ne gitmiştik. Okulun hayvanlarını barındıran ahırda bir çocuk gördüm. Gece nöbeti ona düşmüş, elinde kitap vardı, dalmıştı. Shakespeare okuyordu. Okuduğunu nasıl kavradığını, ertesi gün oynadıkları piyeste gördük."

Mozart, Vivaldi, Beethoven dinliyorlar; Gorki, Tolstoy, Zola okuyorlardı. Molière'in *Kibarlık Budalası*'nı, Sofokles'in *Kral Oedipus*'unu, Gogol'un *Müfettiş*'ini sahneliyorlardı. Mesela, bir mezuniyet töreni programı sırasıyla şöyleydi: İstiklal Marşı, bağlama konseri, türküler, mandolin konseri, şiirler, keman konseri, piyano konseri, koro, Anton Çehov'un *Bir Evlenme Teklifi*, diploma takdimi, topluca zeybek...

Tüm zamanların, gelmiş geçmiş en şöhretli şarkısı Samanyolu'nu ölümsüzleştiren, dede'den torun'a nesiller boyu adeta marş gibi ezberleten Berkant, işte bu ruh'un Türkiye'ye armağanıydı.

İşin ekstra enteresan tarafı...
Romantizm tarihimizin en önemli şarkısının adı Samanyolu ama, şarkının içinde tek kelime Samanyolu geçmiyor.
Tıpkı, eğitim-öğretim tarihimizin en önemli parçası Köy Enstitüleri'nin, dört dört'lük olduğu söylenen imamlı-tarikatlı eğitim sistemimizin içinde hiç geçmemesi gibi.

Özetle.

Samanyolu dediğin...
Görmek isteyene.
Görmek istemeyene...
Teleskop versen, hikâye.

Neşet Ertaş

Hep dinledik onu...
Ama, türkülerini dinledik.
Ne dediğine kulak vermedik.
Söz'lerini dinlemedik.

Senelerce "kendim ettim kendim buldum, gül gibi sarardım soldum, eyvahh" diye haykırdı... İktidar tercihlerimizin nakaratını bundan daha güzel özetleyen var mıydı?

"Dane dane benleri var yüzünde, dünyada yarden datlı var m'ola"yı bilirsin... Buram buram Anadolu kokar ve şöyle devam eder: "Küpeleri ağır düşer kulaktan, zülüfleri tel tel etmiş yanaktan..."

E hani türban?

Rakı'ya bira'ya karşıysan...
"Aman yarim gez de gel, sarhoşum ben çözemem, düğmelerin çöz de gel"i nerenle dinledin birader?

"Atım araptır benim, yüküm şaraptır benim..."
Fransızlara mı söyledi?

"Doyulur mu doyulur mu, canana kıyılır mı, cananına kıyanlar, hak'kın kulu sayılır mı"yı anlasaydı bu memleket, kadın cinayetleri olur muydu?

"Seviştiğimde mutlu olurum, sevgisiz imanı nasıl bulurum, böyle inandım böyle bilirim, sevişmek ibadettir sevgi imandır" diyordu mesela... El ele tutuşup, parkta oturan gençlere bile fuhuş diyorsun hâlâ.

"Nedeceksin bu kadar malı...
İşte görünüyor dünyanın halı."
Kime diyordu bunu sence?

"Aman, kader kader derler de...
Bu nasıl kader?"
Kime soruyordu?

Alt kültürüz, üst kültürüz, etnik kökeniz, aynı sazın teliyiz filan da... "Türkü söyler dillerimiz, ne güzeldir ellerimiz, bağlamada tellerimiz, türkü sever, türkü söyler, Türk'üm diyen" demiyor muydu?

"Atı olan el atına biner mi...
Yiğid olan ikrarından döner mi?"
A liboş.

"Zeki Müren, halk müziğimizi nakış nakış işlemişti, telifini ödeyip, Âşık Ali İzzet'in Mühür Gözlüm şiirini satın almış, aranjman olarak okumuştu, şarkıyı Zeki Müren'in filminde seyrettim, sazı alıp, köylü yüreğimle ezgiledim, köy düğünlerinde söyledim, bi zaman geçti, son model bi araba geldi, Zeki Müren seni İzmir Fuarı'na çağırıyor dedi, gittim, bir ay çaldım, telif hakları bana ait olan şarkıyı nasıl çalarsın diye tek kelime etmedi, bi gün biri geldi, Zeki Müren seni çağırıyor dedi, gittim, gazino patronuyla aynı masada oturuyor, ayağa kalkıp, ağabey hoş geldin dedi, önünde viski var, ne içersin dedi, rakı dedim, türküye başladı, tarif etmem imkânsız, ikinci dörtlüğü yakaladım, devam ettim, gene ayağa kalktı, olamaz böyle ses diyerek, başını duvarlara vurdu, rahmetliye çok şey borçluyum..."

Biri "yüreğim köylü" diyen, mahçup bozkır çocuğu... Öbürü, sözde erkeklerin kıvır kıvır kıvırdığı ülkemde, cinsel kimliğini saklamadan, sahneye apartman topuk, mini etekle çıkma cesaretini gösteren "mangal yürek" şehirli... Türkülerini dinlediğinizden eminim de, emin misiniz Neşet Ertaş'ı kavradığınızdan?

Açılım maçılım ayaklarıyla, kendilerine destek veren halk ozanı gibi göstermeye çalıştılar onu, kendilerine oy vermeyenlerin panzehiri olarak sunmaya çalıştılar. Rahatsız edilmesin, polemiklere maruz kalmasın diye, rahmetli olana kadar, bugüne dek, satır yazmadım...

İzmirli olmuştu.

Ömrünün 30 senesini yurtdışında geçirip, neden 16 sene önce İzmir'den ev aldığını, neden 3 sene önce İzmir'e yerleştiğini... Çoğunuzun ilk kez okuyacağı, şu şiirinde anlatmıştı.

Gezdim tüm dünyayı gördüm
Güzel İzmir sana geldim
Benim şirin güzel yurdum
Güzel İzmir sana geldim
Güzelsin asil duruşlu
Medenisin hoşgörülü
Olduğun gibi içli dışlı
Güzel İzmir sana geldim
Gönüllere ışık saçan
Unutamaz görüp geçen
Gariplere kucak açan
Güzel İzmir sana geldim
Kimdir necidir sormayan
Kimseyi hakir görmeyen
İnsanlıktan ödün vermeyen
Güzel İzmir sana geldim
Nice yıllar çok uzağım
Seni seviyor yüreğim
Güzel yurdum, son durağım...
Güzel İzmir sana geldim

Dedim ya...
Anlamazdın.

Hayat bayram olsa

İğrenç seçim atmosferinde, CHP sıcacık bir reklam yaptı. Hani şu, belediye başkan adaylarının "Hayat Bayram Olsa"yı söylediği reklam... Şenay'ın şarkısı o.

Çocukluk günlerimin efsanesiydi o güzel kadın... 70'li yılların alaturka kıyafetli, etine dolgun, ağır makyajlı yıldızlarından farklıydı, punk havalıydı. Türk popunun babalarından Şerif Yüzbaşıoğlu'yla evlenmişti, sırılsıklam âşıktı. Gazeteler onun bir satır haberini yapabilmek için çıldırırdı, o ise, magazinden uzak dururdu, sıradan yaşamayı sever, kendi şöhretinden bile uzak dururdu. "Sev Kardeşim"le patladı. Dünyaya geldik bir kere, kavgayı bırak, her gün bu şarkımı söyle... Peşinden, "Hayat Bayram Olsa"yla patladı. Şarkıları adeta marş gibi olmuştu, ezbere biliniyordu. Çünkü, herkesin sokakta birbirini vurduğu dönemde, insan sevgisinden bahsediyor, bak kardeşim, elini ver bana, sar kardeşim, kolunu boynuma diyordu. Yürekliydi. Eyyamcılık yapmaz, siyasi görüşünü saklamaz, tam tersine, elini taşın altına koyardı. Seçim mitinglerine çıkan ilk sanatçıydı o... Karaoğlan dönemlerinde, Bülent Ecevit'ten önce miting kürsüsüne çıkar, "Sev Kardeşim"i "Hayat Bayram Olsa"yı söyler, Ecevit sonra çıkardı. Bu nedenle, TRT'de yasaklıydı, Cem Karaca, Selda Bağcan gibi kara listedeydi, ekrana çıkarılmazdı. 1975'te ilk Eurovision Şarkı Yarışması'nda finale kaldı, ancak, eşi jüride olduğu için, dedikodu olur dedi, yarışmadan çekildi. Zarafete bakar mısınız... Sopot, Atina, Tokyo gibi uluslararası festivallerde ödüller aldı. İngilizce sözlerle "Honki Ponki"yi çıkardı, sınırlarımızı aştı, Avrupa listelerine girmeyi başardı. Her şey muhteşemken, maalesef, Şerif öldü.

Yıkıldı Şenay... Nefes alıp veriyordu elbette ama, manen o da ölmüştü. Hayata küstü. Arkadaşları, dostları çırpındı, nafile, devam edemedi, bir daha toparlanamadı. Elini eteğini çekti, evine kapandı. Kendisini yazıya ve resme verdi, sürrealist yağlıboyalarla avunmaya çalıştı. Sigarayı giderek artırdı. Vakit dolduruyordu aslında... Şerif'in yanına gitmek için, vakit dolduruyordu. Ve, peş peşe yaktığı sigaralarla o vakti hızlandırmaya çalışıyordu. Geçen sene başında, 2013

Ocak ayında, rahmetli oldu. Nihayet, Şerif'ine kavuşacaktı. Kardeşlerine bıraktığı vasiyeti tek cümleden ibaretti, beni Şerif'in yanına gömün.

Gel gör ki... Ömrü boyunca, insanlara sev kardeşim çağrısı yapan bu hümanist kadının, son isteği yerine getirilmedi. Adeta, intikam alındı.

Şerif Yüzbaşıoğlu, Merkezefendi mezarlığında yatıyordu. Hemen yanı başı boştu. Şenay için ayrılmıştı. Kusura bakmayın, bu mezarın Şerif Yüzbaşıoğlu'na ait olduğunu gösteren tapu yok dediler. Eşini buraya defnedemeyiz dediler. İstanbul'un neredeyse yarısından fazlası kaçak inşaat... Mezara tapu istediler!

Hiç şüphesiz, öte tarafta buluşmuşlardır, el ele dolaşıp, sev kardeşim'i söylüyorlardır ama... Şenay'ın bedenini götürüp, Ayazağa'ya defnettiler.

Çünkü, bunların ruhuna öyle bir nefret tohumu ekilmiş ki, kardeşim... Ne diri, ne ölü, kendilerinden olmayan hiç kimseyi insan yerine koymuyorlar. Yaşarken mutsuz etmeleri yetmiyor, öldükten sonra da kahretmekten zevk alıyorlar.

Dolayısıyla, oyumu vereceğim Mustafa Sarıgül'den bir ricam var... "Hayat Bayram Olsa"yla kazanırsan, pazartesi günü ilk iş, Şenay'ı Şerif'inin koynuna taşı başkan.

İsim	Şehir	Mutfak

Çalabilirsin.
Soyabilirsin.
Haram ye.
Kandır, dolandır.
Fuhuş yap.
Aman diim bira falan içmeye kalkma.
O çok fena.
Ahlaksız mı olacaksın başımıza.

Ayran

Başbakanımız "milli içkimiz ayrandır" dedi.

Başbakanımızın rakı'dan anlamadığı... 2 milyar 100 milyon dolara satılan rakı'yı sadece 292 milyon dolara vermesinden belliydi!

Ayranla bu kadar oluyor tabii.

Milli içkimiz, rakıdır.
Üstelik, rakıyı resmen milli içki ilan eden, AKP hükümetidir. Rakıyı milli içki olarak tescilleyen Türk Patent Enstitüsü Başkanı'nı o makama AKP atadı. Türk Patent Enstitüsü Başkanı'nın eşi de AKP milletvekiliydi. Dolayısıyla... "Rakı balık Ayvalık" gibi, zincirleme reaksiyonla AKP'nin millisidir rakı.

Resmi Gazete'de bile yayımlandı.
"Karakteristik özelliğini Türkiye Cumhuriyeti sınırları içinde yer alan doğal unsurlardan, özellikle Türkiye'de yetişen üzüm, anason ve Türkiye'de uygulanan geleneksel üretim yöntemlerinden alan, kendine has, renksiz alkollü içki" olarak tanımlandı. "Geleneksel tat" olduğu belirtildi.

Özbeöz Türk'tür rakı.
Ne malum derseniz?
Nerede, ne zaman ve kim tarafından icat edildiği bilinmiyor, meçhul, oradan malum... Eğer, biz Türklerden başka bir milletin icadı olsaydı, cilt cilt yazılı tarihi olurdu, şeceresini bilirdik.

Şampanyanın mucidi Fransız keşiş Dom Perignon mesela, anca 1638'de dünyaya gelmiş. Evliya Çelebi'nin 1635 tarihli seyahatnamesinde ise, rakıdan bahsediliyor. Demek oluyor ki... Şampanyayı icat eden adam kundakta ana sütü içerken, biz aslan sütü içiyorduk. Daha ne diiim?

Ve, bizatihi Türkiye'dir.
Senelerce İstanbul'da yaşayan *New York Times* yazarı Stephen Kinzer, *Hilal ve Yıldız* isimli kitabında, "rakı gibi ülke" olduğumuzu anlatır... "İlk gördüğünde şişedeki gibi berraktır, su ilave ettiğinde sisli-puslu hale gelir, dışarıdan bakınca içini göremezsin, anlayabilmek için hissetmen, içine girmen lazım" der.

Asildir rakı...
Bakın, 1900'lü yıllardan bir davetiye aktarayım size: "Muhterem efendim, teşrin'i saninin 21'inci gününe müsadif Cuma akşamı, Hristo'nun meyhanesinde taam eylemek ve hususi eğlence tertip ederek vakit geçirmek istiyoruz. Sizi pek seven cümle dostlarımız teşrif edeceklerdir. Binaenaleyh, icabetiniz bizim içün mücib-i şeref olacaktır. Bu lütfu bizden esirgemeyeceğiniz ümidi ile takdim-i ihtiram eyleriz efendim... Pera sahaflarından Şener Efendi."

Nezakettir, zarafettir.
Adabımuaşerettir.

Rakı içeceğinize üzüm yiyin, kavunun yanına 35'lik salkım açın falan gibi gayriciddi yaklaşılamaz ona... Ciddiyet ister. Fava, pilaki, şakşuka, memleket "meze"lesidir.

Yurtseverdir... İki tek attın mı, n'oolacak bu memleketin hali diye endişelenmezsin aksi olsa.

Evrim Teorisi'nin kanıtıdır.
Fazla kaçırırsan, özüne dönersin, maymun olursun... Bilimdir.

Bilim deyince, aklıma geldi. Elektriğin icadından sonra "ampul" icat edildi sanıyorsan, yanılıyorsun... Çünkü, elektriğin icadıyla birlikte, buz üretildi. Buz üretilince "rakıya niye buz koymuyoruz azizim?" icadı yapıldı. Bu tarihi icat neticesinde, rakının üstüne buz koymak için daha uzunca bardağa ihtiyaç oldu. Zahmet edip özel bardak icat etmek karakterimize zor geldiği için, pratik

Türk zekâsı devreye girdi. "Limonata bardağı ne güne duruyor muhterem, ona koyalım" icadı yapıldı.

Bardak limonata bardağı ama... Ne anlamı var rakısız radika'nın cibez'in deniz börülcesi'nin turpotu'nun, inek miyiz biz? Niye avlayıp günahına giriyorsun boşu boşuna, şerbetle mi yiyeceksin lüferi?

Fevkalade'dir.
Aliyülala'dır.
1926'da üretime başladığında, bu caanım isimleri koymuştu, boş şişe fiyatına sattığımız Tekel.

Kadındır.
Cumhuriyet'in ilk yıllarında "Sevim, Elif, Hanım, Denizkızı, Üzümkızı, Jale" isimlerini taşırlardı. O nedenle botoks'tur aynı zamanda... Çirkin kadın yoktur, az rakı vardır. En kaknemi bile bi başka görünür gözüne, içilir "güzel"leşilir.

Hayatın anahtarıdır.
Büst gibi oturan adamın bile çenesinin kilidini açar.
"Çilingir" sofrasıdır.

Kontörsüz muhabbettir.
Kahkahadır.

Çocuktur, ağlarsın.

İçki denip geçilemez...
İçki içen neler yaptığını hatırlamaz.
Rakı içen unutulanları hatırlar.
Acısıyla tatlısıyla hatıraları kaydeden harddisk'tir.

Tıp bazen çaresizdir.
O ilaçtır.
Gurbete bile iyi gelir.

Herkesin gençlik hatası olabilir, bira içersin, sonradan para kazanınca şarap içmeyi matah zannedersin, Amerikalı kamyon şoförlerinin içtiği viskiye kamyon parası ödersin, ayrı... Kürkçü dükkânıdır. Döner dolaşır, gelirsin.

Akil'dir bi nevi rakı!
Orhan Gencebay'dır.
Entel dantel barlarda dinlemeye, eşlik etmeye utanırsın ama, hepimiz biliriz ki, ezbere bilirsin.

Tatlıses'tir.
Kürt Realitesi'dir.

Örgüttür!
Peynir, rakı, kavun, PRK...
Bölücü değildir, birleştirici örgüttür. Türk'ü de içer, Kürt'ü de, Laz'ı da, Çerkez'i de, Ermeni'si de, Yahudi'si de... Rumlar öyle meze yapar ki kardeşim, helali hoş olsun, Kıbrıs'ı veresin gelir.

Orhan Veli'dir...
"Şiir yazıyorum, şiir yazıp eskiler alıyorum,
eskiler verip musikiler alıyorum,
bir de rakı şişesinde balık olsam"dır.

Şiirdir. Şarkıdır. Dönülmez akşamın ufkudur.

Mustafa Kemal'dir...
Rakı içiyordu diye "sarhoş" demeye getirirler ama, kurup yücelttiği memleketi "ayık kafayla" niye yönetemiyorsun diye sorarlar adama!

Ooof of.
Vakit tamam.
Güneş usuuul usul batmak üzere.
Bana müsaade, cümleten şerefe.

Tukaş

Bembeyaz ekmeğini maden ocaklarının zifiri karanlık dehlizlerinden çıkaran babanın, evladıydı. Bi yandan çalıştı, bi yandan okudu, öğretmen oldu. İlk görev yeri, ücrada, patikadan başka yolu olmayan bi köy, gitti. 1980... Darbe. Solcu dediler, tutuklandı. Yattı. Çıktı. Sürüldü. Ordan oraya. Defalarca. Soruşturma açıldı. Aklandı. Dava açıldı. Kazandı. Senelerce boğuştu, hepsinden haklı, hepsinden tertemiz çıktı. Doğru bildiğini söylemekti tek suçu... Âşık oldu. Evlendi. Eşi de öğretmendi. Oğul doğdu. Ulaş. Okuttu. Bize emanet etti, İzmir'e, Ege Üniversitesi'ne gönderdi. Emekli oldu. Taksitle anca iki göz oda, ev aldı. Tapusunu eşinin üstüne yaptı. Hayatı boyunca parasızlık çekmiş, parayla hiç işi olmamıştı. Ödenmeyeceğini bile bile arkadaşlarına kefil oldu, ödediği borçların haddi hesabı yoktu. Hiç otomobili olmadı mesela. Öğrencileriydi onun serveti... Bi de, Tukaş.

Kurzhaar cinsiydi. Sevimli mi sevimli, kahverengi burun, beyaz kırçıllı, yelpaze gibi koca kulaklar. Yavruyken getirmişlerdi, Tukaş salça kolisinde... Güldü. E adıyla beraber gelmiş, Tukaş olsun adı dedi. Can yoldaşıydı. Avcıydı çünkü. Ama, avcılığı da bi acayipti. Vuran değil. Kurtaran. Bi defasında yaralı geyik buldu, evine getirdi, tedavi etti, doğaya saldı; yaban hayatı koruma derneklerinden sayısız ödülü vardı. Atmaca beslerdi. Büyütür, bakar, günü gelince özgürlüğe uçururdu, hiçbir canlı tutsak olmamalı derdi. Çevreciydi. Artistlerinden değil. Aktiflerinden. Derelere santral kurulmasına karşıydı. Vatan topraklarının peşkeş çekilmesine itirazı vardı. Bana dokunmayan yılan bin yaşasın yalakalığı, ona göre değildi. Tırsmaz, yüreğini ortaya koyardı. Baktılar, susmuyor. Gözüne gaz sıktılar. Öldürdüler.

Öğretmen gitti...
Hayata küstü Tukaş.
Şalteri indirdi.

Kefen içindeki arkadaşı, evinin şuncacık mesafesinde toprağa verilirken, en öndeydi. Sabaha kadar nöbet tuttu kabir başında, kokladı toprağı, inledi... Bi daha asla gitmedi. Yanından bile geçmedi. Yemeyi içmeyi kesti. Yedisinde mevlit okunana kadar, yuvasından çıkmadı, ağzına tek lokma sürmedi. Kahkaha dolu gözlerinde, artık sadece hüzün hâkimdi. Halk Festivali yaptılar bi süre sonra, öğretmen'i andılar, sanki telefonla davet edilmiş gibi, koştu, yürüyüşe katıldı iyi mi.

Ve...

Oğul, okul için mecburen İzmir'e döndü, anne, oğlu'na taşındı, incir ağacı dikilen baba ocağında, amcanın yanında kaldı Tukaş... Zorla ağzına tıkıştırılıyor ama, yemiyordu, iğne ipliğe dönmüş, iyiden iyiye zayıflamıştı. Yalvarıp, yakarıyor, hiç olmazsa birazcık değişiklik olsun, hayata bağlansın diye av'a götürmek istiyorlar, çok sevdiği, uzman'ı olduğu halde, gitmiyordu. Mecali yoktu. Bırak ava eşlik etmeyi, gezintiye çıkmayı bile istemiyordu.

Taa ki, o sabah...

Amca ve dostları, bagajı yüklerken, fırladı yerinden aniden, eski günlerdeki gibi, atlayıverdi arka koltuğa... Şaşırdılar. Sevindiler aynı zamanda, okşayıp, öptüler onu. Ama, suratlarına bile bakmadı. Yol boyunca sessizdi, pencereden dışarı baktı hep, dalgının dalgın... Vardılar. Az biraz iz takibi. Avucunun içi gibi bilirdi oraları... Buldu hedefi. Arkasına dolandı, havlaya havlaya, sürdü namluların ucuna. Drannn... Boynuz gibi azı dişlerine sahip, azılı tabir edilen, erkek yaban domuzu vurulmuştu. Düşmedi. Ölmez hemen. Bilen bilir, yaralıyken, en tehlikeli halidir. En iyi de, Tukaş bilirdi. Senelerin tecrübesi. Normalde, yaklaşmaz, etrafında dans eder gibi döner dolanır, çıldırtır, bitirici vuruş gelene kadar dikkatini dağıtırdı.

Öyle yapmadı maalesef... Direksiyonu tam gaz uçuruma sürer gibi, üstüne yürüdü, karşısına dikildi, dişlerini kılıç misali sallayan domuzun burnunun dibinde, heykel gibi çakıldı, bekledi. N'apıyorsun çığlıkları nafile, kılını kıpırdatmadı, kararını çoktan vermişti, bile bile kestirdi kendini.

Hasretten ölemeyince...
Kahrına son vermişti Tukaş.

Hani, Mustafa Kemal'e vefalı, ideallerine sadık, kalemini satmayan gazetecilere "köpek" filan deniyor ya bugünlerde...
Tukaş kadar "insan" olsak, yeter.

Nohut

1 Ocak 2009.
Başbakanımızın canlı yayında, biz gelmeden önce Ankara'da kuşlar bile hava kirliliğinden ölüp patır patır yerlere düşüyordu dediği anda... Şırrak, son dakka gelişmesi duyurulmuştu: Ankara'da yılbaşı gecesini birlikte geçiren yedi üniversiteli, doğalgaz zehirlenmesinden can vermiş halde bulundu.

"Canlı" yayın.
Yedi "cenaze"ydi.

Bi de kedi.
Havadaki kuşlar kurtulmuştu ama...
Çocuklarla beraber bir de kedi ölmüştü.

Bilkent öğrencisiydiler.
Özgür, Elif, Can, Büşra
Tarık, Ceren, Oğuzhan.

Kedi, Özgür'ündü.
Adı, Nohut'tu.

Aileleri dava açtı.
Doğalgaz ölümlerinde Türkiye'de açılan ilk davaydı.

İntikam için açmadılar.
Çocuklar geri gelmeyecek.
Sorumlular bulunsun, örnek olsun, bir daha kimsenin canı yanmasın diye açtılar. Elbette, başta belediye başkanı herkesin kahrolduğundan emindiler. Kimse hapse girsin istemiyorlardı. Para da istemiyorlardı. Sadece "şu şu kurumlar kusurludur, bu tür kurumlar insan hayatına karşı sorumludur" tespiti yapılsın istiyorlardı. Hepsi bu.

1'inci bilirkişi raporu geldi.
Başkent Doğalgaz kusurlu.
2'nci bilirkişi raporu istendi.
Başkent Doğalgaz kusursuz.

Savcı değişti.
3'üncü bilirkişi raporu istendi.
Başkent Doğalgaz kusurlu.
Hâkim dedi ki, böyle saçmalık olmaz, bilirkişi raporunu İTÜ'den isteyin, profesörler heyeti versin.
4'üncü bilirkişi raporu geldi.
Profesörler heyeti dedi ki:
Başkent Doğalgaz kusurlu.
Hâkim emekli oldu iyi mi!
5'inci bilirkişi raporu istendi.
Başkent Doğalgaz kusursuz.
Yaz kızım...
"Başkent Doğalgaz'ın kusurlu olmadığına, evin kiracısı olan, hayatını kaybeden Özgür'ün annesinin kusurlu olduğuna, anne'ye 2 sene 6 ay hapis verilmesine, cezanın paraya çevrilmesine" karar verildi!

Değerli Ankaralılar...

Yargıtay'a intikal eden, bu çocuklara, bu ailelere, bu davaya sahip çıkın, bu dava sizin davanız... Şu anda yaşıyorsanız, bu çocukların davası sayesinde yaşıyorsunuz.

Nasıl yani derseniz...
Bu talihsiz çocukların vefat ettiği, 31 Aralık 2008, yılbaşı gecesine kadar, doğalgaza 390 kurban vermiştik. Çocuklarla beraber 397 olmuştu. O tarihten bu yana, Ankara'da bir tane bile ölümlü zehirlenme yaşanmadı.

O yılbaşı gecesi, o apartmandan zehirlenme ihbarı yapılmasına rağmen, üst kat komşularının hastaneye kaldırılmasına rağmen, çocukların bulunduğu daireye bakılmamıştı. O geceden itibaren... İhbar olduğunda, gerekirse kapıyı kırıp içeride kimse olup olmadığına bakılıyor.

Eskiden bir dikkat ediliyorsa, şimdi bin dikkat ediliyor. Çünkü, dikkat etmesi gerekenler, kontrol etmesi gerekenler, bu işin baş sorumlusudur. Çocukların ailelerinin istediği de, sadece budur.

Adalet bu davada "sorumlu"nun adını adaletli şekilde koyarsa, milat olur... Sorumlular, sorumluluk bilinciyle davranır, sadece Ankara değil, tüm Türkiye ölümden kurtulur.

Aksi halde, bilesiniz ki...
Nohut kadar değerimiz yoktur.

Kurabiye

Beyaz un'dan yapılıyor, yüklü miktarda tereyağı ve margarin konuyor, neredeyse un kadar beyaz ve esmer şeker ilave ediliyor, beyaz-siyah ve naneli çikolata parçacıklarıyla, kıyılmış ceviz katılıyor... Obama bu.

Yulaf'tan yapılıyor, öbürüne nazaran daha az tereyağı, daha çok şeker konuyor, çikolata parçacıklarının yanı sıra renkli çikolata bonibonları katılıyor, ayrıca, mısır şurubu ve fıstık ezmesi ilave ediliyor... Romney bu.

Netice?
Kılpayı Obama kazandı!

Çünkü... Amerikan kadın dergisi *Family Circle*, 20 senedir her başkanlık seçimi öncesinde, first lady adaylarına "kurabiye" yaptırıyor, tarifleri internet sitesinde yayınlayıp, oylamaya sunuyor, 20 senedir hiç sekmiyor, hangi first lady'nin tarifi daha lezzetli bulunduysa, Beyaz Saray'a o gidiyor.

1992'de mesela, Hillary Clinton'ın yulaflı çikolatalı kurabiyesi, Barbara Bush'un klasik sütlü çikolatalı kurabiyesini yenmişti. 1996'da, Hillary Clinton bu sefer, Elizabeth Dole'un fındıklı kurabiyesiyle karşı karşıya geldi, gene yulaflı çikolatalıyla, şekerini biraz azaltarak, gene açık farkla kazanmayı başardı. 2000 senesinde, Laura Bush'la Tipper Gore kapıştı. Kayınvalidesi Barbara Bush'un klasik sütlü çikolata hezimetini unutmayan Laura Bush, tarifi komple değiştirdi, tarçınlı, hindistancevizli, kovboy kurabiyesi yaptı. Tipper Gore, zencefilli'yle karşılık verdi, ancak, çocuklar beğenmediği için, yenilgiden kurtulamadı. 2004'e gelindiğinde, Laura Bush'un rakibi Teresa Kerry'di. Laura Bush, kayınvalidesi Barbara Bush'a nispet yaparcasına, Hillary Clinton'ın yulaflı çikolatalı tarifini pişirdi, sadece küçük parçacıklar yerine, iri iri çikolatalar koymuştu. Teresa Kerry ise, kuş kondurmaya çalıştı, karanfilli, tarçınlı, kuru üzümlü, cevizli, fıstıklı kurabiye icat etti, özgündü, görüntü gayet iyiydi ama, maalesef lezzetten kaybetti.

2008'de, kurabiye kriteri ilk kez yanıldı... Daha doğrusu, yanıldı zannedildi. Michelle Obama, açılım yapıp, limonlu portakallı acıbadem likörlü kurabiye pişirmişti. Cindy McCain ise, yulaflı, karamelize esmer şekerli'yle ahaliye parmaklarını yedirerek, adeta ezip geçmişti. Bu sonuca göre, Barack Obama kaybedecek, John McCain başkan seçilecekti. Gel gör ki, Cindy McCain'in bu tarifi ünlü bir çikolatalı tatlı üreticisinden arakladığı ortaya çıktı iyi mi... Cindy McCain, taklit etmedim, iftira atıyorlar, belki birazcık esinlenmiş olabilirim filan dedi ama, kimse yemedi. Üstelik, gazeteler biraz kurcalayınca, daha önce de, meşhur bir Brezilya tatlısını zimmetine geçirip, çocuklarım bayılıyor, anneannemin tarifi diye eşe-dosta kakalamaya çalıştığı anlaşıldı. Bilahare çıkıp, herkesten özür diledi ama, çoktan iş işten geçmişti.

Böylece, o güne kadar kadın seçmenlerin gözüne girmek için pişirilen... Alt tarafı halkla ilişkiler faaliyeti zannedilen kurabiye kriteri'nin, memleket yönetimi'nde nasıl büyük bir faktör olduğu idrak edildi. Lezzet, anca dürüstlük ve samimiyet'le mümkün olabilirdi. Kurabiyeyi bile yalanla-dolanla yapan, memlekete neler yapmazdı.

Ve 2012...
Michelle Obama, kolesterol bombasıyla, Ann Romney, glikoz patlamasıyla yarıştı. Oylama, eşlerinin kamuoyu anketleri gibi başabaş sonuçlandı. Michelle Obama, sadece bikaç oy farkla, kılpayı önde bitirdi.

Demem o ki...
Güle oynaya seçim yapıyorlar.
"Damak tadı"yla yarışıyorlar.
Bizimkiler gibi, kırıp dökerek, hakaretin küfürün bini bi para, palavra gırla... Kabak tadı vermiyorlar!

Süt

Süt dağıttılar.
Çocuklar süte "bayıldı..."
Serumla ayılttılar!

Aşırı doz'dan diyen var.
Sanırsın damardan bastılar.

Halbuki...
İzmir Büyükşehir Belediyesi, 2005'ten beri, yedi senedir aralıksız, her gün, 207 bin öğrenciye süt içiriyor. Henüz psikolojisi bozulan görülmedi. Doğuştan "psikopat" demek ki bizim oralı çocuklar!

Peki, orda nasıl öyle oluyor da, burda niye böyle oluyor derseniz? Bu iş kömür dağıtmaya benzemez. Hükümet, okullara beş günlük sütü toptan veriyor, depola, gün gün dağıt diyor. Süt bu, gazoz değil, bozulur. Sınıf kadar buzdolabı yapsan, gene yetmez. Nerede koruyacaksın?

İzmir Büyükşehir Belediyesi, Tire Süt Kooperatifi'yle çalışıyor. Kooperatif'in ortakları, o gün sağıyor, o gün dolduruyor, klimalı araçları var, her sabah saat 4'te yola çıkıyor, 246 okulu tek tek dolaşıyor, gazete dağıtır gibi, öğretmenlere teslim edilmesiyle, çocukların sütü içmesi bir oluyor. Taptaze.

Hükümet, uzun ömürlü süt dağıtıyor. İyi korunursa, altı ay bile dayanıyor ama, raf ömrünü uzatmak için kullanılan yöntemler tartışılıyor.

İzmir Büyükşehir Belediyesi, annelerin tercihi olan, günlük üretilen ve günlük tüketilen "pastörize" süt dağıtıyor. Daha az işlemden geçirildiği için, besleyici açıdan çok daha faydalı olduğu biliniyor.

Hükümet, güya uzun ömürlü süt dağıttı ama, belli ki soğuk zincir kopmuş, bismillah, daha ilk günden binlerce çocuk hastanelik oldu. İzmir Büyükşehir Belediyesi'nin soğuk zincir'i yedi senedir buz gibi.

Bakanlar Kurulu kararında açıkça görüldüğü üzre, üretim fazlasının değerlendirilmesi amaçlanıyor. Oysa, fazlasını çocuğa verelim demek, yemek arttı, dökmeyelim de, köpeğe verelim demek gibi bi şeydir.

İzmir Büyükşehir Belediyesi, Tire Süt Kooperatifi aracılığıyla "sözleşmeli üretim" yaptırıyor. Kim, ne kadar üretecek, parasını ne zaman alacak, hesabını kitabını taaa en başından biliyor, elde kalmıyor.

Hükümet, sanayiciden alıyor. Sanayici elbette canımız ciğerimiz ama, üretici üvey evlat mı? Sanayicinin cebine doldurulan paranın, anca "harçlık" kadar bölümü üreticinin cebine kalıyor.

İzmir Büyükşehir Belediyesi, kooperatif'ten, yani direkt üreticiden alıyor, aracı yok, komisyon yok. Ödenen paranın tamamı üreticinin cebine giriyor. Aportta bekleyen tüccarın kucağına oturmuyor.

Tarım Bakanı'nın mebus olduğu Diyarbakır'da bile çocuklar zehirlendi, dünyaya film olduk... Tire Süt Kooperatifi'nin uygulamaları, Birleşmiş Milletler tarafından "dünyanın en iyi kalkınma modeli" seçildi.

(İneğin kaç memesi olduğunu bilmeyen yalaka tipler, tarım uzmanıyım diye ortalıkta gezinirken... Tekelleşme karşıtı, üretici odaklı projeleriyle "dünyanın en başarılısı" seçilen Tire Kooperatifi'nin Başkanı Mahmut Eskiyörük'e, merak edip, bu işi nasıl başardın diye soran bile olmadı.)

(Bakın iddia ediyorum, adam gibi adam Mahmut Eskiyörük'ü Tarım Bakanı yap, bu memleket en geç beş sene içinde, yeniden "kendi kendine yeten yedi ülkeden biri" olmazsa, Tire'ye gider anırırım.)

Ve, şimdi sıkı durun!

Hakkında 400 sene hapis cezası istenen İzmir Büyükşehir Belediye Başkanı Aziz Kocaoğlu, İzmir'in çocuklarına, her gün, 200 mililitre sütü kaç liraya satın alıp, içiriyor? 37 kuruş.

Hükümet, aynı İzmir'de, aynı çocuklara, aynı inekten, aynı miktarda sütü, kaç liraya içiriyor? 53 kuruş!

Kalkınma modeli, 37 kuruş.
Psikoloji modeli, 53 kuruş.

Çarp canım kardeşim aradaki "aşırı doz"u ülkenin geneliyle...
Süt'ten çıkmış "ak" kaşığı bulursun!

Brükselahanası

"Kim Milyoner Olmak İster" yarışmasının sunucusu, duayen tiyatrocumuz Kenan Işık, Belçika'ya giriş yaparken gözaltına alındı.
"Türk ve Müslüman olduğu için sorgulandığını" açıkladı.

Kısa süre önce...

Belçika Flaman Meclis Başkanı Jan Peter Peumans, Belçika devlet televizyonu VTR'de yayınlanan "De Pappenheimers" isimli bilgi yarışmasına katıldı. Fransız düşünür Voltaire'in "dünya üzerindeki en iğrenç halk" olarak hangi milleti tanımladığı soruldu. Cevap seçenekleri olarak "Flamanlar, Yahudiler, Türkler" şıkları sunuldu. Belçika Meclis Başkanı, seyirciye soralım jokerini filan kullanmadı, şırrak diye "Türkler" dedi... Kenan Işık'ın koltuğunda oturan yarışma sunucusu "yanlış cevap verdiniz ama, doğru cevabı bilmemeniz imkânsız herhalde di mi?" diye sordu. Belçika Meclis Başkanı hiç istifini bozmadı, "elbette doğru cevabı biliyorum ama, Yahudiler aleyhinde laf söyleyecek cesaretim yok, çok hassas insanlar" dedi. Bunun üzerine sunucu "meğer Türkler aleyhinde konuşmak sorun değilmiş öyle mi?" diye sordu. Belçika Meclis Başkanı "eminim, son kararım" manasında, sırıttı.

Adam hâlâ o makamda oturuyor.
Türkiye-Belçika ilişkileri cillop gibi.

Dolayısıyla, cevap şıklarımız şöyle...
a, takmayın kafanıza
b, büyütmeyelim
c, üstüne soğuk su içelim
d, Hindistan'da Belçika'da olur böyle şeyler

Bira

Nitelikli dolandırıcılık, kalpazanlık, ihaleye fesat karıştırma, rüşvet, kaçakçılık gibi suçlardan fezlekesi bulunan mütedeyyin milletvekilleri var. Asla içki içmiyorlar.

Hoca'ları da öyleydi rahmetli.
28 kere filan hacca gitti.
Zimmete para geçirdi.
Mahkûm oldu.
İçkiyi ağzına sürmezdi.

Abra kadabra şirketleri, davul tozu minare gölgesi holdingleri kurdular, camilerde tezgâh açıp ortaklık parası topladılar, paralar hokus pokus oldu... Bırak içkiyi, alkol var diye kolonya bile sürmezlerdi.

Keriz Feneri malum...
Dini-imanı alet ettiler, mübarek ramazan ayında, burnuna sinek konmuş Afrikalı aç çocukların fotoğraflarını gösterip bağış topladılar, sahte makbuzlarla indiragandi yaptılar, kendilerine gemi aldılar, villa aldılar, sevgililerine yedirdiler; Las Vegas'a kumara bile gittiler. İçki içmiyorlar.

Bunları yakaladığı için yargılanan savcımız ne demişti?
Zekât hırsızlarını koruma altına alan bir güç var, ben bu güce hırsızların imparatoru diyorum, demişti. Eminim içmiyordur, o hırsızların imparatoru.

Laf Almanya'ya gidince, aklıma geldi. Berlin'in en lüks

genelevini bir vatandaşımız açtı. Havuz var, sauna var, disko var, restoran var, sarışın var, siyah var, her renk fuhuş var, her yol var. Bi tek alkol yok. Mekâna içki sokmuyor.

Çalabilirsin.
Soyabilirsin.
Kandır, dolandır.
Fuhuş yap, yaptır.
Aman diim bira falan içmeye kalkma.
O çok fena.
Ahlaksız mı olacaksın başımıza.

Gül reçeli

Nazmiyanım.
"12 Mart"ta evlen...
Darbelerle yaşa.
"27 Mayıs"ta vefat et.

Demokrasi "tarihi" denilen...
Daha nasıl olsun.

Maalesef çocuğun olmasın...
Baba'nın eşi ol.
İnadına sanki.
Bu sıfatı taşımak zorunda ol.

Sevdiği renk, eşinin sevdiği.
Sevdiği müzik, eşinin dinlediği.
Sevdiği yer, eşinin gittiği.
Hamzakoy dahil...
İyi günde kötü günde'nin yemini.

Ve, deniyor ki...
Hayatını kaybetti.

Yaşadı mı hayatını?
Mecburcu ömürde...
Var mıydı böyle bir tercih şansı?

Onca yalaka.
Bir sürü tantana arasında.
Mutfağında, tek başına.
Sessiz, sakin, mütevazı bir kadın.

Unutmak en iyisiydi sanırım...
Sildi hafızasını, hatırlamadı.
Düşündükçe...
Yüreğine diken batıyor insanın.
Gül reçeli'ydi o Ankara'nın.

Haşlanmış mısır

30 sene yalakalık yaptılar. 30 sene boyunca Mübarek'in ne kadar mübarek bi adam olduğunu yazdılar.

Hatta, bi seferinde Mübarek ABD'ye Ortadoğu zirvesine gitmişti. Hatıra fotoğrafı çekildiğinde Obama öndeydi, arkasında Netanyahu'yla Mahmud Abbas vardı, onların arkasında da Kral Abdullah'la Mübarek duruyordu. *El Ahram* gazetesi makyaj yaptı. En arkada duran Mübarek'i çıkardı ordan, en öne monte etti. Birinci sayfasına bu şekilde koydu.

En önce onlar sattı!

Ordu yönetime el koyar koymaz "Mübarek'in şu kadar milyar doları var, paraları şuralara kaçırdı" manşetleri attılar. Genelkurmay başkanı gitti Mübarek'in yerine oturdu, "darbe" demediler, "halk devrimi" dediler. Genelkurmay başkanını yalamaya başladılar, demokrasi getirdi dediler.

Darbeci genelkurmay başkanı bi soruşturma açtı. Başta *El*

Ahram gazetesi... Yalaka Mısır basınının sadece yalakalık yapmakla kalmadığı, Hüsnü Mübarek'e altın saatler, eşi Suzan Mübarek'e mücevherler, çantalar hediye ettiği ortaya çıktı. 3 milyon dolarlık hediye vermişlerdi.

Utanmadan mahkemede şikâyetçi oldular. "Mübarek'ten korktuğumuz için yalakalık olsun diye hediyeler verdik" dediler. Hediye paralarını mahkeme kararıyla Mübarek'ten geri aldılar iyi mi.

Şeriatçı Mursi geldi.
Bu sefer Mursi'ye yılıştılar.
Gelen ağam giden paşamdı.
Mursi'den önceki genelkurmay başkanının memleketi batırdığını, iflas ettirdiğini yazdılar. Mursi'nin şeriatçı değil, ileri demokrat olduğunu yazdılar. Mursi'nin göreve getirdiği yeni genelkurmay başkanının "dindar" olduğunu, Mursi'ye gönülden bağlı olduğunu, demokrasi adına muhteşem bir tercih olduğunu yazdılar.

Mursi kendini firavun ilan etti.
Dindar general darbe yaptı.

Eskiden darbe olduğunda televizyonları filan ele geçirirlerdi. Artık buna gerek yoktu. Darbeci genelkurmay başkanı basın toplantısı yaptı. Yalaka medya naklen yayınladı.

Kıssadan hisse...
Kimi ibret alır, kimi koçanı.

Nişasta

Tabip odaları bangır bangır bağırmadı mı...
"Hastaneleri ticarethaneye, hastaları müşteriye çevirdiler, bedava sağlık diyorlar, aslında paralı hale getiriyorlar, bu kafayla sağlık politikası olmaz, insanlarımız perişan olacak" demediler

mi? Dediler. Başbakan ne dedi bunun karşılığında... "Bu tür ideolojik yaklaşımlar, bu milletten beddua alır, iflah etmezler, açıkça söyleyin, çalışmak istemiyorsanız istediğiniz yere çekin gidin" dedi. Peki, ahalimiz ne dedi? "Allah razı olsun hükümetimizden" dedi.

Doktorlar miting yapmadı mı...
"Sağlık haktır, satılamaz" pankartı açmadılar mı? "Ne kadar hasta, o kadar para anlamına gelen performans sistemi, yanlıştır, vatandaşa zararlıdır" diye slogan atmadılar mı? Başbakan ne dedi bunun karşılığında... "Bu millete gönül vermiş doktorlarımız da var, biz yolumuza onlarla devam ederiz" dedi. Peki, ahalimiz ne dedi? "Hükümetimize duacıyız" dedi.

Eczacı odaları haykırmadı mı...
"İlaç sektörü dışarıya bağımlı hale getirildi, yanlış fiyatlandırma politikası yüzünden kanser ilaçları ithal edilmiyor, çaresiz kalan insanlarımız işporta tezgâhlarında kaçakçıların karaborsacıların eline düşmüş vaziyette" demediler mi? Dediler. Başbakan ne dedi bunun karşılığında... "Şu dernekmiş bu dernekmiş, kusura bakma, dinlemeyiz, halkın sağlığını ideolojilere kurban ettirmeyiz, ettirmeyeceğiz, bize müracaat eden eczanelerle anlaşırız, yolumuza onlarla devam ederiz" dedi. Peki, ahalimiz ne dedi? "Allah razı olsun hükümetimizden" dedi.

Eczacılar miting yapmadı mı...
"Yıkıma dur de" pankartı açmadılar mı? "Sağlıkta devrim dedikleri, masaldır, bu masala inanmayın, kendi yanlışlarını örtmek için, eczacıyı vatandaşa hedef gösteriyorlar" diye slogan atmadılar mı? Başbakan ne dedi bunun karşılığında... "Marketlerde ilaç satılması için çalışma yürütüyoruz"dedi. Peki, ahalimiz ne dedi? "Hükümetimize duacıyız" dedi.

Doktorlara kulak vermediğin için...
Sırf para kesmek amacıyla yapılan tırışkadan ameliyatlar artmadı mı? Durup dururken yatırıp, safrakeseni almıyorlar mı? Sende katarakt var amca diyerek, kahvelerden topladıkları ihtiyarları doğrayıp, kör etmiyorlar mı? Eyvah bebek ters geliyor ayağıyla, sezaryen patlamadı mı? Et yerine tavuk ibiği katılmış dandik sucuk gibi, dandik görüntü veren emar'cılar türemedi

mi? Niye sadece İstanbul'da, bütün İngiltere'den daha fazla emar cihazı var? Gariban mı İngiliz hükümeti? Alamıyorlar mı bu cihazı? Yaptırdığın tahlilin ne kadar doğru tahlil olduğunu tahlil edebilir misin? Hani, özel hastane-eczane, her tarafa bedavaydı? Baypastan filan vazgeçtim, tırnağını bile bedavaya kestirebiliyor musun artık?

Eczacılara kulak vermediğin için...
AKP iktidara geldiğinde, 2002'de, 650 milyon kutu ilaç tüketiliyordu, bugün, senede 2 milyar kutu ilaç tüketiliyor.
Çünkü... Dünyanın en pahalı benzinini kullanırken, dünyanın en pahalı elektriğini kullanırken, dünyanın en pahalı doğalgazını kullanırken, nasıl oluyor da, Avrupa'nın en ucuz ilacını kullanıyorum diye hiç düşünmedin; Allah razı olsun dedin, geçtin.

Netice?
Manşetler bangır bangır...
Nişastadan hap yapmışlar.
Kanser ilacı diye kakalıyorlarmış.

Sen gene de bozma maneviyatını...
Olumlu tarafından bak.
Nişastasıyla puding yaparsın.

Yoğurt

En sevdiğim kelimedir, yoğurt.
Biz icat ettik.
Adını da biz koyduk.
Dünyanın hangi lisan konuşulan ülkesine giderseniz gidin, yoğurdun üzerinde Türkçe yoğurt yazar. Gurbet ellerde marketleri dolaşırken, rafta akrabanı görmüş gibi olursun, sarılasın gelir.

Beş sene evvel.
Durup dururken...

AKP yoğurda el attı.
Standardını değiştirdi.

Resmi Gazete'de tebliğ yayınladılar, protein oranını düşürdüler, yüzde 12 oranında yağsız kuru madde bulunması şartını tamamen kaldırdılar. Niye diye sorulunca... AB'ye uyum için dediler.

O zamanlar sihirli kelimeydi AB... Uyum ayaklarıyla yapılan her şey mubahtı. İtiraz etmeye kalkarsan, saldırılıyordu; Türkiye'nin gelişmesine karşı çıkıyorsun, zenginleşmeye engel oluyorsun, statükocusun filan deniyordu.

Halbuki, meselenin AB'yle falan alakası yoktu. Herkes biliyordu ki, aslında... Türk yoğurdunun, Türk damak tadına uygun geleneksel kıvamı var, koyudur, genelde sade yenir, istersen yemeklerde kullanılır. Avrupa malı yoğurt ise, cıvıktır, lezzet mezzet olmadığı için, meyveli şekilde kakalanır, yemekte kullanılmaz. Bu yüzden, Avrupa malı yoğurdun Türkiye pazarında yer bulması imkânsızdır.

Ama... Türk yoğurdunun standardını değiştirirsen, piyasadaki bütün yoğurtları Avrupa malı yoğurt gibi, sulu, cıvık yoğurt haline getirirsen ne olur? Önce beğenilmez, başka seçenek olmadığı için zamanla alışılır, çocuklarımızın damak tadı değişir, bizim yoğurdun lezzeti-kıvamı unutulur, el âlemin ürünü, geleneksel yoğurdumuzun yerini alır.

İşte bu gidişata dur demek için, başta Sütaş ve SEK, yerli üreticilerimiz itiraz etti. Mesele, yerli-yabancı meselesi değildi. Yabancıların piyasaya girmesinde elbette sakınca yoktu; hepimizin faydasınadır, rekabeti artırır, kaliteyi artırır. Ancak, standardı değiştirip, cıvık yoğurdu mecburi hale getirmek, geleneksel Türk yoğurdunun sonu demekti. Bunu önlemek için mücadele başlatıldı.

Standardın değiştirilmesini ise... Tarım bakanımıza şövalye nişanı veren Fransa destekliyordu.

Yalaka medya, haberi sansürlüyor, oldubittiye getirmek istiyordu. Yurtsever gazeteciler sessiz kalmadı, yazıldı, sosyal medya devreye girdi, tepkiler büyüdü. AKP geri adım atmak zorunda kaldı. Söz konusu standardın AB'yle alakası olmadığı kanıtlandı. Tebliğden vazgeçildi.

Böylece, geleneksel Türk yoğurdu kurtuldu.

Hani, Tayyip Erdoğan tarafından "vatan haini" ilan edilen Tüsiad başkanı var ya... Milli değerimiz yoğurdu kurtaran, Sütaş'ın sahibidir.

Bazen cephede vuruşmaktır, vatan...
Bazen yoğurdu savunmaktır.

Ve, asla unutmamalıdır...
Milli içkimiz falan diyenlerin yoğurduyla ayran bile olmaz!

İsim	Şehir	Adres

Burası Türkiye
burdan çıkış yok

Gazi'antep Kahraman'maraş Şanlı'urfa

Adana'nın yabancı asker işgalinden kurtuluşunun yıldönümü, törenlerle kutlandı. Destansı kurtuluş günü etkinliklerinde, Adana'nın bağımsızlık için nasıl direndiği, yabancı askeri yurdumuzdan nasıl kovduğu anlatıldı. Başbakan, Adana Valisi'ne telgraf çekti, yabancı askerden kurtuluş gününü kutladı.

Gaziantep'in yabancı asker işgalinden kurtuluşunun yıldönümü, törenlerle kutlandı. Türk bayrağına takılan istiklal madalyası alkışlarla göndere çekildi. Antep'in yabancı askeri yurdumuzdan nasıl kovduğu anlatıldı, TBMM tarafından Gazi'lik unvanıyla onurlandırılan ilk ve tek şehir olduğu hatırlatıldı. Cumhurbaşkanı, Gaziantep Valisi'ne telgraf çekti, yabancı askerden kurtuluş gününü kutladı.

Kahramanmaraş'ın yabancı asker işgalinden kurtuluşunun yıldönümü, törenlerle kutlandı. Maraş'ın yabancı askeri yurdumuzdan nasıl kovduğu anlatıldı, TBMM tarafından Kahraman'lık unvanıyla onurlandırılan ilk ve tek şehir olduğu hatırlatıldı. TBMM Başkanı uzaktan telgraf çekmedi, bizzat törenlere katıldı, Kahramanmaraş sadece Kahramanmaraş'ı kurtarmamış, Anadolu'nun yabancı asker istilasından tasfiyesini başlatmıştır dedi. Hatta... Bu topraklar bize kolayca vatan olmadı, binlerce şehit verdik ama, vatan toprağını yabancı askere teslim etmedik, bile dedi.

Netice?

Patriotlar geldi.

Adana'ya...
"Gazi"antep'e...
"Kahraman"maraş'a yerleştirildi.

Kahramanmaraş'ı Almanlar...
Gaziantep'i Amerikalılar...
Adana'yı Hollandalılar savunacak.

Komutan desen... Yunan asıllı.
Kendisi anlatıyor, dedesini İzmir'de denize dökmüşüz.

E bi tane Fransız bataryası da "Şanlı"urfa'ya yerleştirilseydi, dört dörtlük "milli" mücadele olurdu gari.

Çiçekdağı

Rahmetli Neşet Ertaş, Kırşehirliydi.
Bi ara Yozgatlı oldu.

Çünkü, Osman Bölükbaşı 1954 seçimlerinde Kırşehir'den tulum çıkarıp, mebus olunca... Ahaliye demokrasi feriştahı olarak kakalanan Demokrat Parti pek sinirlendi, Kırşehir'i zart diye ilçe yaptı, zurt diye Nevşehir'e bağladı.

Diyeceksiniz ki, Yozgat bunun neresinde?
Neşet Ertaş, Kırşehir'e bağlı Çiçekdağı ilçesinde dünyaya gelmişti. Kırşehir'i Nevşehir'e bağlarken, Çiçekdağı'nı Yozgat'a bağladılar.

Üç sene sonra...
Kırşehir'i hallettik sandılar, gene il yaptılar, her ihtimale karşılık Osman Bölükbaşı'nı tutukladılar. Osman Bölükbaşı'nın doğduğu Hasanlar Köyü'nü Nevşehir'e bağlı bırakırken, Neşet Ertaş'ın doğduğu Çiçekdağı'nı gene Kırşehir'e bağladılar. Gel gör ki, hapiste bulunan Osman Bölükbaşı, gene Kırşehir'den aday oldu, gene mebus seçildi! Milli irade, milli irade diyorlardı, aha sana

milli irade... Koğuşta, inadına pijamasıyla mebus yemini etti, çıktı, TBMM'ye gitti.

(Komplolarla tasfiye edilmeye çalışılan Osman Bölükbaşı'nın... Seneler sonra mebus seçilen oğlu Deniz Bölükbaşı, gene bi seçim arifesinde, faili meçhul kaset komplosuyla tasfiye edildi.)

"Senden-benden" kavgası yüzünden, bi ara mecburen Yozgatlı olan Neşet Ertaş'ın, yakınlarıyla akrabaları arasında "senden-benden" kavgası yapılıp, cenaze töreni cemevinde mi olsun, camide mi olsun tartışması yaşanırken... Neticede, Ahi Evran Camisi'nde karar kılındı. Ahi Evran, kendisi gibi Kırşehir'de yaşayan Hacı Bektaş Veli'nin tavsiyesiyle Ahilik sistemini kurmuştu. Ancak, Ahi Evran'ın türbesi Kırşehir'deyken, Hacı Bektaş Veli'nin Kırşehir'deki kabri, Nevşehir'de.

Nası yahu dersen?

Osman Bölükbaşı'nın doğduğu Hasanlar Köyü'nü Kırşehir'den Nevşehir'e bağlamışlardı ya... İşte o Hasanlar Köyü, Hacıbektaş ilçesine bağlı... Kırşehir'i ilçe yapıp, Hacıbektaş'ı Nevşehir'e bağlamışlar, Kırşehir'i yeniden il yaparken, Osman Bölükbaşı'na kıllık olsun diye, Hacıbektaş'ı Nevşehir'de bırakmışlardı.

Neyse...
Yaşarken devlet sanatçısı unvanını reddeden Neşet Ertaş'a, metazori devlet töreni yapıldı. Minareli-süngülü şiiriyle ünlü olan ve her mitingte "biliyorsunuz, Kılıçdaroğlu alevidir" diyerek yuhlatan başbakanımızla, Adnan Menderes açılımı yapan Kılıçdaroğlu katıldı. Kültür bakanımız da oradaydı. Ki, AKP'li kültür bakanımız, "cibilliyetini biliyoruz" dedikleri CHP kültüründendi.

Tıpkı, Kırşehirli Osman Bölükbaşı gibi, hapisteyken aday olup seçilen mebuslarımız, Demokrat Parti dönemini bile mumla aratıp, serbest bırakılmazlarken... Liseleri zorla imam hatip'e çevirip, sonra da, liselerde yer kalmadı diye, çocuklarımızı zorla imam hatip'e kaydettikleri ortaya çıktı.

Ve, sanırım bu tür ayak oyunları nedeniyle, şöyle sesleniyordu Kırşehir'den Yozgat'a Yozgat'tan Kırşehir'e kaydedilen "Çiçekdağı" türküsünde Neşet Ertaş...

Vardım zilin sesine
Sarfetsem cilvesine
Seni gidi oyunbaz
Cilvesine doyulmaz!

Teksas

Aslında her şey "Teksas"ta başladı.

Türkiye'nin Büyük Ortadoğu Projesi eş başkanı olduğunu öğrendiğimiz günlerde, 2004'te... Irak'ta öldürülen Amerikalı er Casey'nin annesi Cindy Sheehan, tek başına gitti, oğlumun katili sensin diye bağırarak, başkan buş'un "Teksas"taki çiftliğinin kapısına çadır kurdu.

Öbür anneler, bana ne demedi, çadırı kapan koştu. "Teksas"taki çiftlik çadırkent'e döndü. E orası, burası değil tabii, dağılın lan diyerek biber gazı sıkamadılar. Tiviler canlı yayındaydı.

İyi de güzel ablacım, senin oğlunu zorla askere götürmediler ki, bedelini ödüyoruz, tıkır tıkır maaş almak için gitmedi mi, diye sordular... Şu hazin cevabı verdi: Oğlum üniversite okumak istiyordu. Üniversiteler çok pahalı, param yetmedi. Ordudan aldığı maaşı biriktirip, üniversiteye gidecekti.

Yani... Askerlikten yırtmak için üniversiteye değil, üniversiteye gidebilmek için askere gitmişti!

Annenin bu feryadı, duymak istemeyen kulaklarda bile çınladı. Bizim çocuklarımız niye bize ait olmayan savaşlarda ölüyor sorusu, gariban evlerin odalarından taştı, manşetlere çıktı.

Sembol olmuştu... Dünyayı dolaşıyor, Amerikan halkına anlattıklarını, herkese anlatıyordu. Türkiye'ye de geldi, Ankara Üniversitesi Siyasal Bilgiler Fakültesi'nde konferans verdi. Biz hata yaptık, bize ait olmayan savaşlara girdik, ben bu hatanın bedelini her gün ödüyorum, umarım siz böyle bir hata yapmazsınız, devlete yönetici seçerken dikkat edin, dedi.

Amerikan kamuoyunu öylesine derinden etkiledi ki, Cumhuriyetçiler onun yüzünden kaybetti, Demokratlar onun sayesinde kazandı yorumları bile yapıldı. Oysa... İsveç'teki konferansında çıktı, şöyle dedi: Demokratlar bizi kullandı, Obama'yı bi umut olarak, bi hediye olarak sundular ama, buş'tan farkı yok, haydutlar sınıfı tarafından yönetilmeye devam ediyoruz!

Bitirici vuruştu... Obama, baktı ki böyle olmuyor, kendi çocukları yerine, el âlemin çocuklarının ölmesinin daha mantıklı olduğuna karar verdi. Güya Irak'tan çekildi ama, Büyük Ortadoğu Projesi'ni revize ederek, en başta biz, el âlemin çocuklarını ateşe sürdü.

"Teksas"ta başlayan macera neticesinde... Bize ait olmayan savaşa burnumuzu soktuğumuz için, kendi topraklarımızda girilmesi yasak kampların kurulduğu, eli silahlı köktendincilerin, ajanların cirit attığı... Bunun karşılığında, apo'çilerin yol kestiği, mebus kaçırdığı, ilçe bastığı, şehit üstüne şehit verdirdiği, bayrağımızı indirdiği, vahşi batının "Teksas"ına döndü ülke!

Ve, Afyon patlamasındaki 25 şehitten Emrah...
Amerikalı er'le yaşıttı.
"Teksas" üniversitesinde mastır yapmıştı!

Uzun lafın kısası...

Bedel'ini ödeyip üniversiteye gidemeyen Amerikalı garibanlar ölmesin, Amerikalı analar ağlamasın diye... Kendi garibanlarının yanı sıra, bedelli'yi ödeme imkânı ve hakkı varken, vatan borcunu ödemeye giden kahraman evlatlarını da kurban vermeye başladı Türkiye.

Hatay

81'lik delikanlı, İzmir Fuarı açıldı.
Onur konuğumuz, Hatay.

Televizyonun olmadığı dönemlerde, "coğrafya laboratuvarı"ydı Fuar... Hayatımda ilk Japon'u orda gördüm, ilk Afrikalıyı da... Soğuk Savaş yıllarında Sovyet pavyonuna girip, orak-çekiç'in altında fotoğraf çektirebildiğimiz "tek özgürlük alanı"ydı. İnsan için küçük, insanlık için büyük adım'ı atan ve geçenlerde rahmetli olan Neil Armstrong'u Ay'a indiren kapsülü getirmişti ABD, yanına da Ay'dan getirilen kaya parçasını koymuşlardı, sakal-ı şerif'in etrafında döner gibi kuyruğa giriyordu ahali... Filistin henüz devlet değilken, Arafat'ın kefiyesiyle biniyorduk çarpışan otolara, çünkü, avanta dağıtıyorlardı FKÖ pavyonunda... Küba, Malezya, Kenya, gidemiyorduk, geliyorlardı, tanışıyorduk; yaratılan'ı yaradan'dan ötürü sevmeyi illa seçmeli din dersinde öğrenmiyorduk! İthalat yasaktı, Marlboro'ya çember atıyorduk, lunaparkta... Düdük'ten başkası yoktu, ilk defa spagetti yemiştim, ilk ketçap'la... Sutyen'in porno muamelesi gördüğü, damalı taksi günleriydi, margarin üstüne tozşeker'li ekmek kemirdiğimiz, Anadol'un inekler tarafından yendiğine inandığımız, arapsabunu kokulu zamanlardı. Çamaşır makinelerinin merdaneli, cep telefonunu sadece Kaptan Körk'ün kullandığı, arkası yarın'a kulak kesildiğimiz, mum ışığının gölgesinde parmaklarımızı eğip bükerek duvara tavşan yaptığımız elektrik kesintili gecelerdi. Saz heyetleri smokin'le çıkardı sahneye gazinolarda, İran'a özenip kravat'a savaş açılmamıştı. Barış Manço, Cem Karaca, Zeki Müren, mesut bahtiyar'dan şarkılar dinliyorduk Fuar'da.

Sonra?

Hayatın doğal akışı devreye girdi, kaçınılmaz olarak dünyaya entegre oldu Türkiye... Kabiliyetsiz yöneticiler yüzünden çağ'a ayak uyduramayan Fuar, nostalji'den ibaret haline geldi.

Taa ki, 2005'e kadar...
Yedi sene önce bakış açısı değiştirildi, yeni bi "vizyon" kondu. Türkiye'nin "dünyaya açılan pencere"si, Türkiye'yi "dünyaya tanıtan vitrin" haline getirildi.

“Onur konuğu şehir” uygulaması başlatıldı. “Uluslararası” özelliği kaybedilmeden “yerel” öne çıkarıldı. Mardin, Uşak, Çorum, Karabük, Çanakkale, Gaziantep ve Denizli onur konuğu oldu. Bu uygulama o kadar tuttu ki... Bu seneki Fuar’da, onur konuğu Hatay’ın yanı sıra, 35 şehrimiz pavyon açtı. Yazmaktan onur duyuyorum: Adıyaman, Afyon, Amasya, Ankara, Antalya, Artvin, Aydın, Balıkesir, Bilecik, Bolu, Bursa, Çanakkale, Denizli, Diyarbakır, Edirne, Elazığ, Erzurum, Giresun, İstanbul, Kayseri, Kırşehir, Kocaeli, Konya, Kütahya, Manisa, Mardin, Muğla, Nevşehir, Niğde, Osmaniye, Samsun, Tekirdağ, Tokat, Uşak, Van.

“Yerel vitrin” özelliği, uluslararası çekiciliği artırdı... Fuar’a katılan ülke sayısı 20’li rakamlara düşmüştü, patladı, önceki sene 43, geçen sene 55, bu sene 64 ülke katıldı.

“Partner ülke” uygulaması başlatıldı. Bu seneki partner ülke, Latin Amerika... Çünkü, Fuar’ın yeniden parladığını gören, Küba, Meksika, Arjantin, Kolombiya, Ekvador, Venezuela, Şili ve Peru seçilmek için kıyasıya yarıştı, neticede “partner kıta” olarak katılmaya karar verdiler.

Vizyon değişikliği, ziyaretçi sayısını da roketledi... 2000’lerin başında 1 milyon’un altına kadar inmişti, geçen sene 1.5 milyon’u aştı, bu sene 2 milyon’u geçmesi bekleniyor. Özetle... Trajik yangınıyla küllerinden doğan İzmirimin, Fuar’ı da küllerinden doğuyor.

Hatay’ın onur konuğu olması meselesine gelince...

Ben mesela, Hataylıyım!
Hatay’da büyüdüm.
İzmir’de yüzbinlerce Hataylı var.

Çünkü... Fuar’ı kuran, Sağlık Bakanlığı da yapan, İzmir’in efsane belediye başkanı Doktor Behçet Uz, Hatay vilayetimiz henüz Türkiye topraklarına katılmadan taaa iki sene önce, İzmir’in en büyük semtlerinden birine Hatay adını verdi. Hatay şehrimiz, hem Mustafa Kemal’in ideali, hem de İzmirlilerin başının tacıdır. İzmir Hatay’dır, Hatay İzmir’dir.

Hatay'da bugün olan bitenlere hassas olmamız ondan... Hatay, biz İzmirliler için Mustafa Kemal'in emanetidir. İzmir gibi, ezan çan hazan'ın aynı semada huzur içinde yankılandığı hoşgörü'dür. Eli silahlı şeriatçı tiplerin cirit attığı, etnik kökenlerin, mezheplerin sorgulandığı, babanın malı gibi istediğine peşkeş çekebileceğin, dingonun ahırı değildir Hatay!

Dersim

Hükümetimiz açılım ayaklarıyla Kandil'den gelenlere kırmızı halı serdiğinde... AKP'nin imdadına yetişen Kemal Kılıçdaroğlu, durup dururken, Dersim krizi çıkardı mı? Çıkardı.

Habur rezaleti taptazeyken... Dersim isyanıyla PKK kalkışması arasında benzerlik kuran kendi genel başkan yardımcısı Onur Öymen'i infaz edip, toplum nazarında "soykırımcı" durumuna düşürüp, derhal istifaya çağırıp, Habur rezaletini unutturdu mu? Unutturdu.

CHP Genel Başkanı olur olmaz, bismillah ilk iş, Onur Öymen'in üstünü çizip, onun yerine "Dersim soykırımdır" diyen Hüseyin Aygün'ü milletvekili yaptı mı? Yaptı.

Hüseyin Aygün, CHP milletvekili olur olmaz, bismillah ilk iş, "Dersim soykırımdır, insanlık suçudur, sorumlusu CHP'dir, İsmet İnönü'dür, Atatürk de haberdardır" dedi mi? Dedi.

Teröristlere, şefkatle "terörişko" muamelesi yapan tetikçi gazteci tayfası "yeni CHP'yi" ayakta alkışlayıp, "tarihimizle yüzleşelim" kampanyası başlattı mı? Başlattı.

Tam o sırada... Başbakanımız, İngiliz kuklası Seyid Rıza'nın "yürek burkucu hikâyesi"ni anlatıp, aslında ne kadar millici, ne kadar dindar olduğunu söylerken, ağladı mı? Ağladı.

Hareket eden her canlıya havadan bomba yağdırıldığını...

Kadınların, çocukların, gaz bombalarıyla hunharca katledildiğini... Kara suratlı adamların, dere içinde titreşe titreşe bekleyen masumların işini bitirdiğini belirterek... Devlet adına özür diledi mi? Diledi.

Kameraya sallaya sallaya... Katliam belgesinin altında İsmet İnönü'nün imzasının bulunduğunu izah edip, "sizin kahramanlarınız buysa, bu ülke biter... Çok şükür ki, bizim kahramanlarımız arasında böyle yüzü kapkara olanlar yok" diye bağırdı mı? Bağırdı.

İnönü'nün Hitler, Sabiha Gökçen'in gözü dönmüş ırkçı olduğu yazıldı mı? Yazıldı. AKP milletvekili basın toplantısı yapıp, Sabiha Gökçen Havalimanı'nın isminin değiştirilmesini istedi mi? İstedi.

Netice?

Dersim'de yol kesip... Başbakanımızın bahsettiği o derenin kenarında, CHP milletvekili Hüseyin Aygün'ü kaldırdılar.

Bana sorarsanız...
Teröişkolar yapmış olamaz.
Olsa olsa İsmet'in işidir.
Sabiha'nın pırpırıyla kaçırmışlardır.

Hakkâri, Sinop

Başbakan diyor ki...
Ne Hakkâri'ye gidebilirsin.
Ne Van'a gidebilirsin.
Sivas'ın ötesine geç de görelim.

Kılıçdaroğlu diyor ki...
Sıkıysa git Rize'de söyle.

BDP, Sinop'ta taşlanıyor.

Samsun'dan kovalanıyor.
Ordu ve Giresun'a giremiyor.
Trabzon'a gidemiyor.

CHP milletvekili "Diyarbakır babanın malı mı" diye soruyor, AKP milletvekili "Diyarbakır'a giremezsin, girmen için aptes alman lazım, biz seninle eşit değiliz elhamdülillah, biz bu ülkenin sahibiyiz" diyor.

BDP milletvekili ise, mezhep pasaportu yerine, etnik köken pasaportu soruyor, "Kafkaslar'dan Boşnaklardan gelenler, bu ülkenin sahibi değilsiniz, haddinizi bileceksiniz" diyor.

Başbakan, CHP ve MHP'lilerin Hakkâri'ye gidemeyeceğini söylüyor ama... AKP'nin içişleri bakanı Hakkâri'de taşlı-sopalı saldırıya uğruyor, zor kaçıyor.

İçişleri bakanı Hakkâri'de saldırıya uğrayınca "provoke etmeye geldi, tahrik etti, hangi akla hizmetle halkın arasına giriyor, olacağı buydu" diyen BDP... Kendisi Sinop'a gidip, saldırıya uğrayınca "faşistler provoke etti" diyor.

"Milli birlik" ve "kardeşlik" projesi filan diyerek, milleti getirdikleri nokta, işte budur... Uganda'ya Somali'ye vize kalktı diye seviniyoruz, kendi memleketimizin sınırlarında seyahat edemiyoruz.

Yazın bi kenara...
Anayasa'yı değiştirirken, "herkes seyahat hürriyetine sahiptir" maddesini de kaşla göz arasında siler bunlar.

Washington

Deniyor ki, "Başbakan'ın ABD ziyaretinde bir ilk yaşanacak, Beyaz Saray'ın hemen karşısında yer alan ve sadece önemli konukların misafir edildiği Blair House'da kalacak."

Halbuki...
Celal Bayar orada kaldı.
Adnan Menderes orada kaldı.
İsmet İnönü orada kaldı.
Cevdet Sunay orada kaldı.
Nihat Erim orada kaldı.
Süleyman Demirel orada kaldı.
Turgut Özal orada kaldı.
Tansu Çiller orada kaldı.
Hatta, Bülent Ecevit iki defa kaldı.

Kalmayan bi Tayyip Erdoğan kalmıştı.

(Aslında Kenan Evren de kalmadı ama, talihsizlikten... Çünkü, Washington'a gittiğinde Blair House tadilattaydı. Baktılar ki, Evren çok bozuldu bu tadilat işine... Artist başkan Ronald Reagan devreye girdi, ben onun gönlünü yaparım dedi, Beyaz Saray'daki yemeğe Hollywood artisti James Stewart'ı çağırdı, jest olarak Evren'in yanına oturttu. Gerçi, bizim cumhurbaşkanı, James'i tanımayıp, emekli NATO generali zannetti ama, olsun.)

Ha, Anıtkabir'de olmak yerine, günler torbaya girmiş gibi illa 19 Mayıs'ta Blair House'ta olmayı tercih eden ilk başbakan olabilir mi derseniz... O konuda ilk.

İzmir

İzmir'de "çete" kurarak "asrın yolsuzluğu"nu gerçekleştiren belediyeciler tahliye edildi. Çete'lesini yazayım bari.

İzmir Büyükşehir'in en büyük harcama kalemi, metro... 80 küsur müfettiş, aylarca inceledi. En küçük bi suiistimal bulundu mu? Bulunmadı. Suçlamalar arasında var mı metro? Yok.

Banliyo sistemi için 600 milyon lira harcandı. Tüneller, yeraltı istasyonları, geçitler filan... İhalelerinde yamuk tespit edildi mi?

Edilmedi. Yok mu yani suçlamalar arasında? Yok.

Körfez trafiği için 15 adet katamaran tipi, hızlı vapur alınıyor, imzaları atıldı, 115 milyon Euro... Komisyon momisyon, malı götürmek için iyi bi fırsat... Var mı iddianamede? Yok.

Kadifekale civarındaki kentsel dönüşümün maliyeti, 200 milyon lira... Akraba, eş, dost'u kollayıp, al takke ver külah için, şahane imkân... Var mı asrın çete davasında? Yok.

AB standartlarında biyolojik arıtma tesislerinin başkentidir, İzmir... Türkiye'deki her 4 biyolojik arıtma tesisinin 1'i orada... 70 milyon liranın üzerinde para harcandı. İhaleleri didik didik edildi, en küçük bi pürüz bulundu mu? Bulunmadı. Davada yok o halde? Yok.

Memleketin en önemli çevre projelerinden Çamur Çürütme ve Kurutma Tesisi'ne 62 milyon lira ödendi. Bir kuruşluk avanta tespit edildi mi? Edilmedi. Yok mu iddianamede? Yok.

2005'ten beri, her hafta, 207 bin öğrenciye 1.2'şer litre süt dağıtılıyor. Faturası sadece bu sene, 7 milyon lirayı geçti. Bırak hastanelik olmayı, tek çocuğun bile karnı ağrımadığı gibi... Soruşturmalara rağmen, en ufak bi akçeli iş bulundu mu? Bulunmadı. Var mı davada? Yok.

8 senedir yönetiyor İzmir'i Aziz Kocaoğlu... Her sene 5 milyar lira bütçeden, 40 milyar lira eder. Sırf kamulaştırmaya 700 milyon lira harcadı. Kendisine oy vermeyenler, AKP'nin İzmir'deki yöneticileri dahil, "boğazından haram para geçti" diyebilen var mı? Yok.

İyi de kardeşim...
Neyi soydu bunlar?

Mandalina'yı soydular!

Evet... Suçlamalar arasında mandalina var. Üreticiden mandalina alıp, okullarda dağıtmışlar. Fahiş fiyatla mı almışlar? Yo-ooo, ucuza almışlar. Suç ne o zaman? Almasalar da olurmuş, niye almışlar! Üreticiyi kollayarak, kamuyu zarara uğratmışlar. Normalde, mandalinaların çöpe atılmasına, üreticinin batmasına göz yummaları gerekiyordu!

Şal almışlar, kaşkol almışlar, öğretmenlere dağıtmışlar. Niye? Öğretmenler Günü için... Vakko'dan mı almışlar? Hayır, kooperatiflerden almışlar, dükkân fiyatının 10'da 1'ine.

Başka? Şevval Sam'a konser verdirmişler. Şarkı da mı suç birader? Şarkı suç değil ama, Şevval Sam için ihale açmamışlar! Belki, daha ucuza başka Şevval Sam var, di mi?

Otopark meselesi var bi de... Belediyenin otoparkını, özel şirketin elinden alıp, belediye şirketine vermiş Aziz Kocaoğlu... Bak sen şunun yaptığına! Komünist misin Başkan? Bırak, parayı kim götürürse götürsün... Niye belediyenin malını belediyeye veriyorsun?

Ayrıca...
İhbarda bulunuyormuş gibi olmayayım ama...

İstanbul metrosunun her kilometresi, 140 milyon lira... İzmir metrosunun her kilometresi, sadece 60 milyon lira... Kilometre başına 80 milyon lira daha az... Ayıp değil mi Aziz Bey?

Bir şehrimize arıtma tesisi yapıldı, yabancı krediyle, 40 milyon Euro... İzmir'e aynısı yapıldı, öz kaynaklarla, 3 milyon dolar... 15 kat ucuza! İflas mı ettircen sen bu şehri Aziz Bey?

İzmir Büyükşehir Belediyesi, 200 mililitre sütü, kaç liraya alıp, çocuklarımıza içiriyor? 37 kuruşa... Hükümetimiz, aynı İzmir'de, aynı çocuklara, aynı ineklerin sütünü, kaç liraya içiriyor? 53 kuruşa... 2 katına yakın... Bu kafayla gidersen, 397 sene hapis, az bile Aziz Bey.

Ve, ayrıca...
Kendi kendimi ihbarda bulunuyormuş gibi olmayayım ama...

O çetenin zeybeğiyim.
"Ak"lanmaya ihtiyacımız da yok, niyetimiz de yok bizim!
Bir oyum var...
Bir milyon oyum olsa, bir milyonunu da çetebaşı'na veririm.
İzmir Aziz'dir Aziz kalacak.

İsim | Şehir | Ülke

Düşişleri

Rusya

Putin'le Başbakanımızın hayat çizgisinde pek çok ortak özellik var aslında... Putin'in babası Sovyet donanmasının denizaltı filosundaydı, Başbakanımızın babası kaptandı.

Okul yılları bile üç aşağı beş yukarı aynı döneme denk geliyor. Putin, Leningrad Üniversitesi Hukuk Fakültesi'nden diplomasını alırken... Başbakanımız imam hatip lisesi'nden mezun oluyordu.

İşe girişleri de eşzamanlı...
Putin KGB'ye girdi, Başbakanımız İETT'ye girdi.

Tesadüfün bu kadarı yani... Aynı tarihlerde askerlik yaptılar. Başbakanımız kantin asteğmeniyken, Putin, yarbay rütbesiyle Doğu Almanya'da casustu.

Kamu görevine bile aynı günlerde başladılar. Başbakanımız belediye başkanlığı koltuğuna otururken, Putin, KGB'nin yerini alan istihbarat teşkilatı FSB'nin başkanlık koltuğuna oturuyordu.

İkisi de sporcu... Başbakanımız futbolcu. Putin ise düzenli olarak yüzüyor, rafting ve kayak yapıyor, badmington ve buz hokeyi oynuyor, bisiklete ve at'a biniyor, judo ve karate'de kara kuşak, dünyada 10'uncu dan mertebesine ulaşmış sadece 7 kişi yaşıyor, Putin karate'de 6'ncı dan, judo'da 8'inci dan.

Putin, sambo'da mastır seviyesinde... Sambo, silahsız savunma manasına gelen, aikijutsu, jujitsu, aikido, judo ve güreş'in karışımından oluşan, modern savaş sanatı kabul edilen, mücadele ve dövüş sporu... Başbakanımızın ise, Kırkpınar altın kemeri var.

İkisi de pilot... Putin, bizzat kendisinin kullandığı Su-27 tipi savaş uçağıyla Çeçenistan'ı vurdu, Tu-160 tipi ağır bombardıman uçağıyla havacılık fuarında gösteri uçuşu yaptı, Be-200 tipi tanker uçağını kullanarak orman yangınına müdahale etti. Başbakanımızın, uçmayan pırpır uçak kokpitinde fotoğrafı var.

İkisi de müzik tutkunu... Putin, favori şarkısının Beatles'tan "Yesterday" olduğunu söylüyor. Başbakanımız, beraber yürüdük biz bu yollarda'yı söylüyor. Putin piyano çalıyor, Brahms, Mozart, Çaykovski, Rahmaninov, Schubert ve Liszt dinlemeyi seviyor, caz'a ilgi duyuyor. Başbakanımız, siidiçalar çalıyor, bi defa görüntülenmişti, makam otomobilinde Cengiz Kurtoğlu dinlediğini biliyoruz.

Bir başka ortak noktaları şiir...
Putin, Ömer Hayyamcı, Başbakanımız, Necip Fazılcı.

Yabancı lisana hâkimler...
Putin, İngilizce, Almanca biliyor.
Başbakanımız, van münüts ve Arapça konuşuyor.

Peki, hiç farklı noktaları yok mu? Elbette var...
Putin dalgıç, geçenlerde arkeolojik kazıya katıldı, amfora çıkardı, mini denizaltıyla Baykal Gölü'nde 1400 metre derinliğe indi. Başbakanımız hem dalgıç değil, hem çanak çömlek işlerini sevmiyor, hem de Baykal adını duyunca sinirleniyor. Putin, tarihi kitap okumayı seviyor. Başbakanımız, kitap okumuyorum, kitap özeti okuyorum diyor. Putin, gençlik festivaline katılıp, Harley Davidson kullanıyor. Başbakanımız, motosiklet kullanmıyor, gençlik festivallerine gençlerin katılmasını bile tasvip etmiyor. Putinka adıyla votka var. Başbakanımız üzüm yememizi tavsiye ediyor. Putin'in iki köpeği var, birinin adı Koni, labrador retriver, öbürünün adı Buffy, çoban köpeği... Başbakanımız, köpekleriyle yatıp kalkanlardan hoşlanmıyor. Putin'in ordusu nükleer güç. Bizim genelkurmay başkanı dahil, ordunun yarısı hapiste, izahı çok güç. Putin'in uzay istasyonu var. Bizim astronot adayını denizin dibinden Amerikalılar çıkardı.

Suriye meselesine de farklı bakıyorlar... Başbakanımız "dak edene duk ederler" diyor. Putin ise, "sakın ola hiç kimse bize, kiminle silah ticareti yapacağımızı dik'te etmeye kalkışmasın, sonuçlarına katlanırsınız" diyor.

Hülasa.
Beşar'a dak-duk filan amenna ama, Putin'e dik...
Aman diim usta!

Hindistan Pakistan

Cephanelik patladı, 25 şehit var... Su işleri bakanımız "Hindistan'da Pakistan'da olur böyle şeyler" diyor.

E madem öyle, git oralarda bakanlık yap diyeceğim ama...
Aşağıladığı Hindistan'la Pakistan'ın bırak el bombasını nükleer silahları var, böyle bi facia yaşamadılar.

Böyle şey'lere illa örnek göstereceksen...
Böyle şey'i yaşayan ülke başka!

Ocak 2009...
Beşar Esad'ın Bodrum'a ailece tatile geldiği, Başbakanımızla sarılıp kucaklaştığı, Cumhurbaşkanımızın tarihimizde ilk kez Suriye'yi ziyaret ettiği, iki ülke savunma bakanlarının işbirliği anlaşması imzaladığı, sınırda ortak tatbikat yaptığımız günlerdi.

İran tarafından kiralanan, İran'ın Bandar Abbas limanından demir alan, Suriye'nin Lazkiye limanına giden, Rusya'ya ait Rum bandıralı Monchegorsk isimli gemi, Kızıldeniz'de ABD donanması tarafından durduruldu. Hayrola? Birleşmiş Milletler'in İran'a silah ticaretini yasaklayan ambargosu vardı, aranacak, ne taşıdığına bakılacaktı.

Bakıldı, iki ton patlayıcı bulundu. Rum Kesimi'ne baskı yapıldı, Limasol limanına kabul edeceksin, el konulan patlayıcılara bekçilik yapacaksın denildi. Nerden biliyoruz böyle denildiğini? Wikileaks belgelerinden biliyoruz... Rum Kesimi, gemiyi mecburen kabul etti, yükü indirdi, Egangelos Florakis deniz üssü'nün mühimmat depolarına taşıdı.

Rum basını isyan etti, kardeşim, İran bu, zurna değil, başımızı belaya mı sokacaksınız manşetleri attı. Rum Savunma Bakanı, n'apayım birader, gidin derdinizi Dışişleri Bakanı'na anlatın, onun başının altından çıkıyor demeye getirdi... Ki, aynı günlerde Rum Devlet Başkanı'nın Esad'ı yumuşatmaya çalışıp, bir-iki gün idare ediver, halledicem, ABD fena sıkıştırıyor dediği ortaya çıktı.

Temmuz 2011...
Bir-iki gün derken, iki sene geçmiş, coğrafyanın tansiyonu değişmiş, Suriye'de içsavaş başlamış, Rusya ve İran devreye girmiş, salağa yatarak Esad'ın patlayıcılarını hâlâ vermeyen Rum kesimi, güzel bi yaz sabahına uyanmıştı... Ki, hayalet el dokundu, deniz üssü'nün mühimmat deposu havaya uçtu! Donanma komutanı dahil, 13 kişi öldü.

Ocak 2012...
Saint Petersburg'tan demir alan, Suriye'ye giden, Saint Vincent bandıralı Rus gemisi, yakıt ikmali için Limasol'da demirledi. Rum makamları, sizi rahatsız etmek istemeyiz ama, kurallar gereği aramamız gerekiyor dedi. Geminin Rus kaptanı ise, hiç boşuna yorulmayın şekerim, buyrun belgelerimi, harbi harbi 60 ton mühimmat taşıyorum, müşterim de Suriye Savunma Bakanlığı dedi!

Batı basını, ki, en başta bizim muhterem basınımız, gemiye el konulduğunu, çünkü, AB üyesi olan Rum Kesimi'nin Suriye ambargosuna uymak zorunda olduğunu yazdı. Halbuki, kazın ayağı öyle değildi. AB gerçekten el konulmasını istemişti, ancak, mühimmat deposu'nu unutmayan Rumlar, bu sefer yemezler abi cevabını vermişti. Rus gemisi depoyu fulledi, püfür püfür gitti.

Ha unutmadan...

Mühimmat deposu patlayınca...
Rum Savunma Bakanı istifa etti.

Rum Dışişleri Bakanı istifa etti.
Rum Genelkurmay Başkanı istifa etti.
Televizyonlarda lay lay lom sirtaki yapmaya devam etmediler, üç günlük yas ilan ettiler.

Bitmedi...
Yunanistan'a kaçıp, sırra kadem basan Genelkurmay Başkanı hakkında, Larnaka mahkemesinden tutuklama kararı çıkardılar.
Herif, savcıya mektup yazdı, Yunanistan'da yargılanmak istiyorum diye yalvarıyor.

Bitmedi...
Dışişleri-Savunma bakanları yargılanıyor.
Devlet Başkanı yargılanıyor!
Soruşturma kurulu oluşturuldu, bu kurulun raporunda asıl sorumluluk devlet başkanı'na aittir denildi, tıpış tıpış gidip, ifade verdi.

Adı üstünde...
Mühim'mattır.

Bizde ise insan hayatı su'dan ucuz...
Sanırım o nedenle su işleri bakanı açıkladı!

İsrail

Türkiye hükümeti, Mavi Marmara şehitlerine 1'er milyon dolar tazminat istiyormuş, İsrail hükümeti 100'er bin dolar teklif ediyormuş.

Yok öyle!

Sene 1991...
PKK, Bingöl'de yol kesti.
Amerikalı İngiliz Avustralyalı, beş arkeolog kaçırıldı. Bunlardan ikisi, Nuh'un gemisini aramak için Türkiye'ye gelen Amerikalı

arkeologlar Ronald Wyatt ve Marvin Wilson'dı. 21 gün rehin tutuldular. Neticede, bir mağarada oldukları tespit edildi, operasyon yapıldı, PKK'lılar kaçtı, arkeologlar sağ salim kurtarıldı. O günkü tarihli gazetelerimiz yazmadı ama, orada iki şehit verdik.

Gel zaman git zaman...
Amerikalı arkeolog Ronald Wyatt, 1999'da kanserden öldü. Öbür arkeolog Marvin Wilson, rahmetli Ronald'ın dul eşiyle beraber mahkemeye başvurdu, "PKK'lılar bizi yağmurun altında 18 saat yürüttü, hastalandık, mağaralarda kaldık, çok korktuk, Ronald bu stresler kanser olup öldü, benim de sinir sistemim mahvoldu, ailelerimiz perişan oldu, bunların sorumlusu kimse, tazminat ödesin kardeşim" dedi.

Dava, 2001'de açıldı.
Üç ay önce sonuçlandı.

Columbia Federal Bölge Mahkemesi şu kararı verdi: "PKK örgütü, ABD ve Türkiye'ye göre resmen terörist örgüttür. Bu terörist örgüt, kaçırılma olayı sırasında, Suriye tarafından himaye ediliyordu. PKK lideri Abdullah Öcalan, Suriye'de barınıyordu. Dolayısıyla, Suriye devleti bu işin sorumlusudur."

Ve, Suriye hükümeti 338 milyon dolar tazminat ödemeye mahkûm edildi!

Yanlış okumadınız...
338 milyon dolar!
Arkeologların eşleri ve çocuklarıyla birlikte, torunlarına bile ayrı ayrı tazminat verilmesine hükmedildi.

Şimdiiii...
Gelelim zurnanın zırt dediği yere.

Arkeologları temsil eden avukatlar kimdi? İnsan hakları konusunda hukuk mücadelesi veren sivil toplum kuruluşu, Shurat HaDin Law Center... Nereli bu arkadaşlar? İsrailli. Merkezi Tel Aviv'de.

Özetle...

"Olanları unutun, helalleşin" diyerek, bizi PKK'yla masaya oturtan ABD... Aynı PKK iki vatandaşını rehin tuttu diye Suriye'den 338 milyon dolar isteyecek... İki Amerikalı korktu diye 338 milyon dolar isteyen İsrail... Silahsız insanlarımızı takır takır katledip, 100'er bin dolarla helalleşecek öyle mi?

Sen de zafer kazanmışsın gibi...
1'er milyon dolara fit olacaksın öyle mi?

E hani van münüts demezler mi?

$uriye

TC-DAP
Devletimizin viaypi uçağı.
60 milyon dolarcık.

TC-ATA
Devletimizin viaypi uçağı.
38 milyon dolarcık.

TC-ANA
Devletimizin viaypi uçağı.
77 milyon dolarcık.

TC-GAP
Devletimizin viaypi uçağı.
38 milyon dolarcık.

TC-KOP
Devletimizin viaypi uçağı.
52 milyon dolarcık.

TC-LAA
Devletimizin viaypi uçağı.
15 milyon dolarcık.

TC-LAB
Devletimizin viaypi uçağı.
15 milyon dolarcık.

Yetmedi heralde ki...
Bi tane de Airbus A330 alınacak deniyor.
Devletimize viaypi...
200 milyon dolarcık.

F4 Phantom
Devletimizin savaş uçağı.
2 milyon dolar.

TCG-Çeşme
Devletimizin, şehit pilotlarımızı ve Suriye tarafından düşürülen Phantom'umuzu bulması için gönderdiği deniz dibi arama gemisi... ABD'nindi. Envanterden çıkarıp, teee 13 sene önce, devletimizin deniz kuvvetlerine sattılar. Kaç paraya sattılar, bilmiyoruz. Ama, işe yaramadığını biliyoruz. İki bin metre derinliği tarayabildiği söyleniyordu, 1.300 metre derinliği tarayamadığı anlaşıldı.

Nautilus
Devletimizin, pilotlarımızı ve Phantom'umuzu bulması için yardım istediği gemi... Amerikan Deniz Araştırma Vakfı'na ait... Yüksek çözünürlüklü sonarları, dalgıç robotları ve mini denizaltısıyla, altı bin metre derinliği renkli-vesikalık netliğinde tarayabiliyor.

11 milyon dolarrrrr.

E çok para tabii.
Sokaktan toplamıyoruz.
Nautilus gibi gemi, alınacak gibi değil yani.

Kuzey Irak

Gazeteciliğe başladığım dönemlerde, henüz medyum sektörü gelişmemişti. Şopar ablaların mendilde baktığı bakla falı seviyesindeydik. Tarot'tan filan kimsenin haberi yoktu. Bi gün, yazı işleri müdürüm yanına çağırdı, bundan böyle burç'ları sen yazacaksın dedi. Doğrusu hiç şaşırmadım... Medyum değildim ama, bu tür angaryaların çömezlere kakalandığını bilecek kadar astrolog'dum.

Gündüz habere koşuyor, akşam mesai bitiminde, benim gibi çömez bi arkadaşımla beraber oturuyorduk bilgisayar başına... O arkadaşımın babası doktordu. O nedenle "Profesör Susan Steward" olma görevi ona verilmişti. Susan Steward'ın kim olduğunu bilmiyorduk ama, profesör olmadığını, yabancı dergiden araklanıp, köşe yazısına monte edilen sarışın bi gözlük mankeni olduğunu biliyorduk en azından... Çünkü gazetem vizyon sahibiydi, "Profesör Mehmet Öz sektörü"nün getirdiği tirajı ilk keşfedenlerdendi. "Fındık yiyin, ıspanak suyu için, amuda kalkın" gibi sağlık tavsiyelerini, babasına danışarak, o arkadaşım yazıyordu.

Aslına bakarsanız, isimsiz-sıfatsız yazılan burç'ların bana verilmesine şükrediyordum... Bi başka çömez arkadaşıma, at yarışı tahminleri için "Beyaz Yele" olma görevi verilmişti.

Neyse... Hangisi yengeç'tir, hangisi terazi'dir, gününe ayına bakmadan, Allah ne verdiyse döşeniyordum. "Negatif ilişkilerden uzak durun, bugün bi sürprizle karşılaşacaksınız, kıskanılıyorsunuz, Jüpiter'in etkisine dikkat" filan... Oğlak olduğum için, öyle bi oğlak yazıyordum, aklınız durur. Herkes oğlak olmak istiyordu. Müdür balık'tı... Ne karaktersizliği kaldı balık'ın, ne cimriliği, cinsel sorunları olduğunu yazıyordum. Meğer okuyormuş... Bi akşam üstüme saldırdı, kendi kaderimizle oynamamak için, mecburen değiştirdik balık'ın kaderini.

İki sene kadar yazdım burçları, sonra yeni bi sektör gelişti, altı ay kadar rüya işine girdim, para görmek iyidir, fatura görmek üç vakte kadar falan... Neticede, altıma yeni çömezler geldi, çayda dem meslekte kıdem, kurtuldum, yazı işlerine, yurt haberleri sayfalarına geçtim.

Müdür gene çağırdı bi gün, sınıra sevkıyat devam ediyor, detaylarını yaz, manşete koy, birinci sayfadan anonslayacağız dedi. Bilgileri kimden alayım abi dedim. Ne bilgisi lan dedi, sınıra sevkıyat işte! Ters adamdı rahmetli. Tırsıyoruz haliyle. Oturdum yazdım. Sanırım, basın tarihindeki ilk, "hangi sınır olduğu belirsiz" sınıra sevkıyat haberi oydu. Güzergâh yok. Sadece tankları ve askerleri gönderdim. Konvoy lafını bi yerden duymuştum, göndermişken konvoy halinde gönderdim. Öyle şahane göndermişim ki, birinci sayfaya bile manşet yaptılar.

Ve, dün açtım gazeteleri...
Sınıra sevkıyat devam ediyor!

Adana-Pozantı yolunun bilmem kaçıncı kilometresindeki onarım çalışması gibi... Hiç bitmiyor.

O zamandan bu zamana, en az yetmiş beş bin kere filan "sınıra sevkıyat devam ediyor" başlığı atıldığına göre... Kaba hesap, dört milyon tank, otuz üç milyon askerimiz yığılmıştır sınıra.

Aman diim...
Negatif ilişkilerden uzak durun.
Jüpiter'in etkisine dikkat.

Avustralya

Ocak 1915...
Avustralya'nın New South Wales eyaletindeki Broken Hill kasabasından geçen trene ateş açıldı. Beş kişi hayatını kaybetti. Güzergâhtaki kayalıklarda operasyon düzenlendi. Masum sivillere saldıran iki "terörist" öldürüldü. Avustralya gazeteleri "Türkler Avustralya'ya saldırdı, Türkler katliam yaptı" manşetleri döşendi. "Teröristlerin" yanında Türk bayrağı

bulunduğu, üzerlerinden mektup çıktığı, o mektubun itiraf kanıtı olduğu, "Padişah'ın emriyle Avustralya halkına savaş açtıkları" iddia edildi.

Ahali galeyana geldi. Ortalıkta intikam alınacak Türk bulamadıkları için, Osmanlı'nın müttefiki Almanların yaşadığı kasabaları bastılar, evleri ateşe verdiler. Sonra... Topluca askere yazıldılar.

Çünkü, tesadüf o ki... Sadece bir ay önce, Britanya İmparatorluğu Osmanlı'ya savaş ilan etmiş, ancak, Avustralya'da mecburi askerlik olmadığı için, yeterince gönüllü bulamamıştı. Tam da bu atmosferde, iki "Türk terörist" şırrak diye trene ateş açıp, sivilleri katledince, gönüllülük kavramı "vatan borcu"na dönüşmüştü. O gazla, gemilere doluşup, hesap sormak için Çanakkale'ye geldiler.

Halbuki... O teröristler Türk değildi.

Ben söylemiyorum, seneler sonra bu mevzuyu kurcalayan Broken Hill Tarih Kurumu üyesi Gordon Densie söylüyor... Afganistan'dan göçmen olarak gelmiş Hintli'ydiler. Biri deveciydi. Öbürü de imamdı, çaktırmadan kasaplık yapıyordu. Kasaplar Birliği'ne üye olmadan, camide kaçak kesim yaptığı için hakkında dava açılmıştı. Bu davaya kin güdüyordu.

"Padişah'ın emrini" gösteren mektup da palavraydı... İmamın belindeki kuşağından çıkan mektupta, aslında, "ben bu ülkede yaşayan fakir biriyim, belediye denetçisi beni suçladı, yalvardım yakardım, dinlemedi, ikimizin de kimseye düşmanlığı yok, sadece denetçiye kinim vardı, onu öldürmek istedim" yazıyordu.

Deveci desen... Madenlerde nakliyat yapıyordu, en büyük müşteri Almanlar'dı, savaş çanları çalmaya başlayınca madenler kapanmış, işini kaybetmiş, belki üç-beş kuruş kaparım diye seyyar dondurmacılığa başlamıştı. İşsiz kalmasına sebep olanlara gıcıktı. Arkadaşı olan imam'la plan yapıp, güya kendince fatura kesmeye kalkmıştı.

Bu gerçeklere rağmen... "Türk terörist" etiketi yapıştırıldı. Çatışma bölgesine Türk bayrağı monte edildi. İki sene geçti geçmedi, yangın çıktı dediler, tren saldırısına dair bütün hükümet, polis ve hastane kayıtları kül oldu! Saldırganlar son model askeri tüfekler kullanmıştı. Açlıktan nefesi kokan imam'la deveci'nin, o tüfekleri nasıl satın aldığı muamma olarak kaldı. Çatışmada mermileri bitti, canlı yakalamak yerine, infaz ettiler. Neticede... Avustralya ve Yeni Zelandalı gençleri Çanakkale'ye sürdüler.

Ocak 2013...

TSK'nın neredeyse yarısı "terörist" diye içeri tıkılmışken... TSK'dan ayrıldıktan sonraki sivil hayatına, tatlı bi tesadüfle Avustralya Büyükelçiliği'nde başlayan MİT Müsteşarımızın... Sayın Apo'yla görüştüğü ve teröröşkolarımızın Avustralya'ya gönderileceği öne sürüldü.

E bu sefer, Avustralya basınından atik davranayım bari... "Hoş gelişler ola, sayın Anzak Apo'ya!"

Mısır

Mısır'ı yönetsin diye, Abbas Hilmi Paşa'yı hıdiv yapmışlardı. Ama, hem İngiliz kuklası olduğu için, hem de çölden mölden sıkılıp İsviçre'de yaşadığı için, Mısır'a pek uğramıyordu. Zahmet edip arada sırada İstanbul'a geldiğinde, ruhu daralıyor, Nimetullah isimli yatına atlıyor, püfür püfür, soluğu Dalaman'da alıyordu. Avlanmaya pek meraklıydı. Dalaman o zamanlar ideal av bölgesi, tavşanlar, geyikler cirit atıyor, tapusu da komple hıdivin... E koskoca hıdiv bu, çadırda kalacak hali yok. Emir verdi, "buraya şööle şatafatlı bi av köşkü dikin" dedi. "Sen Mısır valisi değil misin, niye Dalaman'ı imar ediyorsun" demesinler diye de, dedikoduları önlemek için, "İskenderiye'ye de güzel bi tren garı dikin" dedi. Bastı, İsviçre'ye gitti. Diktiler... Ama, planları karıştırıp, pencereleri gişe şeklindeki tren garını Dalaman'a, av köşkünü İskenderiye'ye diktiler! Yolunuz düşerse, tarım işletmeleri müdürlüğüne uğrayın lütfen... Dünya tarihinin, tren uğramayan ilk ve tek garı, orada... En yakın tren, teee Aydın'da.

Bunların torunlarına... Yani, kendilerine Yeni Osmanlı diyen arkadaşların marifetlerine gelince...

Durup dururken, Mısır elçisiyle Bosna elçisinin yerini değiştirmeye karar verdiler, Kahire'dekini Saraybosna'ya Saraybosna'dakini Kahire'ye göndermeye kalktılar. Bosna'daki tası tarağı topladı, Kahire'ye gitmek üzere Ankara'ya geldi. Kahire'deki bavullarını topluyordu ki, şırrak, Mısır'da darbe oldu.

Halbuki bu Kahire'deki elçi, duruma o kadar hâkimdi ki(!) daha üç gün önce "Mısır ordusu sokağa çıkar ama telaşa gerek yok, çünkü bunların geleneğinde darbe yok, zaten ABD de darbeye karşı" diye rapor göndermişti iyi mi...

Neyse, şırrak diye darbe oldu. Bizim Yeni Osmanlılar kriz zirvesi yaptı, "Bosna'dakini Mısır'a gönderirsek, göreve başlamak için güven mektubu sunmak zorunda, güven mektubu sunarsa darbe yönetimini tanımış gibi oluruz, Bosna'dakini göndermeyelim, sayın ahalimize darbe yönetimini tanımıyoruz diyelim, rabia işareti filan yapalım, ama aslında ipleri koparmayalım, Kahire'dekini geri çekmeyelim" kararına vardı. Güzel de... Bosna'daki tası tarağı toplayıp Ankara'ya geldi, orası ne olacak? "Az beklesin, kriz bitince Kahire'ye göndereceğiz, Kahire'deki gelene kadar Saraybosna şimdilik boş kalsın" denildi.

Aradan beş ay geçti.
Ha bugün ha yarın derken, Saraybosna beş aydır boş... Üstüne, Kahire'dekini de Mısırlılar kovdu. Orası da boşaldı. Bizim Yeni Osmanlılar gene kriz zirvesi topladı, "madem öyle, biz de karşılık olarak Mısır'ın Ankara büyükelçisini kovalım" dediler. Pek beğendiler bu kararlarını, kendi kendilerini alkışladılar, "valla efenim dünya liderisiniz, asrın liderisiniz" dediler. Telefon ettiler elçiliğe... Adam zaten beş ay önce çekmiş gitmiş, orası da boş!

Netice itibariyle... Bi yer değiştirme yaptılar kardeşim, Kahire, Saraybosna, Ankara, üç büyükelçilik boş, iki büyükelçimiz işsiz, Mısır'la konuşmuyoruz, hiç sorunumuz olmayan Bosna'yla aramız bozuldu. Washington elçimizle Moskova elçimizi de yer değiştirdik miydi, dünya barışı tamamdır gari!

Honduras

"Turgut Özal'ı zehirlediler, Çankaya Köşkü'nün kadın garsonu Honduras'a kaçtı" dediler.

Şimdi de Burhan Kuzu çıktı, "Adnan Kahveci'yi öldürdüğü iddia edilen adam da Honduras'ta, isim bilmiyorum ama, böyle bir duyum aldım" dedi.

Halbuki... Adnan Kahveci'yle kafa kafaya çarpışan otomobilin sürücüsü Murat Demir'di, 24 yaşındaydı, Adnan Kahveci'yle beraber o da rahmetli oldu, Ankara Kayaş'ta toprağa verildi.

Meğer nerdeymiş?
Honduras'ta!

(Peki, Murat Demir mi Kahveci'yi öldürmüştü, yoksa, Kahveci mi Murat Demir'i derseniz? Sekiz sene sürdü o dava... Adnan Kahveci, henüz açılışı yapılmamış olan Bolu-Gerede otoyoluna ters yönden girmiş, 14 kilometre gitmiş, yoğun siste, karşı yönden gelen Mercedes'e kafadan patlatmıştı. Murat Demir'in yan koltuğunda babası Kazım Demir oturuyordu. Yaralandı. Hastaneden çıkınca, hem Adnan Kahveci, hem de otoyolu yapan İtalyan firmasına dava açtı. İtalyan firması, sorumlu personelini apar topar Venezuela'ya gönderdi. Dolayısıyla, tebligat yapılamadı. Sonra af çıkarıldı, İtalyan yırttı... Ancak, Kahveci 8'de 6 kusurlu bulundu, Kahveci'nin çocukları Murat Demir'in ailesine tazminat ödedi.)

20 sene önce rahmetli olan Murat Demir'in Honduras'a kaçtığını iddia eden arkadaşlar... Gerçek sorumlu'yu Venezuela'ya kaçıran aynı İtalyan firmasına, 20 sene sonra, bol bol otoyol-tünel-köprü ihalesi verdi!

Honduras'a dönersek...
Dışişleri Bakanlığımızın resmi internet sitesine girin, "Türkiye-Honduras ilişkileri"ni tıklayın. "Honduras'ta kayıtlı üç Türk vatandaşı bulunmaktadır" deniyor. Sadece "üç" kişi.

Biri, Özal'ı zehirleyen.
Biri, Kahveci'yi öldüren.
Öbürü de...
Uğur Mumcu'nun katili herhalde!

Üstelik... Her vesileyle, Ergenekon suikastçılarına yataklık yaptığı ima edilen bu Honduras'ın, Türkiye Büyükelçisi kim? Hem Özal'ın bakanı, hem Kahveci'nin kabine arkadaşı, bilahare, AKP'den Çankaya belediye başkan adayı olan Bülent Akarcalı.

Mit'i falan boşverin kardeşim...
Bülent bey'e sorun.
Alt tarafı üç Türk var orda, mutlaka tanıyordur.

Ki...
Bi ara hatırlatın, öldü sanılan Elvis Presley'in sahte kimlikle Türkiye'ye gelip, Profesör Haberal'la beraber nasıl darbe planı yaptığını anlatayım size!

Düşişleri

Kaddafi, başbakanımıza ödül verdi, Kaddafi'yi linç ettiler. Hüsnü Mübarek, cumhurbaşkanımızla kucaklaştı, Hüsnü Mübarek'i kafese koydular.
Başbakanımız, Beşar Esad'la kardeş oldu, o günden beri Suriyeliler birbirini vuruyor. Cumhurbaşkanımız Pakistan'a gitti, Benazir Butto'yu havaya uçurdular. Başbakanımız Lübnan meclisinde konuştu, ertesi sabah Lübnan işgal edildi. Cumhurbaşkanımız Yemen'e gitti, bakanlarımızla birlikte Yemen türküsünü söyleyip ağladılar, Yemen'de içsavaş çıktı. Başbakanımız İsrail başbakanıyla el sıkıştı, o gece Gazze'yi

vurdular. Ürdün başbakanı Ankara'ya ayak bastı, Ürdün'e dönmeden istifa etti. Gürcistan'la yakınlaştık, başbakanımız Saakaşvili'ye sarıldı, ertesi gün Rusya Gürcistan'a girdi. Suudi Kralı cumhurbaşkanımızla başbakanımıza madalya taktı, turp gibiydi, felç oldu, aylarca ABD'de hastanede yattı, zor düzelttiler. Başbakanımız Irak'a gitti, henüz Irak'tayken meclis basıldı, bakanlar rehin alındı, 45 kişi öldü. Afrika açılımı yaptık, ne Tunus kaldı kardeşim, ne Fildişi Sahili... El Beşir'e Çankaya Köşkü'nde mantı yedirdik, Sudan resmen ikiye bölündü. Arjantin devlet başkanı geldi, gelmeden önce seyahat harcırahı çalındı, dönünce kansere yakalandığı açıklandı. Arnavutluk başbakanı, bizim başbakanın oğlu Bilal'in nikâh şahidi oldu, ertesi sabah sancılarla kıvrana kıvrana hastaneye zor yetiştirdiler, yatırıp safra kesesini aldılar. 2010'u Japonya yılı ilan ettik, 2011'de tsunamiyle dümdüz oldular, nükleer santral bile patladı. Cumhurbaşkanımız Güney Kore'ye gitti, 50 sene sonra ilk defa Kuzey Kore'den füze fırlattılar. Yunanistan başbakanı, kış olimpiyatımıza geldi, Yunanistan'da halk ayaklanması çıktı, hükümet istifa etti. Irak Cumhurbaşkanı Talabani, başbakanımızla görüştü, görüşüş o görüşüş, o günden beri Talabani'yi gören yok, bazı kaynaklara göre bitkisel hayatta, bazı kaynaklara göre öldü. Romanya başbakanı geldi, anlaşmalar imzaladı, gidince derhal istifa etti. İspanya başbakanıyla bizim başbakan medeniyetler ittifakı kurdu, adam siyaseti bıraktı. Silvio yargılanıyor. Portekiz başbakanı, cumhurbaşkanımızı karşıladı, el sıkıştı, sonra gitti kendi cumhurbaşkanına istifasını sundu. Ukrayna'yla vizeleri kaldırdık, Ukrayna başbakanı tutuklandı. Polonya'yla irtibat kurduk, Polonya devlet başkanının uçağı çakıldı, rahmetli oldu. Bizim başbakanın Kosova'ya gideceği açıklandı, Kosova sokaklarına hoş geldiniz pankartları asıldı, bizim başbakan gitmeden 12 saat önce Kosova hükümeti düştü. Cumhurbaşkanımızın Hollanda'ya gideceği açıklandı, Hollanda prensi çığ altında kaldı, bitkisel hayata girdi, cumhurbaşkanımız Hollanda'ya gitti, Hollanda hükümeti istifa etti, Hollanda Kraliçesi iadeiziyarete Ankara'ya geldi, prens öldü, Hollanda Kraliçesi tahtı bıraktı. Başbakanımızın ABD'ye gideceği açıklandı, başına gelecekleri tahmin eden Obama beyzbol sopasını çıkardı, gezi iptal oldu. Başbakanımız ısrar etti, ABD'ye illa gitti, henüz dönmeden kasırga çıktı, insanlar öldü, Oklahoma afet bölgesi ilan edildi. Cumhurbaşkanımız İsveç'e gitti, külkedisi olarak tanınan İsveç prensesi şak diye öldü, cumhurbaşkanımızı korumakla görevli olan İsveçli polislerden biri motoruyla kanala uçtu, o da öldü. Başbakanımızın El Fetih'le Hamas arasındaki sorunları çözmek için Filistin'e gideceği açıklandı, duyulması bile yetti, Filistin hükümeti istifa etti.

NATO genel sekreteri geldi, otelin banyosunda düştü, omzu çıktı. Rusya dışişleri bakanı geldi, otelde merdivenden yuvarlandı, sol eli bilekten kırıldı. Gürcistan cumhurbaşkanı geldi, gelmişken burda kamp yapan Gürcistanlı bisikletçileri ziyaret etti, bisikletten düştü, kolunu kırdı. Burkina Faso dışişleri bakanı geldi, bizim dışişleri bakanıyla ortak basın toplantısı yaparken, bizimki lafı uzattı, adam ağaç gibi devrildi, bayıldı, hastanede güç bela ayılttılar.

Mursi'ye gittiler, sırtını sıvazladılar, Mısır'da darbe oldu, Mübarek'i kafesten çıkardılar, Mursi'yi kafese koydular.

Başbakanımız, olimpiyat oylaması için Arjantin'e gitti, merhabalaştılar, Arjantin devlet başkanı beyin kanaması geçirdi. Olimpiyatı Tokyo kazandı, bizim başbakan Tokyo'yu tebrik ediyorum dedi, Tokyo valisi istifa etti.

Güney Afrika'yla vizeleri kaldırdık, olan Mandela'ya oldu. Angelina Jolie bizimkilerin elini sıktı, gitti memleketine göğüslerini aldırdı.

Cumhurbaşkanımız Almanya cumhurbaşkanını Kayseri'de ağırladı, bilahare, Almanya'ya iadeiziyarete gitti, neticede Almanya cumhurbaşkanı istifa etti. İspanya başbakanı Türkiye'ye geldi, bakalım İspanya hükümetinin başına ne gelecek diye merak ediyorduk, bu sefer iş Kral'a patladı, İspanya Kralı'nın kızıyla damadını yargılamaya başladılar. Cumhurbaşkanımız Letonya'ya gitti, akabinde, Letonya'da süpermarket binası çöktü, 54 kişi öldü, Letonya hükümeti istifa etti.

Fransa cumhurbaşkanı mis gibi oturuyordu Paris'te, durup dururken Ankara'ya gelmeye niyet etti, gelmeden üç gün önce sevgilisiyle yakalandı, first lady hastanelik oldu, ayrıldılar.

Cumhurbaşkanımız İtalya'ya gitti, İtalya hükümeti istifa etti. Cumhurbaşkanımız Roma'da kalmış, çok istemesine rağmen, hava muhalefeti nedeniyle Floransa'ya gidememişti. Sanırım İtalya'nın en şanslı şehri Floransa diye düşünmüş olmalılar ki, Floransa belediye başkanına hükümeti kurma görevi verdiler.

Başbakanımız, Ukrayna devlet başkanı Yanukoviç'i Ankara'da ağırladı, ikisi birlikte Esenboğa havalimanına gidip, ortaklaşa üretim yapmayı planladıkları Antonov tipi uçağı incelediler. Ukrayna'da içsavaş çıktı, yüzlerce insan öldü. Yanukoviç kaçtı. Ukrayna bölündü, Rusya Kırım'ı işgal etti, Kırım Rusya'ya katıldı. Bizim Antonov'un durumu belirsiz.

Bu yazı dizisine ilk başladığımda, dört beş örnekten ibaretti. Bu hale geldi.
30 Mart'ta bi daha seçersek, ne hale geleceğini Birleşmiş Milletler düşünsün gari.

İsim	Şehir	Hayvan

Recepi buğulama...
Parmaklarınızı yersiniz.

Koyun, kaz, keçi, davar

Başbakanımız valilerimize dedi ki... "Dicle'nin kenarında bir koyunu kurt kapsa, bunun hesabı bizim üzerimizdedir."

Süleyman Demirel başbakanken ne derdi? "Fırat'ın kıyısında bir kuzu kaybolsa, gelin bunun hesabını bana sorun."

Fırat'ın kıyısı, Dicle'nin kenarı olmuş.
Kuzu büyümüş, koyun olmuş.
Demokratik ilerleme diye buna derim ben.

(Demirel... Adnan Menderes'in genel müdürüydü.
Necmettin Erbakan... Demirel'in hükümet ortağıydı.
Turgut Özal... Demirel'in müsteşarı.
Necmettin Erbakan'ın milletvekili adayı.
Kenan Evren'in başbakan yardımcısıydı.
Abdullah Gül... Erbakan'ın yardımcısı, bakanıydı.
Tayyip Erdoğan... Erbakan'ın belediye başkanı.
Turgut Özal'ın özel kalem müdürü adayıydı.)

(Peş peşe dizilen, aynı tespihin taneleri gibi.)

Demirel, "bırak koyunu, kaz versen güdemezler" derdi.
Başbakanımız, "bırak davarı, keçi güdemezler" diyor.

Kazdan keçiye, koyundan davara...
Demokratik ilerleme diye buna derim ben.

Recepi

Barbun Senegal'den geliyor.
Kalamar Hindistan'dan ithal.
Ahtapot İspanya'dan.
Karides Endonezya'dan.
Lagos Mısır'dan.
Kalkan Romanya'dan.
Norveç'ten getirilen seyit balığını restoranlarda mezgit diye kakalıyorlar. Lüks otellerimizde yediğiniz kılıç şiş'ler aslında Çin'den ithal köpekbalığı. Mercan Gine'den. Sinarit Gana'dan. Her mevsim dilbalığı olmaz, bizde oluyor, çünkü mevsimine göre, bazen Afrika'nın batısındaki Senegal'den, bazen Afrika'nın doğusundaki Somali'den geliyor. Uskumru, Norveç'ten. Yemek için değil, bakmak için olanları bile yurtdışından getiriliyor, mesela geçenlerde mülteci ayaklarıyla sınırı geçen kamyonetin kasasında 20 bin tane süs balığı yakalandı, Suriye Japonu deniyor. Karadeniz'de 26 balığın neslini tükettik, Marmara'da 125 balığın neslini kuruttuk. Midye teee Şili'den. Üç tarafımız denizlerle çevrili, Türk havuzu denilen kendimize ait denizimiz var, denizi olmayan Konya'da Uşak'ta Diyarbakır'da tarla balıkçılığı yapıp, arazide levrek yetiştirmeye çalışıyoruz. Cumhurbaşkanımız, Afrika ülkesi Gabon'un sahilinde paçalarını sıvayarak çıplak ayaklarıyla yürüyüş yaptı, resmi temaslarda(!) bulunurken, Gabonlu balıkçı Ayao Nyavor'la tanıştı, sohbet etti, bilahare Ayao Nyavor'a dışişleri bakanlığımız aracılığıyla balıkçı motoru ve balık ağı hediye etti, ki, Gabon'dan bize tekir satabilsinler. Fas'tan Moritanya'dan orfoz getiriyorlar, Kızıldeniz'den karagöz getiriyorlar. İzlanda'da 2010 senesinde volkan patladı, kül ve lav yağmuru nedeniyle kıyıları zehirlendi, toplu balık ölümleri meydana geldi, balıkları analiz ettiler, ağır kurşun, radyoaktif madde ve insana zararlı kimyasallar tespit edildi, bütün dünya İzlanda'dan balık ithalatını durdurdu, Türkiye'nin İzlanda'dan balık ithalatı yüzde 250 arttı, el âlemin almadığı kansere yol açan balıkları, ki, çoğunluğu somondu, afiyetle bize yedirdiler. Istakoz ABD'den Kanada'dan. Bataklıklarda yetiştirilen panga'yı, kılçıksız deniz balığı fletosu diye, taaa Vietnam'dan getiriyorlar. Sardalya festivali düzenliyoruz ama, o sardalya artık Yunanistan'dan geliyor.

E tabii birilerinin bu gidişe dur demesi gerekiyordu.

Balıkçılığımızı kurtarmak için kolları sıvayan Recep Tayyip Erdoğan Üniversitesi, burnunun dibindeki denizde balık arayacağına, taaa Fırat Nehri'nde balık aradı, sazan buldu, "recepi" adını verdi.

Abdullah Gül Üniversitesi de Fırat'a "paralel" akan Dicle'de "fetoli"yi buldu muydu, tamamdır bu iş gari.

Leopar

Diyarbakır'da leopar'ı öldürdüler.
Burdur'da vaşak'ı kurşunladılar.
Antalya'da karakulak'ı otomobille ezdiler.
Kars'ta, uydu vericisi takılan ilk kurt'u vurdular.

İzmir'de pelikanları mangal yaptılar. Sakarya'da midilli cinsi minik atları yediler. Sinop'ta köpekleri çöp kamyonunda preslediler. Edirne'de güvercinleri zehirlediler. İstanbul'daki dev akvaryumda vatoz'un kafasına pet şişeyle vuruyorlar. Bolu'da asfalta çıkan ayı'ya çarpıp, postunu yüzdüler. Antalya hayvanat bahçesinden maymun çaldılar. Ankara'da piton kayboldu, akıbetini çevre bakanına sordular, bugünlerde hiç kimseye şiş kebap yemesini tavsiye etmem dedi! Kuş gribinde tavukları yaktık. Kastamonu'da kene'leri imha edeyim derken, evini yakan oldu, köyü zor kurtardılar. İzmir'de caretta'nın önce ayağını kestiler, sonra boynuna beş kiloluk kaya bağlayıp, boğdular. Muğla'da caretta'yı kör ettiler. Antalya'da fok'u döverek öldürdüler. Sivas'ta Dana Ferhat şöhret oldu, fırsat bu fırsat, vaktinden önce iki katı paraya sucukçuya sattılar. Sinop'ta Balina Aydın'ı önce medya maymununa çevirdik, sonra Rus ajanı olduğunu iddia ettik. Sütaş'ın vole atan santrfor ineğini, memeleri görünüyor diye Rtük'e şikâyet ettiler. Anayasa Mahkemesi işi gücü bıraktı, CHP'nin kedisi Şero'yu suçlu buldu. Başbakan kedi diyeni mahkemeye veriyor. Garfield şüpheli şahıs oldu. Buggs Bunny gözaltına alındı. "Fareler" ve İnsanlar romanı sakıncalı bulundu. "İnek" Şaban dini değerleri aşağılıyor diye savcılığa verildi. İstanbul'da, yaşayıp yaşamadığını taş atarak kontrol ederken timsah'ı öldürdüler. Kurban bayramında boğa'ya ateş eden var. Abant'ta beygir'e tecavüz eden mühendis yakalandı, hayvanseverler derneği beygir'i ziyaret edip, insanlık namına özür diledi, yüce Türk basını beygirin adını Ceylan diye yazarken, rencide olmasın diye sahibinin adını D.U. diye kodlayarak verdi iyi mi... Sonra Aydın'da eşek'e tecavüz ettiler, ben de inadına, eşeğin fotoğrafını gözüne bant atarak yayınladım, hayvanseverler beni mahkemeye verdi! Sahillerimize ha bire kurşunlanmış yunus cesedi vuruyor. Domuz'dan çiğköfte yakalandı. Sucuklar nallı kuzu... Uçak için deve kestiler. İzmir'de süs havuzundaki ördek'leri araklayıp, av eti ayağıyla sattılar. Ankara'da narkotik köpeklerini otomobilin içinde unuttular, sıcaktan, havasızlıktan can verdiler. Gezi Parkı'nda biber gazıyla 8 köpek, 63 kedi, bine yakın kuş öldürüldü; kör olan köpekler var. Denizli'de malum yeri fazla büyük diye, at heykelini sünnet ettiler. Haram diye, çizgi filmdeki domuz karakterini makasladılar.

Kızlı-erkekli gene iyi kötü idare ediyoruz ama, insanlı-hayvanlı imkânsız bu memlekette.

İsim	Şehir	Eşya

Elimde aile yadigârı, az kullanılmış Alaaddin'in lambası var, ovalıyorsunuz, diliyorsunuz ne dilerseniz, meraklısına 20 bin dolara bırakırım.

Bisiklet

Hapisteyken, Amerikan Cerrahlar Koleji tarafından "seçkin cerrah-onursal üye" seçilen ve bu unvana sahip tek Türk olan Profesör Mehmet Haberal... Uluslararası Yanık Derneği tarafından "ömür boyu onur üyeliği"ne layık görüldü. Harvard Üniversitesi'nden Profesör Ronald Tompkins, onur üyeliği plaketini, Haberal'ın rektörlüğünü yaptığı Başkent Üniversitesi'ne takdim etti.

Unesco'nun "yüksek öğrenime dünya çapında katkı yapanlar listesi"ne, Obama, Tony Blair, Kofi Annan gibi isimlerle birlikte girmeyi başaran Profesör Kemal Gürüz, hapisteyken... Harvard Üniversitesi'nin seçkin bilim insanlarına ev sahipliği yapan Uluslararası İlişkiler Merkezi'ne resmi yazıyla öğretim üyesi olarak davet edildi.

ABD'de Teksas Üniversitesi'nde, İtalya'da Cagliari Üniversitesi'nde öğretim üyeliği yapan, uluslararası saygın ödüllere sahip olan... Şizofreni tedavisinde çığır açarak, geliştirdiği ilaç formülüne patent alan... Milyar dolarlarla ölçülen formülü "milli kalsın" diye, yabancı şirketlerin astronomik tekliflerini elinin tersiyle iten, parayı Türkiye kazansın diye, Tübitak'la sözleşme imzalayan... Gülhane Askeri Tıp Akademisi Farmakoloji Anabilim Dalı Başkanı Profesör Eczacı Albay Tayfun Uzbay... "Casus" diye dooooğru içeri!

Ki, aynı memlekette... "Teknoloji" konulu "beyin fırtınası"nın açılış konuşmasını yapan "sosyal bilimler" Profesörü Alparslan Açıkgenç "İslami bisiklet" üretilebileceğini izah etti.

E sömestrde umre'ye gönderdiğimiz çocukların karne hediyesi hazır demektir yani.

Masa

Oturduk masaya...
Lozan Antlaşması'nı imzaladık.
"Memleketin tapusu"nu aldık.

İsmet İnönü çıktı TBMM kürsüsüne, "bu antlaşma açıkça ifade etmektedir ki, birlik ve bütünlük içinde bir vatan, bağımsız bir vatan ve bu vatanın adı Türkiye'dir" dedi.

85 sene sonra...
İsviçre Konfederasyonu Başkanı, Ankara'ya resmi ziyaret yaptı. İsviçre'den Türkiye'ye gelen ilk devlet başkanıydı. Giderken eli boş gitmeyeyim dedi, Lozan Antlaşması'nın imzalandığı masayı getirdi, Cumhurbaşkanı Gül'e hediye etti. Aklınca jest yapmıştı... Suudi Kralı, Katar Emiri gibi "yükte hafif pahada ağır" bi şeyler getireceğine, "manevi değeri var" zannettiği masayı getirmişti.

Antlaşmaya ev sahipliği yapan Rumine Sarayı'nda senelerdir özenle korudukları... Türkiye'nin tapusunun, Cumhuriyet'in nüfus kâğıdının imzalandığı o tarihi masanın... Bizim açımızdan önemli olduğunu düşünmüştü.

O kadar önemsendi ki...
Cumhurbaşkanımız istemedi!

Alt tarafı yemek masası ebatlarındaki masaya, 438 dönüm ebatlarındaki Çankaya Köşkü'nde yer bulunamadı.
Türk tarihinin, kaderinin "dönüm" noktasına imza atılan masa, 438 "dönüm"e sığmadı.

Depoya kaldırıldı iyi mi!

Mandal karşılığında hurdacıya verilecekmiş gibi, Resim Heykel Müzesi'nin deposuna koydular.

"Yuh be birader" haberleri yapılınca... Lütfettiler, depodan çıkardılar, Birinci Meclis'e taşıdılar.

Ve, dün öğreniyoruz ki...
BDP mebusları, İmralı'ya hediye olarak "dolmakalem" ve "AB üyesi ülkelerin anayasaları"nı götürmüş.

E kalem hazır.
Anayasa hazır.
Bi masa eksik.

Her şeyi sayın apo'dan beklemeyin kardeşim...
Çaba harcayın biraz.
Alın o masayı, İmralı'ya götürün.
Nasıl olsa biz kıymetini bilmiyoruz, bari onun işine yarasın.
Antlaşmayı o masada imzalasın.

Testi

Libya'da ABD Büyükelçisi katledildi.
Pandora'nın kutusu açıldı deniyor.

Halbuki...
Pandora'nın kutusu yoktu.
Testi'si vardı.
Bildiğin, topraktan testi.

Rönesans bilgini Erasmus, gelecek kuşaklar da okusun öğrensin diye, Pandora mitolojisini kitaplaştırırken, tercüme hatası yapmış, Yunanca pithos kelimesiyle pyxis kelimesini karıştırıp, testi'yi kutu haline getirmişti. Tarihe böyle geçti. Ve, tarih hep böyle kaş yapayım derken göz çıkaran hatalarla dolu.

Eroin mesela...

İngilizler morfin'i icat etmiş, yaralı askerlerin ağrılarını dindirmek için kullanmaya başlamıştı. Sakız gibi çiğnenen afyon'un bağımlılık yaptığı, morfin'in yapmadığı zannediliyordu. Bilahare, morfin'in de bağımlılık yaptığı anlaşıldı, ancak, ahalinin kullanmasını yasaklamak yerine, eczanelerde satışına izin verildi. Kaş yapılmıştı... Çünkü, güzel kafa yaptığını keşfeden zenginler, şakır şakır morfin kullanıyor, devlete güzel güzel vergi getiriyordu. Tam o günlerde, Fransız bi arkadaş, filit pompasıyla tahtakurularını fısfıslayan hizmetçisinden ilham alarak, şırınga'yı icat etti. Göz çıktı... Dönemin sosyetesi, altın günü yapar gibi, morfin günleri düzenliyor, mücevher kutuları içinde altın kaplama şırıngalar satılıyordu.

Morfin'in Avrupa'da salgına dönüştüğünü gören Almanlar, kaş yapmaya niyetlendi... Eroin'i icat etti. Hem ilk dozda morfin bağımlılığından kurtarıyor, hem de bağımlılık yapmıyor, sanılıyordu! Göz çıktı... Şişenin üstüne, adıyla sanıyla eroin yazarak piyasaya sürdüler. Baş ağrısına, romatizmaya birebir geldiği, nefes açtığı söyleniyor, hatta, çocuklara öksürük şurubu olarak tavsiye ediliyor, eczanelere geldiği gün tükeniyordu. Öylesine kapışılıyordu ki, reklam vermeyi bile kestiler, kulaktan kulağa zaten yeterince yayılıyordu. Amerikalılar, tarihin bu en büyük tıbbi utancının bırak bağımlılık yapmasını, öldürdüğünü fark edip, ilk yasaklayan ülke oldu ama, iş işten geçmiş, derhal yeraltına inmiş, çoktan karaborsaya düşmüştü.

Tıpkı...

Bir hata'yı bir başka hata'yla düzeltmeye çalışmanın ne kadar yanlış olduğunu ilk fark eden ABD'nin... Şiddet mağduru ülkelerin sancılarını, daha fazla şiddet'le dindirebileceğini zannetmesi gibi.

Özetle.
Pandora'nın kutusu olsaydı, en azından kapağını kapatmak filan mümkündü... Maalesef, testi kırıldı.

Cüzdan

Çok güzel adamdı.
Güler yüzlü, babacan.
Ölene kadar cüzdanında küçücük bir kâğıt parçası taşıdı, muska gibi; gazete kupürüydü.
Sadece dokuz satırdan oluşuyordu.
Tek sütun bir haber.
Başlığı "müjde"ydi.
Yakalandığı kanser türünün çok yakında tarih olacağını, mucize ilacın en geç altı ay içinde piyasaya çıkacağını "müjde"liyordu o haber.
Kesmiş, cüzdanına koymuştu.
Her görüştüğümüzde çıkarıp gösteriyor, artık ezbere bildiğimiz halde tekrar tekrar okuyordu.
Yavaş yavaş sararmaya yüz tutan gazete kâğıdı parçası... Özenle katlıyor, yerine yerleştiriyordu.
Umutla bekledi.
Cüzdanında taşıdı umudunu.
Altı ay geçti. Yok.
Bir altı daha geçti.
Verdi son nefesini.

Palavraydı o haber elbette.
Sayfada yer doldursun diye oraya buraya sokuşturulan tek sütunluk "müjde"lerin, kimbilir ne yalancı umutlar yarattığını, hangi yürekleri hangi duygusal fırtınalara sürüklediğini idrak edemeyen... Sorumsuz gazetenin sorumsuzluğuydu.

Ve, dün seyrediyorum televizyonu... Kanser tedavisi gören üniversiteli kız "ilaçları bulamıyoruz" diyerek yardım istiyor. Bakan da başımın gözümün sadakası olsun der gibi, cüzdanından papelleri çıkarıp, kızın cebine sokuşturuyor, düşürmesin sakın diye de tembihliyor; namaza duruyor.

Allah kabul etsin!

Namazdan sonra anlaşılıyor ki, bu onurlu kızın talebi, para mara değil. İlaç yok, ilaç... AKP'nin yanlış politikası sonucu bulunamıyor. Üstelik, bugünün işi değil... Bu sıkıntı 1.5

senedir devam ediyor. Çaresiz insanlarımız, kokain satın alır gibi kaçakçıların, karaborsacıların eline düşmüş vaziyette... Eczacılar aylardır çırpınıyor, meseleyi anlatmaya çalışıyor, sansürleniyor.

Çünkü...
Sırf kendi cüzdanını düşündüğü için AKP politikalarını "müjde" diye manşet yapan yalaka basınımız... Ve, aman düşürme sakın diye tembihleyen o bakan... Cüzdanlarda sadece para taşınıyor zannediyor.

Haşema

TBMM çatısı altında CHP milletvekiline "senin a...ına koyarım, o...spu çocuğu, senin ananı s...rim" diye bağıran AKP milletvekili Zeyid Aslan, bu sefer kadın gazetecilere saydırdı. TBMM kulisinde uyurken fotoğrafları yayınlanan Zeyid Aslan, "bu yaptığınızı gazetecilik mi sanıyorsunuz, ben de sizin bacak aranızı çekip gazeteye bastırsam, bunların doğal hali bu diye, ahlaksız olurum değil mi? Ama sizinki gazetecilik oluyor" diye bağırdı.

Seneler evvel...

İstanbul Üniversitesi Hukuk Fakültesi'nde okuyan bir grup muhafazakâr erkek arkadaş vardı. Havalar güzelleşince topluca denize gidiyorlardı. Ancak, mayo giymeye utanıyorlardı. Kimisi eşofmanla giriyordu denize, kimisi de kot pantolonu kesip bermuda haline getiriyordu. Baktılar olacak gibi değil, model tasarladılar, özel dikim yaptırdılar, ortaya haşema çıktı.

(Yağlı güreşçi kispetine benzeyen, dize kadar inen haşemalar, önceleri sırf erkekler için üretiliyordu. AKP'nin yükselişiyle beraber, Ninja kıyafetine benzer şekilde, kadınlar için de üretildi. Tesettür mayolarının hepsine birden haşema deniyor ama, aslında tescilli bir markanın ismi Haşema.)

(Anlamı ne derseniz? Rivayet muhtelif. İsim babası, Haşema Tekstil'in sahibi Mehmet Şahin... Haşemayı arkadaşlarıyla birlikte icat eden ve ticari ürüne dönüştüren Mehmet Şahin "Türkçede haşema diye bir kelime yok. Literatüre biz soktuk. Kafamda bir açılımı varsa bile, söylemem. Ben söylemediğim için, şu anda bir anlamı yok" diyor. Parantezi kapatıp, devam edelim.)

Haşema'yı icat eden hukuk fakültesi öğrencileri, *Teklif* ismiyle dergi çıkarıyordu. Haşema'nın reklamlarını bu dergide yayımlamaya başladılar. "Yazın kilonuzu boyunuzu, gönderelim mayonuzu" sloganını kullanıyorlardı. İstanbul Üniversitesi iktisat ve edebiyat fakültelerinden, bilahare İTÜ'den talepler gelmeye başladı. Satıştan elde ettikleri gelirle derginin masraflarını karşılıyorlardı. Söz konusu dergide yazar, editör 50 civarında öğrenci çalışıyordu. Çoğu AKP'den belediye başkanı oldu, milletvekili oldu.

Haşemayı icat eden derginin amatör gazeteci kadrosundan biri kimdi biliyor musunuz? Zeyid Aslan.

Ana avrat dümdüz gidebilirsin, kadınlara bacak aranı filan diyebilirsin ama... Mayo giyince utanıyor yani insan!

Alaaddin'in lambası

Kamerunlu bi arkadaş, varlıklı işadamıyım ayağıyla, İstanbullu mimara e-posta gönderdi, "elimde kimyasal bi solüsyon var, para ebatındaki kâğıtları bu solüsyona yatırıyorum, bekletiyorum, kâğıtlar Euro'ya dönüşüyor, bana yardımcı olursanız, çoğalttığım paranın yarısını size veririm" dedi. Mimarın aklına yattı iyi mi... "Solüsyonu Togo'dan Fransa'ya göndereceğim, işlemler için 30 bin dolar gerekiyor" dedi, mimar 30 bin doları bankadan havale etti. "Solüsyonu Fransa'dan Türkiye'ye göndereceğim, 70 bin Euro lazım" dedi, mimar bankaya koştu, 70 bin Euro'yu havale etti. "Üç kimyagerle birlikte İstanbul'a geliyorum, masraflar için

110 bin Euro gerekiyor" dedi, mimar 110 bin Euro'yu havale etti. Aradan beş ay geçti... Kamerunlu ortada yok. Beş ay sonra mimara e-posta geldi, "İstanbul'dayım, solüsyonu çoğaltmak için 300 bin Euro lazım" deyince, mimar nihayet uyandı!

Diyeceksiniz ki, bu bariz dolandırıcılık, mimarın aklına nasıl yattı? İnternetten temas kuruyorlar, ilk iş randevu istiyorlar, alüminyum folyo kaplı bi kutuyla geliyorlar, para çoğaltma makinesi diyorlar, makinenin kapağını açıyorlar, çekmece var, para ebatındaki boş kâğıtları yerleştiriyorlar, kapağı kapatıyorlar, arkasındaki hazneye solüsyonu ilave ediyorlar, fişe takıp, düğmesine basıyorlar, vouvvvv diye fan sesi duyuluyor, üç dakika sonra kapağı açıyorlar, ıslak Euro'lar çıkıyor. Çünkü... Hokus pokus, kutunun içinde kayan bölmeler var, düğmeye bastığında boş kâğıt dolu çekmeceyle, euro dolu çekmece yer değiştiriyor.

Ve, bu yöntemle sırf İstanbul'da 50'den fazla kişiyi dört milyon dolar tokatladılar. Ankara'da İzmir'de Bursa'da Gaziantep'te Adana'da Konya'da Samsun'da... Mucize solüsyona ödeyen ödeyene.

Peki, dolandırıcılar hakikaten Kamerunlu mu derseniz... Kamerunlu var, Nijeryalı var, Kenyalı var, Somalili var, Senegalli var, Ruandalı var. "Kamerun savunma bakanının yeğeniyim" diye gelen var. "Nijerya büyükelçisinin oğluyum" diye gelen var. "Kenya konsolosunun kardeşiyim" diye gelen var.

Çünkü...
"Biz polisiz, savcıyız, bakın fonda telsiz seslerini duyuyorsunuz, gizli operasyon yapıyoruz" diye telefon ediyorlar, sayın ahalimiz koştura koştura bankadaki parasını çekip, poşet içinde çöp kutusuna bırakıyor. Türkiye'nin en büyük bankası mesela, Cem Yılmaz'ın dolandırıcı tiplemesiyle reklam yapıyor.

E haliyle, şöhretimiz Afrika'nın balta girmemiş ormanlarına bile yayılmış vaziyette!

Bu arada unutmadan...
Elimde aile yadigârı, az kullanılmış Alaaddin'in lambası var, ovalıyorsunuz, diliyorsunuz ne dilerseniz, meraklısına 20 bin dolara bırakırım.

İsim	Şehir	Meslek

Arkeoloji'ye "çanak-çömlek" diyen başbakanın, antropoloji'yi ırkçılık zannetmesi gayet normaldir.

Gazeteci

2009 Ekim...
Mustafa Balbay içeri tıkılalı yedi ay olmuştu, ha bugün ha yarın derken, çıkacağı yoktu. Kafalar karışık, yürekler pırpır'dı, basın tırsıyor, tutuklu gazeteci hakkında haber yapmak bile tehlikeli bulunuyordu.

Bir kişi hariç...
O güne kadar yapılmayanı yaptı, bindi otomobiline Silivri'ye geldi. Savcıya başvurdu, izin istedi, kabul edildi, ailesi dışında görüşen ilk kişi oldu. Kapalı görüşe girdi, arada cam... İşte her şey, o anda başladı.

"Merhaba arkadaş" dedi, "yalnız değilsin."

Bir kişi... Korku duvarını yıkmıştı.

Arkasından kimsenin gelmesini beklemedi, açtığı o gedikten gene kendisi ilerledi. Önce hukukçulara danıştı, sonra gitti, Adalet Bakanlığı'na başvurdu. Evrensel kriterleri koydu masaya... Açık görüş'e ailesi dışındakilerin de katılabilmesi gerekir, izin istiyorum dedi. O izni de kopardı. Sarıldı telefona, gelir misiniz diye sordu, liste yaptı, ilk kez o ay, 10 gazeteciyi Silivri'ye götürdü, Balbay'la görüştürdü.

Böylece... Tek tük, cılız cılız da olsa, gazete köşelerinde Silivri haberleri çıkmaya başladı. Otobüs kiraladı. Duruşmalara gazetecileri taşıdı. Kitap Fuarı'nda Mustafa Balbay standı açtı, dışarıdaki gazetecilerin içerideki gazetecilerin kitaplarını imzalama kampanyası, onun sayesinde başladı.

Hatta bir seferinde, Balbay'ın kızı Yağmur, babası imzalasın diye karnesini getirmiş, ancak o günkü görüş kapalı olduğu için boynu bükük kalakalmıştı. Ki, gene oradaydı... Ayrılma burdan, bekle dedi, çıktı savcıya, kanun'lardan değil, evlat sahibi baba'dan izin istedi, tarihte ilk kez o gün, evlat'a mahsus açık görüş izni verildi, Balbay kızının karnesini imzaladı, öptü, sarılabildi her baba gibi.

Kapsamı genişletti, gazetecilerin açık görüşlerde sadece Balbay'la, Tuncay Özkan'la değil, öbür tutuklularla görüşmelerini de sağladı. Çünkü, meslektaşları tarafından yalnız bırakılan tutuklu profesörler, subaylar, ondan yardım rica ediyor, seslerini duyurabilmek için aracılık etmesini istiyordu.

Nefes olmuştu...
Sanırım o nedenle, Müyesser Yıldız serbest kalır kalmaz, ilk iş onu ziyarete gitmiş ve "havamız, oksijenimiz oldun" demişti.

Hakaretlere uğradı tabii, yalanlarla iftiralarla linç etmeye çalıştılar, durdurmak için darbeci bile dediler ona, yılmadı, göğüsledi. Neredeyse her duruşmaya geldi, her açık görüşe geldi, 200'den fazla muhabiri-köşe yazarını getirdi. İçeridekilerin hayatı hakkında bugüne kadar yayınlanan haberlerin-yorumların yüzde 80'ini ona borçluyuz. Toplumun bilgi edinme hakkına hizmet etti, içeridekilerle dışarıdakiler arasında köprü oldu. En son okumuşsundur mutlaka... Değerli ağabeyim Uğur Dündar'ı, Ertuğrul Özkök'ü, Melih Aşık'ı, Ayşenur Arslan'ı, Ümit Zileli'yi, Necati Doğru'yu, Yalçın Bayer'i götürdü.

Atilla Sertel o...
İzmir Gazeteciler Cemiyeti Başkanı.
Türkiye Gazeteciler Federasyonu Başkanı.

Elbette, en başta Ali Ekber Yıldırım, bu fedakâr çalışmaları birlikte yürüttüğü yönetim kurulu arkadaşlarının... Türkiye Gazeteciler Cemiyeti'nin, Çağdaş Gazeteciler Cemiyeti'nin, Basın Konseyi'nin, Türkiye Gazeteciler Sendikası'nın emeğini unutmuyorum. İzinlerde zorluk çıkarmayan Adalet Bakanlığı'nın da hakkını teslim etmek lazım. Ancak... Bu tarihi döneme damgasını vuran gazeteci, Atilla Sertel'dir.

Bu yazı da, Hasan Tahsin Onur Ödülü veren İzmir Gazeteciler Cemiyeti'ne dilekçemdir... Hiç boşuna sağda solda onur'lu gazeteci aramayın kardeşim, en fazla hak eden'e, başkanınıza verin.

Antropolog

Başbakanımız sanırsın Hamlet'tir.
Kafatası gösteriyor.

Antropoloji Enstitüsü'nün 73 sene önce basılmış kitabını kameralara uzatıyor, "bakın raflarda kafatası var, olur mu böyle şey demeyin, işte vesika burada, reisicumhur Mustafa Kemal, aynı şekilde İsmet Paşa'nın başbakan olarak altında imzası var" diyor... Sonra da "insani midir, vicdani midir?" diye soruyor.

Arkeoloji'ye "çanak-çömlek" diyen başbakanın, antropoloji'yi ırkçılık zannetmesi gayet normaldir.

İnsani midir diye sorulan...
Zaten, insanbilimi'dir.

O kitabı yazan Ankara Üniversitesi'nin ilk rektörü, Ordinaryüs Profesör Şevket Aziz Kansu kafatasçıysa... İngiltere Kraliçesi'nin oğlu, veliaht prens Charles "nazi"dir! Çünkü, diplomalı ırkçı olabilmek için, Cambridge Üniversitesi'nde antropoloji eğitimi almıştır.

Sadece İngiltere olsa gene iyi...
Beyaz Saray'da da bi kafatasçının oğlu oturmaktadır.
Obama'nın annesi doktoralı antropolog'tur.

Antropoloji ırkçılıksa...
Bizzat AKP hükümeti tarafından açılan Mardin Artuklu, Burdur Mehmet Akif Ersoy, Kırşehir Ahi Evran üniversitelerinde antropoloji bölümleri neden vardır? Bu ne perhiz, bu ne lahana turşusudur?

Antropoloji kafatasçılıksa...
Bizzat AKP hükümeti tarafından, terörle mücadele koordinasyonu için kurulan Kamu Düzeni ve Güvenliği Müsteşarlığı'na neden illa antropolog kadrosu konuldu? "Kelle avcılığı" yapmak için mi?

İnovasyon gurusu Tom Kelley, neden, başarılı olmak isteyen şirketler mutlaka antropolog çalıştırmalı diyor? Tofaş neden antropolog desteği alıyor? Turkcell neden antropolog istihdam ediyor?

Özetle...
"Mustafa Kemal döneminde camiyi ahır yaptılar" iftirasına benziyor bu iş... Hakikaten, vicdani değildir.

Doktor

Alo 184 hattı var.
Doktorları ispiyonluyorsun.

Arıyorsun mesela, yanlış teşhis koydu diyorsun.
Şırrak, soruşturma açıyorlar.
Hesap soruyorlar.

Doktorun teşhisini beğenmeyip, dahiliye mütehassısı edasıyla, yanlış diye telefon eden kim bu arada?
Manav.

Arıyorsun...
Emarımı çektirmedi diyorsun.
Haşırt, soruşturma açıyorlar.
Savunma istiyorlar.
Süründürüyorlar.
İlla emarım çekilmeli diyen kim?
Fatmanım teyze.
Komşusu Haticanım'a sormuş.

Emar şart demiş Haticanım.

Arıyorsun...
Beni aç bıraktı diyorsun.
Sorguya çekiyorlar doktoru.
Aç bıraktılar diyen kişi, mide ameliyatından yeni çıkmış!
Halbuki, vereceksin çiğköfteyi, künefeyi, ölsün, aramaz o zaman.

Alo 147 var bi de...
Öğretmenleri ispiyonluyorsun.
Çocuğun kırık not mu aldı, derhal arıyorsun, dersleri güzel anlatmıyor, ödev vermiyor, ilgilenmiyor filan diyorsun, kafan çok bozulduysa, küfür ediyor, taciz ediyor diyorsun... Ayıklasın pirincin taşını.

Subaylar için zaten bol miktarda "gizli tanık" var... Yakında eczacılar, diş hekimleri, mimarlar, mühendisler, avukatlar, veterinerler, bankacılar için "alo ispiyon hattı" kurarlarsa, sakın ola şaşmayın.

Çünkü, hak arama imkânı veriyoruz ayaklarıyla, eğitimli'yi cahil'e, bilen'i bilmeyen'e, okuyan'ı okumayan'a kırdırma projesidir bu... Her tavana ampul gibi demokles'in kılıcını asma projesidir.

Çaycı

Diyorlardı ki...
İmralı tutanaklarını çaycı sızdırdı.

Diyordunuz ki...
Böyle şey olabilir mi?

Makarayı az biraz geri saralım.

Altı sene evvel, açılım'ın ilk perdesi açılmış, terörle mücadele koordinatörlüğü kurulmuştu. Sonra ne olmuştu? Terörle mücadele koordinatörü'nün yardımcısı olan emekli tümgeneral teker teker anlatmıştı...

"Göreve atanma kâğıdım bile aylarca imzalanmadı, sekiz ay boyunca devletten beş kuruş almadık. İnsan hiç olmazsa teşekkür bekliyor, teşekkür eden bile olmadı. Başbakanlık Müsteşarı'ndan iki-üç defa randevu istedim, telefonuma bile çıkmadı, sekiz ay boyunca birbirimizi görmedik, beni şimdi görse inanın tanımaz, çünkü yüzümü hiç görmedi. Bu kadar zaman orada bulunduk, Başbakan'ın kadrosundan bir kişi gelip, hayırlı olsun bir ihtiyacınız var mı, diye sormadı. Yaka tanıtma kartı bile vermediler; sadece turnikeden geçebilmem için kart verdiler. Sekreterimiz vardı ama, ne faks verdiler, ne fotokopi makinesi... Bilgisayarımız yoktu. Cep telefonu vermediler, yedi ay sonra sim kart verdiler, kimseyi aramadan iade ettim. Çayımızı, şekerimizi bile cebimizden ödedik" demişti.

Hakikaten rezaletti.
Başbakanlık'tan derhal resmi açıklama yapılmış, "bitki çayı istemişler, çay ocağında bitki çayı olmadığı için, kendileri poşet çay satın almışlar, hadise bundan ibarettir" denilmişti.

E, bu ağır ithamın altında kalınacak gibi değildi... Emekli tümgeneral, bu sefer "şahit" göstererek açıklama yapmış, "belgelerin hepsi elimde, çaycı da orada, sorsunlar bakalım bitki çayı istemiş miyim" diye rest çekmişti.

Yani?
Burası ciddi bi devlettir!

"Terörle mücadele"mize zarar veriyorsa çaycı...
"Terörle müzakere"mize neden zarar vermesin?

Dolayısıyla, acilen sayın imralı'ya danışıp, bi tane de "akil çaycılar heyeti" oluşturmakta fayda var!

Limoncu

20-21 yaşlarımda filandım, üniversitede gazetecilik okuyorum, konferanslar düzenleniyor, dinleyelim de öğrenelim falan diye konuşmacılar getiriliyor, sıkılırım bu tür şeylerden, hiçbirine katılmıyordum. Ukalalıktan değil, gazeteciliğin bulaşıcı olmadığını düşünüyorum, kıdemli gazetecilerle sohbet ederek gazeteci olunacağına inanmıyorum, ressamla arkadaş oldun diye iyi resim yapamayacağın gibi...

Neyse, gene öyle bi gün, galiba haber yazma tekniği dersiydi, hoca dedi ki, Mehmet Ali Birand gelecek, soru soracaksınız, soru sormayana not yok, üstelik, gene sıvışacağımı bildiği için, ilk soruyu da sen soracaksın dedi. Mecbur muyuz... Mecbursun, illa soracaksın. Girdik tabii zorla... Birand geldi oturdu kürsüye, amfi full, elimi kaldırdım, buyrun dedi, "çıkabilir miyim?" diye sordum.

Böyle tanışmıştık.

Sonra gene mecburiyetler üzerine gazeteci oldum, mecburiyetler üzerine televizyoncu oldum, hayat işte, Mehmet Ali Birand'la ana haberlerde rakip olduk. İki defa, birinde atv'yle, birinde star'la... Rakibiz ya, dünya görüşlerimiz de farklı, onu sevmeyenler bana ispiyonluyor, beni sevmeyenler ona ispiyonluyordu. Aynı binada çalışırken, o akşam hangi özel haberi yapacağını bile gelip, çaktırmadan üfleyenler oldu.

Bilmedikleri şuydu...
Hiç birlikte çalışmadık ama, birbirimizin aleyhinde yazı yazdığımızda bile, kıran kırana reyting mücadelesi verdiğimizde bile, insani temasımız hiç kopmadı. Haberde babamı tanımam, defalarca kazık attım. Ama, asla yalan söylemedim ona... O da bana söylemedi. Suratına gülüp, arkasından kuyusunu kazanları tek tek söyledim. Kimbilir, belki de gülümsemesinin sebebi buydu!

Maalesef, vefatı benim için sürpriz olmadı. Bir sene kadar evvel, çay içtik, sohbet ettik, dertleştik. Helalleştik. Taa öğrenciyken "çıkabilir miyim?" dediğim adam, "çıkıyorum" demişti.

Ve maalesef, vefatından sonra gördüklerimiz de sürpriz olmadı. Dostlarını tenzih ediyorum... İmkan olsa, öbür tarafa canlı yayın yapabilsek de, timsah gözyaşlarını, ikiyüzlü ağıtları seyredebilse.

Özetle...
Yukardaki sebeplerle, üniversitelere gazetecilik anlatmaya asla gitmem; diyeceğimi topluca burdan diyeyim.
Gerekirse limon satın. Yapmayın bu mesleği.

Korsan taksici

Dünyanın en prestijli televizyon kanalı BBC'de açık oturum yapılacaktı. Konuyla ilgili otorite canlı yayına çıkacak, ahalinin aklına takılan soruları cevaplayacaktı. Beklenen an geldi, program başladı.

Sunucu sordu, otorite anlattı.
Sunucu sordu, otorite anlattı.
Çarpıcı bi sohbet oldu.
Çünkü, otorite enteresan adamdı, hiç öyle yayıncılık kuralları filan sallamıyor, ağzına geleni söylüyor, kafa göz yarıyor, dan dun konuşuyordu. Neticede süre doldu. Sunucu, bizleri aydınlattığınız için teşekkür ederiz dedi, otorite de rica ederim, faydalı olabildiysem ne mutlu bana dedi, yayın sona erdi.

30 saniye sonra...
Kepazelik ortaya çıktı.

Meğer, otorite diye canlı yayına çıkarılan adam, otorite motorite değildi, bildiğin taksi şoförüydü, bir başka programa konuk olacak müşteriyi tesadüfen stüdyoya getirmiş, şöyle bi bakayım diye resepsiyonu dolaşırken, buyrun diye sorulmuş, ağzından konuk lafı çıkar çıkmaz, beklenen otorite zannedilerek apar topar makyaja sokulmuş, azzz sonra diye sırtından ittirilerek, sunucunun karşısına oturtulmuştu. E herkese nasip olmaz, kameralar, spotlar falan, canlı yayını bozmamak için bozuntuya vermemiş, üstelik, bakmış ki sevdiği mevzudan bahsediliyor, kafasına göre cevaplamıştı.

Bir başka taksici tarafından getirilen asıl otorite, o sırada makyajını yaptırıyor, seyrettikçe saçını başını yoluyor, yanlış adamı ekrana çıkardınız diye yırtınıyordu ama, iş işten çoktan geçmişti.

BBC, vahim hata nedeniyle seyredenlerden özür diledi. Ancak, santrala telefon yağıyordu, adeta izlenme rekoru kırılmıştı. Kimisi langır lungur konuşan çakma otoriteye küfrediyor, kimisi de, şahane konuştu, tekrar yayına çıkarın diyordu. Hadise, öylesine dallanıp budaklandı ki, İngiliz gazeteleri çakma otoriteyi aramaya başladı. Manşet haber yapılıyor, canlı yayındaki fotoğrafları basılıyor, tanıyanların, hangi taksi durağında çalıştığını bilenlerin haber vermesi isteniyor, bir türlü bulunamıyordu. Ve, asla bulunamadı.

Belli ki, ya korsan taksiciydi, enselenmek istemedi, ya da korsan taksici bile değildi, ki, işsiz olduğunu, iş aramak için tesadüfen içeri girdiğini, hatta sabıkalı olduğunu iddia edenler bile oldu.

Hani, ha bire mesaj atıp "yahu, şu haber kanallarına her akşam bi sürü otorite çıkıyor, saatlerce açılım sürecini anlatıyorlar, çoğunun adını bile ilk defa duyduk, kimdir bunlar?" diye soruyorsunuz ya... Valla, ister istemez şüpheleniyor tabii insan.

Fesli hostes

Hezarfen'ül beleş-i fir'kayme (Bedava uçuş mili)
Yekunu zamaniyye la havle fuzuliyye (Rötar)
Akıbet'ül rezil-i rüsva (Uçuş iptali)
İade-i ziyaret'ül istikbaliyye (Gidiş dönüş bileti)
Hicret'ül ecnebbiyye (Dış hatlar)
Ne şeker-i şam ne sima-i arabiyye (İç hatlar)
Seyr'ül minare-i hareketiyye (Kule)

Adem'ül şecere-i malumatiyye (Check-in)
Malumatiyye-i kablel vuku (Online check-in)
Fıskiye'tül sebil-i tulumba (WC)
Yallah'ül seferriyye (Salona gidiniz)
Mahşer-i velvele (Bu sizin için son çağrıdır)
Müfrezeyyi def'i şerriye (Güvenlik kontrolü)
Bişereffiye'tül sarih (Business class)
İstif'i balık-i umumiyye (Ekonomi sınıfı)
Satih'ül rüzigar (Pencere yanı)
Asakir-i merkezziyye (Koridor)
Se yek (Üçlü koltuğun ortası)
Divan'ül tekkeyi hümayun (Kokpit)
Şahane-i afet'ül maşallah (Hostes)
Ferman-ı kayış'ül vesvese (Kemerlerinizi bağlayınız)
Harekat'ül silsile-i fevkalbeşer (Take off)
Ulema-i şehr'ül tayyare (Pilot)
Kukla'tül hâkimiyyet-i kabiliyye (Otomatik pilot)
Def-i felaketiyye (Türbülans)
Dalaletiyye'tül gaflet-i kusurriye (Zorunlu iniş)
Kürre-i cemaatiyye (Globally yours)

Pilot

THY'de grev var.
Pilotlar hariç.
Hostesler hariç.
Teknik hariç.
Bavul taşıyanları sordum...
Onlar zaten hariçmiş.

Hiç düşündünüz mü, grev yapılan fabrikaların kapısında neden eli odunlu yarma gibi grev gözcüleri nöbet tutar? Çünkü, bizim işçi anca odun zoruyla grev yapar. Arka bahçedeki ağaçlara tırmanarak dört metrelik duvarı atlayıp, gizlice tornasının başına geçen işçiler bile gördüm ben... Söke söke hakkımızı alıcazzz diye bağıran arkadaşın, arkadaşını satması iki saniye sürer.

Geçenlerde trenler grev yaptı.
Sayın ahalimiz, makinisti dövdü.
Yürüsene ulan şerefsiz diye...
Raylarda tekmelediler adamı.

Senin derdin, senin derdindir.
El âlemi germez.

Doktor mesela... İdeal damattır, herkes kızını doktora gelin etmek ister, 70 sene sonra bile anlatılır beni ne doktorlar istedi filan, herkes çocuğunu büyüyünce doktor yapmak ister, herkes otomobilini doktordan almak ister, herkes evini doktora kiralamak ister, kız verirken, kocaya varırken, meslek seçerken, otomobil alırken, ev kiralarken doktor civanımdır... Yarım gün grev yapmaya kalksın, haysiyetsizdir, paragözdür.

O yüzden, eczacıların mitingine sırf eczacılar katılır, doktorları ırgalamaz. Öğretmenlerin protestosuna, velilerin asla katılmadığı gibi... Emekliler toplaşsa, iddia ediyorum, çocukları bile gelmez. Çiftçiler güya gövde gösterisi yaptı, yanlarında sadece sürükleye sürükleye getirdikleri inekler vardı.

Habire sendika haberi yapan gazetecilerin yayın yönetmenini patrona ispiyonlaması bir saniye, patronu hükümete jurnallemesi daha az zaman alır. Gazetecinin biri Kırgızistan'a giderken beni başbakana üfledi, beni kimin üflediğini o uçakta bulunan öbür gazeteci iner inmez bana üfledi.

Her koyun kendi bacağından asılır'ın atasözü olduğu ülkede, grev mrev beyhudedir. Nerde çokluk orda bokluk lafına yılışık yılışık sırıtan bi "toplum"da "toplu" sözleşme yapılamaz.

Netice itibariyle, THY'yle uçmanın tam sırasıdır.
Grev olduğunu duyunca her zamankinden daha dakik gelmişlerdir işe... Rötar bile olmaz.

Fahri doktor

Dikkatinizi çekti mi bilmiyorum, Halep Üniversitesi 2009'da Tayyip Erdoğan'a verdiği fahri doktora unvanını geri aldı. Üstüne, kınama bildirisi yayınladı.

Halbuki dört sene evvel... Sayın başbakanımız sırf bu fahri doktorayı alabilmek için özel uçakla günübirlik Halep'e gitmişti. Halep Üniversitesi'ne girerken, Suriye seninle gurur duyuyor sloganlarıyla karşılanmıştı. Fahri doktora takdim töreninden önce sayın başbakanımızın hayatından kesitler gösteren slayt gösterisi seyrettirilmişti. Bu slayt gösterisinde, sayın başbakanımızın Gazzeli çocuğun yanağını okşarken, Davos'ta Şimon Peres'i fırçalarken falan çekilmiş fotoğrafları vardı. Ayakta alkışlanmıştı, gözleri buğulananlar olmuştu. Törende konuşma yapan sayın başbakanımız, Suriye sınırındaki mayınların temizlenmesi için kanun çıkardıklarını hatırlatarak, "İsrail'e peşkeş çekmekle suçladılar bizi... Ne yazık ki bizim muhalefetimiz bizi tanımıyor. Ama Suriyeli kardeşlerimiz bizi çok iyi tanıyor" demişti. Gene ayakta alkışlanmıştı. Bilahare, fahri doktora cüppesini giyerek, poz vermişti. Halep Üniversitesi'nin 50 senelik tarihinde hiç kimseye fahri doktora verilmediğini, Tayyip Erdoğan'ın ilk olduğunu belirten Halep Üniversitesi Rektörü ise, "başka aday yoktu, çünkü, bütün dünyada Tayyip Erdoğan'dan başka bizim kriterlerimize uyan kimse bulunmuyordu" demişti.

Nabza göre şerbet veren Halep Üniversitesi'nin bu yalaka rektörünün adı neydi biliyor musunuz?
Profesör Nizar Akil!

"Akil"in yapacağı iş...
Anca bu kadar olur kardeşim.

Gavat

Her şey 2003'te başladı.
Bingöl'de deprem oldu.
Alt tarafı 6.4'tü, 176 insanımız can verdi.
Bingöl Valisi...
Vatandaşa "gavat" diyen valiydi.

Çadır dağıtımı becerilemedi.
Çoluğu çocuğu sokakta yatan insanlar, çaresiz, Kızılay kamyonlarına saldırdı, ortada devlet mevlet olmadığı için gücü gücüne yeteneydi, bileği güçlü olan çadırı kaptı, kapamayan ayazda kaldı, protesto gösterisi yapıldı, Valilik binası taşlandı, yuhalandı, Vali istifa, hükümet istifa sloganları atıldı,Tayyip Erdoğan çıktı, ahaliyi suçladı, provokasyon dedi, şırrak, Bingöl emniyet müdürü görevden alındı, Bingöl valisi koltuğunda kaldı, valinin adeta dokunulmazlığı vardı, o zamanlar sayın basınımız şimdiki kadar yalaka değildi, az buçuk gerçekler yazılıyordu, meğer Tayyip Erdoğan'ın toz kondurmadığı vali, Tayyip Erdoğan'ın belediye başkanlığı dönemine ait yolsuzluk iddiasını araştıran, yolsuzluk filan yok deyip, aklama raporu yazan, AKP iktidara gelir gelmez ilk kararnamede vali yapılan mülkiye müfettişiydi.

Vatandaş tarafından taşlandı...
"Yılın Valisi" seçildi iyi mi!

Bingöl'den sonra...
Aksaray Valisi yapıldı.
Kırklareli Valisi yapıldı.
Aydın Valisi yapıldı.
Adana Valisi yapıldı.
Hiçbir yerde sevilmedi, her gittiği yerde olumsuz haberlerle gündeme geldi, en son, vatandaşa "gavat" dedi.

AKP'yle geldi.
Beraber yürüdü bu yollarda.
Hep yükseldi.

Teee 2003'te şırrak diye görevden alınan Bingöl emniyet müdürü ise, Osman Nuri Özdemir'di... Hüseyin Çapkın'ın Adana'ya, Celalettin Cerrah'ın Sivas'a emniyet müdürü yapıldığı kararnamede Bingöl emniyet müdürü olmuştu. Yani, Çapkın ve Cerrah'la aynı yaş kuşağından, ilerde vali olması muhtemel, geleceği parlak emniyetçilerdendi. Bir özelliği daha vardı... Tayyip Erdoğan minareli-süngülü şiiri okurken, Siirt emniyet müdürüydü, görevini yapmış, Tayyip Erdoğan'ın konuşmasını kayda almış, savcılığa teslim etmiş, Tayyip Erdoğan'ın hapse girmesine vesile olmuştu!

Deprem vesile oldu...
Şırrak diye görevden alındı.

Vali hep yükseldi.
Emniyet müdürü hep bekledi.

Bir daha asla görev verilmedi.
Geçen sene rahmetli oldu.

Bazen hakikaten merak ediyorum...
AKP döneminde görevini yapmayan bürokratlar yüzünden hayatını kaybeden insanlarımızın sayısı mı fazla? Yoksa, görevini yaptığı için başına gelmedik kalmayan ve kahrından ölenlerin sayısı mı?

İsim	Şehir	Spor

Hükümet olimpi'yatma yeri değildir canım kardeşim...

Olimpiyat

Ezan okunuyor.
Rihanna söylüyor.
Olimpiyat tanıtım filmimiz bu.

Televizyonlarda yayınlanıyor.
İnternette var, izleyin lütfen...
Kızlı-erkekli dolaşıyorlar.
Kızlı-erkekli parkta oynuyorlar.
Kızlı-erkekli müze geziyorlar.
Kızlı-erkekli alışveriş yapıyorlar.
Kızlı-erkekli çay içiyorlar.
Kızlı-erkekli Boğaz kenarındalar...
Kızlı-erkekli tekneye biniyorlar.

Dalgalı, düz, kıvırcık.
Hepsinin saçı açık.
Tekneye binen kız, mini etekli.

Sanırsın, Los Angeles'tır.
Siyah Amerikalı bile var.

Nerde türbanlılar kardeşim?

Yok mu İstanbul'da hiç türbanlı?
Neden koymadınız tanıtım filmine?

Benim başörtülü bacım, benim başörtülü bacım diye oy toplamayı biliyorsun... Utanmıyor musun başörtülü bacını saklamaya?

Başörtüsünden mi utanıyorsun yoksa?
Kızlı-erkekli bankta oturmayı hoş karşılamam diyeceksin...
Memleketi dünyaya tanıtmak için çapulcu'lara sarılacaksın, öyle mi?
Başörtülü bacım üniversiteye giremiyor, başörtülü bacım TBMM'ye giremiyor diye mağdur ayaklarına yatacaksın...
Kendi ellerinle hazırladığın tanıtım filmine, başörtülü bacını sokmayacaksın, öyle mi?

Ayıp mıdır türbanlıları göstermek?
Yoksa, bu senin yaptığın mı ayıptır?

Ayrıca...
Ezan okunurken konserlerin sesini kısmayana dinsiz diyeceksin... Sonra da, ezan'a Rihanna'yla vokal yaptıracaksın.
Müezzin midir Rihanna?

İçinde "rakı" geçiyor diye "Vardar Ovası"nı yasaklayacaksın.
İçinde "ecstasy" geçen Rihanna şarkısıyla Türkiye'yi tanıtacaksın öyle mi?

2020'yi verirler mi bilmem ama...
"Takiye olimpiyatı" yapsalar, banko bunlar alır.

Hükümet olimpi'yatma yeri değildir canım kardeşim...

Bizim spor bakanı "olimpiyatlara adını veren dağ, Antalya'daki Olimpos Dağı'dır, Çıralı'da yanan ateşin tanrısal olduğuna inanılıyor, olimpiyat meşalesini doğduğu topraklara, Anadolu'ya götürmek gerekir" dedi.

Olimpos Dağı, Antalya'da değil, Selanik'te... Olimpiyata adını veren, dağ mağ değil, Yunanistan'daki antik kent Olimpiya... Olimpiyat meşalesinin Çıralı'yla alakası yok, tarihte ilk kez

Hollandalılar tarafından 1928 Amsterdam olimpiyatında yakıldı. Olimpiyat meşalesinin elden ele koşturulması geleneği ise, Hitler'in icadı, 1936 Berlin olimpiyatında başladı.

Bu bilgisizliğe, değil olimpiyat, kiraz festivali bile vermezler!

Bizim başbakan, Mersin Oyunları'nın açılışında "Akdeniz, beyaz deniz, White Sea olarak adlandırılır" dedi. White Sea, Rusya'nın kuzeyinde.

"Japon başbakanına dedim ki, bu olimpiyattan çekilin dedim, inanıyorum ki kendileri de Tokyo Valisi'ne bu talimatı vereceklerdir" filan... E hani? İstanbul Valisi mi sandın sen onu emmioğlu!

Milli takım bayrağı taşıttığın yandaş güreşçi, ırkçılıktan ceza aldı... AKP'li Üsküdar Belediyesi'nin sporcusu diye hava attığın, spor salonuna adını verdiğin olimpiyat şampiyonu atlet, dopingci çıktı, spordan men edildi.

Olimpiyat bize verilseydi, İstanbul'da havai fişek gösterileri yapılacak, sabaha kadar şenlik olacaktı. Sen değil miydin, Mısır için yas ilan eden? Bitti mi matem?

Dünyada, gençlerine spor bayramı armağan eden tek lider var, tek devlet var, Mustafa Kemal Türkiyesi... 19 Mayıs'ı yasaklayacaksın, sonra utanmadan, spor ülkesiyim diyeceksin öyle mi?

Rize çıkacak, Kasımpaşa çıkacak, Kayseri Belediyespor bile çıkacak, Diyarbakırspor garibanlıktan amatöre düşecek... Sen hâlâ sporda fırsat eşitliği sağladım hikâyesi anlatacaksın.

20 senedir olimpiyata talibiz, tesisler hâlâ çizgi film şeklinde... Maketi bile yok. Yapa yapa bi tane olimpiyat stadı yaptın, onu da yanlış yere yaptın. Ağustosta bile anca paltoyla oturabilirsin, devamlı fırtına var. Kaleci degaj yapıyor, öbür kalenin arkasına uçuyor. Cirit fırlat, Bahçeşehir'e kadar gider. Atletizmde rüzgâr limiti var, istersen dünya rekoru kır, meteorolojik limit aşılmışsa, kabul edilmez. Bu statta olimpiyat yapmana izin verilmez. Bundan hiç bahsetmeyeceksin di mi?

Bir numaralı kriter, olimpik vatandaş... Bu işin olmazsa olmazıdır. Olimpik vatandaş, spor yapan, spor takip eden, spor için para ödeyen insandır. İstanbul'da anket yapıldı, ahalinin yüzde 38'inin olimpiyat adaylığımızdan haberinin olmadığı ortaya çıktı. 20 senedir adayız, bu arkadaşların hâlâ haberi yok. Sence, kime oy vermiştir bu "bilinçli" yüzde 38?

Kızlara ayrı, erkeklere ayrı havuz yapacaksın. Spor bakanlığının gençlik kamplarını harem-selamlık ayırdın. Parktaki banklara kızlı-erkekli oturulmasına bile gıcık oluyorsun. Olimpiyat köyü'nde laik mi olacaksın?

Avrupa'da sokağa çık, bu ülkede ne kadar çok engelli var dersin. Türkiye'de sokağa çık, bu ülkede hiç engelli yok dersin. Engelli vatandaşlarımızı belediye otobüsüne bile bindirmeyi başaramıyorsun birader... Paralimpik senin neyine?

Altın madalya kazananlara toki'den ev vermeyi vaat ettin, olmadı... Usain Bolt'a avanta kömür vermeyi de düşünüyor musun?

Sloganımız neydi?
Bridge together.
Fatih Köprüsü'nü kim yaptı?
Japonlar.
Marmaray'ı kim yaptı?
Japonlar.

Güya "iki kıtayı birleştiren ülkeyiz" diyorsun... İki kıtayı, hem denizin altından hem denizin üstünden anca Japonlar sayesinde birleştiriyorsun.

Sen önce köprü yapmayı becer...
Bridge together'ı sonra düşünürüz!

Güreş

Ekim 2007'de...
Kuzey Irak'tan sızan teröristler Şırnak'ta pusu kurdu, 13 şehit verdik. Biri, Şanlıurfalı onbaşı Kasım Aksoy'du. Ekmeğini koza'dan çıkarıyor, pamuk toplama işinde ırgatlık yapıyordu. Davul-zurnayla gitti, ağıtla döndü. Cenaze töreni, Türk halkının zihnine mıh gibi çakıldı. Çünkü, iki kızı vardı, iki yaşında Zeliha, çorabı yırtıktı, öbürü üç yaşında Güneş, ayakkabısı bile yoktu, parmakları morarmış, yalınayaktı. Şehitleri adeta kanıksayan Türkiye, bu yavruların fotoğrafıyla, Türkiye'nin utancıyla sarsıldı.

Kuzey Irak'a girmek için tezkere çıkaralım mı çıkarmayalım mı, en güzeli ABD'ye soralım filan diye savsaklanırken... Kuzey Irak'tan girip Dağlıca'yı bastılar, 12 şehit daha verdik. Tezkere çıkarıldı.

Barzani resmen tehdit etti, "sınırı geçerseniz, savaş anlamına gelir, karşılık veririz" dedi. Başbakanımız esti gürledi, "Barzani haddini aştı, muhatabımız değil, terör örgütüne yataklık yapıyor" dedi. Basınımız ayağa kalktı... *Hürriyet* gazetesi, Barzani'yle Talabani'nin fotoğrafını koyup "Ortadoğu'nun dansözleri" manşetini attı. Öbür gazetelerimiz "Barzani kin kustu, Barzani kudurdu, küstah Barzani, Barzani kaşınıyor, günah bizden gitti, kukla Barzani" başlıkları attı. Hatta "Borazani" diyen bile oldu.

Kuzey Irak'a girdik. Avrupa Birliği'nden Birleşmiş Milletler'e kadar hepsi itiraz etti, hatta Avustralya bile Türkiye'yi kınadı. Harekatın adı Güneş'ti... Şehit Kasım'ın yalınayak kızı'nın adı verilmişti.

27 şehit daha verdik Irak'ta... Biri, Binbaşı Zafer Kılıç'tı. Siirt Tugay Komutanlığı'nın subayıydı. Bordo bereliydi. Judoda, kayakta madalyaları vardı. 18 Mart'ta... Çanakkale Şehitleri Günü'nde dünyaya gelmişti, Ankara Cebeci Şehitliği'nde toprağa verildi.

Kuzey Irak öksüzü Güneş'in adı, terörle mücadele tarihine geçerken... Kuzey Irak şehidi Zafer Kılıç'ın adı da, Siirt'te yaşatıldı. Galatasaray ikinci başkanı, işadamı Adnan Öztürk tarafından yaptırılan ve milli eğitim bakanlığı'na bağışlanan, Türkiye'nin ilk spor lisesine, Şehit Zafer Kılıç adı verildi.

Şehit Zafer Kılıç Spor Lisesi, yatılı... Bölgede yaşayan, spora yetenekli çocuklar seçiliyor, eğitiliyor. Okulun, tuvaletlerine kadar temizliği, her sabah, binbaşı Zafer Kılıç'ın Siirt Komando Tugayı tarafından yapılıyor. Çocukların tatlıları, pasta-baklava, her öğlen, her akşam, tugaydan geliyor.

Bu okulun öğrencileri, voleyboldan basketbola, hentboldan judoya, aklınıza gelen her spor dalında madalya topluyor.

Biri, Evin Demirhan.
Hangi branşta milli formayı giyip, Türkiye tarihinde ilk kez Avrupa Şampiyonu ve Dünya Üçüncüsü oldu biliyor musunuz? Güreş'te!

Evet... Şehit Zafer Kılıç Spor Lisesi öğrencisi, dokuz çocuklu bir ailenin kızı, 17 yaşındaki Evin... Kadınların yok sayıldığı ülkemin ata sporunda, eşi benzeri görülmemiş bir başarıya imza attı.

Üstelik... Evin'in başarısı, İnan Temelkuran ve Kristen Stevens tarafından *Siirt'in Sırrı* adıyla belgesel haline getirildi. Geçen hafta, Adana Altın Koza Film Festivali'nde Jüri Özel Ödülü aldı. İzleyenleri öylesine etkiledi ki, sırf onun için bi ödül daha yaratıldı ve Evin'e Jüri Özendirme Ödülü verildi.

Böylece, ekmeğini koza'dan çıkaran onbaşı Kasım'ın, yalınayak kızı Güneş'in, binbaşı Zafer'in Türkiye'yi var etme çabası... Dönüp dolaşıp, bi başka koza'da, Evin'de çiçek açtı.

Ve, kanla sulanan bu topraklarda, sadece bir evladı yeşertebilmek bile... İşte bu kadar cana, bu kadar acıya, bu kadar seneye mal olurken... "Türkiye seninle gurur duyuyor" tezahüratı yapıldı Barzani'ye!

Milli takım

Korhan Yamaç.
Teğmen'di. Mayına bastı. Sağ ayağını kaybetti.
Atıcılıkta yarışacak.

Oğuzhan Polat. Mayına bastı, topuğu koptu.
Zafer Korkmaz. Mayına bastı, dizinden gitti.
Okçularımız.

2012 Londra Paralimpik Olimpiyatı bugün başlıyor.
67 evladımız mücadele edecek.

"Sakaryalı Mehmet Kıran, okçuydu, bedensel engelliler federasyonu'nda gönüllü çalışıyor, bize yardımcı oluyordu, askere gitti, Eruh'ta şehit düştü, onun için yarışacağız" diyor Zafer.

Özlem Kalay, öğretmen, ilk görev yeri Bitlis'ti, köy okuluna götüren askeri araç devrildi, felç oldu. Hatice Bayar, ablası polis'ti, ablasını taradılar, Hatice belinden vuruldu. Okçularımız.

Gizem Girişmen. 11 yaşında, trafik kazasında felç kaldı. Ankara Tevfik Fikret Lisesi ve Bilkent İşletme'den şeref öğrencisi olarak mezun oldu. İngilizce, Fransızca, İspanyolca, İtalyanca biliyor. 2008 Pekin'de tarihimizin ilk paralimpik altın madalyasını kazandı. Başkanı, efsane atlet Edwin Moses olan, Laureus Dünya Spor Akademisi'nin Oscar'ına aday gösterildi. Gizem'i aday gösteren jüride, Beckenbauer, Boris Becker, Sergei Bubka, Bobby Charlton, Nadia Comaneci, Emerson Fitibaldi, Kip Keino, Michael Jordan, Martina Navratilova, Mark Spitz, Katarina Witt ve Pele vardı. İmzalı fotoğrafı masamda... Bana hediye ettiği ok'u ise, ödüllerimin baş köşesinde durur. Masal prensesi'dir o... Okçumuz.

Ayşegül Tahtakale... Tahtakale'de cami avlusuna bırakıldı, adını soyadını, Tahtakale Karakolu'ndaki polisler koydu, Çocuk Esirgeme'de büyüdü. Zihinsel engelli. Güllecimiz.

Mehmet Nesim Öner. Çocukken, Diyarbakır'ın Uzunova Köyü'nde çobandı.
Yolda bulduğu mayınla oynarken, patladı, sol gözünü, sol kolunu, sağ parmaklarını kaybetti. 800 metrecimiz.

İsmail Ar, Marmara depremine Yalova'da yakalandı, enkaz altında kaldı, çıkarıldığında felçti. Ali Asker Turan, 11 aylıkken geçirdiği çocuk felci nedeniyle engelli oldu. Aytaç Ercan, çocuk felci aşısı yaptırmayı unuttular. Bülent Yılmaz, 26 yaşındayken trafik kazası geçirdi. Fikri Gündoğdu, 17 yaşında silahla oynarken vuruldu. Tekerlekli sandalye basketbolcularımız.

Çiğdem Dede, altı yaşındayken vurulan iğneden bacağını kaybetti, haltercimiz... Hüseyin Alkan, 19 yaşındayken iş kazasında gözlerinden oldu, goalball'cumuz... Mustafa Demir, kavgayı ayırmaya çalışırken, maganda kurşunuyla felç kaldı, okçumuz.

Turan Mutlu. Çocuk felci... Haltercimiz.
Cevat Karagöl. Altı aylıkken hatalı iğne... Atıcımız.

Gülbin Su... Üç yaşında çocuk felci.
Özgür Özen... Trafik kazası.
Doğan Hancı... Hatalı iğne.
Erdoğan Aygan... Motosiklet kazası.
Okçularımız.

Özlem Baykız. Yüzücümüz. Gelişmiyor, boyu 1.30'u geçmiyor. Bedensel engeli nedeniyle milli takımımızda forma giyiyor, ancak, engelli olduğu kabul edilmediği için, memur olarak işe alınmıyor! Devletimizin işine gelince engelli, işine gelmeyince, engelsiz oluyor yani.

Beytullah Eroğlu. Yüzücümüz. İki kolu omuzdan yok. Bi bacağı, diğerinden 12 santim kısa. Kulaç atmadan yüzüyor. Bacaklarını gemi pervanesi gibi kullanıyor. Yemek, giyinme, diğer ihtiyaçlar, sağ ayağının parmaklarıyla hallediyor. Kazandığı ödüllerle ailesinin geçimini sağlıyor. Çünkü, babası mobilyacıydı, şimdi işsiz, masör kursuna gitti, diploma aldı, oğlunun masörlüğünü yapıyor. Burası Türkiye... Kolsuz yüzmek mümkün, iş bulmak imkânsız!

Eli ayağı tutan acizler ülkesinin...
İnsanüstü yeteneklere sahip evlatları'dır onlar.

Engelleri farklı'dır.
Ortak özellikleri ise...
"Bu memleketin halledemediği sorunlarının milli takımı"dır!

Hepsi sapasağlamdı...
Terör, mayın, trafik kazası, iş kazası, maganda kurşunu, deprem, bürokrasi hazretlerinin marifetleri, sağlık faciası ve hatta cami avlusu dramı.

Hiçbirimiz Usain Bolt olamayız ama sorunlarımızı görmezden gelmeye devam edersek, hepimiz engelli olabiliriz. Çünkü, doğuştan engellilere bi faydası olmadığı gibi... Sağlam insanlarını engelli yapma konusunda, olimpiyat şampiyonudur Türkiye!

Beyzbol

Hiç beyzbol oynanmadığı halde, dünyada en çok beyzbol sopası satılan dördüncü ülke, Türkiye'dir. Buna mukabil, aynı Türkiye'de beyzbol topu ve beyzbol eldiveni satışı, sıfırdır.

Üstelik, resmi istatistiktir...
ABD'de bile beyzbol sopası pazarı her sene yüzde 5 büyürken, Türkiye'de yüzde 15 büyür.

Dolayısıyla, beyzbol sopası'nın ne anlama geldiğini diplomatlara sormanın alemi yoktur. Taksicilere sor... Anlatsınlar.

(Bende var mesela... Babamdan miras kaldı. Alsancak Kısmet Taksi'ye beyzbol kültürünü getiren kişiydi, rahmetli... Obama'ya Çekiç Hank hediye etmiş, babam ise, Ceksın'dan satın almıştı. Ceksın, duraktaki taksileri yıkayan, bu arada, NATO'da görevli Amerikalılardan mal alışverişi yaparak yolunu bulan, şopardı.)

(O zamanların taksileri Şevrole, Buik, İmpala filan, geniş geniş, ferah... Şoför koltuğuyla, kapı arasına, değil beyzbol sopası, fırıncı küreği koysan, gene sığardı. Sonradan, bizim yerli otomobillere geçildi. Beyzbol sopasını koyuyorsun, kapı kapanmıyor, kapı kapansa, boydan kurtarmıyor, arka koltuğa binmeye çalışan yolcunun ayağına takılıyor. Duraktakiler levyeye geçti. Babam vazgeçmedi. Hırlaşma pozisyonunda, bi saniye deyip, bagajdan çıkarıyordu.)

Tarihçesine gelirsek...
Memleketin beyzbol sopası'yla ilk tanıştığı yer, İzmir ve Adana'dır. Çünkü, İzmir ve Adanalı taksiciler, henüz siyah-beyaz televizyon icat olmamışken, NATO ve İncirlik'teki Amerikalılar vesilesiyle, beyzbol diye bi sporun varlığından haberdar olmuş, kriko'dan bile önemli olan beyzbol sopası'nı keşfetmişlerdi. Buralardan yayıldı. Edirne'den Ardahan'a moda oldu.

Bakın Ardahan dedim, aklıma geldi... Ardahan'da hiç Amerikalı olmamasına rağmen, geçen ay, Ardahanlı bi taksici, arabayı yıkarken etrafa su sıçratıyorsun diye posta koymaya kalkan beş sivil polisi, benim rahmetli gibi bagajdan çıkardığı beyzbol sopasıyla hastanelik etti.

Sıfırı, 75 lira.
Gir internete...
İkinci eli, 25 lira.

Öyle hale geldi ki...
Artık sadece taksicilerin aksesuvarı değil, öbür esnaf da kullanıyor. Bursalı kuyumcunun biri, maskeli, eli silahlı soyguncuyu, tezgâh altında tuttuğu beyzbol sopasıyla haşat etti geçenlerde... Ağzını yüzünü dağıttı. Nerden geldiğini şaşırıp, silahı milahı bırakarak kaçmaya çalışan herifi, parmak izine gerek kalmadan, kan izinden takip ederek enselediler, düşün gari.

Demem o ki...
Bizim başbakanla telefonda konuşurken Obama'nın salladığı beyzbol sopası'nın ne anlama geldiğini diplomatlara sormanın âlemi yoktur, mesaj açıktır.

İngilizce bilmeyenin anladığı dildendir.
Durmak yok, yola devam da...
El frenini çekip inersem, kafanı kırarım demektir!

Akdeniz Oyunları

Ev sahibi Mersin'di. Mersin Büyükşehir Belediye Başkanı CHP'li olduğu için, açılış töreninde konuşturulmadı.

Başbakanımız yuhalanmasın diye, yandaş tribün oluşturulduğu... Açılış töreni biletlerinin el altından AKP teşkilatlarına dağıtıldığı iddia edildi. Güya internetten satılacaktı, satışa çıkmadan tükendi. Mersin halkı bilet bulamazken, başka şehirlerden otobüslerle seyirci taşındı.

Başbakanımız açılış töreni konuşmasını iki lisanda yaptı, İngilizce-Türkçe hitap etti. "Akdeniz, beyaz deniz, White Sea olarak adlandırılır" dedi. Böylece, hem Akdeniz oyunları, hem olimpiyat, hem de dünya "gaf rekoru"nu kırmış oldu. Çünkü White Sea, maalesef, Rusya'nın kuzeyindeydi.

Gezi Parkı direnişçileri hakkında "yaptığınız eylemi si..yim vatan hainleri" diyen, "Ermenilere bıraktınız meydanı, Allah belanızı versin eylemci çapulcular" diyen yandaş güreşçi Rıza Kayaalp, onurlandırıldı, milli takım kafilemizin bayrağı taşıtıldı. Dünyanın ırkçılıkla mücadele ettiği bir dönemde, Türkiye'nin olimpiyata talip olduğu bir dönemde... Ne kadar gurur duysak azdı.

Akdeniz Oyunları'nın resmi logosunu taşıyan servis aracıyla "genelev"e gidenler oldu!

Binicilik müsabakaları için 3.5 milyon lira harcanarak, muhteşem konkurhipik tesisleri yapıldı. Küçük bi pürüz vardı... Bizim oralar, at hastalıkları konusunda dünya şampiyonuydu. Avrupa Birliği'ne göre "karantina bölgesi"ydi. Akdeniz Oyunları'na katılan yabancı ülkeler "kusura bakmayın, biz atlarımızı oraya getirmeyiz" dediler. Bizimkiler çok zeki ya, hemen çözüm buldular, "binicilik müsabakalarını İstanbul'da yapalım" dediler. Adamlar da "kardeşim, adı üstünde Mersin Akdeniz Oyunları bu, İstanbul'da ne işi var" dediler. Bunun üzerine, bizimkiler daha şahane çözüm buldu: Binicilik iptal edildi... Bizim Akdeniz Oyunları'nda binicilik branşı yoktu!

Tekvando'da dereceye giren sporcuların madalyasını bir hanımefendi verdi. Yabancı basın sordu, bu hanımefendi Tekvando Federasyonu Başkanınız mı? Değildi. Olimpiyat Komitesi Başkanınız mı? O da değildi. Ya kimdi? Spor Bakanımızın eşiydi.

Bismillah ilk gün...
Sekiz haltercimizde doping çıktı.
62 kilo, 69 kilo, 77 kilo, 105 kilo sporcumuz dopingliydi.
Silkme ve koparmada 56 kilocularımız rekor kırdı, 56 kiloda dört sporcumuz birden dopingli yakalandı.

Erkek çekiç atmacımız dopingli çıktı.
Kadın çekiç atmacımız dopingli çıktı.
Uzun atlamacımız, yüksek atlamacımız, sırıkla atlamacımız, 100 metre engellicimiz, 400 metrecimiz, diskçimiz dopingli çıktı. Güllecimiz dopingli çıktı. Yarı maratoncumuz dopingli çıktı.

Akdeniz Oyunları başladığından beri dopingli olduğu tespit edilen sporcu sayımız, 16... Numune testleri devam ediyor, kapanış törenlerine kadar kısmetse 30'u filan bulması bekleniyor.

Zoraki başarı için veriyorlar Cumhuriyet altınları ödülünü, veriyorlar para ödülünü... Avanta kömür dağıtır gibi.

Neticesi?
Türk spor tarihinde böyle rezalet görülmedi.

Avrasya maratonu

Üç sene önce...
Avrasya maratonu koşuldu, 30 bin civarında insan Boğaz Köprüsü'nün üzerindeyken, titreşim başladı, adeta beşik gibi sallandı, elektrik direkleri, sağa sola, otomobillerin cam sileceği gibi hareket ediyordu, tarihi felaketin eşiğinden dönüldüğünü, rezonans diye bir kavram olduğunu, köprünün yıkılmaktan mucize eseri kurtulduğunu izah eden bilimadamları "cahil" ve "şerefsiz" ilan edildi, Ulaştırma Bakanımız Binali Yıldırım "asma köprü olur da sallanmaz mı, köprünün işi zaten sallanmak, köprü eğer sallanmazsa korkmak lazım, sallandığı müddetçe işler yolunda demektir, neymiş, elektrik direkleri sağa sola yaylanıyormuş, elektrik direkleri aksesuvar, mesela saçın rüzgârda savrulması gibi bir şey, kökü orada direğin, hiç kimse milleti paniğe sevk etmesin, her şey yolunda" dedi.

Bu açıklama çok bilimsel bulunmuş olmalı ki...
Samsun 19 Mayıs Üniversitesi, fahri doktora unvanı verdi.
Cumhuriyet Üniversitesi, fahri doktora unvanı verdi.
Yozgat Bozok Üniversitesi, fahri doktora unvanı verdi.
Anadolu Üniversitesi, fahri doktora unvanı verdi.
Erzincan Üniversitesi, fahri doktora unvanı verdi.
Kırklareli Üniversitesi, fahri doktora unvanı verdi.
Pamukkale Üniversitesi, fahri doktora unvanı verdi.
Okan Üniversitesi, fahri doktora unvanı verdi.
Işık Üniversitesi, fahri doktora unvanı verdi.
Erciyes Üniversitesi, fahri doktora unvanı verdi.
Çeşitli vakıf ve dernek tarafından, yılın adamı, yılın devlet adamı, yılın siyaset adamı, yılın bakanı, 10 yılın en başarılı bakanı seçildi. Hatta, değerli eşi hanımefendiyi de yılın annesi seçtiler.

Üç sene sonra...
Avrasya maratonuyla ilgili açıklama yapan Ulaştırma Bakanımız Binali Yıldırım, "köprüden artık koşarak değil, yürüyüş şeklinde geçilecek, grup grup alınacak, bir grup köprüyü terk edecek, ondan sonra diğer grup geçecek, çünkü Boğaziçi Köprüsü bir asma köprü, asma köprü olunca toplu halde geçmenin rezonans riski var, rezonans olunca ne oluyor, köprüdeki salınımlar

artıyor, salınımlar eğer köprünün özgün frekansıyla aynı değere ulaşırsa, artık salınımlar sönümlenmiyor, köprü yıkılıncaya kadar devam ediyor, aynen deprem gibi, işin fiziği bu" dedi.

Dolayısıyla, yurttaş olarak... Yukarda adı geçen üniversitelerimize ve ilgili kuruluşlarımıza "fahri rezonans" ve "yılın asma köprüsü" unvanı takdim ediyorum, hepsini "yılın annesi" seçiyorum.

Lig

Badem United...
Şahsi oynarlar, kendi kendilerine pas verirler, kendi ortalarına kendileri vururlar, köşe oldukları için köşe vuruşlarını severler, verkaç bilmezler, vurkaç'ı iyi bilirler, vole vuramazlar, voli'yi iyi vururlar, krampon yerine takunya giyerler, tekmeye kafa uzatmazlar, karambolde kıstırırlarsa kafaya tekme atmaya bayılırlar, 9 kusurlu hareketin 9'unu da yaparlar, elle oynarlar, taban girerler, ofsaytta yakalanırlar ama, federasyon başkanı onlardan olduğu için hep avantaja bırakılır. Bi dokun... Anında yere atarlar kendilerini, penaltıı diye bağırırlar, sıkışınca topu taca atarlar, senden çıktı derler, buz gibi gol at, saymazlar, teğet geçti derler, altı pastan kazma gibi dışarı vururlar, gooooolll diye tribüne koşarlar, zaten tribünlere de eşlerini dostlarını doldururlar, megafondan kendi isimlerini anons ettirip, kendilerine tezahürat yaptırırlar, 10-0 kaybetseler bile, sanki kazanmış gibi Meksika dalgası yaparlar, kendi kendilerini omuzlara alırlar, istersen hezimete uğrat, hakemlere kömür-bulgur dağıtarak üç puanı toplarlar, itiraz edeni saha komiserlerine coplatırlar, biber gazı sıktırıp, gözüne ateş ettirirler, fikstürü kendileri çeker, sadece kendi statlarında sahaya çıkarlar, maç başladıktan sonra kuralları değiştirirler, herkes 90 dakika oynarken, bunlar 90 artı van münüts uzatmasıyla oynarlar, Avrupa kupası bekleyen taraftarları çöpten marul toplarken, kamplarını Rixos'ta yaparlar, rakipleri duran toplara bile vuramadığı için, medya it'manyurdu da maçı sattığı için, devamlı şampiyon olurlar.

Atletico Feto...
Kontratak oynarlar, rakip teknik direktörün bilgisayarına girer, hakem odasına kamera döşer, tribüne böcek monte ederler, hocaları uzaktan kumandayla taktik verir, takkeyi düzeltirse, hücuma kalkın, ağlarsa, defans yapın manasına gelir, altyapıdan yetiştirdiği topçular Toma Juniors'ta forma giyer, ligin kilit ekibidir, bu sene de ligi kilitlemesi, olmazsa rakip futbolcuları kelepçeletmesi bekleniyor.

Werder Verememm...
Adı üstünde, ver topu bunlara, değil 90 dakika, 24 saat pas yapsalar orta sahayı geçmeyi başaramazlar, bitirici vuruştan vazgeçtik, rakibi bırakıp, birbirlerine çalım atarlar, boş kaleye muz orta gelsin, ıskalarlar, kafaya çıkıp tokuşurlar, kendi kendilerini sakatlarlar, frikiki ben atıcam sen atıcan diye, ceza sahası içinde kavga ederler, küserler, kimi sahayı terk eder, kimi topu alır gider, yanlışlıkla gol atsalar, bu sefer hakeme itiraz ederler, ofsayttı görmedin derler, kendi gollerini kendileri iptal ettirirler, güya gol kralı diye Dinamo Kemal'i santrfora koydular, daha bismillah ilk maçta lisans çıkarmayı unuttular, 20 sezondur madara olmalarına rağmen, yenildik ama ezilmedik diye tura çıkarlar, bu taktik anlayışla 20 sezon daha sıra takımı olmaları ve şampiyonluk bekleye bekleye kahırdan kanser olan taraftarın kulübü yakması bekleniyor.

Eintracht Püskevit...
3-5-2 veya 4-4-2 yerine 1-1-1 oynuyor, tek kaleci, tek orta saha, tek forvet, hepsi aynı kişi, takımın geri kalanı yedek kulübesinde oturup, n'apacak acaba diye onu seyrediyor, e tabii tek kişiyle hem oyun kur, hem gol ara, mümkün değil, bari gol yemeyeyim diye kendi kalesinin önünde stoper mevkisinde duruyor, ateşli taraftarına rağmen beraberliğe razı bi görüntüsü var, iddaa kuponlarının banko sıfırı... Alırsa, Olimpic Lorke derbisinden üç puan alır, hepsi o, anca kümede kalır.

Olimpic Lorke...
Ligin en flaş takımı... Krampon yerine mekap giyerler, dan dun oynarlar, gol yerler, hakemi vururlar, yenersin, stadı yakarlar, ofsayt çal, molotof atarlar, faul ver, soyunma odası koridoruna mayın döşerler, kırmızı kart göster, uefa'ya şikâyet ederler, defalarca saha kapatma cezası aldılar, buna rağmen

fair play ödülüne layık görüldüler, takımlar devre arasında Abant'a filan gider, bunlar Kandil'de kamp yapar, hem süper ligde oynamak istiyor, hem federasyonu tanımıyor, hem özerk federasyon kurmak istiyorlar, lisansı iptal edilen tecrübeli teknik direktörleri Sir Apo Ferguson'un bu sene, en geç öbür sene affedilmesi ve takımın başına geçmesi bekleniyor, ligi kaçıncı bitirirse bitirsin Avrupa şampiyonlar ligine katılmasına kesin gözüyle bakılıyor, maçları bijitürk'ten şifreli, yalaka televizyonlarımızdan şifresiz yayınlanıyor.

Club Liboj...
Forma aşkları yoktur, bazen postal giyerler, bazen takunya, siz bakmayın şu anda Badem United'ta kiralık oynadıklarına, zamanında Sparta Kırat için, Real Papatya için ter döktüler, kıvraktırlar, ağır çekimde izlerseniz, sadece ayakları oynamaz, başları kıçları da oynar, bonservis bedellerini Avrupa kulüpleri öder ama, bizim ligte top koştururlar, maç satmaktan zevk aldıkları için milli takıma alınmazlar, parayı pek severler, kale mi top mu diye yazı tura atılırken, yere düşen paranın üstüne bile plonjon yaparlar, stadyum ihalelerine aracılık yapıp, komisyon kollarlar, asla jübile yapmazlar, küme düşseler bile, bi bakarsın, şampiyon takımın otobüsüne binivermişler, zeki, çevik, ahlaksızdırlar, bu yazıyı bile okuyup, yarabbi şükür diyebilirler.

Ahalispor...
Gelen taktı, giden taktı, folluk oldu, stadı satıldı, idman sahasına toki dikildi, kulüp icralık, formaya bankalar el koydu, krampona haciz geldi, yalınayak, donla oynuyor, 11 sene önce küme düştü, hâlâ "dünya liderisin" diyorlar, inanıyor.

Fethiyespor

Sene 1914...
Ayvayı yeme aşamasına gelen Osmanlı, hâlâ şov peşindeydi. Öyle bi atraksiyon yapalım ki, ahalimiz "dünya lideri" olduğumuzu görsün dediler. Düşündüler, taşındılar... Üç

kıtada uçak uçurmaya karar verdiler. İstanbul'dan havalanacak, Şam üzerinden, İskenderiye'ye konacak; böylece Avrupa, Asya, Afrika'yı kat etmiş olacaktı. Sayın ahalimiz de "vay be, amma devletiz haa" diye sevinecekti.

Halbuki, gurur duyulan uçağın elbette bizimle alakası yoktu, ithaldi, Fransız malıydı. Modeli, Bleriot XI/B'ydi. Sanki biz icat etmişiz gibi, kanatlarına kocaman ay-yıldız işlediler, adını da Muavenet-i Milliye, milli yardımlaşma koydular, oldu sana yerli malı uçak!

Burundan pırpırlı, kanatları bezdendi. Pilotlar, üstü açık otomobil gibi, kokpitsiz, dışarda uçuyordu. Dönemin en önemli pilotu, Tayyareci Fethi Bey'i çağırdılar, buna bin, Toroslar'ı aş, Şam'dan dön, Kahire üzerinden İskenderiye'ye git dediler. "Saçmalamayın birader, F-16 mı bu?" demedi, "peki" dedi. Havalandı, Eskişehir, Konya, Adana, Humus, Beyrut, ine kalka 10 günde Şam'a geldi. Kudüs ve Kahire üzerinden İskenderiye'ye varmak için tekrar havalandı, e olacağı buydu, dandik uçak Taberiye Gölü yakınlarında düştü, yardımcısı Sadık Bey'le beraber, ilk Türk hava şehidi oldu. O zamanlar iletişim imkânları son derece ilkeldi, buna rağmen, Tayyareci Fethi Bey'in şehit düşmesi, memlekette adeta uzay mekiği düşmüş gibi etki yarattı. Cenaze töreni mahşeri kalabalıktı. Şam'da Selahaddin Eyyubi Türbesi'nde toprağa verildi.

Gel zaman git zaman, sene 1934...
Herkes unuttu ama, tarihimizin ilk hava şehidini "Yüce Atatürk" unutmadı. Kabri sınırlarımızın dışında kalan bu milli kahramanı, vatan toprağında adıyla yaşatmak istedi. Muğla'ya bağlı Meğri ilçesinin adını, Fethi'ye ithafen, Fethiye olarak değiştirdi. Evet... Her milimetrekaremiz kutsaldır, millidir ama, Fethiye katmerli millidir. Çünkü bizzat Yüce Atatürk'ün armağanıdır.

Peki, neden orası? Tayyareci Fethi Bey, Meğrili miydi? Hayır. Yüce Atatürk, adını yaşatacak yer ararken, bizzat Meğri'nin ileri gelenleri talip olmuştu, bu mangal yürekli kahramanın adını madalya gibi biz taşıyalım, biz yaşatalım demişlerdi, Yüce Atatürk de kabul etmişti.

Hatta... Faruk Nafiz Çamlıbel'le birlikte 10'uncu Yıl Marşı'nı yazan Behçet Kemal Çağlar, öylesine etkilenmişti ki, Tayyareci Fethi'ye ithafen şu dizeleri kaleme almıştı:

Aslan uçtu diye söylenir methi
bu kutsal toprağın çocuğu Fethi
kahrolur darbanla elbet her zaman
olursa bakış yan, maksat eğri
bak... Fethiye oldu sayende Meğri
Kartalım!
Gölgende hürdür bu vatan

Yüce Atatürk sayesinde Fethiye'ye adını veren bu milli kahraman, doğma büyüme İstanbulluydu. Ve, hakkında "kartalım" diye şiir yazılan Tayyareci Fethi Bey, kara kartalın, Beşiktaş kulübünün kurucularından biriydi.

Dolayısıyla... Federasyon Başkanı, Beşiktaşlı Yıldırım Demirören'in Yüce Atatürk pankartı açtılar diye Fethiye'yi disipline göndermesi, hem memleket tarihi açısından, hem Beşiktaş tarihi açısından, katmerli trajedidir.

Gene de şükretmek lazım...
Öyküsünde "Atatürk, milli, pilot, kahraman, 10'uncu Yıl Marşı" kavramlarını barındırıyor diye, Ergenekon'a da bağlayabilirlerdi Fethiye'yi!

Fenerbahçe

Sandıklar açılmış, Silivri'de tutuklu bulunan Mehmet Haberal, Mustafa Balbay ve Engin Alan'ın yanı sıra, KCK'dan tutuklu olan altı aday milletvekili seçilmiş; Meclis'e girmeye hak kazanmışlardı.

Hakları gasp edildi, serbest bırakılmadılar. TBMM düğüm oldu, çalışamaz hale geldi. Çünkü, CHP yemin etmemiş, boykot etmişti. Demokrasi konusunda attı mı mangalda kül bırakmayan AKP fena sıkışmıştı. Ayrıca, Keriz Feneri ayyuka çıkmış, Türkiye ayağı afişe olmuştu, gemicikler manşetlerdeydi.

Şakk!
Aziz Yıldırım hapse atıldı.

E tabii futbol bu, hayat memat meselesi... Değil bazı milletvekillerini, TBMM'yi komple içeri tıksan bile kimse dönüp bakmazdı gari... Muhteşem bi zamanlamayla gündem değişivermişti. Birinci sayfalar baştan aşağı Fenerbahçe'ydi; ana haber bültenleri, tartışma programları aralıksız Fenerbahçe'ydi. Aziz Yıldırım tutuklandıktan sadece 24 saat sonra, kaşla göz arasında, Zahid Akman ve Kanal 7'nin sahibi Zekeriya Karaman, Keriz Feneri'nden tutuklandı. Aziz Yıldırım'ın tutuklanması gazeteleri ve ekranları öylesine kaplamıştı, öylesine kamufle etti ki, Keriz Feneri tutuklaması haber bile yapılmadı; gargaraya getirildi. Aziz Yıldırım haberlerinin ardı arkası kesilmeyince, siyaset gündemden düştü, CHP'nin de gardı düştü, direnişten vazgeçti, Meclis'e gelip yemin ettiler. AKP açısından tüm sorunlar çözülmüştü.

Bir sene sonra, memleket gene allak bullaktı.
Tayyip Erdoğan bağıra bağıra, ya Beşar men dakka dukka falan diye atıp tutuyordu ki, Beşar men dakka dukka yaptı, Fantomumuzu vurdu. Kıç kadar Suriye, asrın liderine(!) posta koymuştu, höt zötlenen Türkiye madara olmuştu. Pilotlarımız kayıptı. Nasıl vurulduklarını bilmediğimiz gibi, cenazelerinin nerede olduğunu bile bulamıyorduk. AKP fena sıkışmıştı.

Şakk!
Aziz Yıldırım serbest bırakıldı.

Hem suçlu bulundu, hem hapse mahkûm edildi, hem tahliye edildi. Nefis bi karar, nefis bi zamanlamaydı. Ne yapsak da Fantomu unuttursak diye kafa yoran yalaka basınımıza ilaç gibi gelmişti. Manşetlerde, ekranlarda günlerce top çevrildi, tribünler oyalandı. O arada... Altı sene evvel Başbakan'a suikast yapacaklar diye yaygarayla tutuklanan subaylar, beraat etti. Çünkü, suikast muikast yoktu, hepsi palavraydı, hepsine iftira atılmıştı, buna rağmen hepsi ordudan atılmıştı. Aziz Yıldırım haberleri medyayı öylesine kaplamıştı, öylesine kamufle etmişti ki, hayatları kaydırılan subaylarımız tek sütun haber bile olmadı, gargaraya getirildi. Dün akşam ne yediğini unutan ahalimize güveniliyordu. Ahalimiz kendine duyulan güveni boşa çıkarmadı, Fantom dahil, hepsini unuttu! AKP açısından tüm sorunlar çözülmüştü.

Bir sene sonra... Ayakkabı kutusu, para sayma makinesi, 700 bin dolarlık kol saati, Bilal, bacanak.

Şakk!
Aziz Yıldırım'ın cezası yargıtay'da onandı.

Öbürleri manidar'sa...
Fenerbahçe "joker manidar" galiba.
Nereye lazımsa, oraya!

İsim	Şehir	Terör

Kuş sesleri, hatta sinek vızıltıları bir anda kesilir, makasın kâğıdı kestiği gibi, bir anda... Sırtüstü yapışırsın yere, uğultuların arasında mayın kelimesini ayırt edersin sadece... Masmavi gökyüzüne bakarken bulursun kendini, arkadaşların bi şeyin yok diye bağırır, bilirsin ki, bacağın yok... Hep o soru çınlar aklında, tekrar tekrar, neden ben, neden ben?

Şarapnel

Analar ağlamasın...
Bir "baba" göndermiş:
"Oğlum orada... Korkar mı? Bilmiyorum. Ateşlendiğinde başında nöbet tutardım, hasta olursa revire çıkabiliyor mu acaba? Akşam biraz gecikse, evhamlanırdık, gözümüz yollarda kalırdı. Şimdi, haftada bir telefon edebilirse, ne mutlu bize; kötü bir haber gelir mi korkusu ile... Sahi, neden telefon etmek yasak bu kadar? Vatan için ölmesi beklenen evlatlarımız casus mu? Sevdiği kız var mıydı... Bilmiyorum. Hiç söylemedi. Kimbilir, yüreğinde hangi fırtınalar esiyor oralarda... Babalar Günü'nde aradı en son... İyiyim dedi. Her şey güzel, merak etme dedi. Teselli etti. O mu evlat, ben mi, bilemedim. Bildiğim şu... Güle oynaya, seve seve gitti. Oğlumu gönderdiğim gibi canlı, sağ salim geri isterim."

Mesaj yağıyor:
"Bedelliler evlat, bizimkiler zayiat mı?"

"Bırakın bize insan muamelesi yapmalarını, tekerlekli sandalyemizi yürütecek kaldırım bile yapmıyorlar. Çarşıda, alışveriş merkezinde dolaşan... Dolaşabilen gazi gördünüz mü siz hiç?"

"Mücadele et dediler, mücadele ettik.
Bize mücadele et diyenler, mücadele ediyor mu?"

Bir astsubay yazmış...
Her okuduğumda ve size aktarırken bile tüylerimi diken diken eden, mizahi kahrediciliğe, kahraman cesaretine dikkatinizi

çekerim: "Bülent Arınç, teröristlerin silahları vardı diyor. Protezime bakarak endişeleniyorum: İster misin bana ateş etsinler!"

"Hava Kuvvetleri'nden emekli kurmay yarbayım. Eşimin babası, Kore gazisi... Kendi toprakları için savaşmış gazilerin torunlarına bile sahip çıkıyorlar. İki çocuğumuz var, Güney Kore firmasının gazi torunlarına verdiği bursla okuyorlar. Kore Hükümeti, Türk gazilerin torunlarını her sene yaz kampına götürüyor. Kore üniversitelerinde, burslu, mastır ve doktora imkânı tanıyorlar. Geçenlerde, Muharip Gaziler Derneği'ndeydim, Kore ve Kıbrıs gazileriyle sohbet ettim. KKTC büyükelçilerimiz bir kez bile gelmemiş. Güney Kore Büyükelçisi ise, eşi ve askeri ataşesiyle birlikte sürekli ziyaret ediyor."

"Eşim askerdeyken bileğini kırdı. Hastane odamızda, bacakları olmayan, yüzünde derin yaralar bulunan bir genç vardı; Cemil... Dokuz ay komada yatmış. Ölür demişler, uyanmış. Öylesine hayat doluydu ki, bileğimizdeki kırıktan utanıyorduk. Boşverin, vatan sağolsun diyordu. İş bulmuştu, çalışıyordu. Zaman zaman yaraları nüksediyor, açılıyormuş... Anacığına tedaviye gittiğini söylemiyor, eğitime gidiyorum diyormuş. 'Anam yaşlı, üzülmesin, şekeri var' diyordu."

"Askeri hastanede nöbetçiydim. Gün ağarmak üzere, santral aradı, mayın vakası geliyor. 40 dakika mesafede, kan grubu A RH pozitif... Ameliyat ekibine haber verin, aynı kan grubuna sahip 10 kişi bulun dedim. Helikopter indi. Koşarken, bir er gördüm, çökmüş duvar dibine, hüngür hüngür ağlıyor. Arkadaşın mı oğlum? Değil komutanım, benim kanımı almıyorlar, B miymiş neymiş benimki."

"Bölgede, askerlerin tedavisinde çalışan bir annenin kızıyım ben... Onlarla büyüdüm. Hayatta kaldığına şükretmez, ölmediğine üzülmez, arkadaşlarıyla dağlarda olamadığına ağlar onlar."

"Gelmeseler de olur, bayramda arasalar yeter."

"Kafasına isabet eden kurşunla, iki defa kalbi duran, üç defa beyin ameliyatı geçiren, 111 gün komada kalan gazimiz Fırat'a, ev yaptırıyoruz. Kastamonu Tosya'da kampanya başlattık, iki senede 103 bin lira topladık. İnşaatta kullanmak üzere, manevi temsil için, 81 şehrimizden birer kavanoz toprak getirdik, nihayet temeli attık. Protokolümüz en öne kuruldu, bağışçılara teşekkür bile edilmedi."

"Apo'yu eve çıkarmaya çalışanlar, lütfedip önce bize birer tek göz oda versinler, Apo'nun villasını bahçesini sonra düşünsünler."

"Eşim ve kızımla beraber, Bodrum'daki kampa gittik, emekli hekim asker arkadaşlarımızı ziyarete... Tekerlekli sandalyeyle gazileri gezdiriyorlardı. Rehabilitasyon için getirilmişlerdi. Fiziki görünümlerini anlatmama dilim varmaz ama... Bana en çok dokunan, çok istememe rağmen, onlarla iki kelime konuşamamak oldu. Konuşmuyorlardı. Günaydın'larımıza bile cevap vermiyorlardı. Onları gezdiren arkadaşları, üstelemeyin lütfen diyorlardı, bizimle bile konuşmazlar. Bir insanın, konuşmayarak bu kadar çok şey anlatabildiğini o gün, orada anladım."

"Vatani görevimi mayın arama dedektörü kullanarak yaptım. Mayına basmadım. Çatışmaya girmedim. Hiç yara almadım ama... Sivil hayatıma normal insan gibi devam edemediğimi söyleyebilirim. Aradan üç sene geçti. Yürürken yerinden oynayan bir kaldırım taşının, yüreğimdeki anlamını size tarif edemem."

"Kuş sesleri, hatta sinek vızıltıları bir anda kesilir, makasın kâğıdı kestiği gibi, bir anda... Sırtüstü yapışırsın yere, uğultuların arasında mayın kelimesini ayırt edersin sadece... Masmavi gökyüzüne bakarken bulursun kendini, arkadaşların bi şeyin yok diye bağırır, bilirsin ki, bacağın yok... Hep o soru çınlar aklında, tekrar tekrar, neden ben, neden ben?"

"Bastım... Bayılmışım. Helikopterde ayıldığımda dedim ki kendime, kızıma nasıl söyleyeceğim?"

Faturayı ödeyemediği için elektriği kesilen mi ararsın, üç kuruş kredi borcundan icralık olan, eşyaları haczedilen mi...

Şarapnel gibi yağıyor mesajlar, sağanak şarapnel gibi. Bilmiyorum artık, vicdanımızın neresine denk gelirse.

El âlemse viaypi bizimkiyse niyazi

Libyalı yaralı muhalifler, özel uçakla Türkiye'ye getirildi. Özel ambulanslarla özel uçaktan indirilen Libyalılar, özel doktorlar ve özel eskortlar eşliğinde, özel hastanelere götürüldü.

Tunuslu yaralı muhalifler, özel uçakla Türkiye'ye getirildi. Özel hastanelere götürülmek üzere, İstanbul Sağlık Müdürlüğü tarafından özel olarak karşılandı. Ancak, çok ayıp edildi... Çünkü, aprona, 9 yaralı için sadece 8 özel ambulans getirilmişti. 2 yaralı sıkış tepiş gitti.

Yemenli yaralı muhalifler, Başbakanlık, Dışişleri Bakanlığı, Sağlık Bakanlığı ve Milli İstihbarat Teşkilatı koordinasyonunda, özel uçakla Türkiye'ye getirildi. Tunus rezaletinden ders alınmıştı... Bu sefer, 10 yaralı için 11 özel ambulans getirildi.

Mısır'da bulunan Filistinli yaralılar, Mısır'a gönderilen özel uçakla Türkiye'ye getirildi. Filistinli yaralılar özel ambulanslara alınırken, refakatçilerine özel araçlar tahsis edildi.

Başbakan Yardımcımız Ali Babacan, Libyalı muhaliflere verdikleri 100 milyon doların 1.100 kilo geldiğini, maazallah özel uçak taşıyamaz, düşer müşer diye, 90 milyon dolarını elden, bavulla verdiklerini, 10 milyon dolarını özel uçakla gönderdiklerini açıkladı.

İsrailli onbaşı Şalid'e karşılık salıverilen 12 Hamas militanı, hükümetimizin Mısır'a gönderdiği özel uçakla Türkiye'ye getirildi, özel otellere yerleştirildi.
Iraklı Şii lider El-Sadr, özel uçakla İran'dan Türkiye'ye getirildi, özel eve yerleştirildi.

Somalili yaralılar, özel uçakla Türkiye'ye getirildi. Özel ambulanslarla, özel doktorlar ve özel hemşireler eşliğinde, özel eskortlarla, özel hastanelere götürülen Somalilileri, uçağın merdivenlerinde, Başbakan Yardımcımız, Sağlık Bakanımız, Dışişleri yetkililerimiz karşıladı.

Eski Genelkurmay Başkanımızın zırhlı makam audi'si, özel uçakla Türkiye'ye getirildi.

Cumhurbaşkanımıza Kazakistan tarafından hediye edilen beygir, özel uçakla Türkiye'ye getirildi. Özel uçağa, özel kafesiyle yüklenen beygir, özel veteriner ve özel seyisi eşliğinde seyahat etti, özel eskortla Veliefendi Hipodromu'na götürüldü. Ancak, özel uçakla onca yoldan gelen beygire büyük saygısızlık edildi... Çünkü, İstanbul'daki hipodromda değil, Cumhurbaşkanımızın arada bir okşaması için, Ankara'da bulunması gerekiyordu. Haaadi bakalım, özel kafesiyle, özel veterineri ve özel seyisiyle, özel beygir taşıma aracına yüklendi, özel eskortla, Atlı Spor Kulübü'ne götürüldü. Sarsıldı yani, yoruldu, business class beygir.

E hâl böyleyken...
Dün, hurriyet.com.tr'de okuyorum.

Beygiri "viaypi" getiren arkadaşlar, Hakkâri'de 8 şehit, 16 gazi verdiğimiz baskında, beline şarapnel yiyen onbaşı Erhan'ı otobüsle göndermişler evine... Ankara-Bursa yolundaki benzin istasyonunda inmiş otobüsten, topallayarak, sabahın köründe, beşte... Ayağında terlikle.

Canlarını verdiler, karakolu vermediler, bunlar bırak uçak biletini, ayakkabı bile vermemişler çocuğa... Zaten, otobüs parasını da babası göndermiş, komşudan borç alarak.

Şehitleri kamyonet kasasında gönderdiklerini görmüştük, bunu ilk kez görüyoruz.

Ve, aslında şükrediyoruz... İstanbullu olsaydı, ak'bil bul, metrobüse bin öyle git diyebilirlerdi.

Yas'ıklar olsun

Askeri konvoya saldırıldı, 10 şehit vardı, cenazelerin toprağa verildiği gün, başbakanımız uçağa atladı, eşi, kızları, damadı, Nihat Doğan, Ajda Pekkan, Muazzez Ersoy ve Sertab Erener'i yanına aldı, Somali'ye gitti, "burada insanlık test ediliyor, vicdanlara sesleniyorum" dedi, Ajda'yla Sertab moral dansı yaptı.

Karakol basıldı, 8 şehit vardı, cenazelerin toprağa verildiği gün, dışişleri bakanımız uçağa atladı, başbakanımızın eşi ve kızıyla birlikte Myanmar'a gitti, Arakan Müslümanlarına sarılıp ağladılar.

Aktütün basıldı, 15 şehit vardı, cenazelerin toprağa verildiği gün, AKP milletvekili oğluna stadyumda sünnet düğünü yaptı, ulaştırma bakanımız kirve oldu, AKP logolu pasta kesip, halay çektiler.

Siirt'te helikopter düştü, 17 şehit vardı, dışişleri bakanımız yaralıları ziyaret için Gazze'ye koştu, Hamaslılara sarıldı, hıçkıra hıçkıra ağladı, yürekler parçalandı.

Cephanelik patladı, 25 şehit vardı, AKP'nin valisi AKP'nin generaline sucuk hediye etti, "hayat devam ediyor, acımız var diye ara mı verelim" dedi. AKP'nin sözcüsü "yadırganacak bi şey yok, lokum bile ikram edilir" diye tasdik etti.

Reyhanlı havaya uçuruldu, 53 insanımız hayatını kaybetti, o gece, AKP milletvekili oğlunu evlendirdi, TBMM başkanımız, AB bakanımız, anayasa mahkemesi başkanımız katıldı, AKP milletvekili duygularını tivitır'a döktü, "yaşanan elim olay düğünümüzün tadını kaçırdı" diye yazdı.

AKP, Mısır için yas ilan etti.
AKP'li belediyelere genelge gönderildi, şehitlere dikkat çekildi, "kardeşlerimizin acısını paylaşmak için hassasiyet gösterin, eğlenceleri iptal edin" denildi.

E merak ediyor insan tabii.
Onlar Müslüman kardeşler de...
Bizimkiler Budist kardeş mi?

Aman ha kaçmasın!

Baki Yiğit.
İstanbul'da bankayı, sinagogları, konsolosluğu havaya uçurup, 57 kişinin ölümüne, 700 kişinin yaralanmasına sebep olduğu gerekçesiyle müebbet hapis cezasına çarptırılmıştı. Suriye'de Esad'a karşı savaşırken öldürüldü. E nasıl olur diye bakılınca... Sayın devletimizin, güya müebbete çarptırılan bu arkadaşı 2010 senesinde serbest bıraktığı, yurtdışına çıkış yasağı bile koymadığı anlaşıldı.

Nasır E.
Reyhanlı'da 51 kişinin canına mal olan bombalamanın bir numaralı şüphelisi olarak aranan bu arkadaşın, Türkiye'den Suriye'ye Suriye'den Türkiye'ye bir senede 400 defa geçtiği... Birader hayrola, iki ülke arasında dolmuş mu işletiyorsun diye sorulmadığı... Allah muhafaza, eli silahlı köktendinciler rencide olmasın diye, folofoş haline getirilen sınır kapımıza güvenlik kamerası bile konulmadığı ortaya çıktı.

Mehmet Haşimoğlu.
Albaydı.
Madalyalı.
Tutuklandı.
Safrakesesinden ameliyat oldu. "Kaçma şüphesi var" diye, derhal cezaevine geri götürüldü. Komaya girdi. Komplikasyon oluşmuş, iltihap sarmıştı. Rapor al, heyet görsün, inceleyelim falan derken... Tekrar hastaneye gittiğinde bilinci kapalıydı. Solunum cihazına bağladılar. Gene ameliyat. Öldü. Ve dün iddianamesi açıklandı... Hakkında "takipsizlik" kararı verilmiş!

Aferin.
Hep işte böyle geberene kadar takip edin bu Atatürkçü teröristleri... Ki, maazallah kaçmasınlar.

İsim	Şehir	Açılım

AKP deme Ak de.
Esad deme Esed de.
Apo deme İmralı de.

Zavallı Apocuk

Pervin Par'ı paylaşamayan delikanlının hasosu komiser Eşref Kolçak'la bıçkın kaçakçı Hayati Hamzaoğlu, elinde viski bardağı ve üstünde kombinezonla dolaşan sarışın kötü kadın Suzan Avcı'nın evinde birbirlerinin gırtlağını sıkarken, kapı carrrt diye açılır, vicdan azabıyla yanıp tutuşan karaktersiz ebe Aliye Rona, durunnn diye bağırarak içeri dalar, siz kardeşsiniz... Seneler sonra bu dramatik gerçeği öğrenen iki kardeş, hasretle kucaklaşırken, Pervin'i ilaçlı gazozla yatağa atmaya kalkışan haysiyetsiz çapkın Önder Somer'le, bu şerefsiz komployu tezgâhlayan kumarhaneci Kenan Pars kodese tıkılır. Tonton aşçı Necdet Tosun'la azgın hizmetçi Mürüvvet Sim, tombul yanaklarını birbirine yaslarken, babacan şoför Nubar Terziyan'la saftirik uşak Cevat Kurtuluş mutluluktan ağlamaktadır.

Nedendir bilmem...
Devamlı ağlayan devlet büyüğümüz Bülent Arınç'ın ağzından Öcalan'ı dinlerken, siyah-beyaz filmlerimiz geldi aklıma.

Durmuş'la Abdullah, Anadolunun bağrından kopup, tapu kadastro meslek lisesinde okuyan iki arkadaştır. Okulun karşısında yurt vardır. O yurtta birlikte kalan, namaz kılan, inançlı insanlardır. Maltepe camisine gidip, ders çalışırlar. Seneler geçer... Tahsiline yurtdışında devam eden Durmuş, merkez bankası başkanı olur. Abdullah ise, medine-i münevvere'de mühendis olmak varken, Apo olur. Tapu kadastro meslek lisesinin yurdunda hayatları kesişen, birbirlerini çok seven, namazı birlikte kılan, orucu birlikte tutan, iftarı birlikte açıp, sahurlara birlikte kalkan bu iki arkadaşın yolları ayrılmıştır. (Ki, bu sahnenin fonunda, tasavvuf müziği çalmaktadır.) Oysa, Abdullah'ın da tıpkı Durmuş gibi masum bir çocukluğu, bir gençliği vardır. Derin devletin parmağıyla, bu yollara düşürülmüş, karanlığın kurbanı olmuştur. Ve, şimdi maalesef, bir adada tek başına tecrit halinde yaşamaktadır.

Vizyondaki bu acıklı filmin adı...
Olsa olsa "Zavallı Apocuk"tur.

Bana sorarsanız, gişe rekoru kırar.
Pek yakında devamı çekilir...

Şöminenin karşısındaki koltuk ağır ağır döner, kamera esas oğlana zoom yapar, şakaklarına ak düşmüş, ropdöşambrlı kalantor, Abdullah bey'dir. Afla çıkmış, umreye gitmiş, müteahhitliğe başlamıştır. Hani bi zamanlar hakir gördüğünüz fakir ama gururlu bi genç vardı ya, işte o benim der!

İmralı

İmralı süreci
İmralı tek muhatap
Başbakan'dan İmralı mesajı
Çankaya'dan İmralı yorumu
İmralı diplomasisi
İmralı'ya heyet gidiyor
İmralı mektup yazacak
İmralı sabote edilmesin

Apo, İmralı oldu!

AKP deme Ak de.
Esad deme Esed de.
Apo deme İmralı de.

– Bebek katiline mi danışıyoruz?
– Asla.
– Ya kime danışıyoruz?
– İmralı'ya.
– Ha o başka.

Algı yönetimidir bu.
Psikolojik harekattır.
Ahaliyi, hep duyduğu, tanıdığı, bildiği anlamından uzaklaştırır, uyutur. Amerikan Savunma Bakanlığı tarafından kavramlaştırılmıştır. "Seçili bilgiler yayarak, kitlelerin duygularını düşüncelerini mantığını etkileyip... Hedeflenen istekler doğrultusunda, davranışlarını yönlendirmek" şeklinde özetlenir.

İkna edilmek istenen insanların...
Bazen Esed gibi ötekileştirerek, bazen İmralı gibi nötrleştirerek, psikolojik olarak alıştırılmasıdır.

"Apo tek muhatap" desen...
Toplumsal hafıza devreye girer, acılar hatırlanır.
Adeta çivili sandalyeye oturtulmuş gibi zıplar.

"İmralı" deyince...
Aynı hissi vermez.
Aidiyet ilişkisi kopar, soyutlaşır, kuzu gibi oturur.

Hem İmralı'ya alışır...
Hem de yavaş yavaş, o İmralı'yı Beyaz Saray, Çankaya gibi otorite merkezi olarak algılamaya başlar.

Cümleten hayırlı İmralılar dileriz, havalar güzelleşsin, ada sahillerinde b'alık tutmaya da bekleriz.

Azzz sonra...

Başbakanımız açıkladı.
Apo'ya televizyon veriliyor.

Bana sorarsanız...
Terörle mücadele konusunda atılmış en önemli adımdır bu.

Sabahın körü...
Gerdan kırılıyor.
Öğlen, göbeğe devam.
Akşamüstü, çalkala.
Gece yarısı, döktür.
Değil karakol baskını, komple tugay gömsen, gene havagazı.

(Şehit haberini sunduktan sonra, biz haberi seyrederken mikrofonu açık unutup, fonda şarkı söyleyen spiker bile var.)

Kendi payıma mesela...
Bugün ne yazsam diye düşünürken, "Bugün Ne Giysem"e bakayım bari dedim, meğer final yapmış, onun yerine "Bana Her Şey Yakışır"dan fikir aldım, ki, hakikaten her şey yakışır bize.

Sen, ilerleyen günlerde memleketi "bölüp bölemeyeceği"ni merak ediyorsun... Ahalimiz, "Öyle Bir Geçer Zaman Ki"deki Cemile'nin ailesini "bir arada" tutup tutamayacağını merak ediyor.

Sen, muhtemelen Paris'te öldürülen Sakine'nin akıbetine kafa yoruyorsun, biz Pargalı'nın... Hürrem'in dekolteli günlerini kaçırdın maalesef, fırçadan sonra hidayete erdi, hamama filan girmiyor artık, namaz kılıyor. Peki, kim bu eğilip bükülen padişah yalakası dersen? Sümbül ağa... Haber sunan gözlüklü şişkoyla karıştırma.

Hani, geçenlerde dağdakilere sinirlenmiştin ya, dediklerimi yapmıyorsunuz yeteneksizler falan diye, sakın moralini bozma... Bizim Yetenek Sizsiniz'de en yeteneklimiz "köpek" çıktı. Haline şükret.

Ha unutmadan, yol haritasındaki yönünü tayin etmen için,

televizyonla beraber bi de pusula verseler, yeridir yani... Çünkü, sen Güneydoğu'ya takılıp kaldın ama, ahalimiz Kuzey-Güney'e bakıyor.

Hatta, bi de telefon versinler, iddia ediyorum, Kandil'den bile önce, Evlen Benimle'den aramazlarsa mesleği bırakırım... Ada var, tekne var, koruma var, doktor var, ekmek elden su gölden, daha ne? Kısmetin böylesine, izdivaç kuyruğuna girerler. Kaldı ki, zaten sen de meraklı görünüyorsun; Ahmet Türk yanına geldi, onca meselenin arasında, sekiz çocuklu kadınla evlenen mebusu sormuşsun.

Bak sonradan uyarmadın deme, Evlen Benimle'si kolay ama, Ben Bilmem Eşim Bilir'i var bu işin... İnanmıyorsan aç seyret, paçaları sıvatıp, topuklu ayakkabılarla koşturuyorlar adamları, ona göre karar ver.

Bu arada, O Ses Türkiye devam ediyor, tekrarlarıyla beraber nerdeyse haftanın beş günü aralıksız seyrettiriyorlar, gıkımız çıkmıyor, sen hâlâ televizyonum yok psikolojim bozuldu diye şikâyet ediyorsun.

İstemişken, dekoder de iste...
Hem biji tivi var, hem diji tivi'de Hakan Şükür var, faydalanırsın, ufkun açılır, yorumları şahane.

Özetle...

Terörle mücadele konusunda atılmış en önemli adımdır bu...
Apo üç gün seyretsin bizim televizyonları, nafile olduğunu anlar, dışarı çıkmaktan bile vazgeçer, bırakır bu işleri.

Biji izlemeye devam edin

Apo, Nevruz'da miting yaptı.
Bizim basın Apo'dan bile daha çok sevindi.

Muhabirlerin canlı yayınlara zılgıt ve halay çekerek katılması hakikaten çok güzeldi.

Peşmerge kıyafetiyle türkü söyleyen arkadaşı Şivan Perver'e benzettim, meğer, haber kanalındaki ekonomi spikeriymiş... Bu nevruz sayesinde, doların 25 kuruşa düşeceğini, işsizliğin aniden azalacağını, ihracatımızın 500 trilyon euro'ya yükseleceğini, borsa endeksinin endekslerden endeks beğeneceğini, en geç bugün yarın 400 sene yetecek kadar gravitesi yüksek petrol bulunacağını müjdeledi.

Ekranlara yansımadı ama, köşe yazarlarımızdan biri "sayın imralı'nın mesajını illa ben okuyacağım" diye Pervin Buldan'ın elindeki kâğıdı kapmaya çalıştı... Hatta, kaptı. Ama mesaj Kürtçe olduğu için okuyamayınca, bu sefer Sırrı Süreyya Önder'in elindekine saldırdı, zor indirdiler kürsüden.

Hatıra olarak, mesajın fotokopisini çektirip, çaycı'ya imzalatarak bi tane verdiler de, güç bela ikna oldu.

Kameraların önüne mekap giyerek çıkan bi başka köşe yazarımız, meydanda hiç Türk bayrağı yok diyenlerin müfteri olduğunu, sırf kendisinin en az dört milyon tane Türk bayrağı gördüğünü, süreci baltalamak isteyenlerin bu tür yalanlara başvurduğunu, aziz milletimizin kanmayacağını söyledi.

Ana haber bülteni sunucularının, reklamlara pas atarken "biji" izlemeye devam edin diyerek sırıtmaları, günün en tatlı jestiydi.

Cumhuriyet mitinglerini sansürleyen, üç-beş kendini bilmezin katıldığını belirterek hiç yayınlamayan televizyon kanalları... Üç gün üç gece kesintisiz yayın yaptıkları Apo'nun mitingine en az dokuz milyon kişinin katıldığını, uçsuz bucaksız kalabalığın uçaktan bile sayılamadığını, kesin rakamın tespiti için uydu görüntülerinin inceleneceğini açıkladı.

Tek pürüz vardı...
Vatan dediğin nevresim takımı değildir.
Gazeteden biriktirdiğin kuponla vermezler sayın seyirciler.

PKK nasıl çekilecek?

Genelkurmay'ın resmi internet sitesine girin, "yasadışı sınır geçişleri" bölümünü tıklayın lütfen.

Son bir ayda... Çanakkale'de Myanmarlılar, Mersin'de Moritanyalılar, Karabük'te Bangladeşliler, Edirne'de Malililer, Gabonlular, Burmalılar, Burkina Fasolular yakalandı. Erzincan'da Myanmarlılar, Erzurum'da Filistinliler, Karabük'te Bangladeşliler, Kırklareli'nde Eritreliler, Kırşehir'de Cezayirliler, Balıkesir'de Yemenliler, Kastamonu'da Pakistanlılar, İzmir'de Moritanyalılar ele geçirildi. Eritreliler, Myanmarlılar, Yunanistan'a geçmeye çalışırken... Kongolular, Kamerunlular, Bulgaristan'a geçmeye çalışırken enselendi. Didim'de lastik bot içinde Burmalılar... Ayvalık'ta lastik bot içinde Afganlar... Dikili'de lastik bot içinde Eritreliler, Myanmarlılar, Somalililer... Çeşme'de lastik bot içinde Suriyeliler, Pakistanlılar bulundu.

Bunlar, bulunanlar.
Bulunamayanları, varın siz hesap edin.

Sadece bir ay içinde "denk gelen" arkadaşların sayısı, 8 binin üzerinde... Günde 250'den fazla kaçak eder. Bu rakam günde ortalama 10 civarındaydı. 25'e katlandı. Suriye sınırının folofoş olmasının neticesi işte bu.

Sınır, sınır değil kevgir.
Boğaz köprüsünde bile böyle trafik yok birader... Kimisi başka ülkeden girip ABD Elçiliği'ni bombalıyor, kimisi Amerikalı kadını öldürüp başka ülkeye geçiyor. Enlemesine geçen var, boylamasına geçen var.

İstanbul'da zabıta başına 58 Tanzanyalı işportacı düşüyor. Kamerunlu gözlük satıyor, Kongolu saat satıyor, Ruandalı çakmak satıyor. Semt pazarında tezgâh açan Çinliler var, birinin müşterisiyim, ismi Yon... Bunu bööle açiyon bunu bööle takiyon diye tarif ediyor sattığı cihazları.

Kumkapı'da "Somali Sokağı" var, aslında Katip Kasım Camii Sokak ama, ahali komple kaçak Somalili olduğu için, Somali

Sokağı diye biliniyor. Daha geçenlerde Keşan'da, sığındıkları camide uyuyakalan Somalileri polise ihbar etti imam... İzmir'de oteller sokağı'nda can yeleği giymiş halde yakalandılar.

Antalya'da 200 Kenyalı enselendi mesela... "Milli atletiz, Runtalya Maratonu'na katılmak için geldik" diyorlardı. Atletizm Federasyonu sordu soruşturdu ki, adamları Kenya'da tanıyan yok. Trabzon Maratonu'nda çakma atlet Etiyopyalılar yakalandı. Avrasya Maratonu'nu düşün gari.

Ve, hâlâ merak ediliyor, PKK'lılar nasıl çekilecek, güvenlik güçlerimize görünmeden nasıl çıkacaklar?

Silahlı mücadeleyi bırakıp, PKK'lıları "gülmekten öldürmeye" karar verdiyseniz, orasını bilemem tabii.

Karayılan

Flaş... Flaş... Flaş...
TRT, Murat Karayılan'ın yakalandığını açıkladı.

Anadolu Ajansı, son dakika bilgisi verdi...
Murat Karayılan'ın İran'ın elinde olduğunu duyurdu.

Bizim gazetede bile şöyle bir manşet yayınlanmıştı mesela... "Kandil Dağı'na yönelik hava harekatında, terör örgütünün lider kadrosu toplantı halindeyken vuruldu, ölenler arasında Murat Karayılan'ın da olduğu ileri sürüldü..."

Lazer güdümlü bombalar kullanılmış.

İnterneti tıklayın, 524 bin "Kandil vuruldu" haberi var.
380 bin "Kandil bombalandı" haberi var.

Hatırlarsınız mutlaka şunları...
Kandil'de 228 hedef vuruldu.

Kandil'de 457 hedef vuruldu.
Beton delen bombalarla vuruldu.
Tam isabetle...
Ana karargâh vuruldu.
Merkez karargâh vuruldu.
60 hedef havadan vuruldu.
168 hedef karadan vuruldu.
Karayılan'ın mağarası vuruldu.
Karayılan'ın toplantıya katılacağı istihbaratını alan
Genelkurmay, F16'larla Kandil'e bomba yağdırdı.
Akıllı füzeler Kandil'i yerle bir etti.
Taş üstünde taş kalmadı.
PKK kamplarından beton yığınları kaldı.
Kandil gece bombalandı.
Kandil gündüz bombalandı.
Kandil gece-gündüz bombalandı.

Netice?

Senelerdir gözümüzün içine baka baka yukarıda okuduğunuz palavraları yazan arkadaşlar, dün Kandil'den Murat Karayılan'ın basın toplantısını bildirdi sayın seyirciler!

Ve, şimdi de köpürte köpürte verdikleri "barış haberleri"ne inanmamızı istiyorlar.

Genelkurmay

Apo'nun Kandil'e gönderdiği mektup yayınlandı.
"Herkes iyi bilmeli ki, üst düzey savaş söz konusudur.
Şimdiye kadar yaşananlar devede kulak kalır" diyor.

"Başbakan'ın, çekilsinler onlara karışmayız demesiyle olmaz, tek taraflı çekilme olmayacak, parlamento kararıyla çekilme olacak, TBMM onaylayacak" diyor.

"İslamcıların rüyasını gerçekleştirdik, iktidarı AKP'ye altın tepside sunduk, AKP'yi 10 yıldır ayakta tutan benim, Tayyip bey'in başkanlığını destekleriz, ittifaka gidebiliriz" diyor. Sonra da ilave ediyor: "Benimle oyun oynanmayacağını AKP'ye iyi anlatın!"

"Bu iş başarısız olursa, 50 bin kişiyle halk savaşı olacak. Ne eskisi gibi yaşayacağız, ne eskisi gibi savaşacağız" diyor.

Tam o sırada...
Telefonum çaldı.
Açtım.
Genelkurmay'dan arıyorlar.
İletişim Daire Başkanı.
Hayırdır?
Yılmaz Özdil'in facebook sayfasında emekli bi astsubayın mektubu yayınlanmış...
E-ee?
O astsubayın hukuki sorunları varmış, mektubunda genelkurmay'a giydiriyormuş, genelkurmay başkanımız hem rencide olmuş, hem de o mektubun benim facebook'umda yer almasına çok üzülmüş.

İzah ettim...
Necdet bey'i sevmem, sevmediğimi de zaten köşemde yazıyorum, el âlemin mektubuyla niye lafı dolandırayım? O mektuptan haberim bile yok. Çünkü, o facebook sayfaları bana ait değil... Devamlı mahkemeye veriyoruz, kapattırıyoruz, kapattığımız gün yenisini açıyorlar. Sadece *Hürriyet*'in hazırladığı facebook sayfam var, onda da sadece köşe yazılarım yayınlanıyor. Gerisi sahte.

İzah edemediğim ise, şu...

Apo mektup yazıyor, dediklerim harfiyen yapılmazsa, alayınızı oyarım, memleketi komple kabristana çeviririm diyor...
Bizim genelkurmay, çakma feysbuk'larda mektup kovalayıp, rencide oluyor, darılıyor öyle mi?

Akil

Damat Ferit hükümetinin "heyet-i nasiha"sı vardı.
Bu hükümetin "heyet-i akil"i var.

O heyetin amacı, vilayet vilayet dolaşıp, işgale direnmemeleri, büyüklerimiz ne diyorsa onu yapmaları konusunda "ahaliye nasihat" etmekti. Bu heyetin amacı da, vilayet vilayet dolaşıp, direnmemeleri, büyüklerimiz ne diyorsa onu yapmaları konusunda "ahaliye nasihat" etmek.

O heyetin mensupları 7'şerliydi.
Bu heyetin bölgeleri 7'şerli.
O heyet nisanda kurulmuştu.
Bu heyet de nisanda kuruldu.
O heyet padişah efendimizi "Dolmabahçe"de ziyaret ettikten sonra görevine başlamıştı. Bu heyet de başbakanımızı aynı mekanda, "Dolmabahçe"de ziyaret ettikten sonra görevine başlıyor.

O heyet maneviydi.
Bu heyetin de hiçbir yetkisi yok.
O heyette müftü vardı.
Bunda imam var.
O heyette Ohannes Efendi vardı.
Bunda muadili var.
O heyette liboş vardı.
E kambersiz düğün olmaz.
Bunda da var.

O dönemin basını "muhabbettin temin edileceğini, nifakın yok edileceğini" anlatıyordu. Bu dönemin basını da fotokopi gibi "barışın sağlanacağını, hayırlara vesile olacağını" anlatıyor.

O dönem, biri şöyle yazmıştı...
"Millicilik bağnazlıktır.
Milliyetçilik dedikleri, medeniyet için afettir."
Bu dönem, hangi birini yazayım!

O heyetin başkanları, her gittikleri vilayetten sadrazama telgraf çekiyor, gözlemlerini aktarıyor, memleketin sevinçlere gark olduğunu, tebaanın bila istisna sadakat gösterdiğini bildiriyordu. Bu heyetin başkanları da, Başbakan'a rapor hazırlayacak.

O heyet işe yaramamıştı.
Bu heyetin neticesini henüz bilmiyoruz.

Ama kesinlikle bildiğimiz şu...
O heyeti tarih unutmadı.
Bakın bugün bile konuşuyoruz.
Bu heyet de asla unutulmayacak.

Çünkü, şöyle demiş milli şair...
Tarihi tekerrür diye tarif ediyorlar.
İbret alınsaydı, tekerrür mü ederdi.

Berhudar ol

"Kürt başka PKK başka denilemez" diyen akil mi? Akil... "Devletten yana değil, dağdakiyle birlikte yaşamak isterim" diyen akil mi? Akil... Bismillah, dakka bir gol bir, akil olduğunu öğrendiği anda "her iki taraf da şehit" deyip, sonra "pardon" diyen akil mi? Akil... Peki, "Türk bayrağı demeyi tartışmamız lazım, Türkiye bayrağı demeyi öneriyorum, ya da devlet bayrağı olabilir" diyen akil mi? O da akil.

"CHP kapatılsın" diyen? Akil.
MHP'ye saydıran? Akil.

Gazete kupürünün başlığını belge diye yayınlayıp, içinde öyle yazmadığı halde... Mustafa Kemal döneminde caminin ahır yapıldığını öne süren... Başbakanı da yanıltan, akil mi? Akil.

El âlemin Soros'undan para aldıklarını açık açık anlatan, "aslında biz istemiyoruz, o veriyor" diyen, "mesela, faaliyetlerimiz için 500 bin dolar bulursak, 500 bin de o veriyor" diyen arkadaş, akil mi? Akil.

AKP sözcüsü, akil adamları eleştiren gazetecilere sinirlenip "densizler" dedi ama... Liste açıklanmadan önce, akil adamlara "sakil" adamlar diyen, adı geçenlerin "PKK'nın safında olduğunu" iddia eden, "bunlarda akıl olsaydı Türkiye'nin çıkarlarını düşünürlerdi" diye akıl veren, "kuzu kurda emanet edilmesin" diye uyaran gazeteci, akil mi? Akil.

(Diğerlerini tenzih ederim... Orhan Gencebay'ın "berhudar ol" albümündeki en dramatik şarkının "vatan sağ olsun" adını taşımasına ise, hiç girmeyeyim.)

Ve sanırım, ölümü gösterip sıtmaya razı etmek istiyorlar.
Ben kendi payıma ikna oldum kardeşim...
Akil bunlarsa, direkt İmralı'yla görüşelim.

Dedi'kodu

"Terör örgütüyle hiçbir zaman masaya oturmadık, hiçbir zaman da oturmayacağız, biz buyuz. Bunlarla görüştüğümüzü söyleyenler, bu alçakça iftirada bulunanlar şerefsizdir" dedi mi? Dedi. Sonrası malum.

TBMM tutanaklarında yazıyor, "benim milletimin dili tektir, o resmi dil Türkçedir" dedi mi? Dedi. Sonra ne dedi? "Ben ne tek dil dedim, ne tek din dedim, hiçbir yerde böyle bir ifadem yok, bunlar yalan makinesi" dedi.

"NATO'nun ne işi var Libya'da? Böyle saçmalık olabilir mi yahu? Türkiye olarak biz bunun karşısındayız, böyle bir şey konuşulamaz, böyle bir şey düşünülemez" dedi mi? Dedi. Sonra ne dedi? "NATO, Libya'nın Libyalılara ait olduğunu tespit ve tescil için oraya gitmelidir" dedi.

"NATO'dan Patriot talebimiz olmadı, iddialar tamamen asılsız, savunma icra konseyinin başkanı benim, karar verici biziz, benim bundan haberimin olması lazım, benim böyle bir şeyden haberim yok, herhalde sağır duymaz uydurur cinsinden bir haber" dedi mi? Dedi. Sonra ne dedi? "Türkiye NATO toprağıdır. Patriotlar Adana, Gaziantep, Kahramanmaraş'a yerleştirilecek" dedi.

Malatya Kürecik'teki füze kalkanının komutası için ne dedi? "Komuta kesinlikle bize verilmeli, aksi takdirde böyle bir şeyin kabulü mümkün değil" dedi. Sonra ne dedi? "Buranın komuta sisteminin tamamıyla NATO'da olması gerektiğini söyledik" dedi.

"Biz, geniş Ortadoğu projesinin eşbaşkanlarından bir tanesiyiz" dedi mi? Dedi. "Şu anda Amerika'nın da düşündüğü Büyük Ortadoğu Projesi var ya, genişletilmiş Ortadoğu projesi, yani bu proje içerisinde Diyarbakır yıldız olabilir" dedi mi? Dedi. Sonra ne dedi? "Ellerine bir kâğıt almışlar dolaşıyorlar, Amerika'nın projesidir diyorlar, bunu ispat edemezlerse alçaktırlar, namussuzdurlar" dedi.

"Kardeşim Esad" dedi mi? Dedi. Sonra "Diktatör Esed" dedi mi? Onu da dedi.
Miting kürsüsünden "içerde sanal tehditler, dışarda düşman ürettiler, milleti korkuttular, Türkiye'nin üç tarafı denizle, dört tarafı düşmanla çevrili dediler, biz ne yaptık, bu anlayışı yıktık, Esad kardeşimle oturduk, iki dost, iki kardeş olduk" dedi mi? Dedi. Sonra, Suriye'ye asker göndermek için tezkere çıkardı mı? Çıkardı. Ne dedi o tezkerenin gerekçesinde? "Suriye giderek artan bir tehdit oluşturmaktadır, ülkemiz bu tehdidi her geçen gün biraz daha fazla ve yakından hissetmektedir" dedi.

BDP milletvekilleri hakkında ne dedi? "Silahlanmaya, ayaklanmaya çağırmak, TBMM çatısı altında olanlara yakışmaz, dokunulmazlık zırhına bürünen bu zevatla ilgili kararımızı, dokunulmazlıklarını kaldırmak suretiyle vereceğiz, ondan sonrası yargıya aittir" dedi. Sonra ne dedi? "BDP milletvekilleri niyetleri ne olursa olsun, bu ülkenin seçilmiş milletvekilleridir, saygı duymak zorundasın" dedi.

Bedelli askerlik için "parası olan var, olmayan var, parası olan bastıracak parayı, askerlikten kurtulacak, parası olmayan askerlik yapacak, ben şahsen Tayyip Erdoğan olarak böyle bir sorumluluğun altına girmem, referandum yaparım, çünkü biz yola çıkarken kimsesizlerin kimi olarak çıktık, sessiz yığınların sesi olarak çıktık" dedi mi? Dedi. Sonra ne dedi? "Bedeli 30 bin lira" dedi.

Gazetecilerle sohbet ederken, "seçim barajının düşürülmesi ekonomiyi tehdit eder, arkadaşlar biz ülkemizin ekonomik yapısını tehdit altına sokmak istemiyoruz" dedi mi? Dedi. Akil adamları Dolmabahçe'de toplayıp, kesin bir dille reddederek "seçim barajı düşmeyecek, böyle bir çalışma söz konusu değil" dedi mi? Dedi. Şimdi ne dedi? "Üç farklı alternatifi tartışmaya açıyoruz, yüzde 10 barajla devam edebiliriz, barajı yüzde 5'e çekebiliriz, barajı tamamen kaldırabiliriz" dedi.

Daha geçen ay, bizim gazetenin Ankara temsilcisi "demokratikleşme paketinde anadilde eğitimin önü açılıyor mu?" diye sorunca, "hayır, yok, özel okullarda da yok, neyi getirir götürür kimse düşünmüyor, biz ülkemizi bölecek konular üzerinde adım atamayız, güzelim ülkemize yazık edersiniz, anadilde eğitimin önünü açarsanız, resmi dili zedelersiniz" dedi mi? Dedi. Şimdi ne dedi? "Özel okullarda farklı dil ve lehçelerde eğitimin önünü açıyoruz, özel kurs imkânı getirmiştik, seçmeli ders olarak öğretilmesinin önünü açmıştık, şimdi de özel okullarda mümkün hale getiriyoruz" dedi.

Sıradaki?

"Apo'ya af çıkacak mı" diye sorulunca, "asla böyle bir şey söz konusu değil, asla genel af yok, olmayacak" dedi.

E yalanladığına göre...
Dedi'kodu demek ki!

Düet

Hatırlarsınız...
Barzani tehdit etti, "Türkiye Kerkük'e karışırsa, biz de Diyarbakır'a karışırız" dedi. Tayyip Erdoğan pek öfkelendi, "Barzani muhatabım değil, haddini aştı, bu lafların altında ezilir, bizim kim olduğumuzu tarih iyi bilir, biz aşiret değiliz, terör örgütüne yataklık yapıyor, bedeli çok ağır olur" dedi.

Breh breh breh.

Abdullah Gül, derhal Washington'a telefon etti, "susturun şu adamı, yoksa biz susturmasını biliriz" diye esti gürledi. Vay vay vay vay.

Bülent Arınç daha ağır konuştu, "Barzani'nin lafları Türkiye'nin egemenlik hakkına tecavüzdür, bizim pasaportumuzla canını kurtardığı günleri unutmasın, verdiğimiz ekmek bile hâlâ kursağında duruyor, uyarıyorum, perişan olur" dedi. Helaaaal!

Milli Güvenlik Kurulu toplandı; üst düzey bir kaynak, "Türkiye düşmanı Barzani'ye karşı düğmeye basma aşamasına geliyoruz, Barzani Diyarbakır'ın D'sini bile ağzına alamaz" açıklaması yaptı.

AKP grup başkanvekili, hükümetin şakası olmadığını şu çarpıcı örnekle ifade etti: "Barzani'nin ağzından çıkanı kulağı duysun, sabrımızı taşırmasın, yoksa sonu Saddam'ın sonuna benzer!"

Sayın basınımız ayağa kalktı... *Hürriyet* gazetesi Barzani'yle Talabani'nin fotoğrafını yan yana koyup"Ortadoğu'nun dansözleri" manşetini attı. Öbür gazetelerimiz "Barzani kin kustu, küstah Barzani, kukla Barzani, Barzani kaşınıyor, Osmanlı tokadı istiyor, günah bizden gitti"başlıklarını kullandı.

Netice?

Barzani Diyarbakır'a geldi.
Tayyip Erdoğan ağırladı.

Şivan'la İbo hikâyedir.
Düet diye... Barzo'yla Tayyo'ya düet derim ben!

Cudi

Her seçim arifesinde "fışkırma" haberleri yayınlanır.

2004 belediye seçimi öncesinde, memlekete aniden bereket gelmiş, Eskişehir'de bir milyar ton kömür rezervi bulunmuştu. Maraş'ta 20 sene yetecek kadar, Konya'da 70 milyar dolar değerinde kömür rezervi bulunmuştu. İzmir'de, ben diyeyim iki milyar ton, sen de üç milyar ton kömür rezervi bulunmuştu.

2007 genel seçimi öncesinde, doğalgaz fışkırması yaşanmış, Edirne'den Ankara'ya, Sinop'tan Diyarbakır'a, Akdeniz'den Marmara'ya, Allah sizi inandırsın, Tuz Gölü'nde bile doğalgaz bulunmuştu.

2009 belediye seçimi öncesinde, sıra petrole gelmişti. Manisa'da petrol bulundu, Niğde'de petrol bulundu, Isparta'da petrol bulundu, Gaziantep'te petrol bulundu, hepsi en yüksek graviteliydi. Antalya sahilinde, kıyıya çok yakında petrol bulundu. Karadeniz kıyılarında bulunanı en az 40 sene yetecek kadardı.

2010 referandumu öncesinde, Giresun'da altın rezervi bulundu, Balıkesir'de altın rezervi bulundu, Uşak'tan Erzincan'a kadar boydan boya altın rezervi çıktı. Diyeceksiniz ki, hep altın mı çıktı? Mutlaka "evet" çıkması, hiç olmazsa "yetmez ama evet" çıkması gerekiyordu. O yüzden, Kütahya'da bir milyar ton bor rezervi bulundu, beş bin sene yetecek kadardı. Çanakkale'de, Malatya'da, Sivas'ta, Eskişehir'de toryum bulundu. Van Gölü'nde uranyum bulundu; tabanı komple uranyum yatağı çıktı. Kayseri'de dokuz trilyon dolarlık neptünyum bulundu. Gerçi, neptünyum'un doğada bulunabilecek maden gibi bi dalga olmadığı ortaya çıktı ama, olsun. Arada, Ağrı'da Nuh'un gemisini bile buldular.

2011 genel seçimi öncesinde, Manisa'da gene petrol bulundu, Niğde'de bulunmuş muydu hatırlamıyorum ama, Niğde'de gene petrol bulundu, Isparta'da ilk kez petrol bulunduğu açıklandı, Gaziantep'teki dahil hepsi en yüksek graviteliydi. Antalya sahilindekini bulmayı bu sefer maalesef unuttular. Karadeniz kıyılarında bulunanını henüz çıkarmadığımız için hâlâ en az 40 sene yetecek kadardı.

Ve, bu hafta ajanslar geçti.
Cudi'de petrol bulundu.

Haber şöyle: "Barış ve çözüm süreciyle birlikte bölgede petrol arama çalışmalarını hızlandıran TPAO, sondaj çalışmalarına başlanan Cudi Dağı eteklerinde petrole rastladı. En yüksek graviteli."

Hayırlısıyla çekilsin PKK'lılar...
Bestler Dereler bölgesinde direkt benzin de bulur bunlar!

Aman ha Kürdistan kurulur murulur...

AKP kongresinin "onur" konuğu olan Barzani, başkanlık sarayında Kürdistan kongresi düzenledi, keşke Apo da burda olsaydı dedi.

O sarayı biz yaptık.

Başbakanlık binasını, içişleri bakanlığı binasını, kültür bakanlığı binasını biz yaptık. Merkez Bankası binasını biz yaptık. Erbil havalimanını biz yaptık. Süleymaniye havalimanını biz yaptık. Rahat rahat gidip gelsinler diye tarifeli uçak koyduk. Üniversitelerini yurtlarıyla, kampuslarıyla biz yaptık; Türkiye'nin güneydoğusunda dünyaya geldiysen, bu üniversitelere sınavsız kabul ediliyorsun, eğitim bedava, barınma bedava, cebine her ay 200 dolar harçlık koyuyorlar. İçme suyu şebekelerini biz kurduk. Toplu konutlarını biz diktik. Petrol çıkarma tesislerini biz kuruyoruz. Petrolü doğalgazı bizim sırtımızdan satsınlar diye, kendi ellerimizle kendimize boru döşedik. Beş yıldızlı otellerini, spor salonlarını, alışveriş merkezlerini biz yaptık. Talabani "Türkiye'ye kedi bile vermem" derken, PKK'lıların ücretsiz tedavi edildiği hastaneleri biz yaptık. Laboratuvarlar, sağlık merkezleri kurduk. Kafamıza çuval geçirdiler, kelepçe taktılar, subayımızın kaburgasını kırdılar... Teşekkür mahiyetinde, Amerikan üssünü biz inşa ettik. Kendi vatandaşımıza 20 kuruştan verdiğimiz elektriği, Kürdistan'a 10 kuruştan veriyoruz... Ki, ben Kürdistanlı olsam, yakalamışım böyle cillop gibi T.C. hükümetini, beş kuruş bile fazla, anca üç kuruş filan veririm. Kullandıkları "ampul" de bizden... İçme suyu şebekelerini, kanalizasyonlarını, arıtma tesislerini, sulama kanallarını, enerji iletim hatlarını, köprülerini, viyadüklerini biz yaptık. Hatırlar mısınız bilmem, Türk işçilerini taşıyan kiralık uçak Bağdat'a inerken çakılmıştı, hepsi rahmetli olmuştu. Arıtma tesisi kurmaya gidiyordu o işçilerimiz... Duhok'la Zaho'yu dağın altından birbirine bağlayan tüneli biz yapıyoruz. Kendi memleketimizdeki tüneli İtalyanlara yaptırıyoruz, Kürdistan'ın tünelini biz yapıyoruz. Banka binalarını yapıyoruz. Et entegre tesislerini yapıyoruz. Kapalı otoparklarını yapıyoruz. Altgeçitlerini üstgeçitlerini yapıyoruz. Barzani'nin babasına anıtmezar yaptık. Plazalarını yapıyoruz, havuzlu villalarını yapıyoruz. Sosyal yaşam gelişsin diye, sinemalarını, tiyatrolarını, kültür merkezlerini yapıyoruz. Çocukları mutlu olsun diye parklarını yapıyoruz, Tatilya'yı bile oraya gönderdik. Erbil caddelerindeki okaliptüs ağaçları savaş sırasında kurumuştu, vah vah, derhal devreye girdik, sosyal sorumluluk projesi kapsamında, para mara almadan, palmiye ağaçları diktik.

Çöpçülük de bizim... İnsanın koltukları kabarıyor. Belediye binalarıyla beraber, caddelerin, sokakların temizlik ve çöp toplama işini yapıyoruz. Ne kadar gurur duysak azdır. Kamu hizmetlerindeki garsonluk ve "uşak"lık işine de talibiz.

İddia ediyorum.
Fırsat bu fırsat deyip, Kandil'deki mağaraları, sınırdaki kampları restore ettirmek için ihaleye çıksın Apo... İşi biz kapmazsak, yüzüme tükürün.

İsim	Şehir	Siyaset

Belediye Başkanıyken Tayyip Erdoğan...
"Üçüncü köprü cinayettir. Böyle bir teşebbüs İstanbul için ölümcül sonuçlar doğurur. İnşallah bu cinayet bitmeden bu hükümet değişir."

Başbakanken Tayyip Erdoğan...
"Hani o cumhuriyet mitinglerinde cumhuriyetçiyiz diye yürüyenler var ya, işte hep onlar karşı çıktı üçüncü köprüye... Ufku dar, vizyonsuz bunlar."

Çankaya

Tayyip Erdoğan izah etti.
"Cumhurbaşkanı dediğin, partili olmalı" dedi.

İsmet İnönü'nün arkasında partisi vardı.
Hatta, ordusu da vardı.
Celal Bayar'ın partisi vardı.
Cemal Gürsel'in ordusu vardı.
Cevdet Sunay, genelkurmay başkanı.
Fahri Korutürk, kuvvet komutanı.
Kenan Evren'in ordusu vardı.
Turgut Özal'ın partisi vardı.
Süleyman Demirel'in partisi vardı.
Abdullah Gül'ün partisi var.

Ahmet Necdet Sezer?
Türkiye'nin ilk ve tek "partisiz", gerçek manada "sivil" cumhurbaşkanıydı.

Var mı çocuklarının ismini bilen mesela?
"Kızı Hülya" diye başlayan bi cümle kursam, kaçınız itiraz edebilir, Hülya değil de, Gülay diye? "Oğlu Hakan" desem... Var mı nerede çalıştıklarını bilen? Babaları Çankaya'dayken VIP'e girdiklerini gören? El âlemin yatında, otelinde rastlayan?

First lady desen... Cebinden giyiniyordu, hâlâ cebinden giyiniyor. İnsan bi Atıl Kutoğlu, Sevan Bıçakçı filan ayarlamaz mı? Yani, affedersiniz ama, ne biçim öğretmensiniz hanımefendi... Bu şekilde mi örnek olmalıydınız öğrencilere?

Hayali ihracatçı yeğenini duydunuz mu hiç? Devlet kredisiyle ihale kapan kuzen, alışveriş merkezinde mısır tezgâhı açan kayınço? Sen benim kim olduğumu biliyor musun diye rüzgâr yapan müteahhit kanka, oraya buraya müdür olarak sokuşturduğu komşu? Hamili kart yakinimdir diyen damat? Nerde kardeşim, parmağında kuru soğan büyüklüğünde pırlantalarla şatafatlı pozlar veren gelin?

Mücevher, saat, tablo, heykel... Kendisine hediye edilen 1243 parça'nın 1243'ünü de bıraktı köşkte! İnsanın içi gidiyor, al götür evine di mi... Götürmedi.

Avantaları bıraktığı gibi, papelleri de bıraktı.
Kafana göre savur denilen ödeneği harcamadı.
46 trilyon liracık.
Yetim hakkı dedi, babalar gibi satan Maliye'ye iade etti.

Ye, yemedi, gez, gezmedi...
Bırak biz yiyelim, ona da izin vermedi.
Zaten, kırmızı'da durmasından belliydi. Kaymakam bile durmuyor, İsveç mi burası, koskoca devletin başı... Niye duruyorsun? Normalde, vatandaşı çiğneyip geçmeliydi.

14 makam aracını geri verdi. Halbuki, oturma odasına Mercedes'le, mutfağa jip'le gitmeli; uçağına bavul olarak bile almadığı gazetecileri bahçede limuzinle gezdirmeliydi. Yazları, Okluk'a geçmedi.

Oğlu evlendi, elektrik faturasına kadar kendi kesesinden ödedi. Eşi bileğini kırdı, röntgen kuyruğuna girdi. Annesi vefat etti, sivil plakayla gitti, camide flap flap fors yapmadı, taziye ilanı vermeyenlerin defterini dürmek için, kenara not etmedi. Aşçıyı, garsonu azalttı. Yerli ürün kullandırttı. Partisiz olduğu için... Resmi davetler hariç, eşe dosta parti vermedi.

Yalaka basınımız yazmadı ama, aslında "neyi korumaya çalıştığını" tarih yazacak elbette... Vizyon denilen kavramın, Beyaz Saray'a koşup, akıl danışmaktan ibaret olmadığını kanıtladı. Yeminine sadık kaldı. Hukuku üstün kıldı.

E sevilmedi haliyle...

Uymadı bize.
Partili olsun.

Bambaşkan

Başbakanımız, imam.
Aynı zamanda, futbolcu.
Stili çok benzediği için, lakabının Beckenbauer olduğunu, Brezilyalı teknik direktör Didi'nin kendisine hayran kalıp, Fenerbahçe'ye transfer etmek istediğini söylüyorlar.

Diplomalı iktisatçı...
Tobb'un 1 milyon 300 bin üyesi var, her üye 1 kişi alsa, işsizlik 1 milyon 300 bin azalır teorisinin sahibi.

Şair...
Şiir kasedi var.
Tiyatrocu...
Mason-Komünist-Yahudi manasına gelen Mas Kom Yah isimli oyunu yönetmiş, başrolünü üstlenmişti.

Bisküvi distribütörü'ydü.
Sonra işi büyüttü...
Ben ülkemi pazarlamakla mükellefim dedi.
Bir ara sucukçu'ydu.
Hatta, işler kesat diye ağlayan işadamlarına, eti doğu'dan al, batı'da sat, ben Kars'tan Erzurum'dan karkas et getirip, sucuk yapıp satmış adamım, bu işleri iyi bilirim, sen de öyle yap diye, akıl vermişti.

İett'cidir... Temizlik işçisi olarak geçici kadroyla girmiş, yükselmiş, otobüs garajında kantinci olmuştu.
Sendikacı'dır... Basın-İş'e bağlı darphane işçilerinin eylemine katılmış, grev gözcüsü önlüğü giymişti.

Pilot...

Uçmayan pırpır uçağın kokpitinde, pilot montuyla ve başparmağıyla okey işareti yaparken fotoğrafı var.
Kaptan...
Vapur dümeninde, kaptan şapkasıyla fotoğrafı var.
Vatman...
Demokrasi tramvaydır, amaç değil araçtır, gittiğimiz yere kadar gider, ineriz, lafı var.

Toplum mühendisi'dir...
Bunlar kaz güdemez.
Bırak davarı, keçi bile güdemezler, iki koyun gütmeden bu memleketi nasıl idare edeceksin, diye uyarır.

Nüfus planlamacısı'dır... Bir çocuk iflas, iki çocuk iflas, üç çocuk ehh, anca yerinde saymaktır, patinajdır, bize dört-beş lazım, marketten bezi al, temizle, çöpe at, bitti, tablo bu.

Doktor, ki...
Ben bu ülkenin doktoruyum der.
Uzmanlığı sanırım jinekoloji...
Çünkü sık sık, sezaryenle olursa ikiden fazla çocuk olmaz, niye daha fazla çocuk olmasın diye sorar.
Bi nevi eczacı...
Hap gibi anayasa hazırlamıştı.

Fahri savcı.

Mimar'lıktan da anladığı ortaya çıktı.
Çamlıca'daki caminin projesine son şekli bizzat vermiş, kubbelerini değiştirmiş, kapılarını büyütmüş filan.

En son...
Kuyumcu olduğunu öğrendik.
O işi de yapmış.

Bana sorarsanız, "beraber yürüdük biz bu yollarda" şarkısı eskidi artık... Başkanlık seçimi kampanyasında "sen neymişsin be abi" şarkısını kullanmakta fayda var.

Dünya lideri

Tayyip Erdoğan Trabzonspor'u ziyaret etti, Trabzonspor Başkanı "dünya lideri-the world leader" yazılı forma hediye etti.

Tayyip Erdoğan'ın danışmanı Yiğit Bulut, dünyada iki buçuk lider olduğu belirterek, "dünyanın bir numaralı lideri Tayyip Erdoğan" dedi.

Google arama motorunda, Türkçe kelimelerle "dünya lideri" diye arama yapıldığında, ilk sırada Tayyip Erdoğan çıkıyor.

Ankara Ticaret Odası'na giden Tayyip Erdoğan'a "dünya lideri Erdoğan, milli içkimiz ayran" yazılı, ayran yayığı takdim edildi. Egemen Bağış "dünya lideri başbakanımız, rabbimizin insanlığa gönderdiği müjdedir" dedi.

Tayyip Erdoğan, Siirt'in Tillo ilçesine uğradı, Tillo'nun AKP'li belediye başkanı "dünya lideri hoş geldiniz" pankartı astı. AKP'nin resmi internet sitesinde, Tayyip Erdoğan şöyle tanıtılıyor: Türkiye'nin uluslararası camia içinde saygınlığının en üst düzeye çıktığı bu süreçte "Başbakan Erdoğan bir dünya lideri" olarak temayüz etti.

Dört yıl aradan sonra Tayyip Erdoğan'ın uçağına kabul edilen Fatih Altaylı, izlenimlerini paylaştı,"Başbakan'ın Birleşmiş Milletler Genel Kurulu'ndaki konuşması çok etkileyiciydi, duayen lider olmuş dünyada... Sokaktaki Amerikan vatandaşı, Türkiye'ye süper güç olarak bakıyor" dedi.

Tayyip Erdoğan baba ocağına gitti, rabia işareti yaptı, "ne liderler gördük uzaktan kumandalı, dünyaya lider oldu şimdi bir Potamyalı" pankartıyla karşılandı. Kasımpaşa'ya "Kasımpaşa'da doğdun, dünya lideri oldun" afişi asıldı.

Tayyip Erdoğan, dördüncü kez baba olan Rizeli Kadem Öksüz'ü telefonla aradı, tebrik etti, Kadem Öksüz duygulandı, "başbakanımız dünya lideri bir insan" dedi.

Türkiye, Birleşmiş Milletler Güvenlik Konseyi'nin 2015-2016 dönemine aday oldu, dışişleri bakanlığımız kampanya için "dünya lideri" sloganını seçti.

Hadise bu kadar açık ve netken, dünya bize hayranken... *New York Times* gazetesi "Suriye krizi gösterdi ki, Putin dünyanın lideri" diye yazdı.

Eyyy New York Times, şerefsizsin.
İddianı ispatlamazsan, müfterisin.

Cumhuriyet Ak Partisi

Ağlamadan sorumlu başbakan yardımcımız, teröriste ağlayan emniyet müdürü'nü takdirle karşılayıp, görüşlerini pek değerli bulurken, başbakanımız pek kızdı, terörü mazur göstermeye çalışmakla suçladı.

Bi öyle, bi böyle.

Orman bakanımız, cephanelik patlayınca Hindistan'da Pakistan'da olur böyle şeyler derken, turizm bakanımız, soruşturulmadan geçiştirilecek, üstü kapatılacak bi olay değil der... AKP sözcüsü kilimci valiye sahip çıkıp, lokum bile dağıtılır derken, meclis başkanımız, valiler yağcılığı bıraksın artık der... Başbakan yardımcımız, ekonomide frene basmamız gerektiğini söylerken, ekonomi bakanımız gaza basmamız gerektiğini izah eder... Devlet bakanımız, vergi borçlarını yeniden yapılandırma kararı aldıklarını açıklarken, maliye bakanımız, böyle bir yapılandırmaya niyetlerinin olmadığını açıklar... Başbakan yardımcımız, apo'ya ev hapsi tartışılabilir deyince, öbür başbakan yardımcımız tartışılamaz olduğunu, diğer başbakan yardımcımız ise, tartışılamasa bile konuşulabilir olduğunu söyler... İçişleri bakanımız, uçaklarla bombalanan kaçakçıların pkk figüranı olduğunu söyleyip, özür dilenecek bi durum olmadığını belirtirken, AKP sözcüsü, sayın bakanın sözlerinin gayriinsani olduğunu açıklar... Sağlık bakanımız herkes aşı olacak derken, başbakanımız isteyen olur istemeyen olmaz, sana ne der... Milli eğitim bakanımız, dershaneler konusunda başbakanımızla ters düşerken, eski milli eğitim bakanımız, sınav sistemiyle ilgili olarak yeni milli eğitim bakanımızla ters düşer... Cumhurbaşkanımız, tutuklu vekiller meselesinde başbakanımızla ters düşerken, başbakanımız, yeni anayasa'da meclis başkanımızla ters düşer... Sanayi bakanımız ticaret bakanımızla, savunma bakanımız aile bakanımızla zıtlaşır filan.

Çünkü...
Türkiye'nin ana muhalefet partisi, AKP'dir.

Bazen, Cumhuriyet Ak Partisi'dir.
Bazen, Milliyetçi Harek'ak Partisi.

Başbakanımızın "iki partili sistem istiyorum" dediği sistemdir bu... Ak diyen de kendisidir, kara diyen de... O emniyet müdürünü mesela, oraya atayan da kendisidir, alkışlayan da, yerden yere vuran da.

Hacivat da odur, Karagöz de.
Şıracı da odur, bozacı da.
Kavuklu da odur, Pişekâr da.
Al gülüm, ver gülüm'dür.
İtilmiş'le Kakılmış zannedersin...
Aşuk ile Maşuk'turlar.

Ama illa adını koyacaksak...
Adem ile Havva demokrasisidir.

Ahalimize cuk oturur...
Üstte yok, başta yok, malum yerleri komple açıkta ama, kendilerini cennette sanıyorlar!

Vaaziçi köprüsü

Başbakanken, 2006...
"Bazıları çıkıyor diyor ki, yazıktır Boğaz'a üçüncü köprü olmaz, nasıl olmaz yaav, bunların ufku dar, bu bağnaz zihniyetlerden, yobaz zihniyetlerden ülkemizi kurtarmadıkça rahata erişemeyiz."

Başbakanken, 2006...
"Üçüncü köprü konuşuluyor, hemen karşı çıkıyorlar, bu kafa hep var, bunu bilin, bu muhalefet bu kafayla uzayda yaşıyor, Türkiye'ye hâlâ inemedi."

Başbakanken, 2008...
"Üçüncü köprü yapalım diyoruz, istemezük diyorlar, zaten ülkeye hayırlı bir iş yapıldığında bu sol zihniyet hep karşısındadır."

Başbakanken, 2009...
"Daha üçüncü köprünün adı duyuldu, hemen karşı çıkılıyor, buna karşı çıkanlar birinci köprüye de karşı çıkmışlardı ama sonra utanmadan sıkılmadan o köprünün üzerinden geçtiler."

Başbakanken, 2009...
"Üçüncü köprüyü istemezler, yav siz neyi istediniz ki bu ülkede, sizin cibiliyetinizin, sizin karakterinizin gereği zaten bu."

Başbakanken, 2009...
"Boğazda üçüncü köprüye kimler karşı çıkıyor biliyor musunuz, her iki tarafı kapalı olanlar var ya, tek istikamette bakanlar, işte onlar karşı çıkıyor, ideolojik kilitlenme var bunlarda."

Başbakanken, 2009...
"Bunların zihniyeti, ikinci köprüye de karşı çıkan zihniyet, ilime bilime karşı bunlar, asıl mürteci bunlar."

Başbakanken, 2010...
"Üçüncü köprüye karşı çıkanların zihniyetini anlamak mümkün değil, bunların bu ülkede çakılı bir tek kazığı yok, bu komünist zihniyet, bu sol zihniyetin bu ülkede kazılı eseri yoktur, dikili ağacı yoktur."

Başbakanken, 2010...
"Bunlar istemezükçü familyasından, bahaneleri nedir, ağaç kesecekmişiz, halkımı aldatmayın, kandırmayın."

Başbakanken, 2010...
"Üçüncü köprü kadar önemli bir iş yapıyoruz, önüne bazı sıkıntılar geliyor, ağaç deniyor, halbuki maki toplulukları planlarda hep orman diye geçer, nedir maki, ne olacak, keser atarsın."

Başbakanken, 2011...
"Üçüncü köprüye itiraz ediyor, sonra utanmadan köprüden geçiyor, niye o köprüden geçiyorsun, sandalla geçsene karşıdan karşıya, Sirkeci'den bin sandala, yürü gidelim serv-i revanım Üsküdar'a de."

Başbakanken, 2012...
"Hani o cumhuriyet mitinglerinde cumhuriyetçiyiz diye yürüyenler var ya, işte hep onlar karşı çıktı üçüncü köprüye."

İyi de...

Belediye Başkanıyken, 1995...
"Üçüncü köprü cinayettir.
Böyle bir teşebbüs İstanbul için ölümcül sonuçlar doğurur.
İnşallah bu cinayet bitmeden bu hükümet değişir."

Amin.
Bizim de temennimiz bu yönde.

En baştan söyleyeyim bu yazı beni bağlamaz...

AKP Genel Başkan Yardımcısı, AKP'li İçişleri Bakanı'na ait gayri insani sözlerin, AKP'ye ait bi yaklaşım olmadığını açıkladı. "Bizi bağlamaz" demeye getirdi.

Tıpkı, AKP'li belediye başkanı, Güneydoğu'dan kuma alalım dediğinde, AKP Grup Başkanvekili'nin "bizi bağlamaz" dediği gibi... Ki, zaten, AKP'li bi başka belediye başkanı, Mustafa Kemal Atatürk'ün nonoş olduğunu ima eden fıkrayı anlattığında da "partiyi bağlamadığı" açıklanmıştı.

Bi AKP milletvekili, bizi 40 sene fişlediler, şimdi biz onları fişliyoruz dediğinde, bi AKP grup başkanvekili, kendi sözleridir "bizi bağlamaz" derken... Öbür AKP milletvekili, AKP'ye karşı çıkanların kanını tahlile göndermek lazım, bu kanı bozuklar her yerde olabilir dediğinde, öbür AKP grup başkanvekili, kendi görüşleridir "bizi bağlamaz" demişti.

Hatırlarsınız... AKP'nin kapatılma davasında, AKP savunma vermiş, AKP'li TBMM Başkanı'nın dindar cumhurbaşkanı seçeceğiz gibi laflarının "partiyi bağlamadığını" belirtmişti. Aynı AKP'li TBMM Başkanı, aynı AKP'de Başbakan Yardımcısı'yken, bu sefer, Deniz Feneri'ne adı karışan RTÜK Başkanı'nı istifaya davet etmiş, AKP'li Başbakanımız, Başbakan Yardımcısı'nın kişisel kanaatinin "hükümeti ve partiyi kesinlikle bağlamadığı"nı izah etmişti.

Böylece, Bülent Arınç, hem milletvekili, hem TBMM Başkanı, hem de Başbakan Yardımcısı'yken AKP'yi bağlamayarak, erişilmesi güç bi rekorun sahibi oldu.

Tek hamlede rekorun hasosunu kırmak ise, AKP'nin medyadan sorumlu genel başkan yardımcısına nasip oldu. Başbakan'ın ekümenik meselesi bizi bağlamaz şeklindeki sözleri sorulunca, Başbakan'ın görüşleridir, "Başbakan bizi bağlamaz" dedi!

Gerçi haklıydı bi nevi. Mesela, Başbakanımız Kürt açılımı sırasında, Ahmet Türk'le AKP Genel Başkanı sıfatıyla görüştü... Ki, Başbakan'ı bağlıyorsa, AKP Genel Başkanı'nı bağlamasın, AKP Genel Başkanı'nı bağlıyorsa, Başbakan'ı bağlamasın.

E tabii, o bağlamaz, bu bağlamaz, hep aynı terane, sıkılmıştık... İşte tam o sırada, AKP'li Başbakan Yardımcısı çıkıp, DTP tahrik ediyor deyince, AKP'nin eski genel başkan yardımcısı çıktı, "beni ırgalamaz" dedi. Hayatımıza renk kattı.

Ama, AKP'deki en şahane "bağlamaz" AKP'li Sanayi Bakanımızın "bağlamaz"ıydı... Çin mallarını boykot çağrısı yaptı. Sadece 30 dakika sonra... Bakanımız'ın Bakanlığı'ndan, Bakanımızın kişisel görüşüdür, "Bakanlığımızı bağlamaz" açıklaması yapıldı!

İyi de birader...
Kimi bağlıyor derseniz?

Onu da, şimdiki AKP'li Spor Bakanımız açıklamıştı: Ak Parti mi diyeceğiz, AKP mi diyeceğiz? Adı Haşmet olan adama, boyu kısa diye başka bir isimle seslenme hakkına sahip olmadığımız gibi, adı Aydın olan kişiye de karanlık diye seslenme özgürlüğümüz yoktur. Partimizin adı, Ak Parti'dir. AKP demeye hakları yoktur. Tüm muhatapları bağlar. "Beni bağlamaz" diyenleri de bağlar!

Kusura bakmayın

Profesörlere, doçentlere...
"Kusura bakmayın, kınıyorum, bıraksınlar bu mesleği."
Doktorlara...
"Kusura bakmayın, istediğiniz yere çeker gidersiniz."
Eczacılara...
"Kusura bakma, ya anlaşırsın ya gereken adımı atarız."
Şehit ailesine...
"Kusura bakma, askerlik yan gelip yatma yeri değildir."
İşsiz babasına...
"Kusura bakma, senin oğlun da işsiz kalsın."
Gazeteciye...
"Vatandaşlıktan çık."
Çiftçiye...
"Ananı da al git."
Yargıya...
"Önümüze engel."
Tüsiad'a...
"Kusura bakma, senin arzun olmayacak, sen işine bak."
Memura...

"Kusura bakma, grev yapılırsa, neticesine katlanırlar."
Benzin zammı...
"Kusura bakmayın, bizim petrol kuyumuz yok."
Doğalgaz zammı...
"Kusura bakmayın, fiyatını biz belirlemiyoruz."
Kadınlara...
"Kusura bakmasınlar, bazı bayanlar kadın-erkek eşitliği diyor, çok hayret ediyorum, eşit haklara eyvallah ama, diğeri yaradılışa ters."

Diyeceksiniz ki...
Böyle demokrasi olur mu?

E, kusura bakmayın...
O kadar kusur kadı kızında da olur!

Yuh be birader!

Kılıçdaroğlu'nun bir numaralı destekçisi olan ve MHP'lilerden oldum olası nefret eden Rahşan Ecevit, ikametgâh adresi Ankara'da bulunduğu için, MHP'li adaya oy vermek zorunda... Kaderin oy'unu yani!

İstanbul'da dededen CHP'li arkadaşım var, balkonunda 365 gün Atatürk posteri durur, oturduğu yer itibariyle, Erbakan'a oy vermek zorunda.

(Bilmiyorum, CHP'li Erbakan'ın seçim afişini gördünüz mü? Başparmağını kaldırarak, Milli Görüş pozu vermiş. Pek beğendim. Balkonuna, Atatürk posterinin yanına asması için arkadaşıma gönderdim.)

Atatürk deyince aklıma geldi.
AKP'liler hep, Mustafa Kemal yaşasaydı AKP'ye oy verirdi diye alay eder... Hayaldi, gerçek oldu. Hatay'da yaşayan Atatürkçü CHP'liler, AKP'liye oy vermek zorunda.

İzmir Alsancak sakinleri...
Adı üstünde al-sancak.
Maalesef, Türk bayrağını teferruat olarak gören birine oy vermek zorundalar.

(Halk tv'deki üçüncü sınıf pazarlama reklamlarına benziyor, CHP'nin adayları... Sen, memleket nereye gidiyor diye seyrediyorsun, onlar fırsat bu fırsat diyor, araya korniş reklamı sokuşturuyor. Sen, ne olacak bu ülkenin hali diye endişeleniyorsun, onlar araya sıkıştırıp, hortum satmaya çalışıyor.)

(Nasıl olsa bunlar beni seyretmek zorunda, gidecek yerleri yok, nasıl olsa bunlar bana oy vermek zorunda diye düşünüyor... Senin beğenip beğenmemen önemli değil, tabure bile koysam, mecbursun onu seçmeye, bana oy vermeyeceksin de, kime oy vereceksin, elin mahkûm diyor.)

Kafasına sandalye vurularak CHP'den kovulan, gidip kendisine başka parti kuran, bilahare, yalvar yakar CHP'den aday yapılan var.

Paralel CHP adayı var.
BDP'li CHP adayı var.
DYP milletvekili CHP adayı var. ANAP'lı belediye başkanı CHP'li aday var. Demokrat Partili CHP'li aday var. Tee Çoban Sülü'nün Adalet Partisi'nden CHP'li aday var. Adı lazım değil, bir büyük şehrimizin üç ilçesinde üç aday gösterdiler, yerel basın aradı taradı, adayların fotoğrafını bile bulamadı, düşün gari, ne kadar tanınıyorlar!

Ethem öldürüldü, Ali İsmail öldürüldü, Abdullah öldürüldü, 8 milyon insan ölümü göze alıp sokağa döküldü, gençlerimizin gözleri çıktı, 9 bin 500 yurtsever yaralandı, çocuklarımızın suratlarına suratlarına 150 bin gaz bombası attılar... Sen, Gezi Parkı'nda Mustafa Sarıgül'ün eski eşini aday yapasın diye mi?

Sıkı durun... DYP'den milletvekili adayı olan, sonra Demokrat Parti'den belediye başkan adayı olan, sonra HAS Parti'nin kurucuları arasında yer alan, sonra AKP'den milletvekili aday adayı olan, sonra Demokrat Parti'de genel başkan yardımcısı olan arkadaş... Şimdi, CHP'den belediye başkan adayı!

Hâl böyleyken...

Gece yarısı saat 00.50'de, Türkiye'nin onur duyduğu evladı, Nasuh Mahruki'nin telefonu çaldı. Arayan, CHP genel başkan yardımcısıydı. Bu saatte aradığı için özür diledi, parti meclisinde toplantı halinde olduklarını söyledi, pat diye, Kadıköy'den belediye başkan adayımız olur musun diye sordu. Nasuh şaştı kaldı. Nasıl şaşmasın... Gecenin bu vakti, o dakikaya kadar hiç konuşulmamış, bu kadar önemli bir mevzuda teklif geliyordu ve hemen cevap isteniyordu. Hemen cevap verdi. Hayır dedi. Kabul etmedi.

10 dakika sonra... CHP genel başkan yardımcısı tekrar aradı, genel başkan'ın özel ricası olduğunu söyledi, ısrar etti, Nasuh Mahruki'yi Kadıköy'den aday göstermekte kararlı olduklarını anlattı. Nasuh süre istedi, telefonu kapattı. Eşini uyandırdı, anlattı; eşi de şoke oldu. Alt katta yaşayan babasını uyandırdı, akıl danıştı. AKUT'tan arkadaşlarını aradı, fikirlerini sordu. O arada, CHP genel başkan yardımcısı cepten devamlı mesaj atıyordu; artık oylamaya geçilmek üzere, adını önermem konusunda bana izin veriyor musun diye soruyordu. Saat 3 sularında, Nasuh açtı telefonu, peki dedi, kabul etti.

Ve, saat 4.15... CHP genel başkan yardımcısı, Nasuh'u aradı. Sesi üzgündü. Parti meclisinde Nasuh Mahruki adı teklif edilince, bazı tepkiler olduğunu, maalesef adaylığını geri çektiklerini söyledi! Nasuh ne yapsın, güldü kendi kendine, bence en iyisi böyle oldu dedi, kapattı telefonu, gitti yattı.

Ertesi sabah, anlaşıldı ki... Parti meclisindeki hararetli toplantıda, Nasuh'un İşçi Partisi üyesi olduğu, dolayısıyla İşçi Partili birinin CHP'den aday yapılmasının uygun olmayacağına karar verilmişti.

İşin ekstra hazin tarafı...
Nasuh, İşçi Partisi'ne üye falan değil.
Hiçbir partiye üye değil.

Saklamıyor, gizlemiyor.
Nasuh, CHP seçmeni.

Ama farz edelim ki, İşçi Partisi üyesi... Erbakan oluyor, ülkücü oluyor, kürtçü oluyor, badem oluyor, paralel oluyor, liboş oluyor, dönek oluyor, fırıldak oluyor, bi tek İşçi Partili mi uymuyor Yeni CHP'ye?

Benden selam söyle yeni chp'ye!

Allah'ın lütfudur incir.
İnsanlık tarihinden eskidir.
Sapından "süt" süzülür.
Ki, mitolojide "ana"dır.
Oysa, erkeği de vardır.
Peki nasıl döllenir?
Doğanın mucizesidir.
Erkek-dişi incir arıları, ki, incir sineğidir aslında, inciri yatak odası olarak kullanır. O yatak odasından bu yatak odasına uçarken, incirin de döllenmesini sağlar. Bazen hava bozar. İlk buldukları kuytuya, içinde yaşam barındırmayan, terk edilmiş, metruk evlerin bacasına sığınırlar. En korunaklı yerdir, bacanın dibindeki ocak... Ve rüzgâr, toprağı savurup biriktirir ocağın dibinde... Arının narin kanatlarında taşıdığı incir tozu, buluşur o toprakla... Boy verir.

Hani "ocağına incir ağacı dikildi" derler ya... Budur.

Ocağına incir ağacı dikilmiş bir kadının torunuyum ben.

Evini, köyünü, yurdunu, dünyaya geldiği toprakları ebediyen terk etmek zorunda kalan; defolup gideceksin dedikleri Girit'ten pılısını pırtısını toplayıp, Anadolu'ya göç eden Nazlı'nın torunu.

Yiğit adamdı dayısı, burda doğdum burda öleceğim dedi, Rum çeteciler vurdu. Kız kardeşi bebekti, yolda koleradan öldü. Katır sırtındaydılar. Öz vatanlarında ama, bilmedikleri adreslerde, hangi meçhulde defnettiler o kızıl saçlı minik kızı, hatırlamıyordu. Babasının ağaçlara vura vura, haykıra haykıra ağladığını hatırlıyordu sadece... Annesinin o günden sonra bir daha asla gülmediğini.

Ben ise, yaşlılığını hatırlıyorum, Nazlı'nın... Adraçimu diye okşardı saçımı, adamım yani... Kendi Hanyalı, gönlünü kaptırdığı Süleyman, Aksaraylı... Götür beni Mevlana'ya dedi, götürdü Süleyman... Mecaz değil, Hanya'yı da gördü, Konya'yı da Nazlı!

Herkes anlatır, anneannem çarşaflıydı, babaannem başörtülüydü filan diye... Benimki, tülbentle bile örtmedi iyi mi, beline kadar örerdi.

Mustafa Kemal âşığıydı.

Hanya, Antep, Diyarbakır, Urfa, Mardin üzerinden incir poleni gibi savrulduğu İzmir'de... Kordon'da salep yudumlayıp, cigara tellendirip, dalgın dalgın denize bakarken yakalardım onu... Gözü ufukta, sanki Girit'in ışıklarını görecekmiş gibi... Garibanız o zamanlar, içimizde uktedir, götüremedik maalesef, 80'ini gördü, bi daha Girit'i göremedi. Ah Hanya, ah Kandiye diye diye son kez göçtü gitti.

İki kere yabancıydı benim canım kırtikozum...
Orada oldurmadılar, burada da tam olamadı.

Yunanlar kitap yapar bu tür öyküleri... Film yapar, dizi yapar. Eleni anlatır, Eftemiya anlatır, okumuşsunuzdur belki, hüzünlenmişsinizdir. Biz pek yapmayız. Hem geleneksel tembelliğimizden, hem de, alt tarafı alın yazısı olarak kabulleniriz olan biteni... Onların bize dediği gibi, senin yüzünden oldu demeyiz. Neticede, bizimle aynı kaderi paylaşan, hayat asfaltının farklı istikametlerinde yol alan insan evlatlarıdır. İşgalcilerle bir tutmayız. Düşman gözüyle bakmayız.

Uzatmayayım... Dünyanın en çok sırtından hançerlenen, çocuklarını büyüttüğü komşuları tarafından en çok ihanete uğrayan milletimin, çileli, sessiz sedasız ferdiydi Nazlı.

Ve, dün öğreniyoruz ki...
"Yeni CHP"nin mebusu olan bi arkadaş, Dido Sotiruyu'nun *Benden Selam Söyle Anadolu*'ya isimli romanını okumuş,

o yıllarda Ege'de Rumlara "etnik temizlik" yaptığımızı anlatıyormuş o roman... Kesmişiz el âlemi.

Pasaport'tan karaya çıkan Yunan askerlerinin çizmelerini öpüp, ne kadar Türk kanı içerseniz o kadar sevaba girersiniz diye takdis eden Hrisostomos, Türk-Yunan dostluk derneği başkanıydı demek ki!

Girit'i bi daha göremedi... İyi ki ömrü vefa etmedi, bu utanç verici günleri de görmedi Nazlı.

İyi yönetilen devlet, iyi yönetilen üniversite, iyi yönetilen holding, iyi yönetilen banka, iyi yönetilen gazete, hepsini inceleyin... Hepsinin başında, gençliğinin hakkını vermiş yöneticiler görürsünüz. Efsane siyo'ların ortak özelliği, telefon rehberi gibi kalın akademik kariyerleri değildir, "çapulcu" olmalarıdır. Memleketi gururlandıran kadınlarımızın tamamı ise, fikri hür vicdanı hür babaların, özgür kızlarıdır.

Çapulcu

İki tane ağacı yıkamadın birader...
Cumhuriyet'i nasıl yıkacaksın?

Gezi budur.

Ve ısrarla yazarım; sağcı-solcu, Alevi-Sünni falan değildir mesele... Gençliğini yaşamamış insanlar tarafından yönetiliyor Türkiye... Sıkıntı budur.

Hani, okul yıllarında aynı sıraları paylaşmanıza rağmen, suratını hayal meyal hatırladığınız, varlığıyla yokluğu bir, hafızanızı zorlasanız bile ismini çıkaramadığınız tipler vardır ya... İşte onlar yönetiyor.

Direnişi... Gündüz Clark Kent, akşam Superman'leri anlamamaları ondan.

Elbette onlar da 18 yaşında, 25 yaşında oldular ama, hiç genç olamadılar. Vazgeçtik okulu kırıp kafelerde yan yana, el ele oturmayı, otobüs duraklarında bile kızlı-erkekli duramadılar. Doğa yürüyüşünde gitarın tınısı, plajda yakılan romantik ateşin etrafı, ne kadar uzak onlara... Kantinde şamata, şenlikte dans, mezuniyet gecesinde mırıldanan aşk şarkıları, alt tarafı bi bira. Ne kadar uzak.

"Mahalle baskıları"nın, dar çevrelerinin bilinçaltlarına ördüğü Çin Seddi gibi duvarlara esir büyüdüler maalesef... Kanları kaynamıştır, aşmak istemişlerdir mutlaka; aşamadılar. O duvarları aşanlara öfkelenmeleri ondan... Halbuki, ömründe bi kere olsun dağıtmadan, nasıl toparlanır ki insan? Hangi sınırdan bahsedebilirsin, özgürlüğü tatmadan, ruhun rüzgâr almadan?

Açın özgeçmişlerini... Hayat baharının en güzel yılları, şu okulları bitirdi diye geçiştirilen kupkuru üç-beş kelimeden ibarettir. Sonra zart diye atlar, siyaset sahnesindeki binlerce fotoğraf... Arası boştur. Gençlik yıllarına dair hatıra fotoğrafları olabilmesi için, yaşanmış hatıralar lazım öncelikle... Yoktur.

Bana sorsalar, king çevirmeyeni mebus bile yapmam, ki, briç'i kumar zannedip, zekâ sporu olduğunu kavrayamadan mezun oldular. Spor ayakkabı, şort giymeden emekli oldu çoğu... Mayoyu zaten boşverdik ama, Allah'ın bize lütfu bu memlekette, şezlonga uzanıp güneşlenemediler, şezlonga.

İyi yönetilen devlet, iyi yönetilen üniversite, iyi yönetilen holding, iyi yönetilen banka, iyi yönetilen gazete, hepsini inceleyin... Hepsinin başında, gençliğinin hakkını vermiş yöneticiler görürsünüz. Efsane siyo'ların ortak özelliği, telefon rehberi gibi kalın akademik kariyerleri değildir, "çapulcu"olmalarıdır. Memleketi gururlandıran kadınlarımızın tamamı ise, fikri hür vicdanı hür babaların, özgür kızlarıdır.

Gençlik, insanın başına hayatta bi kere gelir.
En vahim gençlik hatası, gençliğini yaşamamaktır.

Hayat okulunda sınıfta kalmış tipler, hayata gülümseyerek bakan çocuklarımıza ders veremez. Deneme-yanılma'yla olmasa bile, deneme-yamulma'yla öğrenilecektir.

Kafayı ağaca taktın ya...
Ordan izah edeyim.

Dut gibidir iktidar.
İstediği kadar tutunmaya çalışsın.
İlla ki düşer.
Silkeliyoruz...
Düşeceksin.

Orantısız zekâ

Çapulcular gazete çıkardı. Duvar gazetesi. Sansürsüz. Bağdat Caddesi'nde dev bir pano... Makalelerini kâğıda yazıp, özgürce yapıştırıyorlar. Kimdir bu gençler, ne istiyorlar diye merak ediyorsanız, buyrun örneklerini okuyun... Karınlarından konuşmuyorlar, gayet net anlatıyorlar.

TC'yi kaldırdılar ama... Ayağa!

Sinirlenince çok güzel oluyorsun Türkiyem

Bıraksan, o ağaç sadece gölge yapacaktı.
Sayende meyve verdi!

Odun olma, ağaç ol
Bizim ağaç sevdamız zamanında asılan fidanlardan
Türk Gençliği... Birinci vazifesini yerine getiriyor
Erdo-gone
Bizim gibi en az üç çocuk istediğinden emin misin?

İktidar bu kadar gaz çıkardığına göre...
Mıçması yakındır

Rabbime sordum diren dedi
Gençlik ayıldı imam bayıldı
Evlat olsan, gene de sevilmezsin!

Hangi gezegenden geldin ki...
İnsanlığa bu kadar uzaksın

İmdaaaat polis var!
Yeter artık polis çağırcam
Kavunlu sık, rakıyla gelelim
Bizler çocukken sinek ilacı arabasının peşinden koşmuş milletiz, biber gazından mı korkacağız
Kebabıma sık, şalgamıma sık, Adanalıyık.
Red Hot Chili Tayyip
Justin Biber

Gözümüzü yaşartmak için biber gazı sıkmanıza gerek yok,
yeterince duygusal çocuklarız

Zengin eylemcilerin kaliteli maskesi var, kıskanıyoruz

Haber kanallarında yayınlanmayan ilk devrim
CNN Türk'ten belgesel: Antarktika direniyor!

Bugün doğacak bebek çapulculara isim önerisi:
Kız olursa Tazyik, erkek olursa Toma

11 senedir konuşuyorsun
Dinleyen yok
Atam 75 senedir konuşmuyor
Herkes onu dinliyor

Tencerem var, tavam var
çapulcuyum, havam var
Atamızdan yadigâr
her gün bi duble rakımız var

Alkolü yasakladılar millet ayıldı!
İktidar sarhoşluğu, rant ayyaşlığından tehlikelidir
Ayranma gönül ayranma
Ampul ampul olalı böyle aydınlık görmedi
Şerefsiz Edison!
Hükümet yıkılsın, yerine alışveriş merkezi yapılsın

Biz Gezi'den çık dedik
O geziye çık anladı
Afrika'ya gitti

Çapulcu olduk, provokatör olduk
marjinal olduk, ayyaş olduk
hiç sorun değil
koyun olmayalım da

5 ağaç için dik dur
5 kilo kömür için eğilme

İstanbul gündüz çok gazlı 27 derece

Ankara sağanak tazyikli 23 derece
İzmir sopayla karışık 28 derece

John Lennon der ki... Olay şiddet kullanımına dönüşmeye başladığı zaman, sistemin oyununa geliyorsunuz demektir. Yerleşik düzen sizi kavgaya sokmak için kızdırmaya çalışacak, sakalınızı çekecek, yüzünüze fiske atacaktır. Çünkü, siz bir kere şiddete başvurduktan sonra sizinle nasıl baş edeceklerini bilirler. Nasıl baş edeceklerini bilmedikleri tek şey "şiddet dışı eylemler" ve "mizah"tır.

Behzat Ç'apulcu

25 senelik polis.
AKP'li başbakan yardımcısı dahil...
Yedi bakan'ın korumalığını yaptı.
Emniyet müdürlerini korudu.
Şu anda hâlâ aktif görevde.
Sicili tertemiz.
Oğlu var, 22 yaşında.
Gazi Üniversitesi'nde okuyor.
Kamu Yönetimi'nde.
Pırıl pırıl, aslan gibi delikanlı.
Üç gün önce gözaltına alındı.
Çapulcu.
Sırt çantasına bakıldı.
Türk bayrağı... Limon ve su çıktı.
İfadesi alındı, serbest bırakıldı.
Polis babasına teslim edildi.
Çanta, bayrak, limon iade edildi.
Polis baba tutanağa baktı.
Suç unsuru olarak Türk bayrağı, limon ve "taş" ele geçirildiği yazıyordu.
Türk bayrağının suç unsuru olması kepazeliğini bir kenara bırakalım...
Hayatını devlete adamış kanun adamının, bayrak taşıyan

yurtsever oğluna "taş" monte edilmişti.

Oğluna "suç unsuru" sokuşturan meslektaşlarına isyan etti, "madem taş yakaladınız, Türk bayrağı ve limonu nasıl iade ettiyseniz taşı da iade edin" dedi.
Veremediler tabii... Tutanakta vardı. Ortada yoktu.

Çapulcunun babasının polis olduğunu bilmiyorlardı. İş işten geçmişti. Ayıklasın artık polis baba, pirincin taş'ını!

"Evlat" sahibi olan polislerin bu hazin örneği utanarak okuduğunu tahmin ediyorum... Evladı "polis" olanlar da, şu örneği okusun.

İzmir...
Eli sopalı tipler, çocuklara saldırdı.
Vali çıktı, hemen reddetti.
Onlar polis değil dedi.
Emniyet müdürü çıktı, hayret...
İtiraf etti, onlar polis dedi.
Peki siz hiç bugüne kadar, emri altındaki memurları örtbas etmektense, basının önüne atan emniyet müdürü görmüş müydünüz?
İlk defa gördük.
Çünkü...
Bizzat vali "onlar polis değil" deyince, eli sopalı tiplerin "AKP'li" olduğu yazılmaya başlanmıştı. İşte tam bu noktada, emniyet müdürü çıktı, AKP'yi ak'lamak için derhal itiraf etti.
Yani?
AKP için çocuklarımızı dövdüler.
AKP için kurban edildiler.
Başta İzmir Barosu, bütün İzmir peşlerinde, yanlarına bırakılmayacak... AKP için polislikten atılacaklar. En iyi ihtimal sürülecekler.

Demem o ki...
Devletin emir kulu olmanızı anlarız.
Padişahın kapıkulu olmayın kardeşim.

Ben'zemez kimse sana

"Üç milyar ağaç diktim" dedi!

Benden önce İstanbul çöldü.
Amazon ormanı gibi yaptım.

Boğaz yoktu.
Ben ayırdım ikiye.
Baktım ki, yüzerek geçiyorlar karşıdan karşıya...
Köprüler kurdum.
Marmara denizi boş çukurdu.
Ben doldurdum.
Ada koydum oraya dört-beş tane.
Lüfer getirdim Karadeniz'den.
Konstantinopolis'ti bu kardeşiniz iş başına gelene kadar.
Papazın çayırıydı.
İmamın çayırı yaptım ben.
Alt tarafı yedi tepeliydi...
Küçük dağları ben yarattım.
Demir ağlarla ördüm.
Uçağa bindirdim ben.
Ayranı icat ettim.
IMF'ye borcunuz vardı...
Ben ödedim, maaşımdan verdim.
Lütfettim, bahşettim.
Saraylar yaptırdım ben.
Mimar Sinan'ı ben işe aldım.
Galata kulesini diktim.
Elektriği ben getirdim.
Ateşi ben buldum.
Su bağladım Yerebatan sarnıcına.
Tarımı ilk ben yaptım.
Benden önce milattan önce.
Cep telefonu yoktu be.
Camilerde bira içiyorlardı.
Minareden şampanya patlatıyorlardı.
Ben yasakladım.
Bizanslı hanımlar bana dedi ki...
Ben ben ben ben...

Nazar değdi

Polat Alemdar, Başbakan'la buluştu, Gezi Parkı'nı konuştu, çıkışta gazetecilere açıklama yaptı. Belki kaçırmışınızdır diye, kayıttan kelime kelime aktarayım istedim. Buyrun...

Arkadaşlar iyi akşamlar, az önce görüşmeler olmaktaydı, ben yaklaşık iki haftadır herkes gibi evinde oturanlar olsun, gezi parkında olanlar olsun, herkes gibi çok üzgünüm, maalesef Türkiyemiz bunu haketmiyor demekten başka bir şey söyleyemiyorum, sanırım bize nazar değdi, biz dinlemeyi sanırım az önce Hasan beyi dinlerken yeniden idrak ettim, dinleyen bir toplum olmamız gerekiyor, aynı dili kullanmamız gerekiyor, tabii ki kuşaklar arasındaki dil farklılıkları olmakta, biz teknoloji çağında yaşıyoruz şu anda, biz geçmişimde bu kadar kamerayı hatırlamıyorum, tivittırımız var, ne güzel teknolojilerimiz var, imkânlarımız var, bunun dolayısıyla bize bilgi aktarımı oldu, bilgiler geliyor, ama bilgi kirliliği dezenformasyonlarımız var, iletişim eksiğimiz var, iletişimimizdeki kopukluğu birbirimize tahammülümüzle giderebileceğimizi düşünüyorum, ben bu konulardaki hassasiyetimi düşüncelerimi fikirlerimi hissettiklerimi sayın başbakanımla paylaşmak, ona aktarmak istedim, aslında ben suskunluğumu koruyan, yaklaşık 10 gün süresince suskunluğumu korudum, olanları izlemek istedim, gözlemlemek istedim, fevri çıkışlar da yapabilirdim elbetteki ama neler olduğunu bilmek için bekledim, o günden bugüne çok güzel gelişmeler oldu, sorularımın cevaplarını ancak bugün alabildim, o dönemde benim gezi parkına gittiğime dair haber yayınlandı, bunu ben sizler gibi habersizce okudum gazeteden, ben bunu yapmadım, dolayısıyla ordaki arkadaşlarım bunu beni taraf etmeye çalışması, hiç hoşuma gitmedi, mahalle baskısı gibi geldi, medyanın yapmaya çalıştığı buydu, o baskıdan esiri olmak istemedim, bu insanları zoraki taraf olmaya itmemeli bence ve şu andaki düştüğümüz durumda maalesef bütün dünya gözünde üzücü, çünkü Türkiye bunu hak etmiyor, beni yurtdışından birçok dostum arkadaşım aradı, bunlar yabancı olanlar da var içinde, neler oluyor Türkiye'de dedim, burdan sizin vesilenizle yine onlara cevap vermiş olayım, Türkiye emin, Türk milleti emin ve emin olmaya devam edecek, bize güveninizi asla azaltmayın, biz demokratik söylemlerimizi özgürlük söylemlerimizi sadece söylemlerimizde değil keşke görselde de dünyaya verebilsek, maalesef dünya böyle görmüyor arkadaşlar, keşke öyle görünebilsek, elbetteki bizim demokratik hakkımız, elbetteki güzel şeyler olsun istiyoruz, inşallah olur, bu yakınlaşmalar, uzlaşım, bulunan orta dil, bizim akademisyenlere sosyologlara bilimadamlarına ihtiyacımız var ki, bize bugünü anlatabilsinler, bugün ne oldu, geceden gündüze değil de, bugünden yarına değil de, çok acil olarak değil ama çabuk çabuk yapılması gerekiyor, bizlere sunulması gerekiyor, çünkü biz bu gece karanlığındaki kedi gözleri gibi onları izlememiz gerekiyor, ama bu gözler de ancak bizim ışığımızla görünebilen bir şey, o kedi gözleri bize yol gösterir, benim algıladığım benim düşüncem, bizim doğru anlayışımız olsa gerek, çünkü bizim çok ihtiyacımız var, inanıyorum ki doğru anlamaya başlayacağız, inşallah sağlam yere varacağız, hedefimizi hep beraber belirleyeceğiz, benim söyleyeceğim, birbirimizi Allah için sevelim, bana göre bu ülkeye nazar değmiştir, dua okuyalım, inşallah bu üzerimizden gitsin, güzel şeyler olmakta, inşallah bunlar da geçecek arkadaşlar diyebiliyorum, açıkçası ben hissettiklerim bu düşünceleri anlatmak istedim, topçu kışlasını detaylarıyla son haliyle oluşumlarıyla görmek ve dinlemek de istedim, bana animasyonlarıyla beraber ve nasıl olacağı hakkında olması düşünüldüğü hakkında bunu tabii ki belediyenin yapabileceği sanırım belediye diye biliyorum ben yanlış bilmiyorsam, yapabileceği bir kamuoyu yoklaması ya da oy kullanımı herhalde var yine, referandum olmuyor tam olarak, kelime olarak Türkçesi referandum olmuyor herhalde onun, çünkü o anayasaya bağlı bi şey diye düşünüyorum, ama oy kullanılarak yapılan yine belediyenin yapacağı bir şey, ben neticesinde ben çok sevdim açıkçası, daha fazla yeşilin olduğunu gördüm orda, şu anda da sayın valimizin de ki ilk yani çok güzel diyalog içerisinde gezideki arkadaşlar için ve bu tabii bizler için de çok önemli, çok güzel diyaloglar içerisinde, söylediği gibi orayı illegal örgütlerden dışarda tutabilirsek orası hepimizin, hepimiz orda olmak isteriz, başbakanıma da teklif ettim, inşallah beraber bir gün gidelim dedim gezi parkına, inşallah nasip olur gideriz, çünkü orası e tabii ki dedi, neden olmasın yani ordakilerin arkadaşları da kendi Dolmabahçe'deki mekanına çağırabileceğini söyledi, bu benim de gezmek isteyeceğim, Ankaralısınız Ankaradansınız ya da,

İstanbul'a geldiğiniz zaman sizlerin de gezmek isteyebileceği bir mekan, eylemcilerden soyutlanması gerektiğini, illegal anlamda bahsediyorum, yoksa samimi olan bütün ben genç demeyeyim kendimi yaşlı görmek istemiyorum, o yüzden belki o yeni kuşağımızın diyelim, yeni dünya insanı bu kuşağın ile paylaşmak isterim o güzellikleri, neden olmasın, şimdi ben gezi parkına neden gitmem şundan gitmem, bir yerde Atatürk'ün askeriyim, diğer yerde örgütün askeriyim diyen ile aynı yeri paylaşmak Atatürk'e hakarettir aslında, o yüzden orda kültür yozlaşması yapılmakta, değerlerimizin içi boşaltılmaya çalışılıyor diye düşünüyorum, yani benim bu bilgileri nerden aldığımı soracaksınız, benim kardeşim sosyolojik araştırma anlamında ve bu camianın içerisinde oyuncu yönetmen senarist dünyasının içerisinde olduğu için orda bulunmakta, bunu bir sosyolojik araştırma olarak gözlemliyor, yapmak zorunda aslında, o insanlar bizden farklı değil yani, ayrıştırma olmamalı, ikilem yaratılmamalı kimse için, ordan aktardıkları, o tabii ki böyle aktarıyor demek istemiyorum, benim yorumladıklarım böyleydi, örgüt bayrağının altında bulunmam istemeyeceğim bi şey, ama orda safiyane niyetle samimi dostların bulunmasını ve onların yanında benim bulunmamı ben de isterim, olmasın bu illegal bayrakları, her taraf olsun Türk bayrağı, inanın ben ordayım, başka bir şey istemiyorum, arkadaşlar yoldan geldim yola gideceğim, gözlerinizden belli yorulmuşsunuz, Allah hepimize yardımcı olsun, bu günleri geçelim unutalım, unutmayalım pardon, afedersiniz unutmayalım, bunlar bizim için değer, yarınlara taşıyalım ama güzel taşıyalım, Allah hepinize yardım etsin, öncelikle de bana diyeyim, kendime bi torpil yapayım, iyi akşamlar.

Konu neydi hatırlamıyorum ama... Ben ikna oldum.

Artık hiçbir şey eskisi gibi olmayacak

"Gezi Parkı'nda şöyle olmuş böyle olmuş, ne yaparsanız yapın, biz kararımızı verdik" dediler.

Çadırları tutuşturdular.
Ülkede yangın çıktı.

Tomalarla saldırdılar. Gaz bombaları attılar. Hatta evlere bile, pencerelerden içeri attılar. Plastik mermi sıktılar. Çapulcu dediler, vandal dediler, marjinal dediler, faiz lobisi dediler. Bunlara destek verenler aynı familyadan dediler. Devam ederseniz, anladığınız dilden konuşuruz dediler. Bedelini ağır ödeyeceksiniz diye tehdit ettiler. Ümüğünü sıkarız dediler. Yurttaşlara resmen "düşman" dediler, bu olaylarla dost'u düşman'ı gördük dediler. Twitter'ın bela olduğunu, tweet atanların ahlaki nasibini almamış tipler olduğunu söylediler. Tencere tava hep aynı hava dediler. Yurttaşın karşısına yurttaşı dikmeye kalktılar, zor tuttuğumuz yüzde 50 var dediler. Yol ver geçelim, Taksim'i ezelim pankartı açtılar. Gezi parkından sonra Anıtkabir'i de yıkarız elhamdülillah dediler. Penguen gösterdiler. Gerçekleri gösteren Halk TV'ye, Ulusal Kanal'a ceza yağdırdılar. Yabancı haber ajanslarının muhabirlerini fırçaladılar. Sivil polislerin eline sopa verdiler, sanki olaylara tepki gösteren mahalleliymiş gibi, çocuklarımızı dövdüler. Çok zekiler ya... Her gün bir otobüs polisle nöbet tutulan ABD Büyükelçiliği'nin etrafından çekildiler, gençleri kovalıyormuş ayaklarıyla, elçiliğe doğru sürdüler, elçiliğe taş atacaklarını sandılar, avuçlarını yaladılar. Türk bayrağı taşıyan kızı saçından sürüklediler. Tekerlekli sandalyesinde Türk bayrağı sallayan yurtsevere gaz sıktılar, tazyikli su sıktılar. İki bine yakın genci gözaltına aldılar. Sosyal medya suçu icat ettiler, üniversitelilerin evlerine baskınlar yaptılar, terörist gibi topladılar, fişlediler. Denize düşen yılana sarılır, bunlar "yalana" sarıldılar... Erasmus değişim programıyla okumaya gelen yabancı öğrencileri "dış mihrakların ajanlarını yakaladık" diye tutuklamaya kalktılar. Çapulcuların uluslararası "Zello örgütü"ne mensup olduğunu iddia ettiler. Halbuki, akıllı telefonlara indirilen basit bi haberleşme programıydı, Nazlı Ilıcak bile dayanamadı, kendi telefonunda Zello programı olduğunu söyledi, ben bu örgüte dahilim dedi! Bir delikanlı ezilerek, bir delikanlı kafasına kurşun sıkılarak, bir delikanlı kafatası kırılarak öldürüldü. Plastik mermiyle gözü çıkanlar oldu. Biber gazı kapsülleriyle testisleri parçalananlar oldu. Yakın mesafeden, hedef gözeterek atışlar yüzünden 43'ü ağır 4 bin 177 kişi yaralandı. Polisler hakkında kitap yazdığı için hapse tıkılan gazeteci Ahmet Şık'ı kafasından vurdular. Can güvenliği yok, gelin çocuklarınızı burdan alın diyerek, kıyım korkusu yaşattılar. Komiserimiz gençleri kovalarken, inşaatı devam eden köprüden düştü, şehit oldu. "Şehit ettiler" denildi. Sanki o gençler vurmuş, öldürmüş gibi gösterildi. "Kardeşim, bu ne biçim belediye çalışması, inşaat halindeki köprünün etrafında neden güvenlik bariyerleri yok, aynı yerden çoluk çocuk da düşmez mi, komiserin hayatını kaybetmesi belediyecilik ihmali değil mi?" diye hesap soracaklarına... Kovalanan gençleri "katil"miş gibi damgaladılar. Gezi parkında barınan 9 kedi, 2 köpek öldü, gazdan... 100'e yakın kuş toplandı yerlerden... Kuğulu parkın kuğularını zor kurtardı çapulcular... Gezi parkı sidik kokuyor dediler. Birçoğu büyük aptesini oraya yapıyor dediler. Sanatçılara hakaret ettiler. Korkutmaya, sindirmeye çalıştılar. Tahrik ettiklerini, nefret suçu işlediklerini öne sürdüler. Açıkça tehdit savurdular. Bunlara iş vermeyin, televizyon dizilerinde ambargo uygulayın dediler. Halkı isyan ettirmek için, tiyatro oyunuyla prova yapıldığını bile söylediler. Şehirler yağmalandı dediler. Başörtülü bacılarıma saldırıldı dediler. Camide içki içildi dediler. Camide toplu seks yapıldı dediler. Türk bayrağı yakıldı dediler. Avukatları tutuklamaya çalıştılar. Kapkaççılar gibi ittire kaktıra gözaltına aldılar. Ellerinden geleni, artlarına koymadılar.

I-ııh... Başaramadılar.

Çünkü, artık hiçbir şey eskisi gibi olmayacak.
Parklardayız, caddelerde, bulvarlarda...
Sen, çıkmaz sokakta.

Referandum

Everest'e tırmanan ilk Türk... "Herkes Everest'e tırmanamayabilir ama, herkesin tırmanabileceği bir Everest'i vardır" diyen, AKUT'un kurucusu, Türkiye'nin onur duyduğu evladı, Nasuh Mahruki orada. Dünya Güzelimiz Azra Akın orada. Okan Bayülgen orada. Tarkan orada. Çağan Irmak, Zeki Demirkubuz, Fatih Akın, Mehmet Turgut orada. NBA'de şampiyonluk yüzüğünü takan ilk Türk, Mehmet Okur orada. Dünya bilardo şampiyonumuz Semih Saygıner orada. RedHack orada. Kenan Doğulu, Nazan Öncel orada. Erdal Beşikçioğlu orada. Halit Ergenç, Kıvanç Tatlıtuğ, Kenan İmirzalıoğlu, Mehmet Günsür orada. Candan Erçetin, Tuba Büyüküstün, Şebnem Ferah, Mehmet Ali Alabora, Bergüzar Korel, Levent Özdilek, Melek Baykal, Olgun Şimşek, Tardu Flordun, Hasibe Eren, Nurgül Yeşilçay, Emel Müftüoğlu orada. Arzum Onan, Mehmet Aslantuğ, Sermiyan Midyat, Cem Davran, Barış Falay, Can Bonomo, Gürkan Uygun, Deniz Çakır, Selma Ergeç, Engin Altan Düzyatan, Nejat İşler, Demet Evgar, Gülse Birsel, Gonca Vuslateri, Soner Olgun, Niran Ünsal, Meltem Cumbul, Asuman Dabak, Halil Sezai, Pınar Öğün, Şevval Sam, Zafer Algöz, Menderes Samancılar orada. Müjdat Gezen, Levent Kırca, Türkan Şoray, Fatma Girik, Genco Erkal, Fazıl Say, Tarık Akan, Edip Akbayram, Zülfü Livaneli, Rutkay Aziz, Haldun Dormen, Can Gürzap, Selçuk Yöntem, Tuncel Kurtiz, Haluk Bilginer, Zerrin Tekindor, Volkan Konak, Sabahat Akkiraz, Yavuz Bingöl, Sunay Akın, Kerem Görsev, Suzan Aksoy orada. Duman, Ali Sunal, Kerem Alışık, Rıza Kocaoğlu, Ozan Güven, Pelin Karahan, Yozi Mizrahi, Gürbey İleri, Şebnem Sönmez, Nehir Erdoğan, Devrim Ekin, Sıla, Gürgen Öz, Nesrin Cavadzade, Oktay Kaynarca, Levent Üzümcü, Cansu Dere, Hümeyra, Keremcem, Selen Seyven, Ahu Sungur, Reyhan Karaca orada. Mor ve Ötesi, Tamer Karadağlı, Pınar Altuğ, Volkan Severcan, Zeyno Gönenç, Özgü Namal, Yıldız Çağrı Atiksoy, Cemal Hünal, Feridun Düzağaç, Koray Candemir, Öykü Karayel, Demet Akbağ, Haluk Levent orada. Kardeş Türküler, Serkan Altunorak, Ülkü Duru, Dolunay Soysert, Taylan biraderler, Bartu Küçükçağlayan, Selen Uçer, Aslı Tandoğan, Umut Kurt, Özge Özder, Nez, Ruhi Sarı, Demet Sağıroğlu, İbrahim Çelikkol, Canan Ergüder, Demet Akalın orada. Yunus Günce, Sarp Akkaya, Doğa Rutkay, Okan Cabalar, Furkan Palalı, Cengiz Bozkurt, İskender Paydaş, Onur Saylak, Murat Eken, Öykü Çelik orada.

Ansiklopedi kadar yerimiz olsa...
Gene de sığmaz buraya.

Kimlerin fikriyle, ruhuyla, yüreğiyle orada olduğunu herkes biliyor; çalakalem yazdım, ıskaladıklarımdan özür dilerim. Drogba, Muslera, Sneijder, Kuyt, Meireles, Fernandes mesela...

Çarşı orada olur da Pascal Nouma'yla Deron Williams olmaz mı? Noam Chomsky, Paulo Coelho orada. Madonna, Bruce Willis, Russell Crowe, Roger Waters, Femen, Tilda Swinton, Miranda Kerr, Susan Sarandon orada.

Bu arada...

Mısır'daki şeriatçı Müslüman Kardeşler'in ideolojik liderlerinden Yusuf El Karadavi, "çapulcu"larla ilgili açıklama yaptı, "Tayyip Erdoğan'ı protesto etmek haramdır" dedi.

Dolayısıyla, parktır, ağaçtır, doğadır ama... Aslında "bana arkadaşını söyle, sana kim olduğunu söyleyeyim" referandumudur bu.

Dağ başını duman almış duralım arkadaşlar

Hâkim soracak:
– N'aaptı bu?
Savcı cevap verecek:
– Duruyordu efendim.

Hotantu kabilesinin ceza hukukunda bile böyle bi suç yok.

Yürüyüş kanununa muhalefet desen...
Yürümüyor.
Halkı isyana teşvik'e sokmaya kalksan...
Ağzını bile açmıyor.

Suç aleti?
Bisküvi.

Halbuki... Asayişin berkemal olduğu yerde operasyon yapılmaz, bizim güvenlik güçlerimiz operasyon meraklısı değildir, ne polisimizin ne askerimizin operasyon yapma derdi vardır, dertsiz başını niye derde soksun, "durup dururken" operasyon olmaz, oluyorsa zaten "suç işlemiş olurlar" diyen kimdi?

Tayyip Erdoğan.

Suçu kim işlemiş yani?
Durup dururken operasyon yapan.

İşin ekstra hazin tarafı... Bizim basın, gözünün önünde "duran" haberi atladı ama, twitter'da dünya gündeminin bir numarası oldu. Anıtkabir'de duran var, New York'ta duran var, Sydney'de duran var.

Durdur durdurabilirsen.
Duran durana.

En büyük gücün "akıl tutulması"ydı ama...
Seni bu gençlerin "zekâ"sı götürecek usta!

Lorraine

Hayata pırıl pırıl gülümseyen bi genç kız.
Üniversite öğrencisi. Gezi Parkı'na uğramıştı. Fotoğraflar çekti. Dolaştı, çıktı, Taksim'den Gümüşsuyu'na iniyordu, ki, gaz bombası atıldı. Telaşla kaçmaya çalıştı. Polisler kovalıyordu. Kulak tozuna vurdular. Sersemledi. Kaldırıma oturdu. Kafasına bir darbe daha... Yere düştü. Tekmelediler. İttirildi kaktırıldı, gözaltına alınmıştı. Doooğru Emniyet Müdürlüğü'ne.

Sordular, adın ne?
"Lorraine" dedi.
Fransız'dı.

Aha, casus yakaladık...

(James Bond filmlerinde, Görevimiz Tehlike'de filan

görmüşünüzdür muhtemelen, bu yabancı casuslar hep böyledirler, gelirler, toplumsal olayların içinde polise yakalanırlar!)

Neyse... İfadesini almak istediler, çocuk Türkçe bilmiyor, bunlar Fransızca bilmiyor. Allah'tan, İstanbul Barosu var. Adli yardım bürosundan gönüllü avukat yetişti imdadına... Yine Baro'dan, tercüman getirildi. Susma hakkını kullandı. Haseki Hastanesi'ne götürüldü. Üç erkek doktor tarafından kontrol edildi. Sol bacağında üç santimlik açılma olmuştu, tekmeden... Bacak mosmordu. Kafasında şişlik, berelenme vardı. Rapora bunlar yazıldı. Aslında, asıl sorun kalçasındaydı. Hem çürük içindeydi, hem de darbeden yara açılmıştı. Hayatında ilk defa gözaltına alınmış, dövülmüş, şokta, tanımadığı adamlar etrafında, nerdeyim ben paniği... Bi de üstüne, ne alakaları varsa, odada iki tane erkek hastabakıcı var, adeta sinema seyreder gibi seyrediyorlar... Kalçasını göstermeye çekindi. Orası rapora yazılmadı.

Adliyeye götürüldü. Savcıya anlattı. Nantes Üniversitesi İletişim Fakültesi öğrencisiydi, Erasmus değişim programıyla bir dönem için Galatasaray Üniversitesi İletişim Fakültesi'ne gelmişti. Okulda dergi çıkarıyorlardı, gazetecilik dersine giren hocası "gidin, görün, haber olarak yazın" demişti. O da, diğer sınıf arkadaşları gibi, gözlemlemek üzere Gezi Parkı'na gitmişti. Hepsi buydu.

Daha savcılık tutanaklarına bile girmeden... Şerefli Türk basını, adını soyadını bile yazarak, çoktaaaan casus ilan etmişti. "Gezi olaylarında dış mihrakların parmağı olduğu belgelendi, diplomatik pasaport sahibi Fransız ajan kıskıvrak yakalandı, uluslararası organizasyon deşifre edildi, korkunç plan bozuldu, hedef kaos yaratmaktı, Lorraine K. adındaki Fransız, güvenlik şubeye götürüldü" diye yazdılar.

(Nasıl anlatabiliriz ki benim canım Lorraineciğime... TSK'nın yarısını "casus" diye damgaladı bunlar... Sen haline şükret, sadece casus dediler sana... "Fuhuşçu casus" da diyebilirlerdi!)

Neticede, savcı durumu anladı, serbest bıraktı ama... Yok öyle hemen bırakmak falan! Polis bırakmadı. Kolundan tuttular, dooğru Kumkapı'ya, yabancılar şubesi'ne götürdüler, kadınlar koğuşuna tıktılar. Memlekete kaçak giren Burkina Fasolular orada, denizden botla kaçarken yakalanan Sri Lankalılar orada, kamyon kasasında enselenen Myanmarlılar orada, Kongolular, Kamerunlular, Afganlar, tam şenlik...

Peki niye buraya tıktılar kızı?
Mevzuat böyle... Savcı bıraksa bile, suça karışmasan bile, takipsizlik verilse bile, bakalım Milli İstihbarat Teşkilatı ne diyecek? "Ankara'dan cevap gelince bırakacağız" dediler. Lorraine başladı beklemeye.

Galatasaray Üniversitesi haberdar oldu. İstanbul Barosu adli yardım bürosunda gönüllü avukat olan, aynı zamanda Galatasaray Üniversitesi Hukuk Fakültesi'nde doktora yapan, Bedia Ayşegül Tansen devreye girdi. Hem kızcağızı bir saniye olsun yalnız bırakmadı, hem de resmi yazışmaları takip etti, hızlandırdı. Buna rağmen, salı günü gözaltına almışlardı, anca 5 gün sonra, cumartesi çıkarılabildi.

İşin ekstra hazin tarafı ne biliyor musunuz... Polisimiz tarafından sebepsiz yere dövülen, içeri tıkılan, casus ilan edilen Lorraine, polis kızı... Babası, Fransız Emniyet Müdürlüğü'nde polis memuru!

Kalp kalbe Çarşı

Çarşı ırkçılığa karşı
Çarşı nükleere karşı
Çarşı hes'lere karşı
Çarşı teröre karşı
Çarşı savaşa karşı
Hangi birini sayayım bilmem ki, sokak hayvanlarının mesela, katledilmesine karşı... Topluca kan bağışında bulunur, kimsesiz çocuklara oyuncak, defter-kitap dağıtır Çarşı... Karda kışta soğukla mücadele eden depremzedeler için sahaya atkısını atar, iliklerimize kadar ürpermemizi sağlar.

Gezi parkının yıkılmasına da karşı.
İnsandan yana Çarşı.

Ve, darbeci dediler Çarşı'ya.

Bunu dedikleri gün...
Gezi parkı direnişçileri için "yaptığınız eylemi si...yim vatan hainleri" diyen, "Ermenilere bıraktınız meydanı, Allah belanızı versin eylemci çapulcular" diyen, "yazıklar olsun bunlara destek çıkanlara" diyen, "orada polis olmayı çok isterdim" diyen yandaş güreşçi Rıza Kayaalp'e Akdeniz Oyunları'nın açılış töreninde milli takım kafilemizin bayrağını taşıttılar.

Çarşı'nın göğsüne iftira yaftası yapıştırmaya kalkarken...
Türk sporunun göğsüne takılan "utanç madalyası"dır bu!

Ethem

Haziran 2013.

Ethem'i alnından vurup öldürdüler.
Vuran polisi serbest bıraktılar.
Rahmetlinin arkasından iftira atmaya çekinmediler, Türk bayrağı yaktı dediler. Yalan olduğu ortaya çıktı. Bu sefer, siperde, kum çuvallarının önünde dururken fotoğrafını yayınladılar, "işte terör kamplarında çekilmiş fotoğrafı" dediler. Halbuki... Utanmadan terörist dedikleri Ethem, kaynakçıydı, geçen sene Tekeli Tabur Komutanlığı'nın inşaatlarında çalışmıştı. Devlet büyüklerimizin çocukları askerliğini bedelli yaparken, Ethem askerliğini Hakkâri Şemdinli'de yapmıştı. Bölgeyi gayet iyi bildiği için oradaki karakol inşaatlarına gönüllü gitmişti. Sanki gizlice ele geçirilmiş gibi yayınladıkları hatıra fotoğrafı da, zaten Ethem'in bizzat kendi Facebook sayfasındaydı.

Haziran 2010.

Tayyip Erdoğan, Hakkâri Şemdinli'ye gitmiş, sınır boyundaki mevzileri gezmişti. Uzaktan mıhlamasınlar diye, kum çuvallarının arkasında çömelerek oturmuştu. Davos'taki superman,

Hakkâri'de siper'man olmuştu. Güya memlekete moral vermek için yapılan ziyaretin, moral bozucu fotoğrafıydı. Bir zamanlar elimizi kolumuzu sallaya sallaya girdiğimiz Irak topraklarına, anca kum çuvallarının arkasından çömelerek bakabiliyorduk. Ve, Tayyip Erdoğan'ın çömeldiği o siper, Tekeli Tabur Komutanlığı'na aitti.

Ethem'in "ayakta durduğu" yer...
Başbakanımızın "çömeldiği" yerdi.

Dear büyükelçiler...

Sevgili David,
Sevgili Eberhard,
Sevgili Gianpaolo,
Sevgili Cristobal,
Sevgili Laurent,
Sevgili Jan-Paul,
Sevgili Kyriakos,
Ve, diğer sevgili AB büyükelçileri...

Malum, önceki gün sizleri tek tek davet ettiler, bizim AB Bakanlığı'nda yemeğe çağırdılar. Tatlının üzerine kahveyle beraber "dosya" ikram ettiler. Başbakanlık Kamu Diplomasisi Birimi tarafından hazırlanan dosya, Gezi Parkı olaylarını içeriyordu. Ciddiye alıp okudunuz mu bilmiyorum ama... O dosyada, çapulcuların ne kadar iğrenç insanlar oldukları, hükümetimizin ise ne kadar sütten çıkmış ak kaşık olduğu anlatılıyordu.

Olaylar yaşanırken, sizler herhalde Türkiye'de değil, Satürn'deydiniz... Görmemişinizdir. Haberiniz bile olmamıştır. O nedenle sayın hükümetimiz bu "dosya"yla sizleri bilgilendirmek istemişti!

Dosyanın medya bölümünde...
"Bir gazetecinin iddiası" başlığıyla, bir tweet'e yer verildi.

Yılmaz Özdil'in fotoğrafı vardı.
Ve, Yılmaz Özdil'in "24 saat daha devam edersek, AB kararıyla hükümet düşecek, yayın bunu, herkes bilsin, az kaldı direnelim" şeklinde tweet attığı belirtiliyordu.

Sayın büyükelçiler...
Kuyruklu yalan bu.
"Resmi evrak"la iftira.

O tweet bana ait değil.
Böyle bir tweet atmadım.

Böyle bir tweet atmadığımı, hükümetin kendisi de biliyor. Hatta, sahte olduğunu, kime ait olduğunu da biliyorlar. O tweet bana ait olsa, 200 milyon kere filan dava açarlardı, mitinglerde bağıra bağıra söylerlerdi.

Ve, duydum ki, ana yemekten önce zeytinyağlı "yalancı dolma" ikram etmişler size... Bunların yemeğini yiyin. Anlattıklarını yemeyin.

Çocukları öpüyorum.
Yengelere selamlar.
Yılmaz

Müezzin

– İçki içtiler mi?
– Görmedim.
2 saniye sürüyor bu diyalog.

Müezzini 6 saat sorguladılar!

– İçtiler mi?
– Görmedim.
– İyi düşün.

– Görmedim.
– Baştan alalım.
– Görmedim.
– Tekrar anlat.
– Görmedim.

İstersen, diktik dedikleri ağaç sayısı kadar, 2 milyar 800 milyon kere sor... Din adamıyım diyor. Yalan söyleyemem diyor.

Erzurum doğumlu... İlkokulu bitirdi, çocukken İstanbul'a geldi. Güngören Birlik Camisi'ndeki Kuran kursunda hafızlığını tamamladı. Fatih Camisi'ndeki Kuran kursunda talim okudu. Yaşıtları üniversitedeydi, onun içinde ukdeydi, gocunmadı, 19 yaşında ortaokula gitti, diploma aldı. Dolmabahçe Camisi'ne müezzin olarak atandığında, henüz 20 yaşındaydı. Açıktan devam etti, 25 yaşında lise diplomasını da aldı. Dünyanın en güzel manzarasında çalışıyor, dünyanın en güzel manzarasında oturuyor. Hem işyeri, hem evi çünkü orası... Boğaz'a sıfır, çiçek ekili yemyeşil bahçeli, saraya komşu, yeryüzü cenneti... Eşi ve kızıyla birlikte, orada yaşıyor. Mevsiminde çinakop bollandığında, evinin önünden olta atıyor. Dostlarıyla mangal yapıyor. Tarihi çardakta çay demliyor, kahve yudumluyor. Galatasaray taraftarı. Gel gör ki, en çok Beşiktaş maçına gidiyor, iki adım mesafe İnönü Stadı... Üç adım Ortaköy. Kedileri var. Martı besliyor. Mutlu, huzurlu bir adam... Cemaatiyle arkadaş gibi, hatta, akraba gibi, dile kolay, 24 senedir orada.

He dese, kalır burda.
Direnirse, hepsini kaybedebilir.

He deyiver diyorlar...
Yalan söyleyemem diyor.

Daha nasıl anlatsın müezzin?
Günde 5 vakit yukarda Allah var diyor...
Hâlâ, bi daha düşün diyorlar!

Müezzini bi de FBI sorgulasın

AKP heyeti tarafından sorgulandı.
Camide içki içtiler mi diye soruldu.
Müezzin "görmedim" dedi.
Müftülük tarafından sorgulandı.
Müezzin "görmedim" dedi.
MHP heyeti tarafından sorgulandı.
Müezzin "görmedim" dedi.
Polis tarafından sorgulandı.
Müezzin "görmedim" dedi.
Diyanet İşleri Başkanlığı tarafından sorgulandı.
Müezzin "görmedim" dedi.

İslam Konferansı Örgütü tarafından sorgulanan müezzin, görmedim dedi. Avrupa Birliği Parlamentosu tarafından sorgulanan müezzin, görmedim dedi. Birleşmiş Milletler Genel Sekreterliği tarafından sorgulanan müezzin, görmedim dedi. OECD tarafından sorgulanan müezzin, görmedim dedi. Interpol tarafından sorgulanan müezzin, görmedim dedi. NATO tarafından sorgulanan müezzin, görmedim dedi. OPEC tarafından sorgulanan müezzin, görmedim dedi. Şanghay Beşlisi tarafından sorgulanan müezzin, görmedim dedi. Eurovision tarafından sorgulanan müezzin, görmedim dedi. IMF tarafından sorgulanan müezzin, görmedim dedi. Dünya Sağlık Örgütü tarafından sorgulanan müezzin, görmedim dedi. NASA tarafından sorgulanan müezzin, görmedim dedi. UNICEF tarafından sorgulanan müezzin, görmedim dedi. UEFA tarafından sorgulanan müezzin, görmedim dedi.

Çünkü, anlamıyorlar bi türlü...

İçmek-içmemek değildir mesele.
Helal süt emdin mi?
Sen ondan haber ver.

Gel müezzin, dertleşelim!

Müezzin...
Malum, gezi olayları sırasında, bizzat başbakan tarafından "Dolmabahçe Camisi'nde içki içildiği" iddia edilmiş; CHP ve MHP milletvekilleri size sormuş, siz de "içki içildiğini görmediğinizi"söylemiştiniz.

Yalancı din tüccarlarının cirit attığı bi dönemde, yalan söylemeyen din adamını görmek, takdire şayandı; ülkemiz adına umut verici, dinimiz adına gurur vericiydi. Bu nedenle, şahsınızı konu alan iki yazı kaleme almıştım. Birinin başlığı "Müezzin"di. Diğerinin başlığı "Müezzini bir de FBI sorgulasın"dı.

Okur-yazar olan herkesin gayet kolaylıkla anlayıp, kavrayabileceği şekilde... Her iki yazı da, sizi onore ediciydi. Hayat mücadelenizden kesitler aktarıyor, namuslu din adamı olduğunuzu, helal süt emdiğinizi anlatıyordu.

Ayıptır söylemesi, benim yazılar birazcık okunur, milyonlarca defa tıklandı. O yazılarla alakalı olarak yağmur gibi e-posta aldım. Yurttaşlar, size destek veren yazılarım için teşekkür ediyor, kula kulluk etmeyen din adamlarıyla onur duyduklarını ifade ediyorlardı.

Aradan birkaç gün geçti.
Sabahın körü...
Peş peşe telefonum çalıyor.
– Duydun mu?
– Neyi?
– Müezzin seni dava etmiş...
– Hadi len!

İnan ki, inanmadım.
Tivitır palavrasıdır dedim.
Sonra, gazeteleri bi açtım... "O müezzin Yılmaz Özdil'e dava açtı" yazıyor, iyi mi! Yandaşları, yalakaları boşver, *Cumhuriyet*'te *Sözcü*'de bile yazıyor. Belli ki, sihirli bi el tarafından servis yapılmış; televizyonlar dahil, her platformda

yayınlanması sağlanmış. Okudum haberleri... "Müezzine hakaret ettiğim, onur ve saygınlığını zedelediğim" öne sürülüyor!

İnan ki, gene inanmadım.
Adımızı kullanarak internette sahte yazılar yazılıyor, herhalde onlardan biridir dedim. Bizim başbakanlık mesela, sahte tivitır mesajıyla beni Avrupa Birliği büyükelçilerine şikâyet etmişti... Gene öyle bi şeydir zannettim.

Az biraz sonra tebligat geldi, harbi harbi savcılığa suç duyurusunda bulunmuşsun müezzin... "Kamu görevlisine hakaret, kişisel verileri hukuka aykırı olarak ele geçirmek, yaymak, halkı kin ve düşmanlığa alenen tahrik etmek"le suçlamışsın!

"Suçlamalar arasında cinayet iddiası da var mı?" diye sordum... Avukatım "galiba bi tek o yok" dedi!

Günlerce sakız gibi çiğnendi bu mevzu... Aleyhimde atıldı tutuldu. Henüz ortada dava bile yokken, manşetlerden karar'lar verildi. Sustum, bekledim.

"Hakaret" demişsin, hakaret yok, aksine övgü var. "Halkı kin ve düşmanlığa alenen tahrik" demişsin, söz konusu yazıları Türkçe bilmeyen Ugandalılara bile okutsak, böyle bir anlam içermediğini söylerler. "Kişisel verileri hukuka aykırı olarak ele geçirmek, yaymak" demişsin, ben o verileri Beyoğlu Müftülüğü'nün internet sitesinden aldım, gizli saklı değil, orada alenen yazıyor... Bekledim.

Beklerken, "niye acaba?" diye düşündüm, sebebini anlamaya çalıştım... "Sen bu adamı mahkemeye ver, gazetelerde linç etsinler, ibretialem olur, senin hakkında yazılan yazılar kesilir, büyüğümüz efendimiz belki yumuşar, bakarsın seni affeder" demiş olamazlar di mi? Sanmıyorum. Bekledim.

Suç duyurusunu, *Hürriyet*'in yayımlandığı yer itibariyle Bakırköy Cumhuriyet Başsavcılığı'na yapman gerekirken, İstanbul Cumhuriyet Başsavcılığı'na yaptın. Senin adına, ilk hayal kırıklığıydı. Çünkü, evrakı inceleyen Cumhuriyet Savcısı kabul etmedi, burasıyla alakası yok, doooğru Bakırköy

Cumhuriyet Başsavcılığı'na dedi. Evrak, Bakırköy Cumhuriyet Başsavcılığı'na geldi. İncelendi.

Ve, Bakırköy'deki Cumhuriyet Savcısı kapı gibi, adeta ders gibi gerekçe yazdı. Özetlersek: "Yazının içeriğinde, tarzında, yazılışında ve şüphelinin kendisinde, bu suçu işlemekle ilgili olarak kasıt unsurunun bulunmadığı saptanmıştır, kovuşturmaya yer olmadığına karar verildi."

Bu ülkede hâlâ hukuktan yana savcılar var, dava bile açılmadı, temize çıktım.
Artık konuşabilirim.

Şimdi bak müezzin...
AKP'liler mahkemeye verir, önemsemem, başbakan tazminat ister, gerekirse yemeyiz içmeyiz, öderiz. CHP'liler hapse girmem için suç duyurusunda bulunur, vız gelir tırıs gider. AKP'li belediye başkanı iftira atar, güler geçerim, CHP'li milletvekili benim hakkımda yalanlarla linç kampanyası başlatır, başlatmazsa hatırım kalır. Yandaş medya küfreder, sokakta büyüdüm, arkamdan havlanmasına alışığım, yadırgamam.

Ama, sen din adamısın.
Yakışmadı müezzin.
Bi çuval inciri berbat ettin.

Hakkımı sana helal etmiyorum, Allah affetsin.

İki ayyaş

Günde iki paket sigara içerdi.
Birini söndürür, birini yakardı.
Martini'ye bayılırdı.
Neredeyse elinde içki bardağı olmayan fotoğrafı bile yok.
Bu iş yasaklayarak olmaz dedi...
Kanunla yasaklanmış olan içki satışını, kanunla serbest bıraktı.

Eşi de içerdi.
Hem içki, hem sigara.
Hatta, gizlemeden, ahalinin önünde sigara içen ilk first lady'ydi.

Amerikalılar seçti onu.
Hem de 4 defa seçti.
Ülkesinin ekonomisi krizdeydi...
Uçuşa geçirdi.
Roosevelt'di.

Sigara kesmiyor...
Puro tüttürüyordu.
Emzik gibi, hep ağzındaydı.
Her gün bi şişe viski deviriyordu.
Biyografisini anlatan kitapta var; sabah kahvaltısında çay ikram etmişler, beyaz şarap istemiş... İçki yasağı varken ABD'ye gitmek zorunda kalınca, "tedavisi gereği, özellikle yemek esnasında mutlaka içki içmek zorundadır" diye doktor raporu bile almış iyi mi.

İngilizler seçti onu.
Sadece ülkesinin değil...
Dünyanın en saygın siyasetçilerinden biri oldu.
Churchill'di.

İki ayyaş yani!

İçki asla içmezdi.
Sigarayı ağzına sürmezdi.
İçenden de nefret ederdi.
Reklamını yasakladı.
Fiyatına zam yaptı.
Vergisini artırdı.
İçkiden sigaradan topladığı fahiş vergilerle ahaliye avanta kömür dağıttı, Mısır piramitlerinin 4 katı büyüklüğünde kömür dağıttık diye afiş bastırdı, oy topladı.

Almanlar seçti onu.
Hitler'di.

Kaym'ak tabaka

Hep ne der bu arkadaşlar?
Elit semtlerde oturanlar, imtiyazlı çevreler bizi sevmez.
Belli zümreler bize karşıdır.
Elitist, seçkinci sınıflar, milletin tercihinden rahatsız olur.

"Gezi" için ne demişlerdi?
Bir avuç kaymak tabaka!

Abdullah'ı öldürdüler.
Narenciye paketleme tesisinde asgari ücretle çalışıyordu, 6 kardeş, 8 nüfus, duvarları sıvalı, badanasız evde yaşıyorlardı. Babası çiftçi... Katledildiğinde, üzerinde 25 kuruş bile yoktu, cebinden sadece katlanmış Atatürk posteri çıktı.

Ethem'i öldürdüler.
Kaynak işçisiydi.

Mehmet öldü.
Lokantada garsondu.
Babası pazarcı.

Ali İsmail'i öldürdüler.
Babası inşaat işçisi.
Tuğla taşıyarak okuttum onu diyor.

En son, Ahmet'i öldürdüler.
Üniversite mezunu, işsizdi.
İnşaatlarda çalışıyordu.

Öbür arkadaşların...
Gemicik filoları var.
Pırlantacı mağazaları var.

Abdullah, elitist.
Ethem, seçkinci.
Mehmet, imtiyazlı çevre.
Ali İsmail, belli zümre.
Ahmet, kaymak tabaka öyle mi?

Karanfil yasak pala serbest

Karanfille gezersen, tutukluyorlar.
Palayla saldırırsan, bırakıyorlar.

Şaka gibi di mi.

Anlatayım ben size şakayıkaranfili.

Antalya, Expo 2016 Botanik Fuarı'na ev sahipliği yapacak. "Sembol çiçek" seçmek gerekiyor. Bilimsel bir yol izleniyor. Akdeniz Üniversitesi Ziraat Fakültesi Bahçe Bitkileri Bölümü'nden Profesör İbrahim Baktır, Peyzaj Mimarlığı Bölümü'nden Profesör Sibel Mansuroğlu gibi yetkin isimlerden kurul oluşturuluyor. Altı aday belirleniyor. Karanfil, kardelen, papatya, püren, iris ve nergis... Halkoylamasına sunulacak.

Tarım Bakanlığı aday çiçekleri inceliyor, dördünü eliyor, karanfille papatyayı bırakıyor, şakayık ve menekşeyi ilave ediyor. Biliminsanları ayağa kalkıyor. Şakayık nerden çıktı? Antalya'yla alakası yok. Hatta, Türkiye'yle bile pek alakası yok. Resmen Çin'in sembolü... Peki, Antalya'da yetişmez mi? Yetiştiren yok. İlla yetiştireceğim dersen, zorlamayla belki yetiştirebilirsin ama, nisanda yetiştirmen imkânsız. Fuar nisanda yapılacak. İklim itibariyle en geç bir haftada kurur, rezil-i rüsva olunur.

Neyse...
İnternetten halkoylaması yapılıyor. Karanfil açık ara birinci geliyor, öbürlerine fark atıyor. Çok normal. Çünkü hem Antalya'nın hem Türkiye'nin çiçeği karanfil... Sırf Antalya'dan senede 450 milyon dal karanfil ihraç ediliyor. Çiçekçiliğimizin bir numarası... Bu fuar sayesinde tescillenecek, Türkiye'yle özdeşleşecek.

Ve, Tarım Bakanımız basın toplantısı düzenliyor.
Sembol çiçeğimizi açıklıyor: Şakayık!

Halkoylamasıymış, demokrasiymiş, hikâyedir...
AKP budur.

Konu ne olursa olsun. senin ne düşündüğünün...
Evrensel değerlerin, kanıtlanmış gerçeklerin önemi yoktur.
Onun canı nasıl isterse, odur.

Faili meşhur...

Ethem'i öldürdüler.
Abdullah'ı öldürdüler.
Ali İsmail'i öldürdüler.
Beş çocuğumuz komada.
12'si gözünü kaybetti.
Sekiz binden fazla çocuğumuzu yaraladılar.

3500 kişi gözaltına alındı.
101 kişi tutuklandı.
Tweet atanların evi basıldı.
Doktorlara, niye doktorluk yaptın diye soruşturma açtılar.
Avukatlara niye avukatlık yaptın diye kelepçe taktılar.
Duran adam'ı yakaladılar.
Piyano'yu enselediler!
CHP milletvekilinin burnunu kırdılar.
BDP milletvekilini sırtından biber gazı fişeğiyle vurdular.
Sanatçıları kara listeye aldılar, kiminin konserine engel oldular, kiminin televizyon programını iptal ettiler, açık açık ölümle tehdit edilen sanatçı bile var.
Divan Otel'i hücre evi ilan ettiler, yalan haberlerle iftira kampanyası başlattılar.
Halk TV'ye ceza kestiler. Ulusal Kanal'a ceza kestiler. Çimlere bastı diye ceza yiyen var, trafikteyken korna çaldı diye ceza yiyen var. Gürültü yaptı diye, kabahatler kanunundan tencere-tava cezası yiyen var. Çarşı'yı neredeyse tribün halinde içeri tıkmaya çalıştılar. Yandaş medyanın mikrofonunu yere atan milli basketbolcuyu, milli takım kadrosundan çıkardılar. Topçu

Kışlası'nı burunlarından getiren TMMOB'yi yok etmek için intikam yasası çıkardılar.

Palayla saldıranı salıverdiler.
Soruşturmasına da "gizlilik" kararı getirdiler.

Ne demişti çünkü Başbakanımız?
"İçki içen alkoliktir."
AKP'ye oy veriyorsa...
"Alkolikler arasına girmemiş olur."

Benim valim

Kırklareli Valisi "Demokrat Parti'nin 1950 senesinde iktidara geldiği zaman CHP'yi kapatmaması en büyük talihsizliktir" dedi. Elazığ Valisi "Amerika başkanının karşısında hazır duran başbakan istemiyorum, van münüt diyen başbakan istiyorum" dedi. Tunceli Valisi, tam seçim arifesinde avanta buzdolabı, çamaşır makinesi dağıttı; valiliğin depolarında AKP pankartları bulundu. Aydın Valisi, MHP İl Binası'na asılan, sen açıldıkça anamız ağlıyor afişini polis zoruyla indirdi.

Kilis Valisi, Aktütün karakolundaki 15 şehidimizi toprağa verdiğimiz gün, AKP milletvekilinin oğlunun sünnet düğününe katıldı, AKP'li ulaştırma bakanıyla birlikte AKP amblemli pasta kesti. Afyon Valisi, 25 şehit henüz morgda yatarken, "tanıtım potansiyeli olan popüler kişi" dediği genelkurmay başkanına kilim ve sucuk hediye etti. Siirt Valisi, ABD Başkanı Obama'ya İngilizce tweet attı, "ben Türkiye'denim, Siirt Valisiyim, sizi seviyorum, hayatınız ve başkanlığınız çok başarılı, ben de sizin gibi olmayı umut ediyorum" dedi.

Volvo cipi olan valiye, Mercedes S320 aldılar. Mercedes'i Volvo'su Mitsubishi cipi olan valiye, Volkswagen minibüs aldılar. Mercedes'i Land Cruiser cipi olan valiye, BMW 735 aldılar. Mercedes'i Toyota cipi olan valiye, Audi Q7 aldılar. Mercedes'i olan valiye, Chevrolet aldılar. Mercedes'i Mercedes cipi Nissan'ı olan valiye, bi tane Volvo cip aldılar, bi tane Audi A6 aldılar.

Ankara Valisi, vatandaşların 29 Ekim'de Birinci Meclis'ten Anıtkabir'e yürümesini yasakladı. Kayseri Valisi, 30 Ağustos resepsiyonunda 10'uncu Yıl Marşı yerine, AKP seçim şarkısı çaldırdı. Amasya Valisi, 29 Ekim resepsiyonunu pastanede yaptı. İzmir Valisi, 9 Eylül resepsiyona katılmadı, onun yerine, AKP İl Başkanı'nın kızının düğününe gitti. Aynı İzmir Valisi, 9 Eylül şenliklerine de katılmadı, onun yerine, AKP milletvekilinin etkinliğine gitti.

Bursa Valisi, Denizli Valisi, Balıkesir Valisi, valilik tabelalarındaki "T.C."yi kaldırdı. (Kendisi de vali olan içişleri bakanı, art niyet olmadığını, tabelalardaki yer dar olduğu için T.C. yazılmadığını izah etti... E bundan böyle yerimiz dar, sığmadı diyerek "uammer üler" diye yazmamızda sakınca yok demek ki.)

Isparta Valisi özel uçakla Kayseri'ye gitti, Kayseri Valisi'yle birlikte kuaför açılışı yaptılar... Ki, aynı Isparta Valisi kuaför'den kısa süre önce törenle türbe açılışı yapmıştı. Osmaniye Valisi, pastane açılışı yaptı, "Osmaniyemiz gün geçtikçe büyüyor, yeni yeni markalar için cazip hale geliyor, pastanemizin her şeyin en güzeline layık olan Osmaniye halkına en iyi imkânları sunacağına inanıyorum, pastanemizin Osmaniye şubesinin sahibi İclal hanımefendiye teşekkür ediyorum" dedi, açılış pastasını kestikten sonra pastaneyi gezdi, pastalar hakkında bilgi aldı. Manisa Valisi, Turgutlu'ya hayırlı olması dileğiyle, şalgam suyu satan dükkânın açılışını yaptı. Mardin Valisi, incelemelerde bulunduğu Nusaybin'de elektronik mağazasının açılışını yaptı, Çin atasözünü hatırlatan Mardin Valisi, personelin daima güler yüzlü olmasını istedi. (Ben de sizin gibi çok merak ettim ama, haberde yazmadığı için Çin atasözünün ne olduğunu öğrenemedim.) Nevşehir Valisi, Kapadokya'da umumi tuvalet açılışı yaptı, tuvaletin kurdelesini kesen vali, tuvaleti gezdi, tuvaletleri ve lavaboları inceledi. Çorum Valisi, Çankırı Valisi, Afyon Valisi, Osmancık'ta market açılışı yaptı, kurdeleyi üçü birden kesti.

Afyon Valisi, kurdeleli kokteylli tören düzenledi, 6'ncı İcra Dairesi'nin açılışını yaptı. Yani bi havayi fişek fırlatmadıkları kaldı. AKP iktidara geldiği zaman Afyon'da sadece 2 tane icra dairesi vardı, vatandaşın borçları hacizleri patladı, bu gidişle pek yakında 7'nci icra dairesinin açılacağı müjdelendi.

"İcabında sayın valim, atlayacaksın kamyonun şoför mahalline, sen gideceksin, kömürü sen vereceksin" denilir denilmez... Elazığ Valisi atladı kamyona, götürdü, kendi elleriyle torba torba taşıdı. Iğdır Valisi "ne var yani bunda, elbette iktidarın valisiyiz" dedi. Aydın Valisi "utanılacak sıkılacak bir şey değil, hükümetin valisi olmaktan şeref duyarım" dedi. AKP'li olmayan herkese "marjinal" diyen İstanbul Valisi, buraya sığmaz, yazmaya kalksak ansiklopedi olur.

Ne diyordu Tayyip Erdoğan?
"Biz bunların cemaziyülevvellerini biliriz, tek partili iktidar döneminde bunların il başkanları valiydi, vali!"

Şimdi ne diyor?
"Benim valim" diyor.

Ve, neymiş efendim... Polis tarafından dövüle dövüle öldürülen Ali İsmail'in ardından "arkadaşları yapmıştır" diyen Eskişehir Valisi, bu cinayetin peşini bırakmayan gazeteci arkadaşımız İsmail'e internetten mesaj yollamış, "rahat durmuyorsun, bir daha bu konuyu işlersen adi ve şerefsizsin, müebbet bile sizi kesmez, yerin altı da var unutma!" demiş.

İsmail'i tenzih ederim...
Vali yerden göğe kadar haklı.

Bu valileri manşet yapmayan... AKP'nin valilerine devlet adamı muamelesi yapan basına, az bile söylemiş!

Büyüklere masallar

Evvel zaman içinde, kalbur saman içinde, kendini çok akıllı zanneden, kendini beğenmiş bi kral varmış. Terzi ayağına yatan iki uyanık gelmiş saraya, ballandıra ballandıra anlatmışlar, öyle bi kumaş dokuduk ki, hayaldi gerçek oldu, sadece zeki insanlar görebiliyor, aptallar göremiyor, isterseniz size asrın elbisesini dikebiliriz demişler. İmam bayılmış. Pardon... Kral bayılmış bu fikre. Derhal dikin demiş. Cukkayı kapan uyanıklar, geçmiş tezgâhın başına, makas iğne iplik filan, dikiyormuş gibi yapmaya başlamışlar. Kral, kontrol için vezirleri göndermiş. Vezirler hem kurnaz, hem de yalakanın önde gideni tabii... Ulan bunlar harbi sahtekâr diyeceklerine, neme lazım birader, aptal muamelesi görüp koltuğu kaptırmayalım diye düşünmüşler, koşa koşa krala gidip, bire bin katarak anlatmışlar, hayatımızda böyle muhteşem elbise görmedik, şahane renkler, asrın dikişi, dünya hayran olacak demişler. Kulaktan kulağa bütün memlekete yayılmış, sadece zeki insanların görebildiği elbise... Sabırsızlıkla beklenmiş, nihayet tamamlanmış, askıya takıyormuş gibi yapıp, kralın huzuruna getirmişler. Hiç kimse hiç bi şey görmediği halde, alkışlamışlar. En zeki olduğunu göstermek isteyen, en çok alkışlamış. Saygıdeğer efendimiz, soyunun da giydirelim demişler. Kral, galiba bi tek benim kafam çalışmıyor, elbise melbise görmüyorum diye düşünmüş ama, zekâsına toz kondurmamak için bozuntuya vermemiş, aynanın karşısına geçip, kendisini giydirmelerine yardımcı olmuş. Sonra da, dalkavukların tezahüratları eşliğinde, şehri dolaşmaya çıkmış. Soytarılar, sanki elbisenin pelerini varmış da, toza-çamura sürtünmesin diye, yerlere kadar eğilip, arkadan etekleri toparlıyormuş gibi yapıyorlarmış. Yol kenarında toplaşan ahali, kendi gözlerine inanamamış, kendi aklından şüphe etmiş, herhalde koskoca devlet erkanı yanılıyor olamaz, sürüden ayrılmayalım başımıza iş açmayalım diye düşünmüşler, övgüler yağdırıp, vaovv filan demişler, ne kadar da karizmatik... Kral ve şürekâsı kasıla kasıla yürürken, küçücük bi çocuk çıkmış, goygoycu ahalinin suratına tokat patlatır gibi haykırmış: "Kral çıplak!"

İşte bu masaldaki çocuğu yargıladılar, Çanakkale'de... Henüz 13 yaşında. Gezi olaylarında kaldırıma "faşizme ölüm, hükümet istifa" yazdığı için, polis zoruyla mahkemeye getirdiler. Kendini akıllı zanneden toplum gıkını bile çıkarmazken, gerçeği haykırdığı için, altı sene hapsini istediler.

Netice?
Beraat etti.

Böylece...
Küçüklere masalların ibret alınacak dersi, büyüklere masallarda da hukuken tescillenmiş oldu:
"Kral çıplak...
Hükümet istifa!"

Berkin

Dünya güzelimiz Keriman Halis Ece karşılayacak Feriköy'ün kapısında Berkin'i... Hoşgeldin yavrum diyecek, sarılacak okuldan gelir gibi, annelik edecek ona.

Ali Sami Yen amcası koşacak nefes nefese, koltuk altında futbol topuyla, var mısın japon kale maça diyecek, gazozuna.

Erol Günaydın dedesi seslenecek hemencecik şuradan... O kara kaşlı güzel yüzünü güldürebilmek için, ayı yogi taklidi yapacak.

Unutulmazlar kabristanıdır Feriköy.
Berkin de unutulmayacak.

Salah Birsel'den şiirler dinleyecek.
Çocuk edebiyatımızın en önemli yazarlarından Güngör Gençay abisi oturacak yanına, *Ay'a Seyahat*'i okuyacak, *Balıklar Ovası*'nı, *Barut Yüklü Yıldızlar*'ı okuyacak.

Kerime Nadir teyzesi orada.
Kitaplarını verecek ona.
Fatma Aliye halası orada.
Hani şu, Türk edebiyatının ilk kadın romancısı olan, 50 liralık banknotların üstünde fotoğrafı bulunan Fatma Aliye... Berkin okurken, saçını okşayacak.

Para lafını duyunca, sevimli üçkâğıtçı Selçuk Parsadan damlayacaktır oraya... Ne matrak hikâyeler var onda, yerlere yatıracak Berkin'i, kahkahalara boğacak, bugünkü siyasi dolandırıcıların yanında, çırak bile olamam diyecek. Deprem dede orada, Profesör Ahmet Mete Işıkara, çoktan kontrol ettirmiştir yatılacak yerin zeminini, sağlamdır mutlaka... Mihri Belli orada, eski tüfek, anlatacaktır tek tek Berkin'e, hem devletin demokrasi tarihini, hem milletin makus talihini.

Nahit Fıratlı ablası orada... Ne kadındı be kardeşim... Ne aşk yaşamıştı Orhan Veli'yle... Şu dizeleri yazdırmıştı büyük şaire:

> Hiçbirine bağlanmadım / ona bağlandığım kadar / sade kadın değil, insan / ne kibarlık budalası / ne malda mülkte gözü var / hür olsak der / insanları sevmesini bilir / yaşamayı sevdiği kadar...

Off, of, anlatacaktır Berkin'e, fırtınalı hayatını, insanlığını, sevdasını.

Yeşilçam'da yeri doldurulamayan Vahi Öz orada. Efsane şapşal uşak Cevat Kurtuluş orada. Kadir Savun, Mualla Sürer, Turgut Özatay, Mine Mutlu, Reha Yurdakul orada. Aile gibi kucaklayacaklardır, seyrettireceklerdir Berkin'e, siyah-beyaz filmler dönemindeki Türkiye'nin, aslında ne kadar rengârenk olduğunu.

Tiyatro isterse, sahne hazır... Perde açılır, Zafer Önen, Ekrem Dümer, Engin İnal, Birsen Kaplangı, Ünal Gürel, liste çook uzun, iz bırakmış emektarlar orada.

Unutulmazlar kabristanıdır Feriköy.
Berkin de unutulmayacak, asla.

Sana gelince usta...

Hatırlanmak bile istenmeyeceksin.
Yatacak yerin yok, bilesin.
Tükürmesinler diye mezar taşına, toma bekleyecek başında.

Pariteye göre bir Berkin kaç avrodur?

AKP gaztecisi soruyor... "Berkin Elvan'ın ölümü üzerine kur hareketi oldu, borsa dalgalanması oldu?"
Başbakan cevap veriyor... "Piyasa kendi kendini topladı, borsa akşama doğru yükseldi, faiz rayına oturdu."

Parayı icat eden Lidyalılardan beri, herhangi bir hükümetin, dünya malı karşısında bu kadar zavallı duruma düştüğü görülmemiştir... Gutenberg'den beri, hiçbir ülkenin gazetecileri bu kadar pespayeleşmemiştir.

Ethem'i suratından vurdular.
Dolar yükselir mi?
Ali İsmail'i döve döve öldürdüler.
Repo tırmanır mı?
Abdullah kim vurduya gitti.
Cari açığı etkiler mi?
Ahmet'i katlettiler.
Parite ne olur?

Çocuk öldürdüler, çocuk...
Endeksi merak ediyor herif.

İnsan bu kadar ucuzlamışken...
İnsan hayatını enflasyon sepetine koyarlarsa şaşma!

Berkin'i toprağa verirken bir vatandaşın vurulması, bir polisin kalpten gitmesi, iki kadının toma tarafından ezilmesi, enflasyonu biraz daha düşürdü sayın seyirciler... 31 Mart valörlü ölümlerdeki faiz oranı tek haneye geriledi filan...

Dow Jones düşmüş, Nikkei çıkmış, boşverin.
Menkulün kıymeti yok artık.
Menfur kıymetler borsasıdır burası!

İsim	Şehir	17 Aralık

A'yakkabı
K'utusunda
P'ara

Bakan

Baba-oğul malı götürürlerken...
Sensin o Bakan!

Senelerdir gözünün önünde olup bitmiyor mu her şey? Sen değil misin görmek istemeyen... Bakan?

Bunların çocuklarının ticaret dehası olduğunu bilmiyor musun? Kimisi armatör, kimisi holding sahibi, kimisi müteahhit olmadı mı? Henüz ilkokuldayken şirket kurmadılar mı? Sen değil miydin seyreden... Bakan?

Gariban muhitlerinde, hatta ruhsatsız gecekondularda otururlarken, köşeyi dönmediler mi? Vatandaşa SİT'tir derken, kendilerine villa sit'esi inşa etmediler mi? Pırlantanın kadevesi sıfırken, tezeğin yüzde 18 değil mi? Kaç tanesi hakkında yolsuzluktan gensoru verildi, kimler reddetti? Sen değil misin birader, bu kepazelikleri hiç merak etmeyen, umursamayan, adeta trene bakar gibi... Bakan?

Aziz vatanın bütün tersanelerine girildiğinde gıkını çıkarmadın... Dershanelerine girildiğinde mi huylandın? Bunların ciğerini bilen Abdüllatif Şener, televizyon ekranlarında bangır bangır, soygunlar ayyuka çıktı, işin içinde rant olmasa bunlar bir kilometre asfalt bile yapmaz diye bağırmıyor mu? Wikileaks'teki akçeli işlerini okumadın mı? Keriz Feneri'nin üstü örtülmedi mi? Almanya dolandırıcıları yargılarken, bu memlekette savcıları yargılamadılar mı? Sanık yapılan savcı, açık açık, zekât hırsızlarını koruma altına alan bir güç var, hem altındaki figüranları koruyor, hem kendisine ulaşılmasını engelliyor, ben bu güce Hırsızların İmparatoru diyorum, demedi mi? Sen değil misin, hiç oralı olmayan, neme lazım diyerek, suratını çevirip başka tarafa... Bakan?

Yollarına çıkan, tekerlerine çomak sokan dürüst bürokratları harcamadılar mı? İtiraz edeni yok etmediler mi? Yan bakan'ı oyarız dedikleri için, sen değil miydin suspus kalan, sana dokunulmasın diye yalvararak... Bakan?

Namuslu gazeteciler hapse tıkılırken, işten atılırken, mahkemelerde süründürülürken, tehdit edilirken... Mesleğin yüzkaraları ekran gülü olmadı mı? Rezaletleri ak'lamak için her türlü yalanı söylemediler mi? Sen değil misin, kuzu gibi dinleyen, bunların iki dudağının arasına... Bakan?

Gören'leri tenzih ederim.

Niye şimdi şaşmış gibi yapıyorsun?
Sülalece malı götürürlerken...
Sen değil miydin o Bakan?

A'yakkabı K'utusunda P'ara

A'yakkabı k'utusunda p'ara...
Akp olmuş yani.

Dolarlar mokasen kutusunda.
Euro'lar dolgu topuk kutusunda.

Kasa var.
Yedi adet.
Para sayma makinesi var.
Ki, harama el sürmemek için sanırım.

Valiz var.

20 milyon dolar çıkmış içinden.
Kabin boyu çekçek var.
5 milyon sığmış diyorlar.

Sırt çantası var.
El çantası var.
Çikolata kutusu var.
Elbise kutusu var.
Torba var.
Paket var.
Fotoğraflardan kabak gibi gördüğümüz kadarıyla, 500 bin dolara kadar motosikletli kuryeyle gönderiyorlar, bir milyon dolar civarları taksiyle yollanıyor, bir milyonun üstündeki balyalar elden teslim ediliyor.

E sana gele gele "koli" geliyor.
Çıksa çıksa, makarna bulgur çıkıyor.

Ben senin yerinde olsam, kırılırım, gönül koyarım gari...
İnsan hiç olmazsa salçanın arasına 20 dolar sıkıştırır bari.

Eyy kutu sen nelere kadirsin

Milli futbolcu Emre Belözoğlu, otomobiliyle sabah namazına giderken yayaya çarptı, yaya sizlere ömür, Emre Belözoğlu serbest bırakıldı, karakoldan çıkarken "Türkiye seninle gurur duyuyor" tezahüratı yapıldı.

Dolandırıcılıktan aranan Jet Fadıl, memlekete VIP kapısından giriş yaptı, "Türkiye seninle gurur duyuyor" diye alkışlandı, milletvekili seçildi, bilahare tutuklandı, yattı, hapisten çıkarken "Türkiye seninle gurur duyuyor" diye alkışlandı.

Mehmet Ali Ağca'yı sokağa saldılar, yoluna güller döküldü, "Türkiye seninle gurur duyuyor" diye bağırıldı. Sonra pardon dediler, yanlış hesaplamışız dediler, Ağca'yı yeniden içeri tıktılar. Sonra gene günleri doldu dediler, gene sokağa saldılar, yoluna karanfiller döküldü, "Türkiye seninle gurur duyuyor" diye bağırıldı.

Kerkük'e karışırsanız, biz de Diyarbakır'a karışırız diye, Türkiye'ye posta koyan Barzani, AKP kongresinde onur konuğu yapıldı, konuşmak için kürsüye çıkarken "Türkiye seninle gurur duyuyor" diye tempo tutuldu.

Polat Alemdar üniversitede konferans verdi, salon inim inim inledi: "Türkiye seninle gurur duyuyor."

Hakan Şükür ben aslında Türk falan değilim dedi, "Türkiye seninle gurur duyuyor" manşetleri atıldı.

Yaptığınız eylemi s...yim, vatan hainleri, meydanı Ermenilere bıraktınız, Allah belanızı versin çapulcular diye tweet'ler atan güreşçiye "Türkiye seninle gurur duyuyor" adıyla Facebook sayfası açıldı.

Oğlu tutuklanan ekonomi bakanı, oğlu tutuklanan içişleri bakanı, oğlu gözaltına alınan toki bakanı ve adı rüşvet iddiasına karışan AB bakanı, sanki UEFA kupasını kazanmışlar gibi otobüsün üstüne çıkıp, el ele poz verdiler, ahaliyi selamladılar, sayın ahalimiz de haklarında fezleke hazırlanan bu dört bakanı "Türkiye sizinle gurur duyuyor" diye alkışladı.

Aynı otobüsün üstüne çıkarak, haklarında yolsuzluk ve rüşvetten fezleke hazırlanan bakanlarını arkasına dizen başbakan, yedirtmem mesajı verdi. "Bakın Muhammed İkbal ne diyor, çok anlamlı, ben diyor, sana yol sormuyorum, arkadaş soruyorum diyor, yol arkadaşınız olmadıktan sonra yolun ne anlamı var, önce yol arkadaşı, sonra yol, işte biz bu yola böyle çıktık" dedi. Dik dur eğilme, bu millet seninle tezahüratı yapıldı. Tezahüratlar kesilince, "bize Bosna'nın duaları yeter, bize Şam'ın duaları yeter, Kahire'nin duaları yeter, Bağdat'ın duaları yeter, bize Myanmar'ın duaları yeter" dedi, devamını getiremedi. Çünkü sözleri "Türkiye seninle gurur duyuyor" sloganlarıyla kesildi.

Naçizane, kendi payıma...

11 senedir anlatılamayanı tırak diye anlatan, gösterilemeyeni şırak diye gösteren, "en az üç" bakanın istifasına, orduya kumpasların itirafına, kısacası, hayırlara vesile olan sayın ayakkabı kutusu... Yılmaz seninle gurur duyuyor.

Şiddetli geçimsizlik

Boşandığı eşini pompalı tüfekle rehin aldı. Ayrıldığı eşini sokak ortasında 17 yerinden bıçakladı. Boşandığı eşini otomobiliyle ezip, kaçtı. Ayrıldığı eşinin apartmanına ses bombası attı. Boşandığı eşini kaçırıp, arkadaşlarıyla birlikte tecavüz etti. Ayrıldığı eşini testereyle doğrayıp, buzdolabında sakladı. Boşandığı eşinin başından aşağı kaynar su döktü. Ayrıldığı eşinin suratına kezzap attı. Boşandığı eşinin burnunu falçatayla kesti. Ayrıldığı eşini yatağa bağlayıp, cinsel organına elektrik verdi. Boşandığı eşini sürükleye sürükleye uçurumdan attı. Ayrıldığı eşini, kaynanasını, kayınpederini kurşuna dizdi, bacanağına telefon etti, gelin cenazelerinizi alın dedi.

Sevişerek evlenmişlerdi.

Ve, hükümet tarafı diyor ki, "ahlaksızlar, şerefsizler, alçaklar, kirli ittifak, kökü dışarda, karanlık odak, çete, şebeke, hain, tezgâh, komplo, ajan, orduya kumpas kurdular, hem dindarım diyeceksin hem de gözünü kırpmadan masum insanlara iftira atacaksın, yazıklar olsun, hastalıklı anlayış, sıkıysa isim versin, bizim Allahımız var, Allah bize yeterrr, elini kırarız, inine gireceğiz, inine..."

Cemaat tarafı diyor ki, "haddini bileceksin, asimetrik saldırgan, diş gösteriyorlar, salya atıyorlar, haramiliği Allah biliyor, rüşveti Allah biliyor, hırsızlığı Allah biliyor, Allah onları yerin dibine batırsın, evlerine ateş salsın, yuvalarını yıksın, in'lere sığınmış goriller maymunlar gibi gören partallaşmış düşüncedir, seviyesiz, bunlarla hiçbir eğri düzeltilemez..."

Gazetelerin üçüncü sayfalarına benzedi memleket...
Sayfanın en tepesine bakıyorsun, ne kadar dini bütün olduğumuzu gösterircesine, ikindi, yatsı, imsak, saniye saniye namaz vakitleri var.

Hemen altındaki manşetleri okuyorsun...
Kendini hukuk'un yerine, polisin savcının hâkimin, hatta cellat'ın yerine koyan tiplerin işlediği ürpertici suçlar, korkunç itiraflar, vahşi sonuçlar.

Bakanlar, seyredenler

Bakanlar istifa etti.
Necdet bey de istifa etmeli.

"Orduya kumpas kurulduğu" bizzat hükümet tarafından itiraf edildiğine göre... Genelkurmay başkanının kumpas neticesinde terörist ilan edildiği, pırıl pırıl subayların kumpas neticesinde hapse tıkıldığı, resmen ortaya çıktığına göre... O kumpas neticesinde aniden önü açılan, terfi eden Necdet bey'in, sanki satürn'de yaşıyormuş da dünya'dan haberi yokmuş gibi, o koltukta oturmaya devam etmesi mümkün mü?

Babası canına kıyan evlatlar tabut başında çığlık atarken, eşi hapse atılan kadınlar adeta vebalı gibi yapayalnız bırakılırken, madalyalı oğlu tutuklanan anneler-babalar sıkıntıdan kalp krizi geçirip vefat ederken... Kasaptaki ete soğan doğramayan Hilmi efendi... Denizdeki balığa limon sıkmam, şarküterideki pastırmaya yumurta kırmam, çırpılmamış yoğurda sarımsak ezmem, manavdaki kavuna rakı açmam mı demeli? Yoksa, en azından, o ailelerden özür mü dilemeli?

Yalaka basın mesela...
Defolup gitmeli.
Bırakmalı artık bu işleri.

Çünkü ne diyor başbakan? "Vatana ihanet içinde casusluk yapan medya kuruluşları var" diyor. Ne diyor Bülent Arınç? "Psikolojik harple karşı karşıyayız" diyor. Yani... Akp'yi şakşaklayan yalaka basın, bunca senedir, kimlerin haberlerini manşetlerine taşıyormuş? Vatan hainlerinin... Kimleri otorite diye ekrana çıkarıyormuş? Casusları.

E bu durumda, bu yalakalar...
Hâlâ insan içine çıkabilirler mi?

Yandaş sanatçı tayfası...
Ayakkabı kutularından milyon dolarların fışkırdığı ülkede, 40 günlük bebeler penceresinde camı olmayan ahırdan bozma odalarda zatürreeden ölürken... Sizler hangi "pembe dizi"nin figüranıydınız arkadaş?

Gözü doymayan iş dünyası...
Niye olan bitene hayret etmiş gibi davranıyorsunuz? Bilmiyor muydunuz, bu memlekette karapara aklandığını? Holdinginize stajyer olarak bile almayacağınız o magazin figürünün, 87 milyar dolarlık ihracat yaptığına inanıyor muydunuz? İğneden ipliğe her ihaleden kötü kokular yükselirken, ekonomimiz güllük gülistanlık demediniz mi? O güllük gülistanlık dediğiniz ekonomi'nin bakanı, yolsuzluk iddiasıyla ayvayı yemedi mi? Bakın ne diyor istifa eden toki bakanı... "Ne yaptıysak, başbakanla beraber yaptık" diyor. O ekonomi de, ne yaptıysa, sizinle beraber yapmadı mı?

Dümenden umre'ye gide gide, kutsal toprakları özelleştirme idaresine çevirdiniz birader... Görmediniz mi başbakanı kefen giyerek alkışlayan akp'lileri? Var mı o kefenin cebi?

Ve, yeni chp.

"Deniz Baykal'a komplo kurulduğu" bizzat Tayyip Erdoğan tarafından itiraf edildiğine göre... Salağa mı yatacak yeni chp? Duymazdan mı gelecek? Bizim partiyi kim kurcaladı, kim dizayn etti diye sormayacak mı? Ulusalcılar birer birer kapının önüne konurken... Nasıl oldu da, bi kolumda özerkçileri, bi kolumda liboşları buluverdim diye merak etmeyecek mi? Bizim genel merkez Ankara'da değil miydi yahu, neden Beykoz konakları'ndan yönetiliyoruz diye, özeleştiri yapmayacak mı?

Uzun lafın kısası...
Bakan'lar değişir, seyreden'ler değişmezse, "düzen değişti" zannedersin, düzülen aynı kalır.

Paralel devlet

Adalet eski bakanı, Yargıtay imamı'nın Pensilvanya imamı'na danıştığını söyledi... Ki, bunu söyleyen bakan da imam.

Başbakan, zaten imam.

İmam imama danışmış...
İmamın imamı şikâyet ediyor.

Emniyetin imamı'nı manşet yaptılar.
Televizyonda tartışıldı.
Sunucu imam.

Emniyetin imamı'nı engellemek için İstanbul'a vali-emniyet müdürü getirdiler... O da imam.

Banka genel müdürünün evinde ayakkabı kutusu yakalandı, adam aslında imam... Bu ne parası lan böyle dediler. İmam hatip yapıcaz dedi.

İmam'ın ayakkabı kutusu yakalanınca...
Kabine değiştirildi.
Yeni ekonomi bakanı, imam.
Yeni bilim bakanı, imam.
Yeni başbakan yardımcısı, imam.
İmam adalet bakanı belediye başkan adayı olunca, yeni adalet bakanı atandı, o da imam.

Emniyetin imamı var diye, emniyetin başına başka imam getirilince... İçişleri eski bakanı İdris Naim Şahin, olmaz böyle şey dedi, bastı istifayı, ki, kendisi imamdır.

Bana imamını söyle, sana kim olduğunu söyleyeyim yani.

Ve, Anayasa'daki devlet "laik" diye tarif ediliyorken, devletin içi-dışı imamsa... "Paralel devlet" daha nasıl olur birader!

Haşhaşiler

Başbakan cemaat'in adını koydu: "Haşhaşiler."

Kimdir bu Haşhaşiler?
Aslında Haşhaşiyun'dur. İnsanlık tarihinin en gizemli adamı Hasan Sabbah tarafından 11'inci yüzyılda kurulan, siyasi-askeri figürlere yönelik suikastlarıyla devlet yönetimlerini dizayn etmeye çalışan tarikat... Bugünkü İran, Irak ve Suriye topraklarında yaygındı, Büyük Selçuklu'nun en güçlü döneminde, ortaçağ İslam coğrafyasının belirleyici faktörlerinden biriydi.

Rivayet o ki... Hasan Sabbah'ın fedaisi olarak seçilen kişiye haşhaş veriliyor, mayıştırılıyor, uyutuluyordu. Fedai, gözlerini cennet'te açıyordu. Rengârenk bitkiler, cıvıl cıvıl kuşlar, mis gibi kokular ve sarışın esmer kumral, şahane huriler... Fedai istediği kızla beraber oluyor, aklı başından gidiyor, sonra yine haşhaş verilerek uyutuluyordu. Bu defa gözlerini odasında açıyor ve henüz yaşarken cennete gidip geldiğini düşünüyordu; Hasan Sabbah cennetin kapılarını açan adamdı. Böylece... Fedailer yeniden cennete gitmek için yanıp tutuşuyor, bağımlısı haline geldikleri haşhaş'ın etkisiyle gözünü budaktan sakınmıyor, Hasan Sabbah'ın suikast emirlerini yerine getiriyordu. Ve, o sahte cennet elbette, efsane Alamut kalesinin arka bahçesinden başka bir yer değildi.

Nesilden nesile abartılarak, bire bin katılarak aktarılan, muhtemelen palavralarla dolu bu esrarengiz öykülerde, tek gerçek vardı, suikast... Haşhaşiyun kelimesi, döndü dolaştı, başta İngilizce, hemen tüm Batı lisanlarında "assassin" yani "suikastçı" halini aldı.

Tayyip Erdoğan, cemaat'i işte bunlara benzetti.

Cemaat haşhaşi olunca...
Başbakanımız da Büyük Selçuklu Sultanı oluyor tabii.

Peki, Büyük Selçuklu Devleti, bu haşhaşilerle nasıl mücadele etmişti? Cavlakiler'le...

Alamut kalesini düşüremeyince, fedailerle başa çıkamayınca, örgütün karşısına örgüt koyalım dediler, haşhaşilerin karşısına cavlakileri diktiler. Cavlakiye tarikatı, siyasi güç için dini alet etmekte sakınca görmeyen, bu uğurda suç işlemekten çekinmeyen, tehlikeli bir örgüttü. Saçı, sakalı, bıyığı, hatta kaşlarını bile kazıyan, vücutta-kafada tek kıl-tüy bırakmayan müritlerden oluşuyordu. Bu tarikat da, Türkçeye kelime kazandırdı. "Cascavlak" kelimesinin kökeni, bu arkadaşlardı.

E şimdi bakıyoruz...
Bi tarafta savcı-polis.
Öbür tarafta, ayakkabı kutuları, yatak odasında para sayma makinesi, 700 bin liralık avanta kol saati, hapisteki herifin uçağıyla umre seyahati, vakıfçı oğlan, rüşvetçi enişte, çantacı bacanak, sırf parkesi bile 350 bin dolarlık villalar.

Vaziyet hakikaten...
"Cascavlak" yani!

İster asarım, ister keserim savcıyı da kovarım, hâkimi de oyarım

Ayakkabı kutusu'nun savcısı uçtu.
Fezlekeler'in savcısı uçtu.
Bilal'in savcısı uçtu.
Bacanak'ın savcısı uçtu.
Müteahhitler'in savcısı uçtu.

Yasin El Kadı'nın savcısı uçtu.
Tır'ın savcısı uçtu.
El Kaide'nin savcısı uçtu.

Savcılar cici savcıyken...
Uzun tutukluluğa karşı olan Balyoz "hâkim"i davanın başlamasına 48 saat kala görevden alındı. Bilahare, Balyoz'dan tahliye kararları veren üç "hâkim" daha görevden alındı. Mehmet Haberal'a tahliye kararı veren "hâkim" görevden alındı. Hurşit Tolon'u tahliye eden "hâkim" görevden alındı. Hurşit Tolon'un yeniden hapse tıkılmasını reddeden"hâkim" görevden alındı. Dursun Çiçek'i tahliye eden "hâkim" görevden alındı. Bülent Arınç'a suikast palavrasıyla tutuklanması istenen subayları tutuklamayıp, serbest bırakan "hâkim" görevden alındı. Ergenekon'dan içerde tutulanlar hakkında tahliye yönünde oy kullanan mahkeme başkanı "hâkim" görevden alındı. Odatv'de tahliye yönünde oy kullanan mahkeme başkanı "hâkim" istifaya zorlandı, emekliye ayrıldı.

İki kere iki dört kadar nettir.
Cemaat filan deniyor ama, aslında...
Subayları profesörleri gazetecileri hapiste tutan da, rüşvetçileri karaparacıları koruyup kollayan da, aynı iradedir.

Ve, hiç dikkat ettiniz mi, bilmiyorum... Hâkimlerin savcıların cüppelerinde ilik yoktur, düğme yoktur. Düğmesiz olması, bağımsızlığı sembolize eder. Aynı zamanda, elbette kişiye özel dikilir ama, cüppe kavramının kişiye ait olmadığını, makama ait olduğunu, giyenler değişse bile cüppenin o makamda daima aynı kaldığını gösterir.

Dolayısıyla, hazır HSYK kanunu yeniden yazılırken, hâkim ve savcıların kıyafetine de bi madde eklenmesini, cüppelerin bundan böyle düğmeli olmasını öneririm... Ki, efendimize saygıda kusur etmesinler, önünde iliklesinler!

Asimetrik paralel

Denizli'de cami avlularında ücretsiz olarak dağıtılan dini kitapta "Tayyibim" başlıklı ilahi vardı. O ilahide "Tayyip'i üzmek, Allah'ı üzmektir" deniyordu.

AKP Aydın İl Başkanı "Tayyip Erdoğan bizim için ikinci peygamber gibidir" dedi. Hazreti Muhammed'e AKP amblemiyle nüfus cüzdanı çıkardılar, peygamberimizin çocuklarının arasına "Tayyip" ismini sokuşturdular. Tayyip Erdoğan'ın cuma namazlarını kıldığı Aksa Camisi'nin ismini Tayyip Erdoğan Camisi olarak değiştirmeye kalktılar, ahali zor engelledi. "Tayyip Erdoğan hurması" var. AKP Bursa milletvekili, Tayyip Erdoğan'a dokunmanın ibadet olduğunu söyledi. AKP'nin, hakkında fezleke hazırlanan bakanı, Tayyip Erdoğan'ın doğmasına-büyümesine vesile olan Rize, İstanbul ve Siirt'i "mübarek şehirler" ilan etti. İstanbul'da "Helal ve Tayyip ürünler konferansı" düzenlendi, helal gıdanın önemi ve Tayyip ürünlerin en helal gıdalar olduğu anlatıldı.

"Papaz kıyafeti giyerim" diyor. Alkışlıyorlar.
"Cami bile yıkarım" diyor. Gene alkışlıyorlar.

AKP Adıyaman milletvekili, hükümetle cemaat kavgasını Uhud Savaşı'na benzetti, sahabelerin Hazreti Muhammed'e bağlılığını örnek verdi, "biatsa biat, itaatse itaat, liderimiz Erdoğan'a sadakatle bağlıyız, ölümüne arkasındayız" dedi. AKP Düzce milletvekili ise, hadiseyi komple özetledi... Tayyip Erdoğan için "Allahu tealanın bütün vasıflarını üzerinde toplayan lider" sıfatını kullandı.

Paralel devlet filan deniyor ama...
Paralel din kuruldu memlekette!

AB'ye paralel

Brüksel'e giden Tayyip Erdoğan, Avrupa Birliği'ne "paralel devleti" anlatmış, Avrupa Birliği de dinleyip, ikna olmuş.

Ne anlatmıştır acaba derseniz?

"Almanya'da mesela" demiştir...
Hani, alt tarafı 700 euroluk tatil masrafını arkadaşına ödettiği ortaya çıkan Almanya Cumhurbaşkanı utanıp istifa etti ya... Biz öyle yapmadık, ayakkabı kutuları ortaya çıktı, para sayma makineleri ortaya çıktı, dört bakanım hakkında rüşvetten fezleke var, beşinci bakanımın bacanağını yakaladılar, bu satırlar kaleme alınırken adalet bakanım hakkında da fezleke ortaya çıktı, hiç istifimi bozmadım, üstüme bile alınmadım, koçlar gibi oturuyorum koltuğumda demiştir.

"Fransa'da mesela" demiştir...
Hani, İsviçre'de banka hesabı olduğu ortaya çıkan Bütçe Bakanı, yemin billah inkâr etmek varken, anında itiraf edip, içinde bulunduğum ahlaki çöküntü nedeniyle özür diliyorum deyip, milletvekilliğinden bile istifa etti ya... Biz öyle yapmadık, fezlekelere göre 63 milyon dolar avanta almakla suçlanan bakanlarım bile hâlâ Meclis'te oturuyor, Allah sizi inandırsın, oğulları tutuklanan bakanlarım bile hâlâ milletvekili demiştir.

"İtalya'da mesela" demiştir...
Hani, benim canım arkadaşım Silvio'nun hırsızlıkları ayyuka çıkmıştı, buna rağmen istifa etmiyordu da, milyonlarca İtalyan sokaklara dökülüp, benim canım arkadaşımı istifa ettirene kadar protesto eylemi yaptılar ya... Biz öyle yapmadık, çünkü benim milletim, soyuyorsa beni soyuyor, sana ne diye bizi savunuyor, hırsız varrr diye protesto gösterisi yapanlarla kavga ediyor demiştir.

"Yunanistan'da mesela" demiştir...
Hani, Atina'da bir öğrenci polis kurşunuyla öldürüldü de, ülke ayağa kalktı, önce içişleri bakanı, sonra hükümet istifa etti ya... Biz öyle yapmadık, kurşunla öldürdük, sopalarla döve döve

öldürdük, gözlerini çıkardık, içişleri bakanımız destan yazan polislerimize ikramiye verdi, bizde böyle, biz işimize gelen polise ikramiye veririz, işimize gelmeyen polisin kellesini alırız demiştir.

"İngiltere'de mesela" demiştir...
Hani, özel otomobilini kullanırken hız yaptığı için radara yakalanan Enerji Bakanı, ehliyetine el konmasın diye, direksiyonda ben yoktum, eşim kullanıyordu dedi de, bu yalan beyanı ortaya çıkınca bakanlıktan istifa etti ya... Biz öyle yapmayız, çünkü bu örneği benim milletime izah edebilmem bile mümkün değil, nasıl yani falan derler, istifaya akıl erdiremezler, benim memleketimde benim bakanlarım kırmızı ışıkta geçip adam bile ezse, ehliyetine el konmaz, aksine, ezilen ayıplanır, böyle incir çekirdeğini doldurmayacak şeyler yüzünden istifa edilir mi birader, salak mısınız siz demiştir.

"Lüksemburg'ta mesela" demiştir...
Hani, telekulak skandalı ortaya çıkıp, siyasilerin telefonlarının dinlendiği anlaşılınca, Lüksemburg Başbakanı ahaliden özür diledi ve bostan korkuluğu olmadığıma göre, bu hukuksuzluğun bir numaralı sorumlusu benim diyerek istifa etti ya... Biz öyle yapmadık, benim telefonum bile dinleniyor, odama böcek yerleştirmişler dedim, çıktım işin içinden, bırak sorumlusu olmayı, mağdur bile oldum demiştir.

"İspanya'da mesela" demiştir...
Hani, İspanya Kralı'nın damadını yolsuzluktan sanık yapıp, malvarlığına el koydular, kralın kızını, Prenses'i ifadeye çağırdılar, tıpış tıpış gidip ifade verecek ya... Yok öyle! Bizde monarşi yok, ileri demokrasi var. O yüzden, oğlumu ifadeye çağıranların alayını görevden aldım, savcıları vatana ihanetle suçladım, ne savcı bıraktım ne polis, darmadağın ettim, muhalefet milletvekili oğlumun mevzusunu Meclis'te dile getirmeye kalktı, benimkiler saldırdı, bana dil uzatanın ağzını yüzünü patlattılar, kızımın telefon konuşmaları internete düştü, gazetede-televizyonda yayınlayan medya patronunu oyarım, burda krallık yok, milli irade var, HSYK'yı değiştirdim, gene değiştiriyorum, yarın canım isterse gene değiştiririm, ister asarım ister keserim demiştir.

E bu kadar izahattan sonra... Avrupa Birliği anlamıştır mutlaka "paralel devlet"in ne olduğunu, ikna olmuşlardır!

Ayakkabı kutusu ekonomisi

Ayakkabı kutusunda 4.5 milyon dolar vardı.
9 milyon lira ediyordu.
Bugün?
10 milyon lira ediyor.
Ayakkabı kutusu 1 ayda 1 milyon lira kazandı.

Ne mutlu ayakkabı kutusu olana.

Bangır bangır yazılan ve yalanlanmayan polis tespitlerine göre... Ebru Gündeş'in kocası, özel uçağıyla umreye götürdüğü ekonomi bakanımıza, 25 Eylül 2013 tarihinde 350 bin dolarlık kol saati takmış. Parite itibariyle, 700 bin liraya tekabül ediyordu. Ebru Gündeş'in kocası, ekonomi bakanımıza aynı kol saatini bugün takmaya kalksa, 780 bin lira ödemek zorunda... Dolayısıyla, kol saatini zamanında iyi takmış, akıllı alışveriş yapmış, 80 bin lirası cebinde kalmış. Ekonomi bakanımız da, zamanında iyi taktırarak, bugün 80 bin lira değer kazanmış. Takan kârlı, taktıran kârlı yani... Ama, bugünlerde piyasa karışık, taktırmamakta fayda var. İlla taktıracaksan bile, yakalanmamakta fayda var.

Buna mukabil...

2008 senesinde malvarlığı kavgası başlamış, CHP sormuş, başbakanımız Tayyip Erdoğan da kaç parası olduğunu açıklamıştı. Bankada 2 milyon 300 bin küsur lirası vardı. O gün... Dolar 1.2 lira civarındaydı. İsteseydi, bankadaki parasıyla 1 milyon 900 bin dolar alabilirdi.

Ya bugün?
1 milyon dolar alabilir.

900 bin dolar kayıpta.

Başbakanımızın maaşı 15 bin lira filan... Yemese içmese, her kuruşunu biriktirse, bu kaybettiği 900 bin doları ne kadar zamanda yerine koyabilir? Anca 138 ay sonra.

11 senedir memleketi yönetiyor.
11.5 senelik zararı var!

Havuz

Beyefendi diyor ki...
Pamuk eller cebe!

Mehmet'le Celal, tiko para 100'er milyon dolar veriyor. Nihat'a telefon ediyorlar, madem beyefendi istiyor, lafı bile olmaz, bi 100 milyoncuk da ben toka edeyim bari diyor. İbrahim'in haberi oluyor, daha cazip bi öneri getiriyor, üçüncü havalimanı ihalesine beni de dahil edin, 150 vereyim diyor.

Biri kıllık yapıyor; kardeşim diyor, sen 100 milyon dolar veriyorsun ama, şakır şakır ihale kaptın, ben henüz ihale mihale almadım, niye para ödeyeyim? Makul bi soru tabii... Alt tarafı 20 bin liraya köşe yazarı kiralamak varken, niye 100 milyon dolar ödesin? Ayda 5 bin lira maaşa yalama yapan gazteci bile var.

Kıllık yapanı ikna ediyorlar.
Kardeşim diyorlar, henüz ihale kapmadım diye endişelenme, biz de keriz değiliz herhalde, bu paraları sokaktan toplamıyoruz, verilmesi gerekiyor ki, veriyoruz, nasıl olsa bir yerlerden katbekat çıkaracağız bu parayı diyorlar.

Kıl'ın aklına yatıyor, ödüyor.

Bir başkası, kaz gelecek yerden tavuk esirgenmez, ödemesine ödeyeyim ama, o kadar nakdim yok diyor. Dert ettiği şeye bak Allah aşkına... İleri demokrasilerde çare tükenmez. Akıl veriyorlar, yol yordam öğretiyorlar, Ziraat bankasına koş, selamımızı söyle, tıkır tıkır kredi çek, kap getir papelleri diyorlar.

Getir demesi kolay...
100 milyon dolar bu.
Ayakkabı kutusuna sığmaz.
Üstelik...
Memleket hırsız dolu.
Maazallah çalınırsa?

Düşünüyorlar, taşınıyorlar.
Zırhlı minibüslerle taşıyorlar.

(Halk TV'de Abdüllatif Şener'i seyrediyorum, sırf bu mevzuda dönen 630 milyon doları hesap etti... Türk Lirası'na çevirdiğinde, yedi kamyon dolusu para ediyor, anca sığıyor.)

Neyse... Teslimat tamamlanıyor. Keyifler yerine geliyor. Sohbet başlıyor. Biri gevrek gevrek gülerek, bak görüyorsun yeraltından nasıl çalışıyorum diyor. Öbürü, biliyorum diyor, Nihat'ın ağzı kulaklarına vardı diyor. Gevrek gevrek gülen arkadaş, daha gör bak diyor, bu milletin a..ına koyacağız diyor!

Ben en çok bu müteahhidimizin görüşlerini takdir ettim.
Yerden göğe kadar haklı...
Çünkü, milleti donuna kadar soyuyorlar, millet itiraz edeceğine, soyuyorsa beni soyuyor sana ne diye savunuyor, kavga ediyor.

E bu şartlarda n'aapsın Nihat?
Koymazsa kabahat.

Anket

4 sene önce...
Değerli büyüklerim Uğur Dündar, Müjdat Gezen ve Levent

Kırca'yla beraber, Arena programına katıldım. Laf döndü dolaştı, AKP'yi yüksek gösteren anket'lere geldi. Müjdat ağabey, bu anketlere inanmadığını, halkı kandırarak yönlendirmeye çalıştıklarını söyledi. Ben de "anketler palavradır, bunun kanıtı da, bizatihi Tayyip Erdoğan'dır" dedim. Aç biraz dediler. Anlattım. 1994 seçiminden önce, manşet manşet anketler yayınlanıyor, İstanbul belediye başkan adayı Zülfü Livaneli açık farkla önde gösteriliyor, sanki seçim bitmiş gibi hava estiriliyordu. Neticede, sandıklar bi açıldı, Tayyip Erdoğan çıktı.

(Vay sen misin "anketler palavradır" diyen... "Bunlar partimize ve seçmen iradesine hakaret etti" diyerek, beni ve Müjdat ağabeyi mahkemeye verdiler. 2014 itibariyle hâlâ yargılanıyoruz.)

4 sene sonra...
Tayyip Erdoğan'a AKP'yi düşük gösteren anketleri sordular.
İnanmayın dedi, paralel anket dedi, "palavra" dedi.
Efendim? "Palavra" dedi. Anlamadım? "Palavra" dedi.

4 gün sonra...
Telefon konuşmaları internete düştü. Gazete yöneticisi, beyefendi'nin adamını arıyor, anket yaptırdıklarını, BDP oylarının düşük çıktığını, kararsızlardan BDP'ye kaydırma yapacaklarını söylüyor. Beyefendi'ye danışılıyor. Beyefendi'nin adamı, gazete yöneticisini geri arıyor, MHP'den BDP'ye kaydır diyor, MHP düşürülüyor, BDP şişiriliyor.

E hâl böyleyken, soru şudur:
Rezalet ayyuka çıkmışken...
Başbakan bile "palavra" derken...
Seçimden önce manipüle edilen anket sonuçları, nasıl oluyor da, seçim sonuçlarıyla birebir örtüşüyor?

Anketlerde o partiden alıp, bu partiye kaydırıyorlar...
Peki, sandıktaki sonucu nasıl denk getiriyorlar?

Dolayısıyla şimdi... Paralel arkadaşların memlekete bir büyük "hizmet" daha yapmasını bekliyoruz. "Kimlerin, nasıl oy çaldığını, sandıkta hangi yöntemlerle dümen yapıldığını" gösteren telefon kayıtlarının da internete düşürülmesini rica ediyoruz!

Allah memlekete rüşvetçinin hayırlısını versin kardeşim

İnsanın sınırları var.
Mesela...
Kulağımız 20 ila 20 bin hertz arasındaki sesleri duyabilir.
20'den azsa, 20 binden çoksa, duyamayız.
Halbuki, o sırada ses vardır. Algılayamayız.

Gözümüz de öyle... Sadece 400 ila 700 nanometre arasındaki ışığı görebiliriz. Sınırlarımızın dışında kalan, kızılötesini, morötesini göremeyiz. Uzaktan kumandanın düğmesine basarız, şak diye televizyon açılır, şak diye kanal değişir, o sırada ışık gidiyor aslında kumandadan televizyona, algılayamayız.

Rüşvet ve yolsuzluk skandalı da tıpkı böyle... 87 milyar dolarlık ihale, 100 milyar dolarlık soruşturma, 40 milyar dolarlık karapara, 630 milyon dolarlık avanta gibi rakamlar, asgari ücretle çalışan vatandaşın algılama sınırlarının dışında kalıyor.

Gözünün önünde cereyan etsin, bangır bangır bağır, nafile.

Günde 12 saatten 30 gün çalıştırılıp, sanki lütufmuş gibi anca bin lira maaş ödenen insana, nakit 100 milyon dolar rüşveti, asla tarif edemezsin, algılayamaz. Zaten algılasa... O çalınan 100 milyon dolarlar yüzünden kendisinin anca bin lira maaş alabildiğini algılar.

Dolayısıyla, naçizane, algılanabilir ebatta bi rüşvet hikâyesi anlatayım. İzmir'deki bacanak soruşturması var ya... İşte orada yaşandı.

Rüşveti dağıtan kişiyle, rüşvet zincirinin en küçük halkalarından biri, telefonda konuşuyor, Rüşveti alan arkadaş, rüşveti dağıtana "e hani 10 bin lira olacaktı" diye sitem ediyor. Rüşveti dağıtan "e kaç para yatmış ki" diye merak ediyor. Rüşveti alan, kuruşu kuruşuna söylüyor, "hesaba dokuz bin dokuz yüz doksan beş lira gelmiş" diyor. Rüşveti dağıtan "haaa, beş lira eksik öyle mi" diye soruyor. Rüşveti alan "evet, beş lira eksik" diye tasdik ediyor. Rüşveti dağıtan mahçup oluyor, "valla onu demek ki banka kesmiş, havale ücreti aldılar herhalde, neyse önemli değil, sen hiç merak etme, ben şimdi on bine tamamlarım onu" diyor. Rüşveti alan, pek memnun oluyor, "Allah razı olsun" diyor.

Rüşvetçi, beş liranın hesabını soruyor, beş liranın... Varsın o kadarcığı da eksik oluversin, canı sağ olsun demiyor, rüşveti dağıtanın yakasına yapışıyor.

Hakkını arıyor!

Ne diyelim...
Allah bu millete, rüşvetçinin "algılama şuuru"nu versin. Amin.

Alo Fatih

iPhone çağından önce, bırak interneti, televizyonun bile olmadığı dönemde, kodaman kelimesinin sözlük anlamıydı Rockefeller... Çaresiz garibanlar gökdelenlerden aşağı atlarken, şahsi serveti 189 milyar dolarcıktı, kâinatın en zengin adamıydı.

E gazeteleri oku oku, morali bozuluyor, tansiyonu çıkıyordu. 98 yaşında olmasına rağmen -doksan sekiz- dünyaya kazık çakmaya niyeti vardı, paracıklarının başına bi şey gelecek diye endişe ediyor, bunalıma giriyordu.

Etrafında pervane olan dalkavuklar, basın tarihinde görülmemiş bi yalakalık icat etti: Pembe Gazete!

Tek nüsha basılıyordu.
İmparatorluğunu hasta yatağından yöneten Rockefeller'ın kahvaltı tepsisine bırakılıyordu. İçinde tek kelime olumsuz haber barındırmıyordu. Güllük gülistanlıktı. Memleketin ne kadar şahane gittiğini, ekonominin habire büyüdüğünü, borsanın füze gibi yükseldiğini, fakirliğin-fukaralığın bittiğini, işsizliğin yok denecek kadar azaldığını yazıyordu.

Ekonomi sayfalarının manşetlerinde, Rockefeller'ın sahibi olduğu kuyulardan petrol fışkırdığı, rakip şirketlerin sondajlarından hep tuzlu su çıktığı, vatandaşların öbür bankalardaki hesaplarını kapatıp, bütün mevduatlarını Rockefeller'ın bankalarına yatırdıkları anlatılıyordu. Siyaset sayfalarında, kamuoyu anketleri yayınlanıyordu, Rockefeller'ın desteklediği Cumhuriyetçi Parti silip süpürüyor, Demokrat Parti ayvayı yiyordu. Spor sayfalarında, Rockefeller'ın taraftarı olduğu beyzbol takımı, rakiplerini devamlı hezimete uğratırken... Kültür sanat sayfalarında, Rockefeller'ın en sevdiği sanatçılar kapalı gişe oynuyor, salonları hıncahınç dolduruyor, ne kadar ödül varsa, onlar topluyordu. Yıldız fallarında ise, Rockefeller'ın burcu, üç vakte kadar değil, her vakit sağlık, afiyet, başarı vaat ediyordu.

Köşe yazarları desen... Parayı bastıranın zevkine göre kalem oynatan, yalamaktan dillerinde pütür kalmamış duayenlerden(!) seçilmişti. Satırlarından vıcık vıcık yağ damlıyordu. Hayallere gerçekmiş gibi yorumlar yazıyor, yalan haberlere ballandıra ballandıra makaleler döşeniyorlardı.

Demem o ki...
Sarı basın kartı folofoş oldu.
Başbakanlık Basın Yayın Enformasyon Genel Müdürlüğümüz "pembe" basın kartı versin artık gaztecilere.

Yok böyle hükümet

İçişleri bakanı oğluna soruyor:
Evde kaç para var oğlum?
Oğlan cevap veriyor:
Üç-beş kuruş, bir trilyon babacım.

İçişleri bakanı hâlâ, gözümüzün içine baka baka, ne ben oğlumu aradım ne oğlum beni aradı, dinleme "yok" diyor.

Ulaştırma bakanının bacanağı gözaltına alınıyor. Ulaştırma bakanı, haberim "yok" diyor. Müteahhitler, Binali kalırsa yaşadık, milletin a..ına koyacağız diyor. Binali, gene haberim "yok" diyor.

Ekonomi bakanının koluna 700 bin liralık saat takılmış, rüşvetten fezlekesi var, oğlu hapiste... Ekonomi bakanı, şerefimle hizmet ediyorum, veremeyeceğim tek kuruş hesabım "yok" diyor.

Toki bakanı, ne yaptıysam başbakanın talimatıyla yaptım, başbakanın istifa etmesi gerekir, şahsen benim izah edemeyeceğim hiçbir husus "yok" diyor. Bilahare, sayın başbakanımdan özür dilerim, şahsen benim ve liderimin izah edemeyeceği hiçbir husus "yok" diyor.

AB bakanı, elbise kutularının içinde 500'er binlik poşetler almakla suçlanıyor, bizim aptesimizden şüphemiz "yok"diyor, hamdolsun namazımızdan da itikadımızdan da şüphemiz "yok" diyor.

Adalet bakanı, fezlekelerin içine bakılmadı, nasıl geldiyse, öyle geri gönderildi, yasalara aykırı bir durum "yok" diyor, yargıya baskı "yok" diyor, hükümetin yeni savcı falan ayarladığı "yok" diyor.

MİT tırlarını yakalayan savcı, polis, jandarma, alayı görevden alındı, tırlar kaçırıldı, yayın yasağı getirildi; dışişleri bakanı, gizli saklı bir şey yapıldığı "yok" diyor. Bir lira olacak denilen dolar, iki buçuk liraya gidiyor; maliye bakanı, abartılacak bir durum "yok" diyor. Yağmur yağmıyor, barajlar boşaldı, son 20 senenin en düşük seviyelerine inildi; su işleri bakanı, kuraklık tehlikesi "yok" diyor. Kendi kendine yeten yedi ülkeden biriydik, saman ithal ediyoruz; tarım bakanı, üretimde eksiklik veya azalma "yok" diyor. İşsizlik patladı, 4.7 milyon, Ankara'nın köyleriyle beraber toplam nüfusundan fazla işsiz var, Ali Babacan hâlâ, herhangi bir çözüm paketine ihtiyaç "yok", çünkü ülkede kriz "yok" diyor. Çalışma bakanı, 800 lira büyük para, asgari ücretle geçinilmez diye bir şey "yok" diyor. Devlet koruması altında bulunan 15 yaşındaki çocuk, cinsel saldırı sonucunda hamile kaldı; aile bakanı, çocuk bize hamile olarak gelmiş, yurtta tecavüz "yok" diyor. Tübitak raporu, resmen, Balyoz ve Ergenekon davalarındaki kilit belgenin sahte olduğunu ortaya koydu; bilim bakanı, bu rapor Tübitak raporu ama, Tübitak'ın kurumsal imzası "yok" diyor. Bütün sınavlarda olduğu gibi SBS'de de rezalet çıktı, cevap anahtarlarını karıştırdılar, mahkeme yürütmeyi durdurdu; milli eğitim bakanı, SBS'de sorun "yok" diyor. Eczacı odaları bangır bangır bağırıyor, başta kanser ilaçları, 500 civarında ilaç piyasada bulunmuyor; sağlık bakanı, dünyadaki bütün ilaçlar burda var, sıkıntı "yok" diyor. Hava kuvvetlerindeki seçkin pilotlar, Balyoz davasına tepki olarak şakır şakır istifa ediyor; milli savunma bakanı, yeterince pilotumuz var, öyle uçup gittiler diye bir şey "yok" diyor.

Başbakan, günde 78 kere paralel devlet diyor, paralelle yatıyor, paralelle kalkıyor, cunta diyor, çete diyor, örgüt diyor, casus diyor, haşhaşiler diyor, inlerine gireceğiz diyor; Bülent Arınç, paralel devlet soruşturması falan "yok" diyor. Hayati Yazıcı daha şahane, tek devlet var, paralel devlet "yok" diyor.

Altı bakan hakkında fezleke var, iki bakan çocuğu hapiste, kendi oğlu ifade verdi, yolsuzluk, rüşvet, villalar, müteahhit havuzu gırla gidiyor... Başbakanımız, şahsımla zerre kadar alakası "yok" diyor!

Dolayısıyla... CHP'nin Anayasa Mahkemesi'ne başvurması ve hükümetin çıkardığı hsyk kanununun "yok hükmünde" sayılmasını istemesi, gayet makul bir taleptir.

Çünkü hakikaten...
Yok böyle hükümet yani.
Dünyada örneği yok!

Beni sen mi aradın babacığım?

– Selamünaleykûm babacığım.
– Aleykümselam.

– Beni sen mi aradın babacığım?
– Yo-oo, sen aradın.
– Gizli numaradan arandım da...
– E açsaydın.
– Gizli diye açmadım.
– Beni niye arıyorsun o zaman?
– Ben mi aradım?
– Oğlum konuşuyoruz ya!
– İşte ben de onu soruyorum babacığım, ben aramadıysam kapatayım istersen.
– Sana o kriptolu telefonu emanet edende kabahat zaten.
– Niye kısık sesle konuşuyorsun babacığım, Kısıklı'dayım diye mi?
– Ooff, off... Git enişteni çağır, amcanı çağır, abini çağır.
– Abim de var, çağırayım mı?
– Oğlum söylüyorum ya işte, abini al, amcanı al, enişteni al, hepiniz biraraya gelin, oraları halledin.
– Küçük eniştemi mi çağırayım, büyük eniştemi mi?
– Allahım sen bana sabır ver, kızkardeşin geldi mi oraya?
– Büyüğü mü, küçüğü mü?
– Oğlum delirtçen mi lan beni, hangisi geldi senin yanına?
– Küçüğü.
– Yanında mı?
– Yanımda, çağırayım mı?
– Evladım hasta mısın, madem yanındaysa niye çağırıyorsun?
– İşte benim kafam da ona takıldı babacığım, ben mi çağırdım buraya, sen mi gönderdin?
– Ekmek çarpsın Harvard'ın itibarına yazık.
– Anlamadım babacığım?
– Anlasan şaşardım zaten... Sıfırladın mı o şeyleri?
– Neyleri babacığım?
– Hani o senin evde duran şeyleri?
– Senin paraları mı?
– Açık konuşma!
– Kasaları boşalttım, dolarları gönderdim, artanlarıyla da Şehrizar'dan villa aldım inşallah.
– Açık konuşma diyorum!
– Bende bi 30 milyon miktar avro kaldı, Allah'ın izniyle hava kararınca onu da halledeceğim babacığım.
– Oğlum maazallah seni yanlışlıkla bi gözaltına alsalar var ya, sülalemizi yakarsın şerefsizim.

– Paraları taşırken korumalar fotoğrafımı çekti gibi geldi bana, bizi dinliyorlar mıdır acaba babacığım?
– La havle, kızkardeşini ver telefona.
– Küçüğünü mü, büyüğünü mü?
– Kapat, ölümü öp, kapat.
– Kriptolu olanını mı kapatayım, öbürünü mü babacığım?

O ses... O ses Türkiye

Bilal'in kumbarası doludur.
Babası telefon eder.
Boşalt der...
Sıfırla!

Bilal başlar boşaltmaya...
Bir kısmını Hasan abiye, bir kısmını Faruk'a verir, öbür kısmını, al bunlar sende dursun diyerek Mehmet'e verir, geri kalanını karanlık olunca halleder, başka yere taşır. Eniştesi akıl öğretir, 25 milyon doları Ahmet'e ver der, üstüyle Şehrizar'dan daire al der. Mehmet'e 20 milyon aktarır, dolar olarak... Bir kısmını başka yere koyar. Hatta sorarlar Tunç abiye... 10 milyon avro alabilirim der, 10 milyonu Tunç abiye gönderir. Dağıt dağıt bitmez, bi ara yorulur sıkılır Bilal... Öüff der. 730 bin dolar artı 300 bin lira, Faik'e verir, 1 milyon lirasını sen al, üstünü akademiye aktar der.

Akşamlar olur...
Hâlâ sıfırlayamaz.
Elinde 30 milyon avro kalır.

Başlangıçta, babası taa en başta telefon ettiğinde...
Bilalciğin kumbarasında kaç parası vardır?

Cevabı bilenlerin bir kısmına Tayyip Erdoğan'ın kendi sesinden şiir kaseti hediye edeceğim, geri kalan kısmına da hava karardıktan sonra dinlemeleri için O Ses Türkiye albümü dağıtacağım.

İstikbilal savaşı

Sınırda eller tetikteydi.
Herkes nefesini tutmuştu.
Şifreli mesaj bekleniyordu.
Dışişleri bakanımız, başbakanımızı telefonla aradı.
"Ayşe tatile çıksın" dedi.

Başbakanımız kısık sesle cevap verdi, sen boşver şimdi ayşenin mayşenin tatile çıkmasını, benim küçük oğlandan sonra büyük oğlanın tapesi çıktı, benim görüntüler çıkmadan dalalım şuraya dedi.

Savunma bakanımız daha soğukkanlıydı, itidal çağrısı yaptı, öyle hemen dalmayalım, dalma noktasına gelip bekleyelim, tape çıkarsa derhal dalalım, tape çıkmazsa seçimi bekleyelim önerisinde bulundu.

Hararetli bi tartışma başladı.
– Ufak ufak ısınma hareketleri yapalım.
– Uçak muçak düşürelim.
– Fena fikir değil, aynı numarayı Balyoz kumpasında yapmışlardı, savaş çıkarmak için uçak düşürülecek filan denmişti, ahali yemişti, bu defa da yerler.
– İyi de, o zamanlar vay vay vay cami bombalayacaklar demiştik, şimdi ne bombalanacak diyeceğiz?
– Türbe var, aynı işi görür.
– Pek aynı işi görmeyebilir, Zuhurat Baba'yı, Telli Baba'yı bilirler ama, Süleyman Şah'ı kimse tanımaz.
– Yav, illa Süleyman demek zorunda mısın, Osmanlı de geç.
– Mehter çalalım mitinglerde.
– Kayı boyundanız diyelim.
– Cehapeliler Bizanslı diyelim.
– Ecdadımızın suçu yok, Kanuni'ye iftira atıldı, Şehzade Mustafa'yı Pensilvanya boğdurdu diyelim.
– Kaşla göz arasında Aziz Yıldırım'a da bi şey geçirelim mi?
– Anıtkabir'deki Fenerbahçeliler bizim mitinglerden kalabalıktı, dokunmayın şimdilik ona.
– Ben çıkıp bi ağlayayım isterseniz...
– Ben de şehitlik makamına dair google'dan bi ayet sallayabilirim.

– Sallama boşuna, twitter'ı kapattık.
– Feys'e koy, feys'e.
– Şu istiklal marşlı bayrak indirme reklamını da iyi akıl ettik yani.
– He valla, tam bizim reklamdaki bayrak inerken, türbeninkini indiriyorlar, tayminge bak.
– Takdiri ilahi.
– Az daha reklamdakinden önce türbedeki bayrağı indireceklerdi, bi çuval incir berbat olacaktı.
– Var mı yeni tape?
– Henüz yok efenim.
– Arayın Necdet bey'i acele etmesin, radarları bize kilitlendi falan desin, benden haber beklesin.

Kaset

Referandumun eli kulağındaydı, genel seçimin arifesiydi. Habur rezaleti yüzünden AKP oyları hızla erimiş, yüzde 32'ye inmişti. CHP 30'a, MHP 20'ye fırlamıştı, tırmanıyorlardı. CHP tek başına veya MHP koalisyonuyla iktidara yürüyordu. AKP'nin koltuğunu koruma ihtimali kalmamıştı, ki... Şırrak!

Kaset çıktı. İnternette yayınlanıyordu. Yatak odasıydı. Deniz Baykal'ı giyinirken gösteriyordu. Bir de giyinen kadın vardı. Deniz Baykal ve kadın, hiçbir karede yan yana değildi. Ayrı ayrı kaydedilip, yapıştırılmıştı. Sanki bu görüntülerin devamı varmış da, şimdilik bu kadarı gösterilmiş havası estiriliyordu.

Zamanlaması dört dörtlük "manevi suikast"tı. Yandaş medya tarafından İsviçre'de hesapları var diye yalan manşetlerle infaz edilmeye çalışılan Baykal'a, bitirici darbe vurulmuştu. Silivri'ye gönderilemediği için, evine gönderilmişti.

Kendini Atatürkçü zanneden tahta kafalı gaztecilerle, dinciliboş köşe yazarları CHP'nin kurtulduğunu yazarken... Seri halde "benden söylemesi" başlıklı yazılar yazdım. Meselenin Baykal meselesi olmadığını, bu komplonun AKP'yi iktidarda tutmak için kurulduğunu, siyasetin dizayn edildiğini, ulusalcıların tasfiye edilmeye çalışıldığını, kral öldü yaşasın kral deyip, CHP'de koltuk kavgasına düşmek yerine, tezgâhı kuranın peşine düşmek gerektiğini, anlatmaya çalıştım.

Vay sen misin bunları diyen... Baykal'ın köpeği ilan edildim. Ki, Deniz Baykal'la oturup bir çay içmişliğim bile yoktur. AKP'den para aldığım, bu para karşılığında CHP'liymiş gibi davrandığım iddia edildi. Cemaatin örtülü ajanı olduğum yazıldı. Okurlardan aylarca hakaret yağdı. Muğla'dan e-mail gönderip, ben de seni Atatürkçü biliyordum, koynumuzda yılan beslemişiz, Truva atısın diyen emekli öğretmeni, hiç unutamam mesela... Çok değer verdiğim meslek büyüklerim, ağır şekilde eleştirmişti, rüzgâra karşı yorum yapmamamı tavsiye eden, meslek hayatımın bittiğini söyleyen, halktan özür dilememi isteyen bile vardı.

Netice?

E dün dinledik işte...
"Elimde yayınlanabilecek belge var, kayıt çok kötü ama, türlü türlü görüntü var, versem nasıl yaparsanız, internet sitelerine mi pas ediyorsunuz" diyor.
"Süratle bilinmesi lazım, hemen başlayın, hemen şeye yükleyin, videonun devamını da verelim" diyor.
"Web sitelerinden dünyaya verelim, gerekiyorsa televizyonlardan, belki onlar görüntüleri vermese de, konuşmaları filan verir" diyor.
"Kılıçdaroğlu için de çalışma yapılabilir" diyor.
Kılıçdaroğlu ve ekibini, kaset işiyle nasıl tufaya getirdiğini anlatıyor, "bu adamlar memuriyetten geldikleri için, komplike olayı çözmeleri çok zor, bunları yüzüne gözüne bulaştırıyorlar, kendi içlerinde çatışmaya başladılar, CHP bitti" diyor.
Belden aşağı görüntü olmadığını, yayınlanan kasedin montaj olduğunu itiraf ediyor, "bizim için ilişkinin şeyi önemli, görüntü varsa gereği yapılır ama, görüntü lazım, o tür şeylerde adım atmak lazım, bulursanız görüntüsünü konuştuğumuz gibi" diyor.

Sipariş veriyor...
"Ev içi çekim yapabiliyor musunuz?" diye soruyor.

Nokta.

Asrın mağduru

Oğlumla telefonda konuşuyorum, polisler evi basabilir, paraları sıfırla diyorum, o da bana kasaları boşalttım, hepsini hallettim, bi 30 milyon avrocuk kaldı babacım diyor, kısık sesle konuşmama rağmen bu telefon görüşmesini bile dinliyorlar, işte bunlar aile mahremine girecek kadar şerefsiz ve alçak.

Adalet bakanıma sipariş veriyorum, yargıtay'ın danıştay'ın hâkimlerin savcıların ayarlanmasını istiyorum, Aydın Doğan'ın illa mahkûm olması gerektiğini söylüyorum, bunları söylememden daha doğal ne olabilir, işte bunlar bu mahrem görüşmeyi dinleyecek kadar namussuz, seviyesiz ve hayasız.

Yandaş işadamıma akıl öğretiyorum, sanki benimle konuşmamış gibi ihbarda bulunmasını söylüyorum, yanlış yere ihbarda bulunmasın diye, nereye ihbarda bulunacağını kodlayarak söylüyorum, kaç para fiyat çekmesi gerektiğini söylüyorum, al takke ver külah, Koç'un kazandığı ihaleyi iptal edip, yandaş işadamıma veriyorum, işte bunlar bu mahrem görüşmeyi dinleyecek kadar karaktersiz ve şerefsiz.

Tutanaklar yayınlanıyor, sayın imralı'nın benimle ittifak yaptığı ortaya çıkıyor, çaktırmadan Kürdistan'ı kurmak için pazarlık yaptığımız ortaya çıkıyor, benim milletim uyanacak diye korkuyorum, neyse ki uyanmıyorlar, telefon ediyorum yandaş medya patronuna, bağırıyorum, kalaylıyorum, 80 yaşında adam, çocuk gibi ağlıyor benim karşımda, işte bunlar bu mahrem görüşmeyi dinleyecek kadar alçak.

Benim oğlan ada satın alıyor, kızıma villa ayarlıyorum, villalara dokunmaya kalkan valiyi derdest ediyorum, benim oğlanın vakfına yatırılan parayı az bulup beğenmiyorum, az vereni kucağa oturtuyorum, kamuoyu anketlerini manipüle ediyorum, Yaşar Nuri Öztürk'ü kovdurtuyorum, el kadı'yı benim hastaneye gönderiyorum, Fenerbahçe'ye başkan ayarlıyorum, işte bunlar bu mahrem konuşmaları bile dinleyecek kadar edepsiz, hayasız, seviyesiz ve şerefsiz.

Dinleyenleri kınıyorum hakikaten.
Mağdur ediyorlar adamı.

Pensilvanya öyle mi?

Tayyip Erdoğan "ben bu davanın savcısıyım" dedi.

Zekeriya Öz'ün altına kendi makam aracını verdi.

Hapse sokan savcıları terfi ettirdiler.
Beraat veren hâkimleri sürdüler.

Doğu Perinçek'i tutukladılar. Tuncay Özkan'ı tutukladılar. Tayyip Erdoğan'ı üç kuruş'a mahkûm eden avukat Kemal Kerinçsiz'i içeri tıktılar. 83 yaşındaki İlhan Selçuk'a örgüt lideri dediler. Ne zaman AKP kapatma davasıyla ilgili gelişme olsa, hemen Ergenekon'dan birilerini hapse attılar, gündemi değiştirdiler. Kuddusi Okkır'ın tedavisini engellediler, öldürdüler; Ergenekon'un kasası ilan etmişlerdi, cenaze aracının parasını bile haberi takip eden gazeteciler ödedi. Paşaları tutukladılar, Türkiye bağırsaklarını temizliyor dediler. 27 defa hacca gidip, zimmetine para geçirmekten suçlu bulunan hoca'larına af çıkardılar. Atatürk'ü dinsiz, sarhoş, kalpsiz, bencil, psikolojik bunalımda gösteren *Mustafa* belgeselini ayakta alkışladılar, gazetelerinde pohpohladılar. CIA ajanı Graham Fuller'in, AKP'ye övgüler düzüp, Kemalizm'i yerden yere vurduğu Yeni Türkiye Cumhuriyeti isimli kitabını, yere göğe sığdıramadılar, televizyonlarında ballandıra ballandıra reklamını yaptılar. Seçimde parmak boyasını kaldırdılar, mezarlardan seçmen fışkırttılar, yaşayanlar buhar oldu, ölüler seçmen oldu. Yargıtay Onursal Başsavcısı Sabih Kanadoğlu'nun evini bastılar. Kimlerin evinin basılacağını, henüz evler basılmadan önce TRT'den yayınladılar. Tayyip Erdoğan, bunlar daha işin başı, daha neler gelecek dedi. Nereden biliyordu nelerin geleceğini? Sahte haham'ı TRT'ye çıkardılar, genelkurmay başkanlarına çeteci dedirttiler. Yandaş gazetelerin manşetlerinde idam sehpaları kurdular, haysiyet cellatlığı yaptılar, köşe yazılarında tutuklanacakların listelerini yayınladılar, Nazi Almanyası'ndaki gibi, adeta kapıları işaretlediler. En iyi hangi gazeteciler küfür ediyorsa, o gazetecileri makam uçağına aldılar. PKK itirafçılarına itibarlı adam muamelesi yaptılar, PKK kurşunuyla tekerlekli sandalyeye mahkûm olmuş, övünç madalyalı albay Abdülkerim Kırca, canına kıydı. Sigaya çekilen Profesör Uçkun Geray, öldü. Gözaltına alınan Erhan Göksel, öldü. Mustafa Balbay'ı tutukladılar, 4 sene 9 ay yatırdılar. Profesör Haberal'ı tutukladılar, 4 sene 4 ay yatırdılar. Profesör Fatih Hilmioğlu, sağlıklıydı, içeri attılar, kanser edip, anca öyle bıraktılar. Profesör Türkan Saylan'ın evini bastılar, fahişe bile dediler, rahmetli oldu, cenazesine çiçek bile göndermediler. Boş lav silahlarıyla Kardak kahramanlarını hapse tıktılar. Fethullah Gülen'i bitirme planını bizzat kendileri hazırladığı halde, sanki hiç haberleri yokmuş gibi, The Taraf'a manşet yaptırdılar. Yarbay Ali Tatar kafasına sıktı; intihar değildir, Ergenekon öldürmüştür dediler. Aşçı yakaladılar, suikastçı dediler. Bülent Arınç'a suikast yalanı icat ettiler, bu yalanı kozmik oda'nın kapısını kırmak için levye olarak kullandılar. Bülent Arınç, bu suikastı küçümseyenler ahmaktır dedi. Deniz Feneri kepazeliğini örttüler, sanıkları tanık yaptılar, savcıları sanık yaptılar. Bizim patrona, can sıkıcı yayınlar yapmasın diye bir milyar dolar giydirdiler. TSK cami bombalayacak dediler. Sahte cd'leri, bavul'ları alkışladılar, pırıl pırıl subayları hapse attılar, ordudan attılar. Dinciler ordudan atılırken şerh koydular, Atatürkçüler ordudan atılırken şerh merh koymadılar. Subayların eşlerine bile iftira attılar, albay Berk Erden'i öldürdüler. Öldüremediklerini casus ilan ettiler. Başsavcı İlhan Cihaner'i tutukladılar, Cinderella'yı Buggs Bunny'i bile gözaltına aldılar. Artık biz fişliyoruz dediler. Bize oy vermeyenlerin kanı bozuk dediler. Bizim gibi düşünmeyenler, iki cihanda lekeli dediler. 23 Nisan'da koltuğa oturtulan çocuğa, ister asarsın ister kesersin dediler. PKK'yla masaya oturduğumuzu iddia edenler, şerefsizdi... Baykal kasetle infaz edilirken, ağızları kulaklarındaydı. Hanefi Avcı'ya sahip çıkmadılar. Tayyip Erdoğan'ı görünce ayağa kalkmayan Engin Alan'ı Silivri'ye gönderdiler. Teğmen'e sehven yüklenmesine, Soner Yalçın'ın Nedim Şener'in Ahmet Şık'ın tutuklanmasına göz yumdular. Kaşif Kozinoğlu'nun şüpheli ölümüne bi kına yakmadıkları kaldı. Muhsin Yazıcıoğlu'nun helikopteri düştü, öldüğünden emin olana kadar, başka tarafta aradılar. Hizbullahçıları sokağa bıraktılar. İzmir belediye başkanına 400 sene istediler. Adana belediye başkanını MHP'ye geçince hapse tıktılar. Fenerbahçe'yi ele geçirmek için, Aziz Yıldırım'ı tutukladılar. Kendi siyasi çıkarları için, insanlarımızı Mavi Marmara'ya doldurup, ölüme gönderdiler. Kafa kesen, yürek söken şeriatçı teröristlere kucak açtılar, üs kurdular. Cumhuriyetin tek taş pırlantalarını sattılar, saman ithal ettiler. Bu memleketin derelerini savunan öğretmen Metin Lokumcu'yu biber gazıyla öldürdüler. Çağla bademler büyüsün de badem olsun diye, üniversite sınavına şifre koydular, biz tatmin olduk dediler. Şemdin Sakık'ı tanık yaptılar. İlker Başbuğ'u terörist diye müebbete mahkûm ettiler. Genelkurmay başkanı ve kuvvet komutanları topluca istifa etti, bizim Necdetimiz var dediler, sucuk hediye ettiler. Uludere'yi bombaladılar. Madımak'ı zamanaşımına uğrattılar, milletimize hayırlı olsun dediler. Hazreti Muhammed'e nüfus kâğıdı çıkarıp, Tayyip'i peygamberimizin oğlu ilan ettiler. Başbakanımız bizim için ikinci peygamber gibidir dediler. Başbakanımız Allah'ın bütün vasıflarını kendisinde toplamış liderdir dediler. 19 Mayıs'ı yasakladılar. Atatürk ilkelerini ders kitaplarından çıkardılar. Atatürk anıtına çelenk koymak kabahat oldu, ceza yazdılar. Sonra, Atatürk suç oldu, posterine-çıkartmasına trafik cezası yazdılar. *Nutuk* suç delili oldu. Bayrak suç delili oldu. Atatürkçülere terörist holigan dediler. İki ayyaş dediler. Andımızı yasakladılar. Şehitlere bikaç Mehmet dediler. Apo, Nevruz'da ulusa sesleniş konuşması yaptı. TC kaldırıldı. Türk yok dediler. Halka gavat dediler. İstanbul Barosu Başkanı Ümit Kocasakal'ı meslekten atmaya, hapse tıkmaya çalıştılar. Merdan Yanardağ'ı tutukladılar. Ethem'in suratına ateş ettiler. Ali İsmail'i sopalarla döve döve katlettiler. Polisi seri katil yaptılar, Abdullah'ı, Ahmet'i öldürdüler. Van münüts şovunda, çocukları nasıl öldürdüğünüzü biliyoruz, siz öldürmeyi iyi bilirsiniz diye bağırıyordu... Çocuk öldürdüler, Berkin'e kıydılar.

Derken...
Ayakkabı kutusu bi yakalandı kardeşim.
Paraları sıfırla bi duyuldu.

Savcı Tayyip Erdoğan, avukat oldu.

"Bunların hepsini Pensilvanya yaptı.

Benim hiç haberim yoktu.
Kendi kendimin beraatını talep ediyorum" filan!

Bakara makara

Dindar cumhurbaşkanı seçen dindar hükümetin, dindar bakanı, Ankara'daki hacivat gaztecilerden biriyle konuşuyor.

Her cuma bir ayet sallıyorum diyor.
Google'a gir, atıyorum, Kuran'da kardeşlik, Kuran'da nankörlük, Kuran'da bilmem ne diye search yap, hepsi çıkıyor, ordan beğen bi tane, salla gitsin diyor.
Sabah 5'te çaktım bi tane.
Bakara makara diyor.

Tavsiyesine kulak ver.
Gir google'a.

Şöyle der Bakara suresi...
"Öyleleri vardır ki, inanmadıkları halde, Allah'a inandık derler. Allah'ı ve müminleri aldatmaya çalışırlar. İyi bilin ki, ortalığı bozanların ta kendileridir. İman edenlere rastladıkları zaman, inandık derler. Şeytanlarıyla yalnız kaldıkları zaman, seninle beraberiz, biz onlarla sadece alay ediyoruz derler."

Unutmadan...
"Sığır" demektir bakara.

Montajsız Türkçe meali... Bunca kepazelikten sonra, sandığa "sığır" gibi gitmemek lazım anlamına gelir!

30 Mart

AKP'nin yanlış politikaları sonucu Hatay Reyhanlı'da tarihimizin en büyük terör saldırısı oldu, 53 kişi hayatını kaybetti. Reyhanlı'da AKP kazandı.

Ali İsmail Korkmaz, Abdullah Cömert, Ahmet Atakan, hayatlarının baharında katledildiler, Antakya'da toprağa verildiler. Antakyalı komşuları AKP'yi seçti.

Öğretmen Metin Lokumcu, Hopa'nın dereleri peşkeş çekilmesin, ağaçlarına zarar gelmesin diye hayatını hiçe saydı, biber gazıyla öldürüldü. Hopa'da AKP kazandı.

İstanbul Zeytinburnu Davutpaşa'da ruhsatsız maytap fabrikası patladı, AKP'li belediyenin sorumsuzluğuyla 21 insanımız öldü. Zeytinburnu'nda AKP kazandı.

İstanbul'da alışveriş merkezleri ve çarpık yapılaşmayla sıkıştırılan Ayamama Deresi taştı, Küçükçekmece'ye bağlı İkitelli'de Halkalı'da 31 vatandaşımız boğularak can verdi. Küçükçekmece'de AKP kazandı.

Elazığ Kovancılar'da alt tarafı 6 şiddetinde deprem oldu, 21'inci yüzyılda hâlâ kerpiçte oturuluyordu, 51 insanımız enkazda öldü. Kovancılar'da AKP kazandı.

Çin'den sarmısak ithal ediyoruz, Kastamonu Taşköprü'de AKP kazandı. GDO'lu ithal pirinçleri millete yedirdiler, Kastamonu Tosya'da AKP kazandı.

Bi yandan van münüts ayağına yatıp, beri yandan İsrail'i korumak için Malatya Akçadağ Kürecik'e radar kondurdular. Akçadağ'da AKP kazandı.

Rahmetli Bülent Ecevit, köykent projesi başlattı, Ordu Mesudiye'yi pilot bölge seçti, yol yaptı, içme suyu şebekesi yaptı, kanalizasyon yaptı, telefon getirdi, jeneratör getirdi, okul yaptırdı, sağlık ocağı açtı, ambulans verdi, itfaiye aracı verdi, parklar yaptı, futbol sahası yaptı, kapalı spor salonu yaptı, kültür-sanat evi kurdu, kütüphane kurdu, camileri onardı, tarım kooperatifi kurdu, sulama tesisi kurdu, orman ürünleri fabrikası kurdu, meyve fidanları dağıttı, seralar açtı, yaylalara elektrik hattı çekti, faizsiz kredi verdi, seçim oldu, 1.400 seçmen vardı, rahmetli Ecevit sadece 4 oy aldı! Şimdi... Mesudiye'de AKP kazandı.

AKP'li bakan, Erzurum Pasinler'e gitti, vatandaşın biri, geldiğinize çok sevindim dedi, AKP'li bakan, yok yav, nerden bileyim sevindiğini, takla at da göreyim, çal davulcu dedi, davulcu çaldı, vatandaş göbek attı. Pasinler'de AKP kazandı.

Ölüm madencinin kaderi dediler, güzel öldüler dediler, taşeron cinayetlerinin sembollerinden biri, Zonguldak Kozlu... Kozlu'da AKP kazandı. Balıkesir Dursunbey'de grizu patladı, 17 işçi daha güzel öldü! Dursunbey'de AKP kazandı.

Samsun Canik'te sel oldu, insanlarımız dere yatağına kurulan TOKİ binalarında boğuldu, 13 kişi hayatını kaybetti. Canik'te AKP kazandı.

Konya Taşkent'e bağlı Balcılar beldesindeki, ruhsatı olmayan, deprem raporu, itfaiye raporu olmayan, eğitim izni, yurt izni olmayan, kaçak Kuran kursu binası çöktü, 17'si kız çocuğu 18 insanımız hayatını kaybetti. Taşkent'te AKP kazandı.

Angelina Jolie, Suriyelilerin kaldığı çadırkenti gezerken, Kütahya Simav'da 35 bin insanımız çadırdaydı. Çünkü beş küsurluk deprem oturulacak bina bırakmamıştı. Üstelik, Suriyelilere verdikleri için, Simavlılara çadır da kalmamıştı, herkes başının çaresine bakmıştı; aylarca süründüler. Simav'da AKP kazandı.

Kocaeli Dilovası'nda sanayi atıkları ve hava kirliliği nedeniyle kanser patladı. AKP'li belediye başkanı, kanser gerçeğini bilimsel olarak ortaya koyan profesöre şarlatan dedi. Profesörü hapse tıkmaya çalıştılar. CHP hadiseyi Meclis'e taşıdı, sağlık bakanlığı kanser manser yok dedi. Dilovası'nda AKP kazandı.

Sen bilirsin kardeş...

Bi nevi, sigara bunlar.
Üzerinde "zararlı" yazıyor.
Öyle gizli saklı filan değil...
Alenen "öldürür" yazıyor.
"Size ve çevrenizdeki insanlara kalıcı hasarlar verir" yazıyor.
Yani, sırf kendini yakmıyorsun.
Senin yüzünden... Kurunun yanında yaş da yanıyor.
"Hamileler dikkat, bebeğinizi olumsuz etkiler" yazıyor.
Kendini düşünmüyorsan, bari çocuğunu düşün, senin hatanın faturasını evladın öder demek istiyor.
Gel gör ki, düşünmeni engelliyor.
Onsuz yapamayacağını, onsuz yaşayamayacağını düşünüyorsun.
Olmazsa olmazın haline geliyor.
Kurtulmak yerine... Eşini dostunu da alıştırıyorsun.
Sen de yak bi tane diyorsun.
Sana habire yanlış yaptığını söylemesinler diye, etrafını da yanlış yapmaya teşvik ediyorsun.
Doğrunun doğru olduğunu bile bile, kendi zaafını örtebilmek için, inadına yanlışı savunuyorsun.
Tahlil et...
İçinde, biber gazından daha fazla kanserojen barındırıyor, kokusu berbat, üstüne başına siniyor ama, dumanını şöyle bi çektiğin zaman, aklın zihnin bulanıyor, hayalleri gerçek oldu sanıyorsun.
Zaten tek mahareti bu.
Keyif aldığını zannediyorsun.
Aslında "intihar" ediyorsun.
O nedenle, 18 yaşından küçükleri uzak tutmaya, okullara sokmamaya çalışıyoruz... Çünkü, henüz reşit olmayanların eline tutuşturulması, küçüklükten bağımlı hale getirilmesi, maalesef daha kolay oluyor.

E hal böyle olunca...
Biz görevimizi yaptık.
Uyardık.
Aman içme dedik.
Bırak şu mereti dedik.

Sen bilirsin kardeş...

Demokrasilerde teklif var, ısrar yok.

Tek ricam...
Bundan böyle, el âlem gemi almış, sen iskele babası almışsın, senin paraları ayakkabı kutularına doldurup kendi evlerine götürmüşler, seni tır'lara doldurup savaşa sürmüşler, damat, gelin, enişte, bacanak, dünür, sülalece götürmüşler, sen yengeyi anca avanta iftara götürebilmişsin, sen bunlara hayır dua ederken, onlar senin arkandan kahkahayla makara suresi okumuş, dolar iki olmuş, sen iki seksen olmuşsun, dünyanın en pahalı benzinini kullanmışsın, emekli maaşın yetmiyormuş, traktöre haciz gelmiş, kapına kart faizinden icra dayanmış, vergi çokmuş, zam yağmış, Bilal balkondan el sallarken, senin işsiz oğlan kahvede oturuyormuş... Sakın ola ağlama. Kendi düşen ağlamaz.

Deneme
İsim Şehir Hayvan
Yılmaz Özdil
DK

İsim Şehir Bitki
Yılmaz Özdil
DK

Yılmaz
Özdil
Beraber Yürüdük
Biz Bu Yıllarda
100.000 ADET
DK